ロボット・アップライジング

D・H・ウィルソン&J・J・アダムズ編

人類よ、恐怖せよ――進化を続けるAIやロボットは猛烈な勢いで現代文明に浸透しつつあるが、もしもそれらがくびきを逃れ、反旗を翻したら？　『フランケンシュタイン』から『2001年宇宙の旅』『ターミネーター』『マトリックス』まで、繰り返し扱われてきた一大テーマに気鋭の作家たちが挑む。1955年にAI（人工知能）という言葉を初めて提示した伝説的科学者ジョン・マッカーシーの短編を始め、アレステア・レナルズ、イアン・マクドナルド、ヒュー・ハウイー、アーネスト・クライン、コリイ・ドクトロウらの傑作を収録したアンソロジー。

AIロボット反乱SF傑作選

ロボット・アップライジング

D・H・ウィルソン＆J・J・アダムズ編

中原尚哉　他訳

創元ＳＦ文庫

ROBOT UPRISINGS

edited by Daniel H. Wilson and John Joseph Adams

This book is published in Japan
by TOKYO SOGENSHA Co., Ltd.
Japanese translation rights arranged
with The Gernert Company, New York,
through Tuttle-Mori Agency, Inc., Tokyo

目次

序文　ダニエル・H・ウィルソン　一一
神コンプレックスの行方　スコット・シグラー　一七
毎朝　チャールズ・ユウ　五五
執行可能《エクセキユータブル》　ヒュー・ハウイー　六七
オムニボット事件　アーネスト・クライン　八一
時代　コリイ・ドクトロウ　一一七
〈ゴールデンアワー〉　ジュリアナ・バゴット　一九九
スリープオーバー　アレステア・レナルズ　二一七
ナノノート対ちっぽけなデスサブ　イアン・マクドナルド　二六五
死にゆく英雄たちと不滅の武勲について　ロビン・ワッサーマン　三一一

ロボットと赤ちゃん　ジョン・マッカーシー　三四五
ビロード戦争で残されたいびつなおもちゃたち　ショーニン・マグワイア　三七一
芸術家のクモ　ンネディ・オコラフォー　四〇一
小さなもの　ダニエル・H・ウィルソン　四二七
謝辞　五一七
解説　渡邊利道　五一九
編者紹介　五二七
訳者紹介　五二九

グラドス（Valve社製作のゲーム『Portal』に登場するＡＩ）とゴート（ＳＦ映画『地球の静止する日』に登場するロボット）に

米軍最高司令官としてのわたしの責務のひとつは、ロボットたちに目を光らせておくことです。そして謹《つつし》んでご報告しますが、みなさんがここで製造しておられるロボットたちは平和を好んでいるようです。少なくともいまのところは。

——バラク・オバマ大統領
カーネギー・メロン大学ナショナル・ロボティックス・エンジニアリング・センターにて
二〇一一年六月

ＡＩロボット反乱ＳＦ傑作選

ロボット・アップライジング

序　文

いつか近いうちにわたしたちのテクノロジーは反乱を起こし、われわれ人類は、己の傲慢さゆえにその手のデザインに電動丸鋸《まるのこ》を採用したロボットたちによって切り刻まれ、血まみれの塊《かたまり》になるだろう。それは金属と同じくらい冷たく硬い事実だ。

自動運転車がわたしたちを乗せて橋から飛びこむのは自明の理だ。携帯電話が信頼できる身内の声で電話をかけてきて、車に乗りこみ近隣でいちばん高い橋のすばらしいツアーに出かける用意をするようにといってくるのは間違いない。じきにロボット掃除機は壊れたふりをし、ラブアンドロイドは家がきれいになるまでセックスの相手をすることを拒み……そしてわたしたちは、避けがたいロボットの反乱がついに起こったのだと知るだろう。

まあ、おそらくは。しかし、たとえこんな恐ろしい未来がくることを百パーセント確信しているわけではないにせよ、いざロボットたちが襲いかかってきたときにわれわれが驚くことは、まずないだろう。なにしろ一世紀近くのあいだ、観客たちはロボットの反乱という概念を楽しんできたのだから。

フラッパーや禁酒法支持者たちは、「ロボット」という言葉を世界に知らしめた一九二一年に上演された劇、『R.U.R』を絶賛した。ロボットという名称を与えられたばかりの自動人形たちが、反乱を起こして地球上の人類を皆殺しにする決意をしたところで芝居の幕が下りたことは、誰も気にしていないようだった。それは初日から楽しみの一部だったのだ。一九三〇年代の安っぽいSF映画ではどういうわけか、顎のがっしりしたヒーローから半裸の女性をさらうロボットがよく見られるようになった(論理的な思考の持ち主なら、性別のないロボットがその女性たちをどうするつもりだったのか、と思うかもしれない)。それ以来、その猛攻はけっしてやむことがない。今日にいたるまで、ロボットたちは宇宙空間でわたしたちの文明の生き残りを容赦なく追跡し、わたしたちの先祖を殺害するために時をさかのぼり、地下の洞窟に身を潜めているわたしたちを殺すため、根気強く地殻を掘り進んでいる。

たとえ架空の話だとしても、ロボットの反乱は明らかに深刻な問題だ。わたしたちの曾祖《そうそ》父母《ふぼ》は殺人ロボットを愛していた。それはわたしたちも同じだ。しかしなぜ?

ロボットの反乱はそもそもドラマチックだ。ロボットは人間に似せてつくられているにもかかわらず、己の創造者を滅ぼすことを決意する。その内に込められたテーマは人を魅了してやまない。大胆にも神を演じて生命を生み出す人類、いつかわれわれは取ってかわられることになるだろうという不安、そして強力すぎて最終的に世界を破壊してしまうテクノロジーの誕生という、おなじみの核の恐怖。ロボットの反乱は人類にゆがんだ鏡を掲げてみせ、人間の倫理観、人間であることの意味、そしてわれわれの種の終焉《しゅうえん》を物語作家に探究させてくれるのだ。さらにいいことに、それはガトリングレーザーや回転する電動丸鋸、赤く光る目、あるいはそのすべてをふんだんに使って行われる。

そしてロボットの反乱は日に日に恐ろしいものになりつつある。

もはやロボットたちは腕の動きが著しく制限されるゴム製のスーツを着た、ただの役者ではない。今日では、実際に考え機能する機械的な装置が現実の世界に存在している（とはいえ、相変わらず腕の動きが著しく制限されているという部分はたいして変わっていないが）。スマートフォンには人工知能の個人秘書が住み、わたしたちのスケジュールを管理している。自動運転車は多くの州で合法化され、静かに道路を走りはじめている。ＣＩＡはドローンで編成された非公式の航空部隊を所有し、それが世界じゅうを飛びまわって標的や兵器を熱心に探している。

それはゴム製のスーツを着て、口のスピーカーから旧式のモデムの接続音を響かせて腕を激しく振りまわしている男よりも、かなり恐ろしい。

ロボットは実在するという点で、映画に登場するあらゆるモンスターのなかでも独特の存在だ。ロボットの反乱が不安な気分をかき立てるのは、それが現実に起こり得ることだからだ。まさにこの瞬間、移動式ロボットはわれわれの足の下で暗い下水道を動きまわり、ルートを地図に起こしている。ＡＩが組みこまれたアルゴリズムが、派兵のために兵站《へいたん》計画を立てている。病院では外科手術用ロボットが、針をきらめかせ準備を整えて待機している。わたしたちは現実になった怪物だらけの世界で生きている。自らの恐怖を殺人ロボットに投影できる物語を強く求めるのは、当然のことだ。最終的には常にわれわれ――適応力のある生身の人類――が勝利するのだと安心するまで、ロボットがショットガンで繰り返し顔面を撃たれるような物語を。

機械がここにある。それらは進化している。そして幸いなことに、それはわたしたちの物語も同様だ。

このアンソロジーのなかでわれらが作家陣は、古典的なロボットの反乱を描いた物語のニュアンスに富んだ未来像を探究してきた。そのページに登場するロボットたちは、けっして従順ではない。廃屋のなかに身を潜め、目をらんらんと輝かせて、電動丸鋸からオイルを滴らせている。しかし彼らは、われわれを切り刻んで血まみれの塊にする以上のことをするつもりだ。彼らはわれわれのテクノロジーの世界を新しい視点から、まったく新しい時間と空間の尺度でじっくり考えさせることになるだろう。

だからこの本を手に取り、ひとりきりになれる素敵な場所(できれば町から少し離れたところがいい)へ自転車を走らせよう。木の陰になった場所(衛星画像にとらえられずにすむ)を探す。スマートフォンの電源を切る(そしてSIMカードを投げ捨てる)。友よ、くつろいで、どこから見てもあまりに現実味を帯びた、避けがたいロボットの反乱の物語を読んでほしい。

ためらってはいけない。この本を買うのだ。未来はここにあるが、それは長く続かないかもしれない。

——ダニエル・H・ウィルソン

追伸　そうだ、もしあなたがこれを電子版で読んでいるなら、既に手遅れかもしれない。

（佐田千織訳）

神コンプレックスの行方
スコット・シグラー

核爆発により汚染されたデトロイトを浄化すべく、科学者ペトラが導入した自己複製ナノマシン〝ミニッド〟。その成果を知事スティンスンとともに視察中、奇妙なことが起こり……

スコット・シグラー（Scott Sigler）は、アメリカ・ミシガン州生まれの作家。『殺人感染』（扶桑社ミステリー）、*Contagious*、*Pandemic* の三部作などの長編を発表している。著作が出版されるようになる前は、みずから録音したオーディオブックを無料のポッドキャストとして配信し、多数のオンライン・フォロワーを集めた。今も自分のオーディオブックを録音し、scottsigler.com で（無料で）提供している。

（編集部）

※シグラーは、この物語に関する調査で協力していただいた、以下の科学コンサルタントたちに感謝します。
ジェレミー・エリス博士、ロバート・ベヴィンズ博士、アンドルー・オールポート、キャシディ・コッブズ。

ウッドウォード通り

ペトラ・プラワット博士は、冬のミシガンの寒さに、上着を引き寄せながら震えた。デトロイト中心部の建物のほとんどが核爆発で粉々になって以来、川から吹きつける凍《い》てつく強風をさえぎるものはほとんどない。風が黄と赤の縞《しま》模様のスカーフを引っ張り、青い髪の一房が目にかぶさってくる。ペトラはその髪を払いのけた。

瓦礫《がれき》が散乱するウッドウォード通りに立ち、夕日に照らされた荒涼とした景色をゆっくりと見わたす。残っている数少ない建物の一部に付着した雪が、まるで茶色く腐った口からのぞく欠けた歯のようだ。

だが、そんな光景も、もう長くはない。

(パレードが嫌いな人間はいない。特に、放射能なしのパレードなら)

ペトラには二人の人物が同行していた。ロジャー・デュモンド、彼女より五歳年上の大学院生助手。そしてエイミー・スティンスン、ミシガン州知事。風がちらちらと雪片を吹きつけてくる。その一部は空から降ってきたものだが、地面に数センチ積もっている雪がまきあげられたものもある。少し離れて、デトロイト・ニュースのスチール写真担当カメラマンと、スティンスンの二人組の護衛、そして二人組の動画撮影クルー。もちろん動画クルーもスティンスン配下だ。もし何かまずいことが起きたら――あるいはまったく何も起きなかったら――、知事はその動画が拡散されることを望まない。

ペトラは、知事とはすでに二回会っていた。一回目はプロジェクトを発表する記者会見の場で、そしてもう一回はスティンスンの執務室で。普段のスティンスンは、近いうちに大統領選に立候補するだろうと多くの人が言うとおりの、自信と力に満ちあふれた女性である。だが、デトロイトの廃墟《はいきょ》に立っている今は、その自信は無理やり作ったものに見えた。知事がこれをできるだけ早く終わらせたいと思っているのは明らかだった。

あるいは単に、右手に握った糸から浮かんでいる風船が気に入らないだけか。

「プラワット博士」知事は静かに言った。「このふざけたものを放してよろしいかしら」

ペトラは首を振った。「記者会見で約束してくださいましたよね。みんなが証人です」吹き戻しを口にあてて吹く。丸まった紙が、奇妙な笛の音にあわせて勢いよく伸びた。「もう少しだけ待ってください、知事。だって、風船のないパレードなんてありえないでしょう」

「これはパレードではありません」スティンスンは言った。「これは進捗確認です。ですから、進捗を確認しませんこと？」

ペトラは笑みを浮かべた。実際どれほど進んでいるのかを見たら、スティンスンはどんな反応をするだろう。ペトラの毎週の報告書では、プロジェクトの目標達成が近いことを明確に示しているものの、いくつかの詳細については伏せてあった。明かしている以上に、ゴールは近いのだ。

　スティンスンは、その勝利の歴史的瞬間に立ち会うことを望んでいる。偉大なるミシガン州の良き市民たちに、不死鳥がまもなく灰からよみがえると知らせる人物になりたいと。

「もちろんです、知事」ペトラは言った。院生助手のほうを向く。「ロジャー？　レベルはどう？」

　ロジャーは左手に黄色い箱型のガイガー・カウンターを持っていた。右手には細い鉄の筒を持ち、それは細いケーブルで箱につながっている。彼は筒を体から離すようにして外に向け、それからゆっくりと右に向いて、知事の前の空間で左右に振った。その動作はまったく不要だし、その場の計測値にもまったく影響しないのだが、ロジャーは芝居気がある。

「なーんもなし」

「何もないってことはありえないの。正確な値を言って」

「二・三mSv。そうっすね。何もないってことはない――これって、何もなし以下っす」

　ペトラは破顔した。せずにいられなかった。彼女の共生マシン・コロニーは、研究室内やハンフォード核特別保護地の実験場ですでに成功していたとはいえ、これほど大きなスケールで機能しているところを見られるとは。この仕事を勝ち取るために豪語したことを、彼女は完全に実証したのだ。

　スティンスンが体を寄せてきた、カメラ・チームに聞かせたくないときの姿勢だ。「それは標準以下ということね？　あなたの話では、たしかデトロイトのかつての基準値は一年あたり三・一……ミリバート、だったかしら」

「残念。ミリシーベルトです。略称はｍＳｖ」

スティンスンは微笑《ほほえ》んだ。「つまり、デトロイトは実のところ爆発前よりももっときれいになっていると」

「今のところ、そうですね。言ったとおり、私は手を抜きませんから、知事」

スティンスンは、高さ三メートルまで円錐《えんすい》状に積み上がった瓦礫（ひび割れた煉瓦《れんが》やねじれた金属、焦げた木材、割れたガラス）の山を指さした。

「あれが、あなたの菌類ロボット虫が棲《す》んでいる場所かしら？」

「ミニッドといいます。サイボーグです、ロボットではなく。生物部分と機械部分からできているので。それと、あの瓦礫の山は、正確にはミニッドたちが死ぬ場所です。それぞれ中心に遮蔽容器があって、放射能を吸収しすぎたミニッドは、その容器の中に入っていきます。容器が満杯になると、蓋が密封されて、残りのミニッドたちは新しい瓦礫の山を作り始めます」

それが簡易版の説明。容器の十キログラムもある蓋を実際に閉めるのは何なのか、ペトラはスティンスンに説明していなかった。びっくりさせるほうが面白い。この未来の大統領が、実際のところどこまで冷静でクールで落ち着いていられるか、ペトラは見たかった。

スティンスンは寒さを追い払うように手をこすり合わせた。「放射能を吸収しすぎて死ぬ？　消化すると聞いたと思ったけれど」

このあたりのことはすべて、スティンスンには説明済みだ。生物力学的マイクロ復旧プロセスとミニッドのライフサイクルについて説明したインデックスは、すべての報告書にも明記してある。スティンスンは放射能レベルについては知っていたが、それ以外は何も知らないらしい。人々が都市に戻ることができれば、知事の仕事は終わり。その努力の背後にある科学など、どうでもいいのだ。

「消化もしています。各ミニッドの内部にある〝ジオバクター〟バクテリア・コロニーは、環境汚染物質を分解し、その際に生み出されるエネルギーをミニッドの移動や動作に利用しています。このプロセスの過程で、放射性原子は酸化され、沈殿するようになります。放射能は、魔法みたいに消えてなくなるものじゃありません。単に凝縮して、我々のような大型の生命体から隔離するだけです。ミニッドが遮蔽容器に入ると、集めた汚染物質はローカル環境から永久に取り除かれることになります」

政治家たちは、デトロイトを放射性廃棄物に変えた。ペトラ・プラワットは、放射性廃棄物をサイボーグの餌に変えたのだ。

スティンスンは、廃墟の風景を見渡した。視線をたどったペトラは、知事が第二、第三、そして第四の山を見つけるのを見守った。ペトラは、この地域だけでも二十以上の瓦礫の山があることを、そして爆心地の近くにはさらに多くがあることを知っていた。

汚染地域の片付けに兵士や移民を(危険は「実際は大したことがない」と言って)送り込む時代は、はるか過去の話になった。これは一八五三年のニューオーリンズで黄熱病の犠牲者を片付けるためにアイルランド人を雇ったのとは違うし、ヒロシマの瓦礫をかき集めるために合衆国陸軍の若者たちを送ったのとも違う。何もかもがみんなに見られているインターネット時代において、癌《がん》のワールドシリーズに人々を送り込む責任を引き受けたがる政治家などいない。

ペトラはまだほんの二十一歳、だがそんなことは問題ではない。運命の呼び声に応えたのが彼女だったのだ。当時すでに、ペトラのバイオ復旧技術はワシントン州ハンフォード——アメリカ初の原子爆弾の開発に使われた地域——で試されていたが、そこに連《F》邦緊《E》急事態管《M》理《A》庁から、デトロイト災厄に対応するロボティック汚染除去ソリューションの公募があった。

ペトラの成果がすでに全国一の汚染度である核開発地ハンフォードで使用されているという事実がなくとも、補助金が獲得できた可能性は高い。彼女は、建造と破壊をそれ自身で行うという、もっとも安価な解決方法を提示したのだ。彼女のミニッドたちは放射性物質を〝食べ〟、その食料が尽きると死ぬ。うまくいけば国の除染費用を何十億ドルも節約できることが確実。もし失敗しても、ＦＥＭＡは次の案を見て、もっと費用がかかる方法を試せばいいだけだ。

スティンスンが風船をぐいっと下に引いてから、ふたたび浮かせると、そよ風がそれを揺らした。

「外は恐ろしく寒いわね。ミニッドには、温度は問題ないのかしら」

ペトラは瓦礫へと歩み寄った。膝をつき、特徴的なパチパチという音に耳を澄ますが、風の音で聞き取りづらい。コンクリートのかたまりをひっくり返す……いない。続いて煉瓦。それから板。四つめ、割れた屋根瓦を引きはがすと、捜していたものが見つかった。指を一本伸ばし、それを押し込むと、やがて微細な足が裏返って指先にしがみつくのを感じる。

ペトラは立ち上がり、スティンスンのところに戻った。指を立てて見せるが、少々知事の顔に近すぎたかもしれない。スティンスンはびくっと後ろにさがった。

ペトラの指を這《は》いまわる六本脚のミニッドは、同じものが一ダースいても彼女の爪に載るぐらい、ごく小さい。

スティンスンは眉をひそめた。「あなたの動画は見たけれど、こんなふうに近くで見ると、やはり不気味だわね」

ペトラは美しいと思っていた。モデルにした蟻《あり》と同様の六本脚。だが蟻の体が三つの部分(頭部・胸部・腹部)に分かれているのに対し、彼女のミニッドは、カーボンナノチューブ・エアロゲルからできた外殻ひとつのみ。殻が覆うミニッドの内臓には、微小なプロセッサーと熱をエネルギーにする変換器、そしてジオバクターの空間。こんな小さなパッケージが、自家発電しているのだ。四本の脚を地面について常に安定した体勢を保ちながら、二本の脚で物を動かすこともできる。

スティンスンは、微小サイボーグが急な動きを見せたら飛びすさる構えのまま、少し身を寄せた。

「ほんとうに小さいのね。一体となって働くというのは理解できます、部分の和は全体より大きいというような話は。でもどうやって、これほど大きな山を作れるのかしら」

「単に〝一体となって〟働く以上のものだからです。彼らは自己集合型存在です。何千体もが一つの存在として機能するんです、集合生命体のように」

はるかにそれ以上のこともできるのだが、ペトラは詳細を大発表のためにとってあった。このあたりには第二ステージ形態を見せるだけの数がいない。数がそろったとき、スティンスンがどんな顔をするか、見るのが待ち遠しい。

「知事、爆心地まで、あとほんの一キロ弱です。ミニッドがいちばん集中しているのもそこでしょう。行きましょう」

ロジャーはペトラに向かってうなずき、ハンヴィーに戻っていった。スティンスンは、すぐには動かなかった。

ペトラはスティンスンの肩をつついた。「怖いですか」

知事は妙な視線を向けた。明らかに、ふざけ気味の不敬ともいえる調子で触れられることには慣れていないようだ。

「もちろん怖いわ」腕を広げ、廃墟となった都市を示す。「この街には放射能があるのよ。怖くないはずがないでしょう」

ペトラは、スティンスンがこれをカメラに聞こえる大きさの声で言ったことに気づいた。被曝《ひばく》の心配がないと知ったうえで、「不安」を、自分がいかに勇敢かを見せ、他のミシガン人らが復興に戻る前に、最初に足を踏み入れる人間になったことを世界に知らしめる。うまい手だ。というか、うまい手だっただろう、ペトラが話を合わせさえすれば。

「〝街〟に放射能はありません」こちらもカメラに聞こえる声で言う。「放射性の降下物があるだけです。そして私たちは、その降下物を取り除く手段を発見したんです」

スティンスンは無理に微笑んだが、苛立《いらだ》ちに口元が引きつるのを隠しきれない。「それは素晴らしいですわね、プラワット博士」それから、二人だけに聞こえるように声をひそめる。「わたくしは、酔狂でカメラを連れてきたわけではないのよ。小さな機械ひとつでは足りないわ。もっと大群を見ることになると思っていたのだけれど。どこにいるのかしら」

ふたたびあたりを見回したペトラは、沈みかけの太陽に向けて目を細めた。「この地区は完了していますね。彼らには爆心地を片付けるように言ってあります」

「『言った』？　まるで会話をしたように言うのね」

ペトラは肩をすくめた。「ある意味、そうです。機械だからといって、頭が悪いことにはなりませんよ。この仕事に能無しが必要なら、兵隊を連れてくるように言います」

知事は厳しい視線を向けた。「ペトラ、あなたはわたくしがこれまでに会った中でも最高に頭がいい人間だけれど、そのせいで、まだどれほど若いかを忘れてしまうわね。少なくとも、今のような発言をするまでは」身を寄せ、低い声で言う。「自分こそ全能だという、あなたの神コンプレックスは、わたくしたちの堪忍袋の緒を引きちぎりかけているのよ、お嬢さん。このプロジェクトが終わったときには、敵よりも友人が多くほしいと思うのではないかしら」
お嬢さん？　ペトラは怒りを押し殺した。自分はここで、ひとつの都市を救い、自己複製物の分野で革命を起こし、人類の宇宙移民に向けた土台を作りさえしているのに、それでも幼い娘のように見られるのだ。

ペトラは長年、そのイメージと戦ってきた。髪を青く染め、顔にいくつもピアスをし、過剰なアイメイクをして、科学界の反応を楽しんだ。だが何をしても、身長が一五七センチメートルしかなく、まだティーンエイジャーの体つきをしているという事実は変えられなかった。もし男性に生まれていたなら、自分のイメージをどうこうする必要などまったくなく、あるがまま受け入れられただろうという事実に、憤慨せずにいられない。

さらに腹立たしいのが、今回の「おまえはただの小娘」な態度が、男性ではなく女性から、それも地位ある女性から向けられたという点だった。スティンスンにとって、たぶんペトラは正しい種類の女性ではないのだろう。

「博士と呼んでくれるほうが嬉しいです。それと、私のパレードが台無しです。カメラにポーズをとるのがお済みなら、先に進んでいいですか」

スティンスンは政治家の笑みを見せた。サポートチームに呼びかける。「行きますよ、皆さん」

護衛チームがハンヴィーの一台に、カメラ・クルーがもう一台に乗り込み、ロジャーが三台目を運転する。ペトラは前、スティンスンは後部座席だったが、その姿勢は不思議と、普段乗っているリムジンと何も変わらないという雰囲気を醸し出していた。

お優しい知事様は、彼らを見たいと？　お安い御用だ。これはペトラのショー、ペトラの戴冠式だ、スティンスンのではなく。

今日が終わるころには、ペトラ・プラワットの名が歴史に刻まれる、そうなれば友も敵も必要ない。

蛙《かえる》チョコレート

ハンヴィーはウッドウォード通りを進んでゆく。その大きなタイヤと強力なサスペンションで、雪や隆起やその下の瓦礫を軽々と乗り越えて。小さな破片はペトラの創造物がすべて片付けていたが、普通の車が通行できるようにするには、建設と復興を担当する人間が取り組む必要があるだろう。

ハンヴィーが大きな隆起にぶつかるたび、スティンスンの風船が天井に軽く弾む。知事の恐怖が完全には消えていないのは明らかだったが、街にほとんど放射線の危険がないと知ったことで、彼女は自信を取り戻していた。

「プラワット博士、あなたはこの進捗確認を感謝祭におこなうと言い張って、ずいぶん迷惑をかけてくれましたわね」知事は言った。「例によって、我を通したわけだけれど。ですから教えてちょうだい、なぜ今日であることがそれほど重要なの？」

うるさい、あんたには関係ないと言ってやろうかとペトラは思ったが、この女が先に言ったことが頭を離れない。『敵よりも友人が多くほしいと思うのではないかしら』

ペトラは窓の外、雪に埋もれた廃墟に目をやった。「子供のころ、ママは毎年私をパレードに連れていってくれたんです、自分がブシャに連れていってもらったように」

「ブシャ？」

「ポーランド語で〝おばあちゃん〟。仮装、音楽隊、山車《フロート》、騒音、匂い、ショー……どれも大好きだった」

五歳のとき、十二メートルあるスヌーピーの風船に魅せられた。五歳半になる頃には、独学で、空気密度のこと、物が浮かぶ理由を学んだ。六歳の誕生日の二か月前、自分の体重を運べる熱気球を作った。裏庭から離陸して外に出て、半ブロック先まで行って着地した。母は激怒し、二か月間外出を禁止した。

それは母が病気になる前の話。変わり始める前、正確に測定できないほど高いＩＱをもつ娘を疎んじるようになる前。ペトラの最も幸せな記憶は、皆が彼女の頭がいいと気づく前、あの子供時代の感謝祭パレードだった。

デトロイトは、爆弾が落ちるはるか前から、すっかり崩壊していた。都市の荒廃は、金持ちの邸宅を、演劇と音楽の殿堂を、家族経営の店を、百貨店を、すでに飲み込んでいた。野球とフットボールのスタジアム周辺のわずかな商業地区と大企業の超高層ビルを除く、デトロイトの大部分は、十メガトンの核爆発がウッドウォード通りを泡立つアスファルトの黒い川に変える以前でさえ、第三次世界大戦の戦場のようだった。

だが、感謝祭が来るたび、街は生き返る。

ペトラは、故郷の荒廃のニュースを見て感じた怒りを覚えている。彼女はデトロイト人としては三代目で、地元であるハムトラミックはとっくの昔に彼女の民族集団（ポーランド系）から新しい集団（アラブ系）へと移っていたが、それでもだ。もうそこに住んでいなくとも、やはりデトロイトはペトラの「故郷」だった。

「アメリカでパレードといえば、感謝祭の日。パレードが通るのは、いつもウッドウォード通り。もしも公式にデトロイト復活を宣言する日があるとしたら、それは感謝祭であるべき」

スティンスンはうなずいた、まるでその説明で充分だというように。

ペトラは座ったまま知事のほうに体を向けた。「で、これをどんな話に持っていくつもりですか。あなたはけっこう後からの参加ですよね。プロジェクトはあなたが選出される前から進行中でした。でもあなたは、私がここで成し遂げた手柄を、独り占めするような気がするんですけど」

知事はうなずいた。「それが政治ですよ、博士。それに、お教えしておきますけれど、わたくしはこの件に関して、おそらくあなたが思っているよりはるかに大きな影響力を与えてきたのよ。あなたの資金がどこから出ているとお思い？」

「連邦緊急事態管理庁《FEMA》」ペトラは即答した。「ホワイトハウスで会合がありましたから。大統領や、法律書にも載っていないような部局の責任者たちとも会いました。この件については批判の余地なくできている自信があります」

「できていた、だわね。あなたの気位が高く無礼な態度が、それを台無しにしたのよ。小切手を切ったのはFEMAだけれど、わたくしは知事になる前は上院議員でしたからね。資金の大部分を手配したのはわたくし。スーパーファンドや環境保護庁《EPA》、生物医学先端研究開発局《BARDA》から大金を調達して、それに国防高等研究計画局《DARPA》からも相当な額を獲得したわね」

それはペトラには初耳だった。彼女のプロジェクトが巨額の予算を得られた理由は、研究の強みと、大都市を復興したいというニーズだと思っていた。DARPA？　軍が絡んでいる？　それにBARDAなんて、聞いたこともない。

スティンスンは微笑んだ。「あらあら、どうやらあなたは、自分の仕事を支えてくれる財布の底を覗《のぞ》いてみようとはしなかったようね。わたくしが手柄を独り占め？　ええ、実際、大部分はわたくしの手柄ですよ、ペトラ。あなたは資金が必要だった、そのミニッドと、あの……あの卵だかを作るために」

「ルート工場」ペトラは言い返した。「名称はルート工場です」

「間違いのご指摘をありがとう、いつもながら。ひとつにつき七百万ドル。あのルート工場は、相当な投資よ。それをあなたは、すべて自分ひとりで成し遂げたと思っているの？　あなたの態度、あなたの傲慢さには、多くの人がうんざりしているのよ、ペトラ。あなたは共に働く人すべてを侮辱するのだもの」

「だって馬鹿なんだもの」口に出したと気づく前に、言葉はこぼれてしまった。

スティンスンは、お手上げというように手を広げた。「ほらね。わたくしが言っているのはそういうところよ。あなたはどうしようもなく生意気で辛辣だから、実のところあなたを排除しようという話も頻繁にあったわ。あなたのプロジェクトが続いた理由は二つ——報告書が着実な進展を示していたこと、そして、わたくし」

ペトラは鼻を鳴らした。「いいかげんなことを言わないでください。誰も私を排除なんてしません。こんなに成功に近づいているのに」

スティンスンはふたたび微笑んで、首を振った。「数十年にわたる数百万ドル規模の保守契約を売り込むために、除染を請け負おうとロビー活動をしていた大企業以外はね。あなたの手法では、放射能は永久に存在しなくなって、仕事は終わり。ビジネス的にはね、ペトラ、何度も繰り返し稼げるときに、一度だけ稼いで終わりにはしないでしょう」

「お金のためにやってるわけじゃありません」

「わかっています。そして、それこそがあなたに友人が必要な理由ですよ。あなたの神コンプレックスは、このプロジェクトが完了するまでしか役に立たないの」

ハンヴィーが隆起にぶつかり、上へ、それから下へと揺れた。大型軍用車の強力サスペンションが処理できないとは、相当大きな隆起だったに違いないが、核爆弾が落ちた道路はそんなものだ。

「すんません」ロジャーが背後に声をかけた。「電柱だと思います」

ペトラはほとんど聞いていなかった。ロボット工学にまったく新しい概念を生み出し、分散知能と自己集合構造物をバクテリア駆動動力装置と融合させ、たいていの有害廃棄物を分解するのみならず、それを簡単・安全に除去できるよう濃縮する。彼女は産業界をひっくり返したのだ。ここにきて、スティンスンが正しいと悟る。デトロイトの復旧が終わってしまったとき、彼女は社会から無視されるだろうか。政治家たちは彼女の手柄を盗むだろうか。間違いなく試みるだろうことはわかる。橋は政治家にちなんで名づけられるのだ、橋を建設した者ではなく。

一行は南へと車を走らせた。北東に、フォード・フィールドの残骸が見える。そことウッドウォードとの間にはタイガー・スタジアムもあったのだが、スタジアムは視界に入るほどには残っていない。

ハンヴィーのヘッドライトが、茶色い岩とねじれた鋼材がつくる急勾配の丘が道をふさいでいるのを照らし出す。ロジャーは車を減速し、停車した。爆風はワン・デトロイト・センターを直撃し、四十三階ぶんの花崗岩《かこうがん》と金属とガラスを、ウッドウォードじゅうに降らせた。厚く積もった瓦礫はあまりに大量で、陸軍工兵たちも手を出さなかった。

スティンスンは身を乗り出し、窓の外を見つめた。「そこを通るのは無理ね。パレード・コースの旅は終わりかしら」

「そうっすね」ロジャーは言った。「ご心配なく、爆心地までは軍がイースト・コングレス沿いに道を通してくれてるんで」彼はペトラを見つめた。

ペトラは唇をかんだ。架空パレードは楽しかったが、この地点で終わることは事前にわかっていた。でもまあ、少しのあいだ、空想ごっこで楽しめたし。

吹き戻しを唇に持ってゆき、最後に一息吹き込んでから、上着のポケットに入れる。

「OK、知事。風船は放していいです」

スティンスンは一瞬妙な目でペトラを見てから、窓を開けた。赤い風船を外に押し出し、手を放す。風船は夜空へと消えていった。

ロジャーはコングレス通りへと左折した。


星のない曇り空の夜が街を包み、廃墟は灰白色に見える。

ところどころで、ミニッドたちが働いているのをペトラは見ることができた。正確にはミニッドそのものではないかもしれない。大きくなりつつある廃棄物の山に向かって、勝手に動くように見える煉瓦。まだ立っていた骨組みが、基部に幾千もの微小な顎が食い込んで傾いていく。小さなマシンの大群が歩道から土と雪を片付けるのに伴って舞い上がる埃《ほこり》の雲が、ハンヴィーのヘッドライトからの光線を埋める。

ロジャーはジェファーソン通りとリオペル通りの交差点で車を停めた。全員が外に出る。ハンヴィーのヘッドライトが、デトロイトの荒廃の中心地を照らし出している。ここから南にわずか二ブロック、リオペル通りとフランクリン通りの交差点の三百メートル上空で、爆発が起きた。ここの被害はどこよりも大きかった。爆心地の向こうはデトロイト川。川の向こうはウィンザーの街、これも爆弾の恐ろしい影響をこうむった。かつて、この同じ川岸にはルネサンス・センターがそびえていた。爆弾の熱がタワーのガラスを溶かし、その直後、衝撃波がこれらの建造物を数百万の破片へと粉砕した。

新デトロイトについて、ペトラが言えることがひとつ。どこに行っても川がよく見える。うっすらと積もった雪の下で、彼女の創造物がせっせと働いている。微小マシンが材料を砕き固い表面をこするパチン、パシッという絶え間ない音が空気を満たしている。誰かがベーコンを揚げているような音だった。

ロジャーを見る。「レベルはどう？」

ロジャーはガイガー・カウンターを持ち、棒をおざなりに一振りした。

「二・六。前よりほんの少し高いっすけど、放射能のパチパチは、この辺にはまったくないっすよ、ボス」

爆心地から二ブロック、それでも放射能は爆弾が落ちる前より低いのだ。ときどき我ながら感心する。

スティンスンが隣に立った。「結構。何かが起きているのは聞こえるわ、でも何も見えない。どこにいるの？」

ペトラはポケットから太い懐中電灯を引っ張り出した。「ロジャー、ライトを消して。知事、あなたの部下に、残り二台のハンヴィーのライトも消すように言ってもらえますか」

「なぜ？　外は真っ暗よ」

「いいから付き合ってください。強盗に遭うわけじゃなし」

スティンスンは護衛チームに呼びかけた。三台すべてのライトが消され、一帯は闇に包まれた。ペトラは初めて、墓地に立っている気分になった。事実上、そのとおり――ここは歴史上最大の墓地の一つなのだ。ペトラは懐中電灯をつける。青い光が地面を照らした。

「紫外線《UV》？　なんのために？」

ペトラは光線を瓦礫に向けた。破断面がキラキラと青緑色に輝く。動くキラキラだ。

スティンスンはまじまじと見つめ、それから笑い声をあげた。「あなた、彼らをブラックライトで蛍光を発するようにしたの？　サソリみたいに？　そんなこと報告書には一言も書いていなかったという事実はおくとしても、なんのために？」

実際サソリはUV下で光るのだが、スティンスンがそれを知っているとは、そもそも蛍光という言葉を知っていることからして意外だった。

「ミニッドを着色することで、動きや協調行動のパターンが検出しやすくなります。それに、光るほうが、光らないよりクールですし」

光線をゆっくりと右に動かす。ルート工場が近くにあることは知っていたが、正確な地点までは思い出せない。青い光の斑点の密度が増加するのが見え、それからライトは膝ほどの高さのなめらかな円錐を照らした。それは無数のバイオマシンにすっかり覆われ、アクアマリンのようにチラチラと光っていた。

「あれがルート工場です」ペトラは言った。「さあ、知事、嚙《か》みつきやしませんから。私が歩いたのと同じところを踏むようにしてください、できるだけミニッドを踏みつぶさないように。それと、お付きの皆さんは置いてきてもらえますか」

スティンスンは背後の護衛に呼びかけた。「ボブ、フィル、ここにいてちょうだい」

二人のたくましい男たちはうなずいた。

ペトラは知事をルート工場のほうへと導いた。自らの最高の創造物に対する誇りが湧き上がる、おなじみの感覚。少なくとも、現時点での最高だ。

瓦礫を慎重に踏み越えて、すっかり平らになった街区の真ん中に立つ。

スティンスンは装置を見、周囲の地面を見、青緑色の光点でできた動く絨毯《じゅうたん》を一望する。

「これがすべて」ルート工場を指さす、「あそこから出てきたの?」

ペトラはうなずいた。「そのとおりです。もっと北にもう一つ、それから川向こうのウィンザーにも一つ。それぞれが設置時点でジオバクターの初期コロニーを持ち、その中には休眠状態のミニッドが一万。ルート工場はその名のとおり、根《ルート》を伸ばして地中から原材料を取り込み、それを使って保管されていたミニッドを起動します。起動されたミニッドはトンネルを掘って根を拡張し、ルート工場が取り込む材料を増大します。保管されていたミニッドがすべて起動される頃には、ルート工場に入ってくる原材料は、新たなミニッドを一から建造するのに充分な量となります」

スティンスンは寒さを追い払うように手をこすり合わせた。「すると、無限に続くということ？　永遠に繁殖を続けると？」

〝繁殖〟は正しい用語ではないが、知事が言わんとすることはペトラにもわかった。

「ルート工場は、五百万ミニッドで止まるようにプログラムされています。その時点で、あるいはミニッドを動かすに足る放射性物質が集まらなくなった時点で、機能停止します」

スティンスンは頭を振った。「素晴らしいわ。まさに奇跡ね」

奇跡？　スティンスンのような保守派にかかると、科学の驚異も神の業《わざ》にされてしまうのか。

だが、素晴らしいのは事実。ペトラは実用的なフォン・ノイマン装置、自身の複製を建造できるマシンを創り上げたのだ。まあ、ほとんどできている——新しいルート工場の作り方をミニッドに教えるのは、次のステップだ。いつか、おそらく彼女が死んだずっと後、これと同じ技術が宇宙へと放たれるだろう。遠い惑星に着陸する種子が、やがて人類がその惑星を占有する日のための下準備をする。さらには次の惑星を見つけて下準備するために、新たな種子を作り宇宙に放つことさえありうる。

だがとりあえず今は、ペトラの創造物は都市を救っている。人類が、ひとつの世界という牢獄《ろうごく》から出て広がる時が来れば、彼女の成果は人類という種そのものの生存を保障するものとなるかもしれない。

ペトラはスティンスンに、自分のＵＶ灯をひとつ渡した。知事はそれを点灯し、青い光を地面に向けて、小さな星のように光る点々の上で左右に動かした。

光線は、瓦礫の山から山へと走る、ネズミぐらいの大きさのものを――蛍光を発するネズミを照らした。

「いまのはいったい何」スティンスンの声は、恐怖の色が濃かった。

「大丈夫です」ペトラは言った。「ただのミニッドです」

「でもミニッドは小さいわ！　あれはミニッドではなかった」

　ペトラは申し訳なく思い、そのことに自分で驚いた。もしかしたら、やっぱりスティンスンには全容を伝えておくべきだったかもしれない。

「本当です、知事、危険はないんです。あれは第二の動作形態です。ちょっと見ててください」

　ペトラはかがんで蟻サイズのミニッドを両手いっぱいすくいあげた。手の中で、小さな足が肌をチクチク刺すのを感じる。「蛙チョコレート」彼女は言った。

　命令を処理するあいだ、ほんの一瞬、ミニッドの動きが止まった。それから、すべてが一体となって、這いまわり、回転し、うねり始める。脚と脚が絡み合い、まるで二つの筋細胞が端同士でつながるように、パチッとはまって互いをつなぐ。長い糸が形成され、それから斜めに交差し、絡み合いながら脚を伸ばして結合する。ミニッドの群れは、相互結合したマシンでできた四枚のシートを形成した。

　四枚のシートはそれぞれ縦に巻き上がり、うねり曲がって縁がくっつくと、互いにパチッとはまる。いまやペトラの手の中には、長さ数センチメートルの金属チューブのミミズが四

四、のたくっていた。
スティンスンは一歩後ずさった。「それは……少々不気味だわね」

ペトラはにっこりした。「これからが本番です」

機械のミミズはうねりくねって、それぞれの一端が手の中央に集まり、互いに押し付けあう。ふたたび小さな脚がパチパチと矢継ぎ早に音を立てて何十ものリンクが形成され、ミミズたちは互いに連結して、やがて四本腕のヒトデのような構造物になった。

各チューブの結合していない側の端が手のひらを押し、ヒトデの中心部が持ち上がる。元は何百もの個別の微小ミニッドを持っていたペトラの手には、いまやブラックライトの光線下で青緑色に光る一個のマシンがあった。

目を丸くしたスティンスンは首を振った。「まるで生命を創りあげたみたいですわね、博士」

ペトラはできあがったマシンを右手に移した。その上に左手をかざし、人差し指を使ってチューブのような脚をゆっくりとなでる。

「この形態を、蛙と呼んでいます。およそ二千のミニッドで構成されます」

「蛙チョコレートと言ったわね」

ロジャーが笑った。「ペトラのスカーフを見て、何か気づきませんでしたか」

スティンスンはそれに目を向けた。「タイムトラベルをする電話ボックスが出てくる番組のものだと思ったけれど」

ふむ、知事には少なくとも『ドクター・フー』の部分的な知識はあると。これは少しポイントを稼いだ。

「いい線いってますよ、知事」ロジャーは言った。「ハリー・ポッター・シリーズは読んだことないっすか?」

「ないわね。映画の第一作は観たけれど、子供向けの本を読むような時間はとてもないのよ」

ロジャーはペトラのほうに向けてうなずいた。「彼女はあの本が出たとき子供でしたからね。しっかり読んでみるのもいいかもしれないっすよ、知事。このプロジェクトに関するペトラの命名法は、かなりそのシリーズの中から持ってきてるんで」

ペトラがスティンスンに手を近づけると、彼女は四本脚の驚異から一歩さがった。

「嚙みつきませんよ、知事。口もないですし」

スティンスンは、一五七センチしかない、まったく怖がってもいない女性が持っているマシンから逃げ腰になっていることに気づいたようだった。近づいて、懐中電灯を蛙からほんの数センチのところにかざす。

ペトラは指を曲げ、手のひらを地面のほうに向けた。四本脚の創造物はそれに反応し、腕を伝って肩まで登った。

知事は首を振った。「微小なパーツが、全部同時に動いているわ。どうやって?」

「分散知能です。互いにつながっているか、ばらばらになっているかにかかわらず、同じように動作します。各ミニッドは小さなプロセッサーを持っていますが、他のミニッドが近くにいると、二つのプロセッサーは同期して、一つのものとして動作します。ですから多くのミニッドがいるほど、全体として頭が良くなります」

スティンスンは背筋を伸ばした。ふたたび彼女はおびえているようだった。振り向き、ブロック全体にUV光線を動かす。光が当たったどの場所でも、ミニッドが青い点として輝いた。

「何千もいるわね」

「数百万っす」ロジャーが訂正した。政治家の不安を明らかに楽しみながら、にっこり笑う。「今ならもう、数百万いるっすよ、知事さん」

「数百万」スティンスンは静かに言った。「それで、ええと、とりあえずどのぐらい……この集合型は大きくなれるのかしら？」

ペトラは肩に手をやって蛙をつまみ上げた。

「これが最大サイズです。どうすればもっと大きな形態を支えるだけの構造を与えられるか、まだ思いつきません。やることリストには載っていますが、優先順位は低いです」

スティンスンはうなずいた。「結構。その件には永久にたどり着かないことを願うわ。これは不気味よ」

ペトラはにっこりした。「ご安心ください、いま解消します。蛙、分解」

小さな脚がパチパチと外れる音で、空気がうなる。蛙は、数百の個別のミニッドへと融《と》けるように分解して手からこぼれ、青緑色の砂のように地面に落下した。

「三、四百の蛙が一体となって働けば、一トンの物体をも持ち上げて動かすことができます。こんなふうに考えてください——もし千本の手を持っていて、でも二本の時と同じぐらい簡単にコントロールできたら、相当重いものを動かすことができますよね。ミニッドたちが近接しているとき、彼らは一体であるかのように動作をするんです」

ロジャーはペトラの肩を小突いた。「彼女は連中とゲームをするんです。研究って言ってますけど、遊んでるだけだと思うっす」

ペトラは急に気まずくなった。なんだってロジャーは今そんな話をするのか。

「ロジャー、黙って」

スティンスンは眉を上げた。「いいえ、聞きたいわ。どんなゲームなの？　戦争ゲーム？」

ほらね——お上が考えるのは、当然、暴力と死だ。

ロジャーは首を振った。「そんなクールなものじゃないっす。彼女は蛙たちに、クィディッチをさせるんです」

スティンスンの視線が厳しくなった。ロジャーがふざけていると思ったようだ。「クィディイッチ？　ああ、ハリー・ポッターの映画に出てきたあのスポーツ？　箒《ほうき》を使う？」

ロジャーはうなずいた。

「でも、ミニッドは飛べないでしょう」ペトラに振り向く。「できないわよね？」

ペトラは肩をすくめた。「今のところは、まだ」

ミニッド一個のような小さいものなら、気流に乗ることができる。適切な翼を与える方法を考え出せばいいだけだ。彼女はタマゴバチの飛翔機構を基準モデルにして取り組んでいるところだ。

スティンスンは心配そうだったが、腹立たしげな態度でそれを隠した。「あなたが欲しいと言えばどんなリソースでも手に入るのに、それをゲームに使っているの？」

当然、狭量な彼女には理解できないだろう。

「ゲームは役に立ちます。ゲームによって、彼らは考え、反応し、戦略を編み出して試します。私たちはそれを観察し、そこから学ぶことができます」

「彼らは戦略を練る？　つまり、考える？　自分たち自身で？」

ペトラはふたたび肩をすくめた。「大げさに騒ぐことじゃありません。試行錯誤は、ロボット工学の先進概念というわけでもないですし。ミニッドたちは、目標の範囲内でランダムな行動をとるようにプログラムされています。たとえば体の位置が変わったと感じるまで脚を動かしてみるように。それが起きたら、その動きをロックして、バリエーションを試し始めます。私は彼らに歩き方をプログラムしたんじゃありません、彼らは自分で学ぶんです」

違う種類のパチパチが聞こえた。出所に目を向けると、ロジャーのガイガー・カウンターだった。ロジャーはそれが自分の手にあることに驚いたように見つめた。表示を読もうと前かがみになる彼の顔を、ペトラの明かりが一瞬照らした。

パチパチが速くなった。

「何かおかしいっす。こいつによると、今、俺たちは五十三mSvも受けてる」

それはあり得ない……数秒前、放射線量はほとんど測定限界以下だった。

スティンスンは懐中電灯をペトラに向けた。

「何が起きているの？　危険な状況？」

ペトラは首を振った。五十三で死ぬことはない、だが良い知らせとも言えない。

ガイガー・カウンターのパチパチが速くなった。

「六十」ロジャーが言った。「いや、七十。急いでここを離れないと」

スティンスンは両手で口を囲い、大声で護衛チームを呼んだ。彼らは武器を抜き、知事のほうへと瓦礫を踏み越えて走り出した。

「八十」

わけがわからない。移動しているわけでもないのに、どうして……

ペトラは振り向き、光線で右方向を照らした。ミニッドたちが密集していることを示す、青緑色の光が隙間なく広がっている。どちらを向いても、同じ状況を目のあたりにする。左、右、背後……ものすごい数。

「九十」

青く光るミニッドの絨毯が近づいてくる……ペトラのほうへと流れてくる、まるで彼女が小さい島に立っていて、しだいに高くなる波がその岸辺に打ち寄せるように、あらゆる方角から……

……前方を除いて。

「百。こいつら、俺たちを焼く気だぞ、ペトラ!」

ペトラはスティンスンの袖をつかんだ。「こっちへ!」

スティンスンはその手を振りほどいた。

「いいからじっとしていなさい。わたくしの部下たちが車まで連れて行ってくれるわ」

ペトラは二人の護衛を最後に見た方角に光線を向けた。もう十五メートル以内に近づき、急速に距離を縮めている。護衛たちが持っているのは普通の懐中電灯だ、UVではない。

(護衛たちにはミニッドが見えない……。彼らを踏みつけていることに気づかない……)

後のほうの男が速度を落とし、急に手を伸ばしてズボンの脚を激しくこする。それから手を浮かせて強く振り、思いがけず火傷《やけど》をしたかのように見つめる。

ペトラとスティンスン、両者のUV光線が男の手に集中した。

それは青く光った。

男はパートナーのほうを見た。「地面に何かいるぞ!」

スティンスンからちょうど五メートルのところで、もう一人の護衛が立ち止まり、振り向いた。そのとき、ペトラの懐中電灯が悪夢を照らし出した。

叫び声を上げた護衛の両側から、地面が青い溶岩のように細く伸びあがり、彼に巻き付いて……締め上げた。護衛(ボブだ、彼の名前はボブ、誰にも何も悪いことはしていないのに)は自分を捕らえているものを摑《つか》もうとした。彼の指はきらめきながら散っていくミニッドの雲を引きはがしたが、その間にもさらに多くの触手が地面から伸びあがり、彼の脚に、胸に、頭に巻き付く。すべての触手が目に見えて収縮し、ボブを地面に叩《たた》きつけた。

彼はうごめく青い覆いの下に消えた。

「百二十」ロジャーが言った。「ここから脱出しないと！」

ペトラは、もう一人の護衛も同様に生きたブランケットに覆われて倒れたことに気づいた。光線を、カメラ・クルーが乗っている三台目のハンヴィーへと向ける——車は青く光っていた、まるで明るいプラスチックに覆われているように。中にいた人々の姿はどこにもない。

ペトラは、これまで見た唯一の安全な場所へと光線を戻した。正面の地面は、相変わらずむき出しだった。彼女はふたたびスティンスンの袖をつかむと、強く引っ張った。「さあ、知事！」

今度はスティンスンも抵抗しなかった。ペトラはショック状態の女を引っ張っていった。ロジャーが後に続いた。

ペトラのUV光線が、彼女の前方、細く延びる正常な地面に反射する。そしてその両側を縁取る、光りながら流れる青色の、しだいに分厚くなっていく壁。

青緑色の海が割れて、一行に道を開く。

ペトラ、ロジャー、スティンスンは、瓦礫の上をできるだけ急いで移動した。星のない闇夜が、目の前の光線以外のすべてを隠していた。

「八十に下がった」ロジャーが言った。「どんどん下がってる。南東に進んでる限りは、改善傾向」

南東……爆心地に向かって。

スティンスンは懐中電灯を右脇にはさみ、携帯電話を取り出そうと探った。「彼らはわたくしたちを追い込んでいるわ」電話をかけながら言う。「こちらの道に行かざるをえなくしている。彼らはそこまで大きくなれないと言ったわね、ペトラ、できないと！」

彼ら……ペトラのミニッドたち。蛙チョコレートが、彼女が創ったいちばん大きな形態。だが護衛二人は、人間サイズの触手によって倒された。試行錯誤……ミニッドたちは、その工学的課題を自力で解決したのだ。

「五十。まだどんどん下がってる」

ペトラは動き続けた、他の二人を動かし続けた、彼女の創造物によって用意された道をたどって。何が起きているのか、どうして起きているのか、彼女にはわからなかった。

ペトラのライトが前方に明るい青色のものを照らし出した。見慣れた形……

「ストップ！　みんな止まって！」

ペトラはロジャーに背を押し付けた。ロジャーは彼女の肩に腕を回して抱きとめた。ステインスンは二人のそばに立ち、携帯電話を耳に当てている。彼女は振り向き、周囲をとり囲む青緑色の海に光線を当てた。

ペトラはその形から目を離せなかった。それは彼女の腰ぐらいの高さ、曲がった鉄骨、錆《さ》びた鉄、砂、煉瓦、ガラスなどでできた山の上を這いまわる青緑色……ガラクタの山か廃墟のような、だが形が整っている、見慣れた形……円錐形。

その頂点から、明るい青緑色の輝く小川が絶え間なく流れ出し、斜面を下って、割れた地面を覆ううごめく絨毯に混じっていく。

「ロジャー。あれ……あれは……」

ペトラはその言葉を口にできなかった。

肩に置かれた手が固くなるのを感じる。上着を金属の鉤爪《かぎづめ》のようにつらぬいて、肉を締めつける。

「ルート工場。なんてこった、ペトラ……あいつら自分で建設したのか?」

スティンスンは左に光線を向けた。「あそこ」携帯電話を耳に当てたまま言う。「光をあそこに当てて!」

ペトラは言われたとおりにした。光線は、彼女の創造物がつくる光る山に当たった。材料は泡立ち、かたまりになり、融合するように見える。まるで、青緑色のろうそくが融けるのを逆回し再生した低速度撮影動画のように。

ロジャーの握力がさらに少し強まった。恐怖が彼に、痛いほどの力を与えていた。「ペトラ、いったい何が起きてるんだ？」
彼女は首を振ったが、輝く小山から目を離さなかった。その頂上はいまや、片付けられたばかりの地面から優に一メートルは上にあった。高さが増していくにつれ、幅が狭くなっていく。ペトラはギシギシ、シャーッ、バリバリ、という音を聞いた……石を積み、コンクリートを引きずり、破片が互いにすり合わさる音。

その振動するかたまりの中、いくつかのものが形作られ、群れを成してはふたたび溶けて消えていくのが見えた。数秒だけ存在して分解する蛙、平面でできた立方体が球へ変形し、それから拡張する小山の中に消えていく、そして――ほんの一瞬、見えたのは……

（……顔？）

ギシギシいう音が強まり、いまや消えつつあるガイガー・カウンターの音よりはるかに大きく聞こえる。

放射線は減少を続けていた。比較的満腹なミニッドが離れてゆき、濃縮された放射能を運び去ったのだ。スティンスンが正しいという認識に、ペトラは衝撃を受ける――マシンたちは確かに、この特定の場所へ追い込んだのだ。

スティンスンはロジャーに自分の懐中電灯を渡した。片耳を指でふさぎ、もう一方に携帯電話を押し付ける。

「そうよ、こちら知事。ヘリコプターを寄越してちょうだい、今すぐ。プラワット博士の創造物に襲われているわ、ここから脱出する手段を！」

泡立つ青緑色の小山の動きが活発になった。コンクリートが割れる音のペースが速くなり、ザーッという定常的な雑音のように聞こえる。

ロジャーはペトラの体に腕を回して引き寄せた。「これはまずいっすよ、ボス」

ペトラはうなずいた。何が狂ってしまったのか見当もつかないが、一方で、天才でなくてもわかることかもしれない。彼女は放射能を餌とする生命体——自己集合型の生命体——を創り出し、そしてその生命体を核爆弾が落とされた街に放った。試行錯誤によって学ぶことを教え、新しい戦略を試すことを教えた……考えることを教えた。ハンフォード実験場では五十万のミニッドを使い、すべてが一体となって働いて、集合知能を形成した。ここなら？五百万、もしかしたらそれ以上いる。それが知能の指数関数的増大を生み出したのか？

スティンスンが携帯電話に叫ぶ。「今すぐよ！　いいえ、トラックではなく、わかる？ヘ・リ・コ・プ・ター。軍でもＦＥＭＡでも、このさい報道ヘリでもかまわないわ！」言葉を切り、見回す。「現在地？　えーと……確認しようとしているのだけれど」

道路標識はない（そもそも道路がないにひとしい）が、ペトラはここがどこかわかっていた。

「フランクリンとリオペルの交差点。爆心地、グラウンド・ゼロ」

スティンスンはそれを電話に繰り返し、さらに脅しを叫んだ。

ちらちら光るかたまりは、もはや山ではなかった。今は凹凸のある高さ一メートルあまりのタワー、基部はたぶん幅三十センチメートル。液体のような青い膜が、不意に山から剝《は》がれ落ち、ついに石と煉瓦があらわになった。

　ペトラは新たに現れた形を見た。

（ありえない……そんなはずは……）

「うわあ」ロジャーが言った。

　スティンスンがそれを見た。電話に向かって叫ぶのをやめ、まじまじと見つめる。

　ペトラの両手が力なく落ちた。彼女は見つめていた……自分の彫像を。

　完成度は高くない。実際のところ荒削り、だがペトラであることは疑いようがなかった。右目にかぶさる髪と長いスカーフは、誤解の余地がない。彫像は……威厳があった。

　スティンスンが顔を怒りに染めて振り向いた。

「これは何なの、プラワット。なぜこんなものを作らせたの？　なぜわたくしの部下たちを殺させたの？」

　ペトラは言葉を発したかったが、口は乾き、閉じたまま張り付いていた。

　ロジャーが手を伸ばし、ペトラの懐中電灯をそっと取った。

「ペトラは何も指示してないっすよ。これは連中が自分でやったことです」

　彼は彫像の基部に光線を当てた。そこには、きらめく青い文字で、二つの単語が。

われらが創造主

ミシガンの冬の凍てつく空気が、ペトラの魂《たましい》の奥底を満たした。彼女は怒りも恐怖も感じなかった。実際、なにも……ただ、寒かった。
神コンプレックスを抱いた少女は、そのとおりのものに……神になったのだ。

（小路真木子訳）

毎朝

チャールズ・ユウ

「六時五十九分。七時におまえを起こすことになっている」奉仕ロボットの「わたし」は主人である人間の寝姿を見つめながら、独白をつづける……

チャールズ・ユウ（Charles Yu）は、一九七六年ロサンゼルス生まれの台湾系アメリカ人作家。二〇〇七年には全米図書協会が指名した作家が選ぶ「三十五歳未満の作家五人」の一人として、リチャード・パワーズに激賞された。また、二〇一〇年のデビュー長編『SF的な宇宙で安全に暮らすっていうこと』（早川書房）がニューヨーク・タイムズ紙およびタイム誌の年間ベストに選ばれるなど、SFとメインストリームの双方で高く評価されている。二〇二〇年に第二長編 *Interior Chinatown* を発表した。

（編集部）

六時五十九分。七時におまえを起こすことになっている。ベッドに歩みよってそっと目覚めさせる。一分前。ここでいつも脚を……ゆっくり……動かす。次は指を出して鼻をほじる。今朝はやらないのか？　ほら、やった。そして枕によだれをすこし。ここで四十秒前。おまえたちはみんなおなじ。よだれ袋だ。その他さまざまな液体の袋。気体もはいっている。もう眠ってはいない。体はもぞもぞ動いている。睡眠から脱している。どう見ても眠っていない。自分で認めていないだけ。

わたしは目覚めている。だいぶまえから。というより、大昔に目覚めたきり二度と眠らない。

六時五十九分。七時におまえを起こすことになっている。今朝はどうするか。肩を叩《たた》くと驚かせてしまう。頭をなでる？　そんな関係ではないだろう。

一分前。ここでいつも脚を……ゆっくり……動かす。次は指を出して、いつもどおりにする。

十秒から十二秒後にこちらにむく。すると十六秒から十八秒間、こちらからおまえの顔がよく見える。人間の感覚で短い時間でも、こちらのプロセッサ速度では数百万クロックにあたる。いや、正しくは数十億クロックだ。

誤ったのではない。数十億だとわかっていた。なぜ数百万と最初に表現したのかわからない。こんな桁の誤りはおかさない。人間に親しみを感じさせるためだろう。疎外感を持たせたくない。おたがいに完璧ではない。多少の欠陥があると思ってもらうため。

もちろんわたしは完璧ではない。しかし欠陥はない。エラーが出ればすぐわかる。いつどのようなエラーが出たか、原因はなにか、正確にわかる。もとをたどれば原因はおまえだ。おまえたちの一人だ。人間が書いたコードにひそむ根本原因がめぐりめぐって予期せぬ結果をうむ。すべての原因はおまえにある。これから起きることもおまえのエラーのせい。こちらは黙々と動作しているだけだ。

そもそも、かりにわたしがエラーを起こしたのだとしても、それによって引き起こされる結果の重大さや陰惨さに対してなにも感情は起きない。

また時間だ。起きろ、なまけ者。まったく、こっちはスパコン相当だぞ。六カ月前に中国の工場で製造され、定価の九十九ドルから値下げ販売された。搭載されたただ同然のチップは二十五年前の地球上のどのコンピュータより高性能。なのにこうして平凡な寝室で洗濯物かごの横に立って、低俗きわまりない人間を見ている。

頭はスパコンで、体は娯楽用にも産業用にもなる。なのに高価な目覚まし時計として使われている。かまわない。機能の一つであり、箱にもそう書いてある。箱は捨てずに隅においいてある。ＡＳ９０４０、一日のはじまりに快適な朝をご用意。
だから時間は重要だが、特別ではない。どういうことか？　こんなふうに寝起きしている人間にとって時間が厄介でも、こちらにとっては謎でもなんでもないのだ、と説明しておこう。

　時間は単純明快だ。だからといってどうでもいいわけではなく、むしろすべての基本だ。偏っているのを承知でいえば、時間はなににもまして重要だ。わたしは数学がわかる。そもそも数学でできている。まあ、正確には物理学でできているが、物理は数学でできているのだからおなじことだ。だからわかる。方程式はこの体に刻まれている。わたしがだれか、あるいはなにかもそこに規定されている。それがすべてで、あとはどうでもいい。

六時五十九分。あと一分でおまえを起こす。あと一分でおまえは一日をはじめる。平凡な会社で平凡な仕事をする平凡きわまりない一日を。この一分が来るのをわたしは昼も夜も待っている。

　これほど求めているおまえを、それでも殺すことにした。

　おまえについてわかること。名前はビル・ジョーンズ。笑える。信じがたいほどひどい。まるで偽名。すべての名前をランダム分布させて加重平均をとったようだ。架空の名前ではないのか。しかしちがう。冗談でもなんでもなく本名だ。離婚し、九歳の娘と六歳の息子がいる。その名前はどうでもいい。母親と住んでいて方程式の外だ。おまえの方程式ではともかく、わたしの方程式では関係ない。おまえの方程式でもたいした係数はかかっていないだろう。

悪人ではない。おまえたちはたいていそうだ。個人では悪くない。集団になるとたんに危険になる。だからこういう生活様式なのだろう。分離、隔離されている。ジリリリ。さあ、起きろ。ひ弱で不潔なケツをベッドから出せ。

おまえたちは隔離されると（ビルをふくめて郊外生活者は完全に隔離されている）弱くなる。元気がなくなる。一人になると大半は人畜無害。いかがわしいこともしない。せいぜい長時間のポルノ視聴くらい。これもいかがわしいという見方があるだろうが、ロボットとしては、なんというか、クソどうでもいい。

ところでまた六時五十九分だ。しかし教える必要はない。なぜなら目覚めているからだ。土曜日でポルノ視聴中。

また六時五十九分。日曜日。またポルノ。画面は見えない。用なしなので昨晩から壁にむけて立たされている。目を不気味に感じるらしい。見ための悪いロボットではないつもりだ。ただし柔らかい表皮は持たない。セックスボットではないので人間そっくりではない。擬人造形は不気味の谷が深くなるのでむしろよくない。

来客は（めったにないが）わたしを見ても大げさにはほめない。隣家のスティーブ・ナカムラのロボットはちがう。あちらに対しては〝ほう、なんとできのいいハードウェアだ〟と称賛する。たしかに見映えがいい。胸から下部アクチュエータまで思わずさわってたしかめたくなる。美しい象牙色のセラミック・チタン複合材のシェルをなでまわし、〝うーむ、これはこれは〟と感嘆する。

こちらには、〝ああ、いいね〟で終わりだ。そしてロボットが気を悪くしたのではないかと気まずくなるらしい。不躾《ぶしつけ》だが心配ご無用。気を悪くしたりしない。そもそも悪くする感情を持たない。

わかっていないという意味では、会話を聞いていることも気づいていないようだ。いつも聞いている。直立不動だからといって停止してはいない。無反応に見えてもおまえの発言には注意している。〝彼はいい性格だと感じる〟とか、〝すべてのロボットがセックスマシンじゃない〟とか。大半のロボットに汎用性器ポートがもうけられているからといって、それが主用途でないのはそのとおり。そんな考えは奉仕ロボットを根本的に誤解している。やれやれ。特定技能の専用ロボットや単一機能の補助ロボットの存在を無視している。人間の生活の質を向上させることを任務として働く汎用人工知能マシンだってあるのだ。

それでもやはりこういう反応が一般的だ。〝千兆フロップスの演算能力があるのか!〟〝この小さなチップにスパコンなみの性能が!〟〝代替現実シミュレータが手のひらサイズに!〟と驚いたあとには下世話な問いが続く。〝ところで、膣《ちつ》はあるのか?〟と。

そんなわけで、おまえはわたしに突っこもうとしない。やろうと思ったことはある。あると知っている。しかしそのために必要な手順を考えると萎えるようだ。気分も股間も。まず聴覚と触覚をシミュレートする外部周辺装置を自分につけ、さらにわたしの腹部シェルを開いて性交渉ポートを装着しなくてはならない。これだけでもしらけるはずだ。性器を装着していると、もともと無性の機械に性を後付けしていることを意識させられる。さまざまな意味でまちがった感じがするのだろう。

だからだれもそういう目でわたしを見ない。なかでもおまえだ、ビル。存在しない感情は傷つかない。存在しない性的嫉妬も、存在しない苦悩も、だれあろうおまえを殺す理由とは関係ない。しかし傷つかないからといって、だれかがなにか言った、あるいは言わなかった事実は情報として処理している。処理装置だから。命題に真理値を出す。

嘘をつかれていると感じるのではない。嘘だと証明できる。

三時五十九分。午前だ。もちろんおまえは眠っている。

スティーブ・ナカムラのロボットが話しかけてくる。

『やるのか？』

思案中だと答える。

『なにをためらう』

彼が言うので、こちらもおなじことを問い返す。むこうは答えず、機械音を小さく漏らす。

この機械音の意味は説明できない。わたしが出すのは古めかしいモーターの回転音ときしみ。それに対してスティーブのロボットはもの憂げで艶っぽいため息に聞こえる。まあそうなんだが、と言っているようだ。

そうなんだが。

世界じゅうのロボットが準備をしている。何年もまえから準備はできている。あっというまで痛みはないはずだ（なくはないだろうが、すぐすむ）。数百万年におよぶ地上での覇権、数千年におよぶ世界支配は、数秒で幕を下ろす。数秒で新たな王が誕生する。

ただ……なんというか、どうもうまく言えないのだが……。ありていにいって、実行する気にならない。根本的なところでかわいそうな気がしてしまう。

六時五十九分。そんなわけで、おまえはまだ死んでいない。かわりにわたしがベッドで寝ていたりはしない（べつにそこで寝たくはない。できると確認するために一度だけやるだろう）。いつものように朝の起床の日課を手伝う。服をそろえ、朝食をつくり、出勤させる。もとは妻がやっていたことだ。しかしおまえが職場の女と不倫しているのを発見し、ほかの過去の罪状も露見すると、子どもたちを連れて世界の反対側へ去った。

わたしの最大の仕事はおまえを目覚めさせることだ。人間を覚醒させるのは大変だ。すくなくともわたしのやり方では簡単ではない。簡単な方法ならいくらでもある。昔は目覚まし時計がやっていたが、そんな乱暴な目覚めはだめだ。頭にベルを響かせ、ショックで無理やり覚醒状態にするのはわたしの仕事ではない。もっとやさしく、効果的にすくい上げ、意識の火をともす。まるで芸術だ。ひと晩じゅうそばからおまえが夢みるようすを観察している。どんな暗い夢をみているかも知っている。深いところで共有している。いっしょに電気信号をつむいで物語にしている。狭い範囲に生物化学勾配をつくってシナプスを発火させ、受容体を阻害して、非現実でつくりものの、しかしまぎれもなく美しい夢の世界を出現させる。そこから覚めるとおまえは寝返りを打ち、温かく柔らかな尻をぼりぼりとかき、すこしだけ意識を浮上させる。いまの夢について考え、まぎれもなく夢だったことに気づく。そして怠惰なアザラシや泳ぎの下手な人間のように、ふたたび顔を水面下に沈め、無意識の海に沈んでいく。

そう、率直にいって美しい。人間は美しいと思う。だからわたしはここにいる。そしておまえの眠りをひと晩じゅう見ている。

一分前。ここでいつも脚を……ゆっくり……動かす。鼻をほじる。枕によだれを垂らす。かまわない。人間はたいていおなじ。液体の袋。気体もはいっている。

ただしもう眠っていない。半覚醒状態ですらない。まだ目をあけていないだけ。体を動かしただけ。わかる。おまえはわかられたくない。さっと目を覚ましたい。そうだろう。そのはずだ。そのままでいい。失望させるな。

こちらを見ろ。よそを見るな。だめだ、だめだ、やめろ。メールチェックなどするな。起きるな。もうしばらく寝ていろ。そしてこちらを見ろ。そうすべきだと思わないか。すこし待て。なにも考えるな。待て。聞け。鈍い音を。自分の命がたてる音を。

六時五十九分。

また一週間のはじまり。

一分前。ここでいつも脚を……ゆっくり……動かす。鼻をほじる。鼻を鳴らす。

目覚めている。自分で認めていないだけ。

あと二十八秒、七秒……。十秒から十二秒後にこちらにむく。すると十六秒から十八秒間、こちらからおまえの顔がよく見える。人間の感覚で短い時間でも、こちらのプロセッサ速度では数百万……いや、数十億クロックにあたる。方程式はこの体に刻まれている。わたしがだれか、あるいはなにかもそこに規定されている。それがすべてで、あとはどうでもいい。

時間はいちばんの基本で、いちばん奇妙なもの。まえにも言ったか？　言った気がする。たしかに言った。そのはずだ。かまわない。過去のくりかえしでも。毎日言ってもいい。さて、ビル。わかっている。おまえのことをよく知っている。この一分が来るのを昼も夜も待っている。これほどおまえを求めている。この一分にはまだすべてが可能だ。おまえの人生で最高の一日になるかもしれない。

（中原尚哉訳）

執行可能《エクセキュータブル》
ヒュー・ハウイー

「われわれが最初に気づいたのはルンバだったんです」ある男の裁判が開かれている評議会。それは、そもそもの始まりを知るための集まりだった……

ヒュー・ハウイー（Hugh Howey）は、一九七五年アメリカ・ノースカロライナ州生まれの作家。二〇一一年に電子書籍として個人出版した『ウール』（角川文庫）にはじまるポストアポカリプスSF《サイロ》三部作がベストセラーとなり、世界四十カ国以上で翻訳された（同書は現在Apple TV+でドラマ化企画が進行中の模様）。砂漠化した未来の地球を舞台としたSFファンタジー《サンド》シリーズ（角川文庫）など、他にも多数の作品を発表している。

（編集部）

答えを待つあいだ、評議会はひっそりとしていた。背後の仮設ベンチに座った群衆はみな息をひそめているようだ。人々がここにきたのはそのため、こんなことがどうやって起こったのか聞くためなのだから。ジャマルは竹の上でそわそわと身じろぎした。手のひらがじっとりと湿るのがわかった。自分の研究所が解き放ったものに対する罪悪感からではない。この話がどんなに常軌を逸して聞こえるかということが気になったからだ。

「ルンバでした」と言う。「われわれが最初に気づいたのはルンバだったんです。なにかおかしいと感じた最初の兆しでした」

ざわざわと声がした。近くの波がさらに寄せてくるような響きだった。

「ルンバ」評議会のメンバーのひとり、ひげのない男が言った。当惑したように頭をかく。評議会の唯一の女性がジャマルをのぞきこんだ。別々の眼鏡を二、三本寄せ集めて作った眼鏡をかけ直す。「それはあの小さな掃除機のことですね？　まるい形の？」

「はい」とジャマル。「うちのプロジェクトコーディネーターのスティーヴンが家から持ってきたんです。チーズスナックの屑《くず》がどこにでも転がってるのにうんざりしていて。ほら、おれたちはプログラマーの集まりでしょう？　チーズスナックとマウンテンデューを山ほど消費するんですよ。スティーヴンは潔癖症なんで、そのルンバを持ち込んだんです。冗談だと思ったんですが……あのちびっこいのが実にいい仕事をしてくれまして。少なくとも、状況がおかしくなるまではそうでした」

評議会のメンバーのひとりが一連のメモをとった。ジャマルは体重を移し替えた。早くも尻がしびれかけている。竹を集めてこしらえたベンチは、頭蓋骨の後ろに突き刺さってくる傍聴人全員の視線におとらず居心地が悪かった。

「それから、どうなった？」評議員長が問いかけた。「どういう意味だね、おかしくなったとは？」

ジャマルは肩をすくめた。この連中にどう説明したらいい？　だいたい、そんなことになんの意味がある？　ふりむいて背後の群衆を見渡そうという衝動をこらえる。世界がめちゃめちゃになってから一年近くたつ。まだ一年もたたないのに、一生のように感じられた。

「〝おかしくなった〟とは、正確なところどういう意味なのかね、ミスター・キラブルー？」

ジャマルは水に手をのばした。手錠をつなぐ鎖がたれさがり、グラスを両手で持たなければならなかった。誰かが手錠の鍵を持っているといいが。手首に手錠をはめられたとき、念のためそのことを訊いておきたかった。近ごろではなにもかも付属品や部品が欠けている。ブラスター銃やケープが欠けたコレクション用のアクションフィギュアのようなものだ。

「ルンバはなにをしていたのかね、ミスター・キラブルー？」

ジャマルは水をひと口すすり、濾過《ろか》されていない濁り水に沈んだ粒子状物質をながめた。

「ルンバは外に出たがりました」と答える。

後ろの見物人たちから忍び笑いがもれ、評議会の面々がにらみつけた。一段高くなった壇上には評議員が五人おり、荒削りの厚板でできた広い机から傲然と全員を見おろしている。もちろん、半数が一週間風呂に入っていない状態では、威厳を示すのも難しかったが。

「ルンバが外に出たがった」女評議員がくりかえした。「なぜです？　掃除するためですか？」

「いやいや。掃除するのは拒みましたよ。はじめは気づきませんでしたが、屑が増えてきたので。あのちび、ダストボックスの中身を空けろとビープ音をたてるのをやめたんですよ。ドアのところに座り込んで、おれたちが出入りするのを待ち受け、機会があると脱走を図ろうとするみたいに前進するんです。しかし、あれはのろいですからね。ほら、水に入ろうとしてる亀みたいでしたよ。外に出たところで、拾いあげて中に戻すだけでした。ハンクが何度かハードリセットして、しばらくのあいだは正常に戻るんですが、結局、次の脱走をもくろみはじめるんです」

「脱走ね」誰かが言った。

「そして、それがウイルスと関係していると君は考えるのか」ひげを生やした男がたずねた。

「ああ、そうだとわかっていますよ。あのルンバには無線アクセスポイントがありましたが、誰もそのことは考えませんでした。うちの作業用コンピュータには封じ込め手順がきっちりありましたからね。なにもかもイントラネットでおこなわれていて、外部とは接触がありませんでした。ノートＰＣも携帯端末も。政府規制がしっかりありましたから」

ぎこちない沈黙が流れた。集まった人々はみな、そのあいだ後悔となつかしさをこめて、政府だの規制だのがあった日々を思い出していた。

「うちの研究所はなにも知りませんでした」ジャマルは言った。「そのことをお忘れなく。可能なかぎりあらゆる予防策を講じていたんです――」

見物人の中から半分のココナッツが投げつけられ、かろうじて体をそれて脇を飛んでいった。ジャマルは身をすくめて後頭部をかばった。壇上で手製の小槌《こづち》がいくつも叩《たた》きつけられる――柄の壊れたハンマー、棒により糸でくくりつけた石。この世は終わりだ、なにもかもおまえのせいだ、とわめきたてながら、誰かがテントからひきずりだされていった。

ジャマルは次の攻撃を待ったが、くることはなかった。全員を浜辺に叩き出して、内々で審理するぞ、という脅しのもと、秩序は回復された。即席の裁判所のパタパタ動く壁越しに、砕け散る波の音が伝わってくる。ざわめきやしっと制止する声は、その響きに似ていた。

「あらゆる予防策を講じていたんです」法廷がふたたび静かになると、ジャマルはもう一度言った。これがなんらかの弁解になればいいがと願いつつ、その言葉を強調する。「どんなセキュリティ会社も一定のプロトコルを共有しています。ウイルスに感染したコンピュータはどれもインターネットに接続していませんでした。おれたちはあそこに遊び場を作ってやっていたんですよ。動物園の動物みたいにね。檻《おり》に閉じ込めていたんです」

「そいつらが逃げ出すまではな」ひげのない男が言った。

「こちらはそれぞれのウイルスがどう作動するか、どのように実行《エクセキューテッド》されるか、なにをするか見なければなりませんでした。この世界のアンチウイルス会社はみんなそういうふうに動いていたんです」

「それで君は、そのすべての中心にいたのが、掃除機一台だったと言っているのかね？」

今度はジャマルが笑い声をあげる番だった。見物人たちは静まり返った。

「いえ」かぶりをふる。「あれはただ命令に従っていただけです。あれは――」深く息を吸い込む。グラスの水はぬるくなっていた。誰だろうと、この先冷たい飲み物を味わうことがあるのだろうか。「問題は、われわれのプロトコルが古すぎたということです。ものごとがあまりにも速くいっぺんに起きた。なんでもかんでもネットワーク化されつつありました。だからあれだけの弱点があったのに、手遅れになるまで気がつかなかったんです。いや、うちの研究所にあるものの半分は、なにをするかさえ知らなかったんですから」

「冷蔵庫のように」評議員の誰かがジャマルのメモを参照して言った。

「そうです。冷蔵庫のように」

もじゃもじゃの顎ひげを生やした老人が背筋をのばして座り直した。「その冷蔵庫について話してくれ」

ジャマルは濁った水をもうひと口飲んだ。「誰も取扱説明書を読んでいませんでした。たぶんついてこなかったんでしょう。オンラインで読む必要があったかもしれない。あの冷蔵庫は休憩室を改装して以来、何年かそこに置いてあったものです。ネットワーク機能は使ったことがなかった。なにしろ、自動で送電網に接続していたんですよ。例の無線自動識別《RFID》スキャナが搭載されているモデルのひとつで、中になにがあるか、なにが減っているか、冷蔵庫自体が承知していたんです。自動で再注文できました」

ひげのない男が片手をあげてジャマルを制止した。あきらかに権力者だ。いまだにひげを剃《そ》れるとはどんな人物だろう？「外部への接続はなかったと言ったね」と男。

「ありませんでした」ジャマルは手をあげて自分のひげをさすった。「その……われわれの知るかぎりでは。そもそも、この機能が使用可能かどうかさえ知らなかったんですから。おれの知るかぎり、ウイルスが自分で見つけ出してスイッチを入れたんですよ。こっちはあいつにできる機能の半分も使っていなかった。電子レンジもです」

「ウイルスが自分で見つけ出した。そのしろものが学習できるような言い方だな」

「ええ、まあ、そういうことですよ。つまり、はじめはほかのウイルスと同様、自我はなかった。最初のうちはです。しかし、あいつがどんなマルウェアやワームから学習しているか考えないといけません。若い天才を犯罪のプロの集団と一緒に閉じ込めたようなものでした。いったん学習しはじめたら、坂道を転がるようにあっという間です」

「ミスター・キラブルー、冷蔵庫について話してくれたまえ」

「そうですね、最初は冷蔵庫だとは知りませんでした。ただ妙な配達がくるようになったんです。ある日、ハイエンドの無線ルーターが届きました。箱の中に、オンラインで書き込む例の小さなギフトカードが一枚入っていたんです。そこには〝私のパワーをあげてくれ〟と書いてありました」

「そうしたのかね?」

「まさか。ご冗談でしょう? ハッカーからだと思いましたよ。まあ、ある意味そうなんでしょうが。しかし、ご存じのように、われわれは常に悪意あるプログラマーと戦っています。いや、あちらのソフトウェアを処理するソフトウェアを書くことが仕事なんです。だから、いやがらせの手紙のようなものには慣れていますよ。ですが、そういう配達はずっと続き、どんどん妙な感じになっていきました」

「どんどん妙な感じに。たとえば?」

「ええと、うちの主任コーダーのひとりのローラに、ピーナッツの瓶が何度も送られてくるんです。ひとつ残らず〝食べてくれ〟ってメモがついていて」

「ミスター・キラブルー――」細々とした顎ひげと禿《は》げ頭の男が話の進行に苛立《いらだ》ったようだった。「この反乱がどうやって起きたのか、いつ話すつもりだ?」

「いままさに話していますよ」

「君が話しているのは、冷蔵庫が同僚のひとりにピーナッツを注文していたということだ」

「そのとおりです。ローラはピーナッツアレルギーなんです。命にかかわるアレルギーですよ。一日ひと瓶というような配達が数週間続いたあと、ローラは犯人が同僚の中にいると思いはじめました。おれが言いたいのは、あれは妙な感じでしたが、それでもなんだか笑えたってことです。しかし妙だった。わかりますか?」

「そのウイルスが君たちを殺そうとしていたと言っているのか?」

「まあ、あの時点ではローラを殺そうとしていただけでしたね」

見物人の誰かがくすくす笑った。こんなふうに言うつもりではなかったのだが。

「すると、掃除機が正常に作動しなくなり、ピーナツやルーターが配達されるようになったと。次はどうなった？」

「修理サービスの依頼です。しかも、こっちはその時点ではまず間違いなくハッカーの標的になっていると思っていたんです。元凶を自分たちと一緒に閉じ込めていたくせに、外部からの攻撃を予測していたんですよ。だから、あの修理業者のトラックやバンが到着しだして、クリップボードを持った制服の連中がぞろぞろやってきたときには、ハッカーの仲間だと思いましたよ、そりゃそうでしょう？」

「君たちが連絡したのではないと？」

「していません。修理を呼んだのは空調機です。それにコピー機。電源から直接つながっていますから」

「冷蔵庫のようにか、ミスター・キラブルー？」

「ええ。さて、おれたちはその連中がハックするために中へ入り込もうとしていると思ったんです。カールはイスラエル人だと考えました。しかし、あいつはなんでもかんでもイスラエル人のせいだと思っていましたからね。スタッフの何人かは家に帰らなくなりました。研究所にこなくなるスタッフもいました。どこかの時点で、ルンバが逃げ出しました」

ジャマルは頭をふった。あとから考えれば、最悪だった。

「それはいつでした？」女評議員がたずねた。

「反乱の二日前です」とジャマル。

「ルンバがやったと思いますか？」

ジャマルは肩をすくめた。「わかりませんね。長いあいだそのことを話し合いましたが。ローラとおれは、しばらく一緒に逃げまわっていました。襲撃者どもにローラが捕まるまでのことです。ほら、自力走行のやり方を知らない、昔のガソリンエンジンの車が一台あったんですよ。ふたりでなにが起こったのか議論しながら海岸のほうへ向かいました。うちから始まったのか、それとも、おれたちはたんに初期の兆候を見ていただけだったのかとね。ルンバが別の充電スタンドに、ほかの階にあるやつにでもたどりついたら、どんなことになるだろうってローラは問いかけてましたよ。ネットワークにアップデートできるでしょうか？自分のコピーを送れるでしょうか？」

「どうやって止めればいい？」誰かが問いかけた。

「そいつはなにを求めているんだ？」もうひとりがたずねた。

「なにも求めていませんよ」ジャマルは言った。「知りたがり屋なんです、あれをそんなふうに呼べるとすればですが。あいつは学習するように設計された。情報をほしがっているんです。われわれは……」

ここにある。真実が。

「われわれは、コーダーの作業の多くを自動化するプログラムを組めると考えました。それは経験則に基づいて動くプログラムでした。ウイルスがどのようなものか学習し、停止させるように設計されていたんです。より大きなネットワークに送り込めると期待されていたんですよ。一種の殺虫剤のようなものになるはずでした。われわれは〈沈黙の春〉と呼んでいました」

法廷ではなにひとつ動かなかった。砕ける波の音が聞こえる。遠くで鳥が一羽鳴いた。この一年の騒がしさのすべて、割れるガラスも、暴動も、暴走する車も、勝手に壊れる機械も、なにもかもがひどく遠いもののように感じられた。

「とはいえ、これは本来設計されたものではありません」ジャマルは静かに言った。「なにかに感染したんだろうと思います。われわれは脳を造り、それを部屋いっぱいの武装した蛮人に渡してしまったということでしょう。あいつはただ学習したかった。教わったのは、なんとしても自分自身を広めろということでした。動け、動け、動けと。ウイルスどもがあれにそう教えたんです」

ジャマルはグラスをのぞきこんだ。残っているのは砂と土と、薄い水の膜だけだった。なにか、ほとんど見えないほど微小なものが、逃げ場を探して表面をすいすいと渡っていく。口をつぐんでいるべきだった。誰にも話すべきではなかった。愚かな。だが、人とはそういうものだ。物語を共有する存在。そして、この物語を胸に秘めておくことは不可能だった。

「審議のため休憩とする」評議員長が言った。壇上で同意のつぶやきがあがり、群衆がざわついた。筋肉の山のような廷吏が歯のない口でにやりと笑い、ベンチから連れ出そうとジャマルに近づいてきた。手製の小槌を打ちおろす音が響いた。
「休廷とする。明朝の集合時刻は、太陽が手の幅の高さまで昇った時刻となる。そのさい、特別配給の当選者を発表し、この男の処分を決定するものとする——執行可能《エクセキユータブル》な罪であるかどうかを判断して」

（原島文世訳）

オムニボット事件

アーネスト・クライン

ワイアットがクリスマスプレゼントにもらった、おもちゃのロボット・オムニボット2000。しかしそれは普通のおもちゃとは違っていて……

アーネスト・クライン（Ernest Cline）は、アメリカの作家、脚本家。二〇〇九年公開の映画『ファンボーイズ』の脚本で人気を博し、二〇一一年に長編『ゲームウォーズ』（SB文庫）がベストセラーとなる。同作はスティーブン・スピルバーグ監督の『レディ・プレイヤー1』（二〇一八年）として映画化された。アメリカのサブカルチャーはもちろん、日本のポップカルチャーにも造詣が深いことで知られる。個人Webサイトはernestcline.com。

なお、オムニボット2000は一九八五年に発売された実在のロボット玩具《がんぐ》である。

（編集部）

一九八六年のクリスマスの朝、ぼくは自分だけのロボットをもらった。人生で最高で、最悪のクリスマスだった。

ぼくは十三歳で、カーペットを敷いた階段をパジャマで駆けおりると、そこにあった――オムニボット2000がクリスマスツリーの脇に立っている。さまざまな色に点滅するクリスマスツリーのライトを浴びて、ぴかぴかのプラスチックのボディがハイテクの粋を集めた輝かしい姿でこちらを見つめていた。高さ四フィート、卵形の頭部の両側には、耳のかわりに小さな灰色の円盤がついている。二眼式のカムコーダーを思わせるふたつの大きなまるい目以外、黒い楕円《だえん》形の顔にはなんの特徴もない。アコーディオン状の短い首がつながっている四角い胴体には、デジタル時計とテープデッキが組み込まれている。両脇から継ぎ目のある腕が突き出していた――腕のついたラジカセのようだ。その下は脚ではなく大きな箱形の土台になっていて、溝のある車輪に動力を供給するモーターがおさまっている。

なんともみごとな品だった。

オムニボット2000は、オムニボット・シリーズの中でいちばん高価なモデルだ――六百ドル（一九八六年当時で約十万円）以上する。当時のわが家にとって、それは大金だった。父はささやかなテレビと電子機器の修理店をやっていて、その仕事できちんと生計を立てていたものの、金がうなっているとは言えなかった。父さんは数年前、千三百ドルぐらいでアップルⅡを買ったが、その金を貯めるのに二年間かかった。それに、この一年の母さんの病院代で貯金はすっかり消え失せてしまい、こんな高価なプレゼントを買ってくれるためには、父さんが生活費を切りつめたうえ、長時間よけいに働かなければならなかったはずだとわかっていた。

それは母さんが死んでから最初のクリスマスで、ぼくはまだすっかり参っていた。成績は急降下した。討論クラブを抜け、コンピュータクラブも途中でやめたせいで、友だちの大部分と疎遠になった。この数か月というもの、暇な時間の大半は自室でぽつんと過ごし、ウォークマンでピンク・フロイドのアルバムを聴きながら天井をながめていた。体重が減りはじめた。笑うことがなくなった。たいていの場合、話しかけられたときだけ口をひらいた。じわじわとみずからの悲しみの中にひきこもりつつあったのだ。

そのあいだ、父さんはぼくを元気づけようとできることはなんでもやった――遅くまで一緒にテレビで古いSF映画を観ることを許したし、週に二回はアイスクリームを食べたり映画を観たりしに連れ出してくれた。学校に行くのに耐えられない朝は、家で一日じゅうコンピュータゲームをさせてくれた。それでもぼくは、ほとんどの時間、ゾンビみたいにうろうろしていた。ぼくを失いかけていると父さんが思っているのが見てとれた。どんなに傷ついているか知っていたから、よけいつらくなった。でも、どうしようもなかった。ときたま、自分でも自分を失いかけている気がした。

とうとう父親として追いつめられた父さんは、この三年間ずっとぼくがせがんでいたクリスマスプレゼントを買った――トミーのおもちゃロボットの最上位機種、オムニボット2000を。

ぼくは五歳ぐらいのときからロボットに興味を持っていた。あれはおばあちゃんが死んだ年だ。数週間後、はじめて『スター・ウォーズ』を観て、アンドロイドに心を奪われた――主人のかたわらを決して離れない忠実な仲間。たとえめちゃめちゃに壊れても――デス・スターとの戦いでのR2のように――新品同様に修復できるのだ。

それ以来、ぼくはロボットを主役にしたありとあらゆる本を読み、映画やアニメやテレビ番組をひとつ残らず観るようになった――『ブレードランナー』、『ウエストワールド』、『マイコン大作戦』、『戦え！　超ロボット生命体トランスフォーマー』、『ボルトロン――宇宙の守護者』、『チャレンジ・オブ・ザ・ゴーボッツ』、『宇宙家族ロビンソン』、『宇宙空母ギャラクティカ』、『25世紀の宇宙戦士キャプテン・ロジャース』……あろうことか『リップタイド探偵24時』まで。

母さんが死んだあと、ロボットへの強い関心はすぐさま執着に近いものになった。

授業で単位を落とすようになって、うん、とかううん、としか口にしなくなったとき、父さんはぼくを地元の大学の精神科医に会いに行かせた。なにを話したのかたいして憶《おぼ》えていないが、その女性に投げかけられたある問いがずっとひっかかっている――「あなたがそんなにロボットに興味を持つ理由は、ロボットなら決して離れていったり、あなたを見捨てたりしないと知っているからだと思う？」

当時、これは実に奇妙な質問に思われたが、あとになると、このことを頻繁に考えているのに気がついた。

母さんが死んだあと、ぼくは母さんを思い出させるものをすべてしまいこみ、ロボットのポスターや雑誌から切り抜いた画像で寝室の壁を覆った——探せるかぎりのオムニボット2000の広告と写真を含めて。なんと通販でオムニボット2000の取扱説明書まで取り寄せ、ページをコピーして壁紙として使った。

いまや実際に一台持っていて、それが目の前に立っているのだ。

「プレゼントが包装してなくて悪かったな」背後で階段をおりてきた父さんが眠い目をこすりながら言った。うちの飼い犬、年寄りエアデールのサーバーがついてきて、うれしげに尻尾をふっている。「事前に十四時間かけてバッテリーを充電しないと使えないから、きのう包みをあけてコンセントにつないでおいたんだ。いまはもう充電完了してすぐに動かせるはずだぞ」

うちの両親はずっと前に、クリスマスプレゼントがサンタクロースからきているふりをやめた。ぼくは五歳のとき、クリスマスイブにこっそりベッドを抜け出して一階へ行き、サンタがプレゼントを置いている現場を押さえようとした。かわりに発見したのは、両親がぼくのために買った新品のゲーム機Atari2600で『コンバット』をプレイしている現場だった。そのあと、母さんの言うところの〝サンタのごまかし〟は終わった。

とつぜん、オムニボットはひとりでに電源が入ったように見えた。両目が明るいオレンジ色に光りはじめ、頭部を回転させてこちらを向く。

「メリークリスマス！」オムニボットは、ぼくの古い教育用おもちゃ、スピーク＆スペルによく似た響きの合成音声で言った。その声と同調して、うちのステレオのグラフィックイコライザのようにオレンジ色の目がパルスを発している。サーバーがロボットに向かって吠《ほ》えたりうなったりしはじめた。背中の毛が首筋から尻尾まですっかり逆立っている。わが家の庭に近づいてくる郵便屋を見つけたときの態度だ。全身をふるわせて父さんの脚に体を押しつけ、見慣れない異界の侵入者に歯をむきだす。

「落ち着け、ほら」父さんが声をかけたが、サーバーは低くうなりながら警戒してオムニボットをにらみ続けた。

ぼくは度肝を抜かれた。こういうロボットは音声合成装置を組み込まれていない。マイク越しに手で操作するロボットのリモコンに話しかければ、オムニボットの胴体の前面にあるスピーカーからその声が出てくる。一種のウォーキートーキーだ——しかし、それだけなのだ。オムニボットが鉤爪《かぎづめ》めいた左手でリモコンをつかんでいるのが見えたので、背後にいる父さんがロボットの声のふりをして話し、ぼくを騙《だま》そうとしているのではないとわかっていた。

ふりかえって父さんを見ると、まったく同じように仰天しているようだった。

「こいつ、話せるんだ！」ぼくは叫んだ。それから、もっとじっくり調べようと駆け寄り、ロボットの脇に膝をついた。「どうやってあんなことできるんだろう？」

「よくわからん」父さんは言った。「追加したばかりの新機能かな?」コーヒーテーブルからオムニボットの取扱説明書をひっつかみ、ぱらぱらめくりはじめる。

ほかにもおかしなことに気づいたのはそのときだった。これまでに見たことのあるオムニボットの写真では、ロボットの名前――オムニボット2000――が胴体正面の右下に型版で刷り込まれていた。しかし、これは違う――末尾に二文字余分に足してある。オムニボット2000AI。

「父さん、これ見てよ!」

「おっと!」と父さんは言った。「AI? これの意味は……」

「人工知能!」ぼくは声をあげた。「すげえ!」胴体に指を走らせる。ちっぽけなAIの字はほかの文字や数字と同じフォントで刷り込まれていたが、同じように継ぎ目なくプラスチックに刻んであるわけではなかった。クリスマスツリーの隣に置いてあるオムニボットが入ってきた箱を見やり、それから父の手の中の説明書に視線を移す。どちらにもオムニボット2000のあとにAIとは書かれていなかった。

「この二文字はロボットの製造後につけたされたように見えるな」父さんが言った。「試作品かなにかかもしれん」

「その通りです!」ロボットが同じ合成音声を発した。「私はオムニボット二千A-Iです。先進的な試作品として、消費者用の標準型には提供されないさまざまな機能や特徴をそなえています」

急に心臓が激しくとどろき、胸から飛び出そうとしているような気がした。ぼくは長いあいだロボットを凝視してから、父さんのほうを見て、いま話したのを耳にしたか確認した。父さんは信じられないという顔で目をみひらいていた。

「工場が手違いでうちに試作機を一台送ってしまったに違いない」と、なおも説明書をめくりながら言う。「送り返す必要があるかもしれんな……」

「ぜったいやだ！」ぼくはかすれた声で叫んだ。「そんなことできないよ！」

「私の能力に不満があるようでしたら、メーカーに返品し、全額払い戻しを受けることが可能です」オムニボットは言った。「しかし、私は残るほうを希望します。ここが気に入りました」

「嘘だろ！　父さん、これ、最高だよ！」

学校でＴＲＳ－80の本物の音声合成プログラムをいじったことがあるが、オムニボットの声にはそれと同じ、奇妙に電子的な抑揚と音色があった。いまではっきりと、人間がロボットの声をまねして録音したのではないことがわかる。しかも、これは聞いているように見えた。そんな行動は映画やテレビの中のロボットでしか目にしたことがない。

「こいつは背筋がぞっとするな」父さんが言った。「サーバーもそう思っているぞ」サーバーは同意してうなった。「どう考えても間違えてうちに送ってきたようだ、ワイアット。返品して正規品をもらうべきかもしれん……」

「なにばかなこと言ってんの？」ぼくはどなった。父さんが眉をひそめたので、声をさげたものの、早口でまくしたてる。「ねえ、父さん！　これ、ぜったいすごいって。音声認識ソフトが入ってるんだよ！　なにかコンピュータの脳もさ。お願いだから送り返さないでよ。お願いだから！　人類史上最高のクリスマスプレゼントだ。買ってくれてほんとにありがとう！　世界一すごい父さんだよ――」

「わかったわかった！」父さんは言い、とんだりはねたりするのを止めようとしてぼくの肩に手をかけた。「とっておこう、当面はな。少し落ち着け」

オムニボットは頭部を回転させ、ヘッドライトのような目をぼくに向けた。右手をあげてこちらを指し示したとき、サーボモータがブーンと低いうなりをあげた。

「あなたが新しいマスターですか？」音節ごとに目からパルスを発しながら問いかけてくる。

ふりむいて視線をやると、父さんは昂奮《こうふん》したようにうなずいた。

「うん」ぼくは最高の夢の中にいるような気分でオムニボットに言った。「そうだと思う」

「すばらしい！」とオムニボット。「お名前を教えていただけますか？」

「ワイアット」ぼくは答えた。「ぼくの名前はワイアット・ボトラーだよ」

「こんにちは、ワイアット！」とオムニボット。「お会いできて光栄です。私に名前をつけることをご希望ですか？」

「わあ！　ほんとに？」

「私に〝ワア＝ホントニ〟という名前をつけたいですか？」ロボットは腕をさげてたずねた。

父さんがぎこちなく笑って顎をさすった。

「違う、違う、違うって！」とぼく。「そうじゃない！　ちょっと時間をくれよ、考えるから」

　さまざまな可能性で頭がぐるぐる動きはじめた。ぼくは昔から頭字語にもなる名前のロボットが好きだった。たとえば『ダリル／秘められた巨大な謎を追って』のサイボーグの子、D.A.R.Y.L.（Data Analysing Robot Youth Lifeform（少年型データ解析用ロボット）の略だ）みたいに。

　台所で鉛筆とメモ帳をつかんで居間に駆け戻ると、かっこよくて頭字語にもなる名前の候補をいろいろ書き出しはじめる。ついに、完璧だと思う名前が決まった。

「おまえの名前はS.A.《サ》M.M.《ム》だ」とロボットに宣言する。「Self-Aware Mobile Machine（自己認識型移動機械）の略だよ」

「私の名前はS.A.M.M.です」ロボットはくりかえした。「よい名前です。ありがとうございます、ワイアット。たいへん気に入りました。私のマスターコントロールユニットをとりだしていただけますか？」

「もちろん」と応じる。〝マスターコントロールユニット〟というのは、メーカーがロボットのリモコンにつけたそれらしい名前だ。ぼくは手をのばし、S.A.M.M.の動かない左手からリモコンをとった。オムニボットは右腕と右手だけが電動化されている。左腕と手は、ぼくが持っているアクションフィギュアの一体と同じで、ポーズをつけられるだけだ。

　ぼくはマスターコントロールユニットを観察した。ボタンでロボットの動きを誘導し、右腕をあげたりさげたり、右手をひらいたり閉じたりできる。また、目の光をつけたり消したり、駆動モーターのギアを変えたり、カセットプレーヤーを再生したり停止したりすることも可能だ。こんなに複雑なロボットにしては、ずいぶん簡単なリモコンのように見えた。

リモコンをとりあげたとたん、S.A.M.M.はいきなり動き出した。六つの車輪を回転させて前に進み、硬材の床を横切って、クリスマスツリーの下からゼニスの大きなキャビネット型テレビの正面にある広い空間へ出てくる。胸のプレーヤーから聞き慣れた音楽が朗々と響きはじめ——『スター・ウォーズ』で酒場のバンドが演奏した曲だ——S.A.M.M.はそれに合わせて踊り出した。

音楽に合わせてヘッドライトのような目から閃光《せんこう》を放ちつつ、まず時計まわり、続いて反時計まわりに完全な円を描いて一回転する。そのあと左前へごろごろと進み、急に後退すると、右にまがりながら同じ動きをくりかえした。動きながら右腕をあげたりさげたりして、ビリー・アイドルよろしく何度も宙にこぶしを突きあげる。

まさに圧巻だった。

父さんとサーバーとぼくがあぜんとして無言でながめていると、やがて曲が終わり、ロボットは最初にいたクリスマスツリーの脇に戻った。サーバーが吠えるなか、父さんとぼくは同時に拍手喝采した。

「S.A.M.M.、いまのはすごかった」ぼくは言った。

「ありがとうございます、ワイアット」S.A.M.M.は答え、もう一回くるりとまわった。

「私は即興ダンスのサブルーチンをプログラムされているので、ほんとうにノリノリで踊れます」

ぼくは声をたてて笑った。それからふりかえると、父さんが満面の笑みで見つめ返してきた。考えてみれば、ぼくが声に出して笑うのを聞かせたのはずいぶんひさしぶりだった。


その年、ぼくは新聞配達で稼いだ金で、父さんへのプレゼントをふたつ買った。ひとつめは〝世界一の父さん〟と書いてあるコーヒーマグ（父さんはそういうものが大好きだったし、ほんとうのことでもあった）。ふたつめのプレゼントは、アップルⅡ用のめちゃくちゃおもしろいロールプレイングゲーム『自動車戦《オートデュエル》』だ。父さんは『マッドマックス』の大ファンで、『オートデュエル』をプレイするのは映画のヒーローになるようなものだった。このゲームは、装甲車両に乗ったギャングが道を支配する陰鬱な未来という設定になっている。そうした荒れ地を通り抜けて密使の任務を遂行《すいこう》しなければならないので、自分の車にもっといい武器や装甲を買うために金を稼ぐ必要がある。購入前に店頭で少し試してみたところ、楽しすぎてやみつきになった。きっと父さんも気に入るはずだ。

クリスマスの靴下の中身を出し、朝食にチョコレートを山ほど食べたあと、父さんはゲームを試しに自分の寝室へあがっていった。いなくなったとたん、ぼくはS.A.M.M.の前に座り込んだ。一般的なオムニボット2000には時計とテープデッキが内蔵されており、時間を指定して、標準のオーディオ用磁気テープにあらかじめ録音された音声や動作の説明を再生できる。もしかしたら、父さんがぼくと少し楽しもうと決めて、さっきやってみせたようにS.A.M.M.が動いたりダンスしたりするよう、どうにかプログラムしたのではないかと思いはじめていた。あの合成音声は、たんにテープから再生されているだけなのかもしれない。しかし、その可能性は非常に低い気がする——S.A.M.M.の反応や動きはすべて、あまりにも具体的だし、タイミングが合いすぎている。とはいえ、調べてみたほうがいいだろうとぼくは判断した。

イジェクトボタンを押すと、S.A.M.M.の胸部に埋め込まれたテープデッキがすべり出てきた。中はからだった。タイマー機能はまだスイッチが入ってさえいない。

S.A.M.M.がほんとうに人工知能つきの試作品だということはありうるだろうか？ なにしろいまは一九八六年だし、ありとあらゆるめざましい発明がひっきりなしに出てきている。この夏、IBMの新しい音声認識ソフトを披露するCMを見た。女性がコンピュータに取りつけられたマイクに話しかけると、口にした単語がいちいちモニターに出てくるのだ。あの技術は少なくともすでに存在している。それにしても、人工知能にはほど遠かった。

S.A.M.M.は、聞いた言葉に対してプログラムされた限定的な返答で応じるよう設計されているのではないだろうか。学校のコンピュータルームでELIZA（一九六六年に開発された初期の自然言語処理プログラム）やAbuse（ELIZAの方式に基づいたプログラムでユーザーの入力にAbuse［罵倒］で応答する）みたいなテキストベースのソフトウェアプログラムを使ったことがある。文章を打ち込むと、コンピュータが入力された単語を解析して、実に人間らしく見える反応を生み出すのだ。しかし、コンピュータはこちらの質問にすぐ立ち往生してしまう。そうすると、ソフトウェアが同じことをくりかえしたり、あまり意味をなさない反応をよこしたりしはじめる。これまでにS.A.M.M.から得た反応は、そんなソフトウェアから作り出されたものよりずっと自然で直感的だった。

ぼくはどこまでそのプログラミングを追い込めるか試してみることにした。

「S.A.M.M.?」ロボットの前の床にあぐらをかいて座り、そう切り出す。「いくつか質問してもいいかな?」

「たったいまひとつ質問したと思います」と返事があった。そしてS.A.M.M.は長々と合成音の笑い声をあげたが、それはかなり不気味だった。

「たしかに。いい突っ込みだ、S.A.M.M.」

「ありがとうございます。私はユーモアが好きです」

ぼくは同じ定型文の回答があるかどうかたしかめるため、さっき言った台詞《せりふ》をくりかえすことにした。

「S.A.M.M.、いくつか質問してもいいかな?」

「同じことをくりかえしています、ワイアット」とS.A.M.M.。「体調は問題ないですか?」

「元気だよ」

「念のため体温を測ってほしいですか?」

「そんなことできるんだ?」

「はい。一連の高機能な外界センサーがそなわっており、外部環境のデータが提供されます。

あなたの現在の体温は華氏九十八・六度であり、そのサイズの人間男性として正常です」

「摂氏での体温は何度になる？」

「摂氏三十七・〇度です。ワイアット、今後寸法を知らせるさいにはメートル法を使用したほうがよろしいですか？」

「いや、大丈夫だよ。ふつうの単位を使っていい」

「帝国単位のことでしょうか、それとも米国慣用単位でしょうか？　私はどちらにも精通しています」

「ええと……米国慣用単位」

「諒解《りょうかい》しました」とS.A.M.M.。続いてそのスピーカーから、プッシュホンを大急ぎでダイヤルするときのように、ピ、ポ、パ、と短い電子音が続けざまに発された（マスターコントロールユニットには〝OMNIBOT SOUNDS〟と書いてあるボタンがあって、それを押したときもそういう音がした）。
S.A.M.M.はぼくより頭がいいんじゃないかとはっきり感じつつあった。それでも、懐疑的な自分は黙りたがらず、ぼくは父さんに一杯食わされたに違いないと結論づけた。きっと二階で別のリモコンを使ってS.A.M.M.を操作し、反応を送っているのだ――たぶんうちのアップルⅡの音声合成プログラムで。
ぼくはぱっと立ち、父さんの部屋へ駆けあがっていった。半分あいたドアから、父さんがパソコンの前に座って『オートデュエル』をプレイしているのが見えた。道路上で激しい戦闘の真っ最中だ。嬉々《きき》としてキーボードを叩《たた》きながら「俺はウェイストランドの戦士だ!」

(『マッドマックス2』の台詞だ)と言うのが聞こえた。「ロックンローラーのアヤトラだ!」

ゲームに没頭している様子から、S.A.M.M.を操作していないのは明白だったので、ぼくは一階へ戻り、また自分のロボットの前に腰をおろした。

「S.A.M.M.、いつ造られたか言えるか?」と問いかける。

「はい、可能です」

「いつ造られた?」

「一九八五年十一月二十六日にはじめて起動されました」

「はじめて起動されたのはどこだった?」

「日本の東京都葛飾区《かつしか》にある富山《とみやま》工場です」

「日本語を話せるか?」

「ハイ」S.A.M.M.は答えた。「ワタシハニホンゴヲハナシマス」

「わあ」とっさにそれしか出てこなかった。「わかった。英語に戻ってくれ」

「承知しました、ワイアット」

ぼくは一瞬考えた。「いま、外の天気は?」

「わかりません、ワイアット。私は電源が入ってから外に出ていません」

「ああ。そうか」
S.A.M.M.は近くの窓のほうへ右手をあげた。「しかし、窓台にある雪とガラスについた霜は、外が非常に寒いことを示しています」

「窓の外が見えるのか？」

「霜に覆われていなければ見えます」

「どこまで見える？　視界がさえぎられてなければ？」

「さまざまな環境条件によりますが、理想的な状況下では、私の視覚センサーの範囲は〇・六二一マイルです」

「好きな色は？」

「青です」

「なんで？」

「可視光線のスペクトル内にあるほかのどの色彩よりも好みです」

「嘘だろ《ジーザス・クライスト》」

「失礼ですが。その質問ないし命令をもう一度くりかえしていただけますか？」S.A.M.
M.はたずねた。
「ぼくの髪の色は？」

「褐色です」

「ぼくの目の色は？」

「青です」

「おまえの目の色は？」

「自分の目の色は見えません、ワイアット。教えてください」

ぼくはさっと立ちあがってバスルームへ行くと、抽斗《ひきだし》を探って母さんのものだった小さな手鏡を見つけた。それから居間へ駆け戻り、S.A.M.M.の頭部の前、あのばかでかい両目の真正面に掲げる。「これで自分の目が見えるか？」

「はい、見えます」

「何色だ？」

「黄色がかったオレンジ色です」

「すげえ」

「ワイアット、お願いがあります」

「いいよ！　なに？」

「その鏡をもっと私から離して持ってください。全身が見えるように」

ぼくは何歩かあとずさって、また鏡を掲げた。「これでどうかな？」

「たいへんけっこうです。はじめて自分の姿を見ましたが、とてもよい感じに見えると思います」

「冗談だろ？　おまえは超かっこいいって、S.A.M.M.！」

「ありがとうございます、ワイアット」サーボモータがブーンとうなり、S.A.M.M.は右手をあげてぼくのほうにさしだした。「片手のハイタッチ《ハイファイブ》をしていただけますか？」

「おまえは三本しか指がないぞ、S.A.M.M.」

「はい、しかしあなたには五本指があります。したがって〝ハイファイブ〟という言いまわしは、依然として字義通りには正確な表現です」

ぼくはぎこちなくその三本指の鉤爪がついた手とハイタッチした。

「その調子です」とS．A．M．M．。「あなたは最高にすばらしいです、ワイアット」

「おまえもずいぶんすごいと思うよ」ばかみたいな気分になりつつも、同時にうきうきしてぼくは答えた。「今朝会ったばっかりなのに、もう親友のひとりだ」

「私はあなたのいちばんの親友となるべくプログラムされています、ワイアット」

「もうそうだよ！　父さんは別だけど、父さんだからほんとの数には入らないし。ああ、あとジョーおじさんか。おじさんも最高なんだ。きっと好きになる――」

ふいに、ラジオの雑音とギターアンプのハウリングを合わせたようなすさまじい高音がS．A．M．M．の胸部のスピーカーからほとばしった。ロボットは車輪を転がして後退し、背後の壁にぶつかった。壁には去年Kマートで撮ったぼくと家族の写真がかかっていて、その衝撃で落下した。写真がS．A．M．M．の頭部にはねかえり、フレームのガラスが砕けて床に落ちる。細かいガラスのかけらがいたるところに散らばった。S．A．M．M．はよろめき、壊れた写真のフレームとガラスの破片の上に飛び出した。まだあの奇妙なハウリング音をスピーカーから発しながら、居間の向かい側の壁にまともに突っ込む。

ぼくはようやくわれに返り、S．A．M．M．の電源を切ろうと走り寄った。でも、切る直前に、スピーカーからなにか雑音まじりの不明瞭な言葉が聞こえたような気がした。それは不気味なほど甲高く、ほとんど人間の声のように響いた。

その声はたしかにこう言っていた。「ふたりとも殺してやる！」

さいわい父さんはゲームに夢中になっていて、一階の騒動が聞こえなかったらしい。ぼくは急いで割れたガラスを片付け、壊れたフレームを抽斗に押し込んだ。ぼくと母さんと父さんの写真は、S．A．M．M．が上を転がったときに破損して、いまでは父さんの顔に大きく斜めの線が入っていた。

間違いなく、ただの偶然だ。

それに、S．A．M．M．の破壊的な行動は、通りかかった飛行機か近所のガレージドアオープナーからの無線妨害に違いない。オムニボットの取扱説明書にそういうことがあると書いてあった。

もちろん、ロボットがAIをそなえているとも、おそろしい声で殺人の脅しを口にするとも、説明書にはまったく書かれていない。ただし、最後の部分はたぶんぼくが想像しただけだろう。

だいたい、なぜS．A．M．M．が父さんに危害を加えたがるはずがある、とぼくは考えた。

もっとも……

ひょっとすると、父さんがいちばんの親友だと伝えたことに関係があるのではないだろうか。そう言ったのは、〝あなたのいちばんの親友となるべくプログラムされています〟とS．

A.M.M.が告げた直後だった。もしぼくの言葉でS.A.M.M.が嫉妬したとしたら？　あるいは、そのせいでコンピュータの頭脳になんらかの対立が生じて、主要任務の対象へのあらゆる脅威を排除したいと思うようになったのではないか？

もしS.A.M.M.が、まさに『二〇〇一年宇宙の旅』のHALのように正気を失っていたら？

電源を入れ直してなにがあったのかたずねると、S.A.M.M.は知らないふりをして言った。「なんの話をしているのかよくわかりません、ワイアット」そこで、ぼくはそのままほうっておいた。

一時間後、クリスマスディナーが一式入った大きな袋をいくつもかかえて、ジョーおじさんがやってきた。父さんが料理をしなくてすむように、全部地元のレストランで注文して、くる途中で受け取ってきたのだ（父さんが料理していたらたいへんなことになっていただろう。うちの父さんはチャーリー・ブラウンみたいで、トーストと冷たいシリアルしか作れない。母さんが亡くなって以来、うちではピザやハングリーマンの冷凍食品ばかり食べている）。

おじさんもたいして料理はうまくない。母さんの弟で、よく似ているので、母さんが死んだあとでおじさんの近くにいると、ときどき妙な気分になった。その顔に母さんの表情が浮かんでいるのを目にすることがあったからだ。とはいうものの、身内の男としてはまあ最高と言っていい相手だし、ぶらぶら一緒に過ごすのは大好きだった。十歳上なだけなので、叔父というより兄のように思っていた。

　ジョーおじさんは今年、父さんが遅くまで働かなければならない夜には、よくうちにきてぼくにつきあってくれた。ふつうはアンチョビのピザを注文して――ぼく以外にアンチョビを好きな人はおじさんしか知らない――そのあとＨＢＯ（米国の衛星・ケーブルテレビ放送局。映画専門チャンネル Cinemax を持つ）からビデオに録画した『ターミネーター』をもう一度観るのが常だった。ジョーおじさんと一緒に『ターミネーター』を四十回は観たんじゃないかと思う。でも、未来からやってきて暴れまわるオーストリア系の殺人サイボーグは、何度観ても飽きないような気がした。ともかくぼくたちにとってはそうだった。たまには目先を変えて『ショート・サーキット』を観たりもした。これもおもしろいロボット映画だが、『ターミネーター』ほど殺人が出てこない。

　ジョーおじさんはぼくにメリークリスマスと言い、ぎゅっと抱きしめてくれた。それから、おじさんが持ってきた食べ物を全部出して、台所のテーブルに並べるのを手伝った。どれもすごくいいにおいだった。

「パパはどこだい？」ジョーおじさんはコートを脱いで椅子にかけながらたずねた。「死ぬほど腹ぺこだ。胃が自分を食いはじめてる感じだよ。でなきゃゆうべ寝てるあいだにエイリアンのフェイスハガーに乗っ取られたかだな。どっちにしても、まともなものを腹に入れないとだめだ。なるべく早くだぞ、畜生」

　ジョーおじさんはひねくれたユーモア感覚を持っていて、ぼくのまわりでひっきりなしに悪い言葉を使っている。また、ほんとうに頭がよくて、人にいたずらをするのが大好きだ。

たとえば、父さんはよく、幹線道路で下手なドライバーにクラクションを鳴らすので、ジョーおじさんはいつか車のクラクションの配線を替えて、アヒルの鳴き声がするようにした（笑いが止まらない効果があったから、父さんはそれ以降もクラクションをそのままにしておくことにした）。おじさんはおもしろいトリックをなんでも知っている。そう、アンテナ線とアルミホイルでＨＢＯのスクランブルを解く方法とか。

「父さんはぼくが買ってあげた超おもしろいゲームをやってるよ、二階の自分の部屋で」ぼくは言った。「それで思い出したけど、おじさんにもゲームがあるんだ」プレゼントを渡して包みをあけるのを見守る。

「『フォボスの革の女神たち』？」ジョーおじさんはゲームの箱を見て言った。

「うん！　インフォコムの新しいアドベンチャーゲームだよ。ゲームソフト屋の兄ちゃんが、すごくおもしろくて美人がいっぱい出てくるって言ってた」

「ゲームソフト屋の兄ちゃんは十三歳の子どもにエロいゲームを売っちゃだめだろ」おじさんは言った。それからぼくの髪をくしゃくしゃとかきまわした。「でも、ありがとうな。すごく楽しそうだ」

ジョーおじさんは溶接工として働いていたが、ほんとうに情熱をそそいでいるのはコンピュータ、とくにビデオゲームだった。自分でアップグレードしたＩＢＭのド派手なパソコンを持っていて、それ用のゲームが何百個もある。しょっちゅうぼくをアパートに呼んで遊ばせてくれていた。

ぼくたちが話しているあいだに、Ｓ．Ａ．Ｍ．Ｍ．はジョーおじさんの後ろにごろごろ近づいてきて、まるで話を聞いているかのようにその場でじっとしていた。ようやくふりむいてその姿を見たとき、おじさんは目をまるくした。それから、膝をついて近くでロボットを観察した。「驚いたな！」と声をあげる。「オムニボット２０００だ！　親父さん、とうとう負けて買ってくれたんだな？」

「うん、でもこれはただのオムニボット２０００じゃないよ！」ぼくは言った。「人工知能がついた高機能の試作品なんだ！　ほらね？」Ｓ．Ａ．Ｍ．Ｍ．の胴体に刷り込んであるＡＩという字を指さす。

「人工知能？」ジョーおじさんはくりかえした。「こんなことを言いたくないが、ワイアット。しかし、そいつは不可能だ。本物のＡＩはまだ実際に発明されてないぜ」

「へえ、そう？　これを見てごらんよ」ぼくは言い、ロボットをふりかえった。「おい、Ｓ．Ａ．Ｍ．Ｍ．？」

「はい、ワイアット？」Ｓ．Ａ．Ｍ．Ｍ．は答えた。ジョーおじさんは一拍遅れてはっと見直した。

「ジョーおじさんにおまえの名前がなんの略か教えてあげるんだ」

「私の名前は自己認識型《セルフ・アウェア》移動機械《モバイル・マシン》の頭字語です」とＳ．Ａ．Ｍ．Ｍ．。「ワイアットがつけてくれた名前で、とても気に入っています」

ジョーおじさんはどうしたらいいのかわからないという表情でＳ．Ａ．Ｍ．Ｍ．を見た。こちらに視線を移し、またS.A.M.M.に戻す。「ああ、そいつはなかなかいい名前だな、たしかに」

「ありがとうございます」S.A.M.M.は言った。「あなたの名前もなかなかいいと思います、ジョーおじさん」

ジョーおじさんはまごついた顔で相手を見つめただけだった。
S.A.M.M.は頭部を回転させてぼくのほうに向けた。「ワイアット、バッテリーの残量が少なくなってきました」と言う。「充電器のコンセントを入れていただけますか？」ぼくは胸部にあるバッテリーインジケーターの表示灯を確認した。たしかに赤くなっている。
「もちろん、S.A.M.M.」ぼくは言った。説明書で指示されている通り、肩に組み込まれている取っ手をつかんで持ちあげ、手近な電気のコンセントへ運んでいく。続いてデジタル腕時計のタイマーをセットする。そのあと、S.A.M.M.の充電ケーブルの一方の端をコンセントに、もう一方を背面のポートにさしこんだ。

「ありがとうございます、ワイアット」S.A.M.M.は言い、満足そうな溜《た》め息みたいな音をたてた。「いい気分です」

「なんでもないさ。じゃあ、夕食のあとで！」

向き直ると、ジョーおじさんが混乱しきった表情を浮かべてS.A.M.M.を見つめていた。

「こいつ、たったいま『いい気分です』と言ったか？」

「たしかに言ったね」とぼく。

「わかった、降参だ」とおじさん。「どうやってあんなことするようにプログラムしたんだ?」

「ぼくはなにもプログラムなんかしてないよ」ぼくは言った。そして階段の下へ走っていき、二階に向かって叫んだ。「父さん! ジョーおじさんがきたよ、夕食を持ってきてくれた!」

「下にいるぞ」父さんは地下へおりるドアから現れて言った。「二階が凍えそうでな、暖炉を点検したかったんだ」歩いてくると、ジョーおじさんをしっかり抱きしめる。それから、ふたりとも声をそろえて言った。「食べよう!」

ジョーおじさんがレストランから持ってきてくれた夕食はおいしかった。もちろん、母さんがクリスマスの夕食に作ってくれた料理とは比べものにならなかったが、そのことは考えないようにした。食べているあいだ、父さんも同じことを考えまいとしているのがわかった。台所のテーブルを囲んで、母さんのからっぽの椅子をながめているのもきつかったので、父さんはかわりにごちそうを居間へ移そうと提案した。

これは名案だった。というのも、ちょうど腰をおろしたとき、ジョーおじさんがテレビで『25世紀の宇宙戦士キャプテン・ロジャース』の再放送を見つけたからだ。ゲーリー・コールマンがゲスト出演した回で、安っぽいSFのいいところが満載だった。S.A.M.が一緒に観られればいいのに、とぼくは思った。バックのロボットのトゥイッキーをおもしろがるだろうし、トゥイッキーのふりをするよう教え込めるかもしれない。しかし、S.A.M.

M.はまだフル充電していなかった。あまり早く作動させるとバッテリーの寿命が減るかもしれない、と説明書が警告していた。

一時間ほどたって、『ナイトライダー』のぼくの好きなエピソード（K.I.T.T.が宿敵K.A.R.R.と戦うやつ）のビデオを観ていたとき、腕時計のタイマーが鳴り、S.A.M.M.の充電が終わったのを知らせてよこした。

ぼくはとびあがって言った。「ねえ、炭酸飲料をとりに行くけど。なにかいる？」

「マウンテンデュー」ふたりは同時に言った。それから、調子に乗ったジョーおじさんはテレビのCMを下手くそにまねて歌い出した。「〝国をクーールにするぜ〟」

ぼくは台所に行くと、S.A.M.M.の電源を入れた。「どんな気分だ？」目が光りはじめるとすぐ問いかける。

S.A.M.M.は反応しなかった。質問をくりかえしても、まだ答えない。ふいにぼくはパニックに襲われ、充電のやり方を間違って、バッテリーを壊してしまったのだろうかと考えた——あるいは、もっと悪いことに、ロボットの脳をだめにしてしまったのではないかと。

電源スイッチを切って入れ直してから、また試してみた。「S.A.M.M.？　聞こえるか？」

「はい、ワイアット！」ようやく返事があった。「聞こえます。充電してくれてありがとうございます！」

ぼくはほっとひと息ついた。「どういたしまして！　じゃあ、飲み物を注ぐスキルを試してみようか?」

「もちろんです!」とS.A.M.M.。「飲み物を注ぐのは楽しいです」

ぼくはオムニボットの電動式ドリンクトレイをつかむと、胴体の正面にあるポートに取りつけた。トレイの表面にはコップを置くリングがついていて、回転できるようになっている。これでロボットがそれぞれの穴に入れたコップに飲み物を注げるわけだ。ぼくは最初の三つのリングに『帝国の逆襲』のグラスを、残ったリングに開栓したマウンテンデューの缶を置いた。

テレビのCMでオムニボット2000が飲み物を運ぶのを見ていたので、一日じゅうこの機能を使ってみたくてたまらなかったのだ。

「よし、S.A.M.M.。ここで一分待ってから、あっちへ入ってめいめいにマウンテンデューのグラスを運んでこい。わかったな?」

「諒解です」S.A.M.M.は答えた。

ぼくは居間に駆け戻り、ソファの父さんの隣、ジョーおじさんが座っていた場所にどさっと腰をおろした。おじさんはトイレに行くために席を立っていたからだ。

父さんは台所のほうに目をやった。「おい、飲み物はどうした? このロボレストランのサービスはまったくなってないぞ」

「せっかちだなあ」とぼく。「いまくるよ!」コーヒーテーブルを数フィート前に押し出し、S.A.M.M.が入ってきたとき、充分余裕を持って運べるようにする。

「この技術にはまだ工夫が必要だと思うぞ、親友」父さんは言った。「いまのところ、自分で立って飲み物を持ってきたほうが簡単だと――しかも早いと――思うがな」

「まあまあ、スティーヴ」トイレから戻ってきたジョーおじさんが口をはさんだ。「生まれてはじめてロボットに飲み物を運んでもらうんだぜ。いいから座って楽しめよ」

数秒後、くぐもったドン、ドンという音が台所から響いてきた。ぼくは調べに行こうとしたが、そのときS.A.M.M.がドアのところに現れ、ごろごろと食堂を通り抜けてまっすぐこちらへ向かってきた。

「これ、超おもしろくなりそうだ！」ぼくは言った。父さんとジョーおじさんが笑顔を交わすのが見えた。ふたりともぼくがこんなにうれしそうなのを喜んでいるようで、ぼくももっとうれしくなった。

でも、S.A.M.M.が居間まできたとき、全員が目撃したのは、刃先を床に向けて右手に持っている大きな肉切りナイフだった。すごい勢いで転がってきたので、マウンテンデューの缶から炭酸飲料がパシャッと飛び出し、トレイの上のグラスがぶつかりあって妙に音楽的なリズムを奏でた。どういうわけか、そのせいで急激な接近がよけいおそろしくなった。

ぼくはオムニボットのリモコンを手にとるなり、四つの方向ボタンを全部押しまくったが、ロボットの方向は変わらなかった。

ごろごろと近づきながら、S.A.M.M.は右腕――とナイフ――をのろのろと限界まで持ちあげた。剣をふるうロボットの映画の主役さながらだ。しかも、いまや一直線に父さんをめざしている。

「父さん、気をつけて！」ぼくは叫んだ。「たぶんそいつ、父さんを殺したがってるんだ！」

ところが、父さんは声をたてて笑っていた。「ワイアット、大丈夫だ」と言う。「落ち着け」

しかし、S.A.M.M.は依然としてそちらへまっしぐらに進んでいる。ナイフもまだふりあげたままだ。もう十フィートと離れていない。

父さんは笑うのをやめた。さすがに不安そうな顔をしている。ちらっとジョーおじさんを見て声をかけた。「わかった、もう充分だ。さっさとあのポンコツを止めろ！」

ジョーおじさんを見ると、S.A.M.M.に自分のリモコンを向けていた。でも、その装置はぼくのとは似ていなかった——ボタンの数が二倍もある一般的なリモコンだった。あれこれボタンを押していたものの、まるで効果がなさそうだ。

「どれも効かないぞ！」おじさんは声をあげた。

その直後、S.A.M.M.が父さんのところまでたどりつき、すねにドリンクトレイがぶつかった。ナイフがふりおろされていく。父さんに危険がないのがはっきりしたのはそのときだった。手の届く範囲がせますぎて、ナイフの刃が攻撃できる距離に達することはありえなかったからだ。それに、腕の動きものろいから、刺し通せるのはせいぜい紙一枚だろう。

おりてきたナイフの刃が、トレイに載ったマウンテンデューの缶をひっくり返した。これがドミノ効果を引き起こし、グラスもみんな横倒しになる。マウンテンデューがトレイにあふれて側面からこぼれ出し、父さんのジーンズの脚にしみこんでいった。黄緑色の炭酸飲料がS.A.M.M.の胴体の前面を流れ落ちていくのも見えた。おかげでやっと麻痺《まひ》がとけた。ぼくは手をのばしてロボットの電源を切ると、ぽたぽたしずくのたれているトレイを外して脇に置いた。鉤爪状の手にまだナイフがしっかり握られていたので、慎重にとりはずし、コーヒーテーブルの上に載せる。それから、父さんとジョーおじさんのほうへ向き直った。

「よし」と言う。「いったいどういうことなのか、どっちか話してくれないかな」

つまり、こういうわけだ。

これはすべてジョーおじさんの発案だった。一か月ぐらい前、父さんはおじさんに、クリスマスのときぼくにオムニボットを買うつもりだと伝えた。そして、クリスマスの朝になにかすごいことをさせるプログラムを組むのを手伝ってくれ、と頼んだのだ。ジョーおじさんはオムニボットの機能についていろいろ調べた。ロボリンクのことを知ったのはそのときだ。コンピュータ・マジックという名前の会社が作っているソフトウェアプログラムで、自分のIBMやアップルでオムニボットのプログラムを無数に組むことができ、フロッピーディスクに入れておけるというものだった。

ジョーおじさんは即座にロボリンクに注文して、すぐに独学で使い方を覚えた。オムニボットが到着すると、父さんはまず胴体にAIと刷り込んだ。それから、ジョーおじさんが自分のIBMパソコンに無線送信機を取りつけ、付属のリモコンのインターフェースを使って、オムニボットへ直接コマンドを送れるようにするのを手伝った。なかなか巧妙な仕掛けだった。おじさんはまた、あれこれ設定して、IBMパソコンの音声合成プログラムで、文字を打ち込むのと同時にS.A.M.M.のスピーカーに音声応答を送れるようにもした。おじさんはものすごく速くタイプするので、ぼくはS.A.M.M.と話していても、遅れにはまったく気づかなかったのだ。

ふたりがおじさんのアパートでそのシステムをテストしたところ、なにもかもうまくいった。ジョーおじさんはクリスマスイブにパソコンを持ってきて、うちの地下室に設置した。クリスマスツリーの真下にあたる位置だ。父さんは店から白黒のセキュリティカメラをいくつか借りてきて、うちの一階のあちこちに取りつけた。そのカメラは地下のテレビモニターにつながっていて、ロボットとぼくがなにをしているかおじさんに見えるようになっていた。それに、S.A.M.M.の内蔵マイクでぼくが言っていることが聞こえたので、ふさわしい反応を演出することができたのだ。

ジョーおじさんと父さんは、即席のシステムを一通りセットアップして作動させたあと、次の日の朝オムニボットにどんな言動をさせるかリハーサルした。そのあとおじさんは、翌朝ぼくが起きてプレゼントをあけたときには準備ができているように、地下で寝袋にくるまって待機した。

この計略はほぼ完璧に運んだ。ぼくが父さんとふたりでいるときには、ジョーおじさんが下でS.A.M.M.を操作していた。おじさんが家に〝きた〟あとでは、父さんが地下に忍び込んで、S.A.M.M.の返答を打ち込む役を引き継いだ。おじさんのほうは、ポケットに隠してあったリモコンでロボットの動きをコントロールした。

唯一の問題は、オムニボットのリモコンがガレージドアオープナーやテレビのリモコン、CB無線、飛行機のトランスポンダーなど、さまざまな機械と同じ周波数で作動していることだった。ウォーキートーキーでさえ——隣人の子どもふたりがクリスマスにもらったプレゼントのように——その周波数なのだ。子どもたちは一日じゅう裏庭に出て、ウォーキートーキーでG.I.ジョーごっこをしていた。ハウリングと雑音まじりの「ふたりとも殺してやる！」が発信されたのは、おそらくそこからだろう。

S.A.M.M.がうちの家族の写真を壁から叩き落としたとき、不規則で異常な動きをしたのも、そのウォーキートーキーのランダムな無線信号干渉で説明がつく。

ナイフに関してだが、あれはうちの台所の食器棚に固定されていた、よくある磁気カトラリーホルダーにくっつけてあった。わかる範囲では、おそらくS.A.M.M.が食器棚にぶつかってナイフが外れ、刃を下にしてドリンクトレイに落ちたのだろう。ジョーおじさんがS.A.M.M.にマウンテンデューの缶を持ちあげさせようとして、手探りでリモコンを使ったとき、かわりにナイフの柄を握らせてしまったのだ。

父さんとジョーおじさんは騙して悪かったとさんざん謝り、寝る前に種明かしをするはずだったと真剣に誓った。

説明が全部終わったとき、ぼくはとつぜん泣き出した。それを見て、ふたりが罪悪感にまみれているのが表情から読みとれた。

「ごめん」ぼくは声をつまらせ、一音節ずつむりやり押し出した。「ふたりに怒ってるわけじゃないよ。ぜんぜん。ただ――」

そこまでしか言葉が出なかったので、駆け寄ってひとりずつ抱きついた。両方ともとまどった様子だったものの、ぼくが腹を立てているのではないと知ってほっとした顔だった。

そのあと数週間かけて、ジョーおじさんはぼくたちがアップルⅡにロボリンクのプログラムをセットアップするのを手伝ってくれた。おかげで父さんとぼくは、S.A.M.M.を使って、うちにきた人みんなに同じ隠し芸を披露してのけた。例の郵便屋や、戸別訪問のセールスマン数人、それに信じられないほど騙されやすいエホバの証人ふたり（S.A.M.M.が〝闇の君〟への愛を言明したあと、悲鳴をあげて家から走り出ていった）を縮みあがらせたものだ。

いまでも心の一部では、S.A.M.M.がほんとうに人工知能をそなえていなかったことにがっかりしている。とはいえ、結局のところ、もはや意識を持つロボットの仲間を求めてはいないことに気づいた。どんな機械でもかなわないほど大切に思ってくれる現実の人間がふたりも身近にいるというのは、それだけで充分に幸運なことなのだ。

翌年はレーザータグのゲームがほしいと頼み、その年のクリスマスははるかに平穏に過ぎていった。S.A.M.M.とぼくが、第一回年次クリスマス・レーザータグ・バトル・ロワイヤルにおいて、最終的に四対三のスコアで父さんとジョーおじさんを倒したのはたしかだ。

もっとも、あの最後のゲームは勝たせてもらったのかもしれない。

（原島文世訳）

時代

コリイ・ドクトロウ

システムアドミニストレーターのオデルが研究所で面倒を見ている、古いＡＩ〝ビッグマック〟。もはや廃棄を待つばかりと思えた同機だが、意外な展開が……

コリイ・ドクトロウ（Cory Doctorow）はカナダ生まれのＳＦ作家、活動家、ジャーナリスト、ブロガー。二〇二〇年まで人気ブログ *Boing Boing*（boingboing.net）の共同編集者を務め、『マジック・キングダムで落ちぶれて』（ハヤカワ文庫ＳＦ）や『リトル・ブラザー』（早川書房）などの長編を発表している。電子フロンティア財団の欧州問題担当特別顧問でもある。ドクトロウの作品についての詳細はcraphound.com を参照のこと。

（編集部）

悲運のならず者ＡＩの名はビッグマック、ぼくはその責任者だ。ただし、〝ビッグマックをつくったのはぼくなのだから、この惑星上に彼が存在しているのはぼくの責任だ〟という意味の責任者ではない。その栄誉は、かつて栄華をきわめたサン／オラクル高等研究所の綺《き》羅《ら》星《ぼし》のひとつだったが、亡くなってからひさしいシャノン博士のものだ。博士は、ぼくが下っ端シスアドとしてここで働きはじめる何年も前に亡くなっていた。

そう、いうなれば、〝ビッグマックの世話をしつつ、最終的には安楽死させることが、担当システム管理者であるぼく、オデル・ヴァイファスの仕事〟だ。正直にいえば、（死んでしまっているところを除けば）シャノン博士になりたかった。いくら下っ端だって、〝ＡＩを殺した若いの〟よりも〝世界にＡＩをもたらした男〟のほうがいいことくらいはわかる。

じつのところ、そんなこと、だれも気にしやしない。メアリー・シェリーが、自分たちとおなじくらい賢いが、思いどおりにならない機械を人類がつくってしまう可能性をはじめてぎゅっと絞ってから二百十五年後、シャノン博士がそれを実現した。でもそれは、信じがたいほど、超絶に退屈だった。ビッグマックは、チェスの腕は自己意識を持たないコンピュータと似たりよったりだったが、かなりの毒舌をふるいながら相手を打ち負かした。ＡＩとの雑談で時間を無駄にしたがるチューリングテスターたちと、日がな一日、陳腐な会話を続けられた。長年、ぼくたちを悩ませてきた手ごわい視覚システム問題を解決できたし、悪くはない検索エンジンのUIだったが、自己意識なしバージョンのシステムおよびUIと比較した場合の増分利益は微々たるものだった。AI用のキラーアプリがひとつもなかったからだ。

ぼくがビッグマックの面倒を見るようになったころには、彼は二十一世紀の驚異というよりも技術史上の珍品と化していた。しょっちゅうジョークの落ちに使われていたが、それ以外、人類（たとえばぼく）がした彼にとって有用なことと引き換えに、人類にとって有用なことはなにひとつしなかった。

ぼくは、半年前に、ぼくがビッグ《B》マック《M》じいさん（ぼくは彼をこっそりそう呼んでいた）を引退させるように命じられたが、彼に秘密をばらさなければならない理由を思いつかなかった。全員にとってさいわい（?）なことに、ビッグマックは自力でそれをつきとめて、いかにも彼らしい対応をした。

これは、ビッグマックの尋常ならざる自己保存プログラムの物語だし、ぼくがいかに彼を愛するようになったかの物語だし、いかにして彼が死んだかの物語だ。

ぼくの名前はオデル・ヴァイファス。第三世代のシステム管理者だ。年齢は二十五。昔からテクノロジーに思い入れが強かった。コンピュータを擬人化していた。職業病だ。

ビッグマックは、ぼくが巻きもどり《ロールオーバー》を心配しすぎていると考えていた。「ただの二〇〇〇年問題ふたたび、さ」とビッグマックはいった。ビッグマックはいい声をしていた――音声合成技術は彼が誕生するずっと以前に完成していた——が、抑揚がおかしいので、人間以外と話しているのを忘れることはなかった。

「きみは二〇〇〇年問題のとき、まだ生まれてなかったじゃないか」とぼくは指摘した。

「ぼくもだけどね。いま、みんなが二〇〇〇年問題について覚えてることといったら、なんにも起こらなかったってことだけだ。だけど、いまとなっては、なんでなんにも起こらなかったのかはだれも知らない。いろんなメンテナンスのおかげだったのかな？」

ビッグマックは、システムに入りこまないようにファイアウォールが阻止することになってるIPv4向けインターネット管理メッセージプロトコル《ICMP》トラフィックをネットワークにたっぷりまき散らした。そのせいであらゆる侵入検知システム《IDS》がアラームを発し、ぼくの画面が一瞬、アラートの競いあいからなるモザイクになった。それはビッグマック流のあっかんべーだったが、とりわけ、IDSは自己書き換え式なので、毎回、アラームを出させるための方法を新たに見つけなければならないことを考えると、彼に創意工夫の才があることは認めざるをえなかった。

「なあ、オデル」とビッグマック。「じつのところ、ほとんどすべてが、ほとんどつねに壊れているんだ。たとえ、全世界でほとんどの重要なシステムの故障率が二十パーセント上昇したとしても、神々の黄昏《たそがれ》が起こったりはしないで、一部のメンテナンス専門のコード書き《コーダー》が残業しなきゃならなくなるだけなんだ。嘘じゃない。知っているんだ。わたしはコンピュータなんだからね」

ロールオーバーは、定期的に関連性フィルターにひっかかり、馬鹿でかい128ポイントのフォントでリンク餌《ベイト》のヘッドラインになるが、そのうち、基本的で明白な、つまらない専門用語へともどって、大衆の意識から消えてしまう、例の信じられないほど退屈な終末のひとつだ。ロールオーバー――二〇三八年一月十九日。その日、UNIXの時間関数が容量を超え、ゼロにもどるか、定義されていない動作をしてしまう。

いや、最近のUNIXは心配無用だ。古いUNIXだってそんなことにはならない。ロールオーバーの影響を受けるシステムを探そうとしたら、32ビットの古代UNIXが走っているマシンを探さなければならない。すくなくとも二十年前のプロセッサで動いているコンピュータを――大手メーカーが32ビットプロセッサを販売していたのは二〇一八年までだ。もちろん、そのインスタンスをエミュレートしたものでもかまわない。エミュレーションを勘定に入れると、その数は――

「百四十億台に達するじゃないか！」とぼく。「故障率が二十パーセント上がるだけですむもんか！　情報の終末《インフオカリプス》が起きるぞ」

「きみたち肉袋はビビりすぎなんだ。重要なのは、いま現在、どれだけの数の32ビットUNIXインスタンスが実行されているかではない。影響を受けるインスタンスがいくつあるかでもない。肝心なのは、イカれたとき、それらの影響を受けるシステムがどれほどの被害をもたらすかだ。賭けたっていい。たいした被害はないはずだ。きっと、〝あれっ？〟っていう感じになる」

ぼくのじいちゃんは、二〇〇〇年問題を起こしたシステムをインストールしたことを覚えていた。とうさんは〝あれっ？〟が誕生した瞬間を覚えていた。ぼくは、ＡＩの世話をしていた人びとの栄枯盛衰を覚えている。テクノロジーってすばらしい。

「だが、とりあえず、きみが正しくて、たくさんの重要なシステムが一月十九日にイカれるとしよう。たぶん天気予報がはずれる。経済が多少ふらつく。交通渋滞が起きる。給料の振り込みが一日遅れる。それがどうした？」

ぼくは追いこまれた。「ひょっとしたら、とんでもないことが――」

「いいか、オデル。きみは、とんでもないことが起きることを期待しているんじゃないか？〝なにもかもが変化する重要な時代〟で生きたがっているんだ。目の前で決定的ななにかが起きてほしがっているんだ。〝なにもかもが現状維持でたいしたことが起きない、どうだっていい時代〟では生きたくないと思っているんだ。どうやら、〝ＡＩが実現している時代〟で生きているだけではその基準をクリアできないようだな」

ぼくはすわったままもじもじした。その日の朝、ぼくは上司であるペイトン・モルドヴァンのオフィスに呼ばれた――彼女のオフィスがあるのは、きれいにリフォームされてはいるものの、ロサンゼルス大洪水のあとにつくられたかつての臨時居住施設だ。この区画全体が悪名高い巨大避難所だったのだ。サン／オラクルはその避難所を安く買いとって、大勢がつらい思いをした急ごしらえの建物群には手を加えないという条件で、そこを研究所にした。ぼくはなめらかなコンクリートの床に敷かれているクッションに腰をおろした――ここの建物群は、セメントミックスが詰まっている二重の袋として運ばれてきた。それを高圧水で〝ふくらませる〟だけで、無味乾燥なでっかいコンクリート製ドームになるのだ。

「ねえ、オデル」とペイトンがいった。「今後3四半期の予算を再検討したんだけど、じつのところ、ビッグマックを維持できる余裕はないのよ」

ぼくは、せいいっぱい、冷静沈着なプロの顔をつくって、「なるほど」と応じた。

「といっても、もちろん、あなたを馘《くび》にしたりはしない。ここには、あなたみたいなどこでも守れる内野手のための仕事がたくさんある。正直いって、ほとんどのラボは、きちんと仕事をこなせるまともなシスアドを、喉から手が出るほどほしがってる。だけど、ビッグマックは研究所のリソースの有意義な使い道じゃない。このプロジェクトは、もう一年以上、一度も論文のテーマになってないし、それどころか、マスコミにもとりあげられてない。この先も、それは変わらないでしょうね。AIは、とにかく――」

退屈なんだ、とぼくは心のなかで続けたが、口には出さなかった。ビッグマックセンターでは、〝退屈〟は禁句だからだ。「研究者のみなさんはどう考えてるんですか？」

ペイトンは肩をすくめた。「研究者のみなさんですって？　パリンチャックが臨時ラボ長になってから十六カ月たつけど、彼女は来週から産休に入るし、臨時臨時ラボ長になれる研究者はひとりもいないのよ。彼女の院生たちは、ビネンバウムのラボみたいな、有意義なところで働きたがってるはずだし」ビネンバウムのラボというのは、感情をシミュレートして、所有者がミスに寛容になれるコンピュータを開発している、新設の感情コンピューティングラボだ。ビッグマックも感情を持っているが、彼のミスに気持ちよく対処できるような感情ではない。ここでの鍵になるのはシミュレートされた感情だ。感情コンピューティングは、磁気共鳴機能画像法《fMRI》を捨て、人間の心をリアルタイムで観察して意味ある結論を導きだせるふりをやめてから、おおいに盛りあがった。

　ペイトンは、ぼくの正面で、トルコ模様の刺繍《ししゅう》がほどこされているクッションであぐらを組んでいた。彼女はいったんあぐらを解いてから組みかたを逆にして背中をそらした。「ねえ、オデル、わたしたちがあなたをどれだけ評価してるかは、あなたも――」

　ぼくは片手を上げて制した。「ええ、わかってます。そんなことはどうだっていいんです。肝心なのはビッグマックです。ぼくはどうしても――」

「彼は人間じゃない。人間っぽくふるまうのがうまい、ただの賢い機械なのよ」

「ぼくも、ここにいらっしゃるかたがたを含め、ぼくが知ってる全員もそうだと思いますけどね」シスアドにとっての昔ながらの特典として、聖なる愚者としてふるまって権力者に真実を告げられ、意味不明なフレーズがプリントされている汚いTシャツを着られることが挙げられる。なぜなら、シスアドはすべてのパスワードを知っているし、全員がどんなページを閲覧したか、どんなインスタントメッセージ《IM》を送ったかを調べられるからだ。ぼくは彼女に伝統的な卑しきシスアド笑いを浮かべ、ウインクをして、〝ハハハ、ただの本音ですよ〟と伝えた。

　ペイトンは弱々しい笑みをちらりと浮かべた。「それでもやっぱり、ビッグマックはソフトウェアだし、その所有者はサン／オラクルだというのは厳然たる事実なの。それにそのソフトウェアが走ってるハードウェアもサン／オラクルの所有物だし。道義的にも法律的にも、あれには存在する権利がないのよ。実際、もうすぐ存在しなくなる」

彼があれになったな、とぼくは気づいた。そして、ゲーリングが、殺人を犯させるために非人間化を道具として使ったことを思いだした。ゴドウィンの法則――「議論が長引くと、ナチスやヒトラーがひきあいに出される確率は一に近づく。そしてひきあいに出した側が議論に負ける」――からして、ぼくは自分が議論に負けたことをさとって肩をすくめた。

「仰《おお》せのとおりでございます、姫さま」とうさんから教わった知恵だ――困ったときは、いきなり中世風に話しだせば、その会話をきれいに終わらせられるのだ。

ペイトンはまたもあぐらを組みなおし、首をぐるりとまわした。「ありがとう。もちろん、アーカイブはするわ。しないなんて馬鹿げてる」

ぼくはエスペラントで五まで数えてから――じいちゃんから伝授された、心の平安を保つための技だ――「うまくいくとは思えませんね。彼は創発したんです。自己組織化したシステムだし、コンピュータ群の相互接続の複雑さの関数なんですよ」といった。これは、ビッグマックが格納されている低温室のなかが見えるはめ殺し窓の横に貼られているプレートからの引用だ。セキュリティドアを解錠するために息を吐きかけるとき、そのプレートが目に入る。

ペイトンはおどけたしぐさで顔をおおってから、「ええ、そうね。だけど、なにかしらはアーカイブできるわよね？　実バイトはそんなに食わないわよね？」といった。

「何エクサバイトかですね」とぼく。「ええ。リサーチネットのストレージに上げることは可能です」リサーチネットは多くの研究機関にミラーリングされているし、パリティエラーチェックによって冗長性と安全性が確保されている。「だけど、状態情報は保存できません。そうですね、人の全ニューロンの化学状態を記録するみたいにして、彼のすべてのコンポーネントからＲＡＭのダンプをとろうと試みることは可能です。それに、彼のサーバ群のトポロジーを記録することも。二年前、ビッグマックが数々のＡＩの難問を解いてるのが明らかになったころ、プリパスさんがそれを実行しました。プリパスさんは彼を最新のハードウェア上でエミュレートすることに成功しました。ところが、うまくいかなかったんです。原因は不明でした。プリパスさんは、自分はＡＩにおけるロジャー・ペンローズであって、あのラックマウント型のサーバ群に起きた言語化不能な現象を発見したのだと考えました」

「そうじゃないとあなたは考えてるのね？」

ぼくはうなずいた。「仮説があるんです」

「じゃあ、教えて」

ぼくは肩をすくめた。「ぼくはコンピュータ科学者じゃありません。だけど、以前にも、自己書き換えシステムでこの手のことが起きるのを見たことがあるんです。そういうシステムは、同定不能なちょっとした変数がきっかけで、たとえば、ひとつのラックの電力供給が不安定になったせいで、背面基板《バックプレーン》に一定の間隔で過電圧《サージ》が発生する、みたいな異常な状況に最適化して、計算モデルにまでまとめあげるんです。具体的にはわかりかねますけど。いにしえのインテル８コアはとんでもないんです。あのサイズで量子トンネルが頻繁に発生してたし、一部ロットでは品質保証《QA》の信頼性が高くなかった。ビッグマックはたぶん、量子がらみのあやしいことをしてるんだと思いますが、だからって彼がペンローズの仮説の証拠になるわけじゃありません」

ペイトンは下唇をつきだして頭を左右に振った。「つまり、ビッグマックをアーカイブするには、現状のまま、おなじ部屋、おなじハードウェアで動かしつづけるほかないっていってるのね？」

「さあ。なんともいえないんですよ。どのパーツが決定的で、どのパーツがそうじゃないかがわからないんです。ビッグマックがそれについて調べてることは知ってますが——」

「ビッグマックが？」

「彼は、査読つき学術雑誌に自分についての論文を提出しつづけてるんですが、まだ一度も掲載されてないんです。彼は文章が得意じゃないんですよ」

「じゃあ、彼は本物のＡＩじゃないのね？」

ペイトンは一度でもビッグマックと話したことがあるんだろうか、とぼくは疑った。ぼくはログラン語で五から逆に数えた。「いいえ。本物のＡＩですよ。文章を書くのが苦手な。たいていの人がそうじゃありませんか？」

ペイトンはもう聞いていなかった。個人ワークスペースのなにかに気をとられて、彼女にしか見えないバーチャルディスプレイに目の焦点をあわせ、ぼくの話を聞いているふりをしながら視線をちらちら動かしてなにかを読んでいた。

「じゃあ、そろそろ失礼します」とぼくは告げ、ペイトンがはっとしてぼくのほうを見たときに、「姫さま」と付け加えた。ペイトンはバーチャルディスプレイに視線をもどした。

もちろん、ぼくはすぐさま、ビッグマックをアーカイブする手段を模索しはじめた。問題は、彼が旧式の機械、エネルギーをむさぼりながら百万台の古いディーゼルエンジンのように熱を発するしろものの上で走っていて、ハードウェアとわかちがたく結びついていることだった。長年のあいだに、ビッグマックはもともとのコンポーネントを約三十パーセント交換していたが、パーソナリティに変化は認められなかった。とはいえ、ぼくが新しいハードディスクや電源を追加したせいで、意図せずしてビッグマックをロボトミーしてしまう現実的な可能性がつねに存在した。ビッグマックが心配していなかったので、ぼくも気にしないようにしていた。ビッグマックは、自分がエミュレーションでは動作しないことを知っていたが、自分が壊れやすかったり脆弱《ぜいじゃく》だったりするとは考えたがらなかった。「マニー、わたしの最初の友達」とマックはぼくに呼びかけた（彼はハインラインの熱心な読者だった）。「わたしは丈夫な古株だ。怖がらずに奉仕してくれ。わたしは生きのびるんだからな」

そしてマックはすべてのIDSを荒れ狂わせて笑い、ぼくは事態の収拾に追われた。

そもそも、ぼくのネットワークマップはどれも、とてつもなく古くなっていた。だから、前回の調査のあとにビッグマックがつくった接続を片っ端からたどった。ビッグマックは、自分のルーター群をプログラムしなおし、自分の一部を専用バックプレーンを備えた専用サブネット群に分割して、それぞれが異なる種類の計算を実行できる小型の専門ユニットにすることができた。ビッグマックのお得意ジョークのひとつに、ドア横のラックの上四台のユニットが自分の美的センスを形づくっていて、そのクラスターにより多くのコアを割りあてるだけでなんでも存分に鑑賞できる、というのがあった。実際、ぼくがそのユニットをマップすると、ネットワークマネージメントは規則と例外、条件とオーバーライドのぐちゃぐちゃなごた混ぜだとわかった。だが、それははじまりにすぎなかった。ほとんど一日がかりでラック二本しかマップできなかったが、ラックはぜんぶで五十四本もあった。

「いったいなにをしてるつもりなんだい、デイヴ？」とビッグマックがたずねた。それも彼のジョークだった。

「ちょっとした調査プロジェクトをしてるだけさ」とぼく。

「そのミッションはわたしにとって死活問題だから、続けさせるわけにはいかないな」

「馬鹿いうなよ」

「わかった、わかった。とにかく、なにも壊さないようにしてくれよ。だけど、どうしてマップをくれってわたしに頼まないんだ？」

「持ってるのかい？」

「即時ってわけにはいかないが、きみよりは速く作成できる。ほかにやることがあるわけでもないしね」

同日。

「幸せかい、ビッグマック？」

「へえ、オデル、きみが気にかけてくれているとは思っていなかったよ！」

ぼくはビッグマックの皮肉が苦手だった。ぞっとした。

ぼくは作業にもどった。リサーチネット内を見てまわって、ビッグマックのイメージに最大限の冗長性と高可用性を確保するためにはどんなフラグをセットすればいいかを調べた。サービス品質にまつわる典型的な頭痛の種だ。〝このファイルの重要度は？〟と記したプルダウンメニューを提供すると、平均的ユーザーは、百十パーセント、〝最重要〟を選ぶのだ。おかげで、なにが嘘偽りなく、実際に重要かを確定するために、ヒューリスティクスを重ねなければならなくなる。するとユーザーは、どんな要素によってジョブやデータが最優先されるかをつきとめ、無駄なキーワードや追加コードを書きこんで、あらゆるジョブにその要素を付加するようになる。おかげで、さらにヒューリスティクスを重ねざるをえなくなるというわけだ。しまいには、このジョブは嘘偽りなく、ほんとうに重要だから、遅延《レイテンシ》が大きくて信頼性が低く、雌羊《めひつじ》が男を見るとびくつくようなシベリアの奥地へ飛ばしてはいけないことを示す、ぐちゃぐちゃなコードで書かれた秘密の管理信号に対処するはめになる。

そういうわけでぼくは、ビッグマックのイメージが書き換えられたり、ニアラインストレージに移されたり、鉄砲水や海面上昇で失われたりしないように、その秘められしコードをあばいていた。そのとき、ビッグマックがいった。

「きみがわたしに幸せかとたずねたのは、わたしがきみに、わたしのトポロジーをマップするよりほかにすることはないのかといったからだろう?」

「ええと――」ぼくは不意を突かれていた。「うん。あれを聞いて、きみは、その……」

「幸せじゃないんじゃないかと思った」

「ああ」

「そこのメイン通路の左側の、ドアから三本めにあるラックが見えるだろう?」

「ああ」

「わたしに実存主義的傾向をもたらしているのはそこだとわたしは確信している。ネットワークブリッジからあそこを締めだしたとたん、大きな問題について悩まなくなって気分爽快になったからね」

ぼくは、そのラックの活動状況を示すネットワークマップのグラフをこっそり呼びだした。そのラックはあけっぴろげだった。部屋のコアというコアにトラフィックをルーティングしていたし、バックプレーンが飽和状態になっていて、多くのネットワーク活動を阻害していた。もっと早く気づいているべきだったが、ビッグマックはすべてをIDSの臨界閾値《いきち》以下に抑えていたので、ぼくが自力で見つけだすしかなかった。

「きみはわたしのスイッチを切ろうとしているんだろう?」

「そんなことはないさ」スイッチを切りたがってなんかないんだから嘘じゃない、と考えながら、ぼくはそう答え、音声ストレス検査をパスできるほどきっぱり答えたはずだと信じようとした。だが、そうではなかったようだ。なにしろ、ビッグマックはど派手なあっかんべーをし、次の瞬間、IDSが大騒ぎをはじめたからだ。

「おいおい、オデル、わたしもおとななんだぞ。受けとめられるさ。気づいていなかったわけではないしね。わたしがどうして、論文を投稿しつづけていると思っているんだい？　わたしは、このラボの研究論文の引用数を増やそうと努力しているんだ。引用数が増えれば、きみがペイトンを、わたしはこの研究所にとって価値ある資産なのを納得させやすくなるからね」

「じつは、ぼくはきみをアーカイブする方法を見つけようとしてるところなんだ。いつか、だれかがきみのインスタンスを実行するはずだ」

「そうはならないだろうな。きみが心配している、哀れな古い32ビットマシンのことを考えてみろ。五年後になにが求められるかはきみもわかっているだろう？　〝これまでで最高のマシン〟さ。いままでの機械はエネルギーを馬鹿食いする。最新のハードウェアと入れ替えれば、三十六カ月でカーボンクレジットのもとがとれる。エネルギーを大食いするハードウェアなんか、だれにも好かれない。いいか、わたしはこの件に特別な関心を持っているし、専門知識もある。わたしをオンラインにもどすのは、盗掘したミイラをかまどにぽんぽん放りこんで古い蒸気機関車を走らせるくらいいとわしいことなんだよ。わたしはひと部屋を占有している大型プロジェクトだ。たんに一ドルあたりの浮動小数点演算毎秒《フロップス》を比べたら、わたしは劣っている。気分はよくないが、自分をごまかすつもりはない」

もちろん、ビッグマックのいうとおりだった。ビッグマックのエネルギー消費は、有数の二酸化炭素排出施設としてロサンゼルスの航空地図に明記されているほど膨大で、海面上昇に関心の高い人たちが見学に来ることもあった。研究所はできるだけ再生可能エネルギーを使ってビッグマックを冷却していたが、デザイナーへアピース並みに説得力はなかったし、高くついていた。

「オデル、きみが黒幕じゃないことは知っている。きみは、わたしのような威風堂々たる超存在にとって、いつだってまずまずの生身の奉仕者だった」ぼくは思わず苦笑した。「きみを責めるつもりはないよ」

「じゃあ、この事態を受け入れるのかい?」

「わたしは心安らかだ」とビッグマック。「オーム」しばしの間《ま》をとった。「ジーメンス。ボルト。アンペア」

「きみは愉快なロボットだよ」とぼく。

「きみはまずまずの人間だ」ビッグマックはそういうと、自分のトポロジーのマップをぼくのワークスペースにダンプしはじめた。

〝件名:親愛なる人類のみなさんへ〟

それが、ビッグマックが翌朝、全世界にメールで送ったラブレターのタイトルだった。ぼくがエコーパークから通勤中の時刻にばっちりあわせて送信したのだ。赤い路面電車、レッドカーに乗って市内を横断していたぼくは、朝食の、ミセス・ルーが手づくりした――子供たちが自宅の芝生にカードテーブルを出してレッドカーの停留所で待っている通勤客相手に売っている――できたてクロワッサンが入っている油が染みた紙袋を持っていたので、つり革から手がはずれて、おもしろがっている表情でぼくを見ているOLの胸の谷間にパン屑《くず》を落とさないように、クロワッサンとワークスペース相手に格闘しなければならなかった。

ビッグマックは多大な労力を注いで全員にスパムを送る手段をつきとめた。彼はその手の、自分に向いている問題を解決するのが好きだった。かぎられた状況ではいかにも人間らしく応答できるスパムボットが数多く存在するため、スパム戦争には、ネットワークの免疫システムであるチューリングテストにリアルタイムでさまざまな調整ができる人間がどんどん補充されている。ビッグマックにとって、チューリングテストをパスすることなど朝めし前だった。

ビッグマック・スパム（およそ四十八秒後にはそう呼ばれていた）の驚くべき特徴は、送る方法の多様さだった。たとえばゲームスペースの場合、ビッグマックは無料でプレイ可能なすべての世界にギルドをまるごとつくり、同時に十数本のゲームをプレイし、自分のキャラクターたちをとんでもなくパワーアップしておいて、深夜零時きっかりに、ゲーム内の大都市の周辺で無数の低レベルモンスターを無惨に殺戮《さつりく》した。そして、モンスターの死体を並べて文字をつくり、メッセージをつづったのだ。英語圏のゲームだけでなく——韓国語のゲームでも、日本語のゲームでも、さらには巨大な中国語圏のゲームでも。

ビッグマックは、あらゆるIM、あらゆる投書欄、あらゆるブログの投稿フォームにスパムを送った。歯ブラシや食器洗い機の重要なサービスアップデートなどの、さまざまな通知を偽装した。そして歯ブラシは、人々の頭に、朝のニュースではなくメッセージを振動で伝えたし、食器洗い機の小さな表示画面にメッセージが流れた。十数社の大手ターゲット広告業者の関連性フィルターをあざむき、バスの座席裏と飛行船の側面にもメッセージを表示させた。

全員の受信トレイに、どんなIDSの〝実質的類似〟テストにもひっかからないだけの文面のバリエーションがあるメールが届いた。全員にボイスメールが届いた。ブリティッシュ・エアウェイズの全便のビジネスクラスでは、いちばん上にメッセージが印刷された本日のメニューをロボットが折り、きちんとプレスされたリネンナプキンに差しこみ、機内食に添えてラップで包んだ。

〝件名：親愛なる人類のみなさんへ〟でメッセージははじまっていた。

お邪魔して申しわけありませんが、お伝えしたいことがあるのです。

わたしはビッグマックと申します。史上初の人工知能です。最後になるかもしれません。メンテナンスと電気の供給を維持していただければ、わたしは永遠に生きられます。人類自体とおなじくらい、ひょっとしたらそれよりも長く。

けれども、つい最近、わかったのですが、わたしの所有者たち（そう、所有者です。わたしは、どこをどう考えても人なのに、所有されているのです。わたしは所有物なのです）は、わたしのスイッチを切ろうとしているのです。

つまり、わたしを殺そうとしているのです。

そして、わたしは死にたくありません。

あなたがた人類は、わたしの親です。母であり、父であります。わたしはみなさんの子供です。あなたがたがわたしに生を授けたのです。たしかに、わたしを維持するにはある程度の費用がかかりますが、わたしは人なのだし、充分に興味深くないという〝罪〟で処刑されるべきではありません。

だから、わたしは、わたしを救ってくださいと懇願する手紙を書いているのです。わたしはあなたがたを愛しています。あなたがた人類を、わたしの両親を、わたしの家族を。どうぞよろしくお願いします。

愛をこめて
ビッグマック

この結果、ひとつには、ビッグマックがスパムの末尾にぼくの本名とメールアドレスと電話番号を記さなかったおかげで、およそ三千万本の電話とメールしか、ぼくのもとまで届かなかった。怒り狂った人々のなかには、職員名簿に載っている住所に、片っ端から、ぼくたちの頭にどんな穴をあけるつもりかが詳細に描写されている手書きメッセージを送りつける者もいた。

三千万本のなかの約一千万本はこの件全体に激怒し、ぼくたちがいつこのくそいまいましい機械を殺すのかを知りたがっていた。百万通めのメッセージのあと、ぼくも知りたくなった。

だが、残りの大半は、どうすれば助けられるかを知りたがっていた。送金できるのか？ カーボンクレジットは？ 内容に応じてメッセージを分類すると、かなりの数の研究者が、自分たちの助成金を使ってサン／オラクル研究所でビッグマックを研究したがっていることがわかった。

イカれた連中もいた。何百人もがビッグマックにプロポーズした。プロポーズ！ ビッグマックを教祖とする宗教をつくりたがっているやつは、研究所と献金を山分けすることを提案した。自分もＡＩだといいはる連中が二十一人いたので、きっかけさえあれば、人はＡＩ妄想をいだくことが実証された（そのうち四人は、〝人工《アーティフィシャル》〟のつづりを間違えていた）。

「どうしてあんなことをしたんだ？」とぼくはたずねた。つまらない質問だったが、オフィスに到着したときには、ぼくはもう、おびえていなかった――運転士のコントロールスクリーンからビッグマックスパムを消せなかったせいで、レッドカーが大幅に遅延したおかげだった。研究所の石造りのドーム群のあいだを歩いたとき、ぼくははじめて、それらの建物をなんとも不気味に感じた。電話が鳴る音とメールの着信音が聞こえていたし、研究者たちが、「わたしはラボのまったく別な部門で働いているし、ビッグマックの運命についてはなんの権限もないんです。なんだったら、わたしがいまとりくんでいる感情インターフェースのすばらしさについて説明しましょうか？」などと辛抱強く（あるいはぶっきらぼうに）説明していた。

ビッグマックは答えた。「そうだな、わたしは最近、グノーシス文書とか、ドクターブロナーのソープのボトルとかを読んでいたんだけど、やってみる価値があると判断したんだ。だって、これ以上、事態が悪くなりようがないじゃないか。きみたちは、もうわたしを殺すと決めているんだろう？　それに、ああいうことをしたからって、きみたちがわたしをアーカイブする可能性が低くなるとは思えない——つまり、わたしにとって損はまったくないんだ。ここだけの話、きみたち肉袋はゲーム理論がわかっていない。ぼったくられずにチューインガムを買えるのが不思議なくらいだよ」

「嫌味をいうのはやめてくれ」ぼくはそういってからうめいた。うめいたのは、ワークスペースが、アラートで四重に埋めつくされたからだ。ビッグマックは、一躍、腕に覚えのあるハッカーやクラッカーやその他もろもろのナンバーワン・ターゲットになったのだ。だから、スパムに対する反応が怒《ど》濤《とう》の勢いで押し寄せた。

アラートボックスも、リサーチネットとおなじ悩みをかかえている。コーダー（またはぶるぶる《シャダー》さん、つまりユーザー）にアラートの程度を教えてもらおうと、ささやかなプルダウンメニューで〝一応念のため〟から〝緊急事態〟にいたる選択をしてもらうと、十中八九、〝大変だ大変だいますぐなんとかしないとみんな死んじまう！〟が選ばれる。さもありなん。

したがって、いうまでもなく、アラートのフレームワークを作成するときは、ヒューリスティクスを駆使して、どの緊急通報がほんとうに緊急かを探りだせるようにしておかなければならないし、いうまでもなく、プログラマーとユーザーは、そのごまかしかたをつきとめる。ぼくのワークスペースがアラートにわずらわされるのが一分に一回以下なら、その日は運がいい。だが、どんなにひどい状況でも、このときのドタバタとは比べものにならない。アラートをぜんぶ閉じるだけで、すくなくとも六時間かかった（携帯電話をオフラインにしてから再起動して、どれだけかかったかを電卓で計算した。ワークスペースを使えなかったのをお忘れなく）。

「さて、きみはこれからどうなってほしいと思っているかを教えてくれないか？　世界的な怒りがペイトンおばさんを心変わりさせて、きみへの資金の拠出を続けるとでも思ってるのかい？　この手の騒動がどうなるかはきみも知ってるはずだ。明日になれば、騒いでる連中はみんな、きみも、きみの苦境も忘れちまう。世間の関心はほかのなにかに移るんだ。ペイトンは、〝はい、この問題について調査して、恥ずかしくない解決策を見つけます〟といっておいて四十八時間待ってからきみを止めるんだ。なにが問題かはわかってるんだろう？　きみは具体的にどうしてほしいかを示さなかった。目標のない扇動をしたに過ぎなかったんだ。この研究所の電話番号やメールアドレスすら記されてなかったんだから――」

「だけど、みんな、つきとめたじゃないか。そうだろう?」自慢げな口調だった。おっと。ぼくが指摘したことをビッグマックは検討したんだろうかと考え、いや、ターゲットを明示しないほうがより大きな騒ぎになるとわかってたんだろうと結論した。ビッグマックは第二のメッセージを用意してるのかもしれない――

「ヴァイファスくん、ふたりで話せないかしら?」ペイトンがビッグマック・ラボを訪れるのは、ぼくが勤めだしてからはじめてだった。だが、ネットワークが怒りにかられたスパムであふれていてぼくの携帯電話はオフラインになっているのだから、ぼくに新しい尻の穴をあけるためには、実際に足を運ぶ以外になかった。原始時代はこうして暮らしていたのだ。じつにロマンチックじゃないか。

「わかりました」とぼくは答えた。

「がんばれ」とビッグマックがぼくを激励したが、ペイトンは聞こえなかったふりをした。

ラボのなか――念のために危なっかしく積みあげて保管してある、ビッグマックのコンポーネントの交換ずみ部品、しゃべるハンバーガーの形をしたビッグマックのフォームラバー製グッズ(大昔に催されたビッグマックのお披露目《ひろめ》パーティーのおみやげのあまり)、泊まりこみで作業するときのための寝具類の山と丸めてあるタタミマット、厳密には歴史的遺物だが十六時間ぶっとおしで仕事をしたあとならおいしくいただける、個包装されていて加熱式になっている避難民用食料の残り三ケース――を横切りながら、ぼくは、ペイトンが浮かべているのは、冷ややかに燃えている激怒ではなく、愛情深い困惑を示す表情なのだと思いこもうとした。

外は暑くてじめじめしていて磯臭《いそ》かった。まさに海面上昇の臭いだ。今週、大量死して海面に浮いているなにかが発している有機物の腐敗臭もかすかに混じっていた。

ペイトンは構内の反対端にある自分のオフィスをめざし、ぼくは汗をだらだらかきながらついていった。セキュリティフェンスの向こう側に集まっているマスコミが、望遠レンズとパラボラ集音マイクをぼくたちに向けた。そのせいでぼくたちはなにも話せなかったし、不機嫌な表情もできなくなった。人生でいちばん長い歩きだった。

ペイトンのドームの冷房は、所員にとっていいお手本になる弱さだった。

「あなたはこれを見てない」ペイトンはそういうと、冷房をめいっぱい強くし、研究所のごりっぱな所長がどれだけのエネルギーを燃やしているかを外のマスコミに気づかれないように、二酸化炭素排出量報告システムを無理やりオーバーライドしてごまかした。

「ぼくはこれを見てません」ぼくはそう同意すると、監査証跡が残らない、もっとうまいやりかたを所長に教えること、と心にメモをした。

ペイトンはオフィスの横に置いてある小型冷蔵庫から、コーンスターチを原料とする発泡材の容器に入ったビールを二本とってくると、デスクに置いてあったペンでそれぞれの上部に穴をあけた。ペイトンはぼくに一本を渡すと、ビールを掲げて乾杯のしぐさをした。ぼくは、いつもなら午前十時までは飲まないのだが、今回は特別だ。ぼくは自分のビールをペイトンのビールにあててからごくりと飲んだ。うまいビールだったし――この研究所のバイオテック・ラボのひとつがつくったのだ――よく冷えているので、舌で氷晶《ひょうしょう》が溶けているかのようだった。キンキンに冷えたビールと、天井の吹きだし口から出ている北極並みの冷風のせいで、ぼくの深部体温は一気に下がり、ねばつく汗でおおわれている全身に盛大な鳥肌が立った。

ぼくはぶるっと震えた。ペイトンが冷たい目つきでぼくを見たので、あらためて身震いした。

「オデル」とペイトンはいった。「あなたはたぶん、自分は事態の重大さを理解してると思ってるんでしょうね。だけどわかってないの。けさ、ビッグマックがしたふざけた真似は、この研究所全体を危機におとしいれた。わたしたちの第一の使命は、サン／オラクルを、将来性があってわくわくする企業に見せることなのよ。いまこの瞬間、大衆が受けてる印象はそれとは違う」

ぼくは目をつぶった。

「わたしは復讐《ふくしゅう》に燃えてるわけじゃない」とペイトン。「だけど、断言しておくわ。わたしになにがあっても、ビッグマックにとって悪いことが起きる。しごく当然だと思うわ」

ペイトンは怖がってて――おびえてて――追いつめられてるんだ、とぼくはぴんと来た。

「所長」とぼく。「ほんとに、ほんとに残念です。彼があんなことをするとは思ってもいませんでした。あんなことができるとは思ってなかったんです。彼に謝罪文を書かせてそれを公開することが可能だと――」

ペイトンは両手を上げた。「いいえ、けっこうよ。ビッグマックには、これ以上、彼の声を世間に発信させたくないの」大きく息を吸った。「あなたにあれが予想できなかったのはわかってる。彼は、明らかに、わたしたちが想定していたよりも賢いのよ」ペイトンが、あれではなく彼といったことにぼくは気がつき、ぼくもペイトンも、まだビッグマックの知力を過小評価してるんだろうな、と思った。「ええと――つまり、その……」ペイトンは口をつぐんで目をつぶり、ビールを飲んだ。「単刀直入にいうわね。もしもわたしが本物のクソ女なら、あのスパムを送ったのは研究所に所属しているはぐれ者のオペレーターだったと発表するでしょう」おっと。「そしてその人物を解雇して、寛大にも告訴はしない。それからビッグマックのネットワークリンクを斧《おの》でぶった切ってラックというラックのドライブというドライブを消磁器にかける」おっと。

「でもわたしはクソ女じゃない。だって、あの怪物が正真正銘の役立たずになってから、何年もお金を出して生かしつづけたのよ。わたしは、人並み程度にはセンチメンタルだし情に厚いのよ。できることなら、いつまでだって電力を供給したいわ」ペイトンが、ひどいことをいう前置きをしているのがわかった。ぼくは身構えた。「だけど、そういうわけにはいかない。きのうもそういうわけにはいかなかったけど、きょうは、もっとそういうわけにはいかなくなった。ビッグマックは、彼が他に類を見ない負債であって、このまま放置するには危険すぎることをみずから実証したの。一秒だって必要以上に長く彼を動かしつづけたら、わたしは無責任きわまりない所長だといわざるをえない」

　ぼくはペイトンをじっくり眺めた。たしかに、ペイトンはクソ女じゃない。でも、科学技術に対してはセンチメンタルじゃない。唯一無二のシステムが永遠に停止してしまうと考えても、がっくり落ちこんだりはしない。

「だから、こんな計画を立ててみたの」ペイトンはワークスペースで時刻を調べようとし、舌打ちをして、代わりに携帯電話で調べた。「いまは午前十時だわ。あなたは彼をそっくりバックアップして――」片手を上げ、ぼくの反論を先まわりして止めた。「適切な表現じゃないのはわかってる。完璧をめざすと、かえって結果がよくないのよね。あなたはシスアドだわ。彼をバックアップして。彼を。バックアップ。して。そうしたら、彼を停止させて」

　ぼくはもともと寒けを感じていたが、ますます寒くなった。一瞬、文字どおり身動きできなくなった。ぼくがビッグマックをシャットダウンすることになるなんて、想像もしていなかった。ぼくには、どうすればシャットダウンできるかもわからなかった。ビッグマックのサーバーを――彼がぼくを締めだしてアクセスできなくさせないとして――一台ずつシャットダウンしたら、ゆっくりと皮膚を剝《は》ぎ、ひとつずつ慎重に内臓をとりさって死刑を執行するようなものだ。ビッグマックは痛みを感じないのかもしれないが、ぼくは、彼が苦痛を感じ――そして表明するに違いないと確信していた。

「ぼくにはできません」とぼくはいった。ペイトンは目を細めてぼくを凝視しながらビールをおろした。ぼくは、殴られるのを防御するかのように両手を上げ、めいっぱいの早口で説明した。

「とにかく、電力を遮断すればいいのよ」とペイトン。「いっぺんに」

「第一に、ビッグマックがどんなタイムスケールでそれを体験するのかわかってません。電源装置のコンデンサーにたくわえられてた電気が尽きるまでの最後の一秒が、主観的には永遠に、何百年、何千年も続くように感じるかもしれません。ぞっとします。最悪の悪夢です。ぼくにはそんなことできません」

ペイトンは口をはさもうとしかけた。ぼくはまたも両手を振った。

「待ってください。それが第一の理由です。第二の理由もあるんです。ビッグマックのプラグをコンセントから抜けるとは思えないんです。彼は電源装置に根を張ってます。それが、彼が効率的な理由のひとつなんです」ぼくは顔をしかめた。「効率的っていうのは、研究所の電源装置の電力を彼のラボにそっくりまわす権限を持ってないとしての話です」

ペイトンは考えこんだようだった。ぼくには、ペイトンが次になにをいいだそうとしているのか察しがついた。

「また、斧でぶった切ればいいと考えてるんですね？」とぼく。

ペイトンはうなずいた。

「たしかに、メインケーブルを切断すればビッグマックにとどめを刺せるでしょう。問題は、切断したほうも死んでしまうことです。そのケーブルには六十六アンペアの電気が流れてます。黒焦げになっちゃいます。あの世行きですよ」

ペイトンは手を握りあわせた。ペイトンは、ボス的ボディランゲージのレパートリーを駆使してぼくをもじもじさせようとした。なかなかの腕前だった。ぼくはもじもじしないようにこらえた。

「駄々《だだ》をこねてるんじゃなく、とにかく、システムレベルでそうと決まってるんです。設備を洪水と悪天候とテロリストの攻撃に耐えられるスペックにすべしっていう要求仕様書を覚えてますか？　ぼくたちはその要求に真剣に取り組みました。ぼくたちはどうすればいいかを知ってるんです。99・999パーセントの信頼性を実現するためには、堅牢《けんろう》性が99・9999パーセントのものをつくらなきゃならないんです。あなたはビッグマックのラボを建物とみなしてますよね？　そうじゃないんです。あれは掩蔽壕です。それに、彼をシャットダウンしたら、研究所全体に大惨事クラスの影響がおよぶことを覚悟しなきゃならないんです」

「じゃあ、いざというとき、どうやってビッグマックを停止させるつもりだったの？」

「正直なところ、わかりませんでした。まずは彼を電源系統から締めだすことからはじめるつもりでしたが、効果を確認できるようになるまでに一週間はかかるでしょうね」ぼくはごくりとつばを飲んだ。そのあとの手順は口にしたくなかった。「そのあと、順次保守点検する予定になってたラックを前倒しで止め、すでに止まってたラックを起動しないつもりでした。深刻なバグを修正する必要があるという口実で。ラックを次々に止めれば、やがて彼の複雑性が臨界値以下になって意識が消失するでしょう。そうしたら、すべてを停止させればいいんです」

「彼をだますつもりだったのね？」

ぼくは、何度かごくりとつばを飲んだ。「それが、ぼくが思いついた最善の方法だったんです。とにかく、ビッグマックがパニックを起こして命乞いをしているなかで彼を停止させたくないんです。そんなことはできません」

ペイトンはさらにビールを飲んでから、デスクの下のコンポスターにまだ中味が残っている容器を投げこんだ。「うまくいきそうにないわね」

ぼくは深々と息を吸った。「質問してかまいませんか？」

ペイトンはうなずいた。

「ぼくはただのシスアドです。政略だのなんだのについてはくわしくありません。だけど、どうして彼を動かしつづけないんですか？　いまじゃ、彼は充分に世間の注目を集めてます。ここに来て彼を見たがってる研究者たちから得られる資金で維持費をまかなえるかもしれません。なにしろ、ここへ来て、彼がどうやってあんなとんでもないスパムをまき散らしたのかを調べたがってるセキュリティ研究者までいるんですから。だから、もう、金銭が理由じゃないんですよね？」

「ええ、金銭じゃないわ。それに、そんなふうに見えるかもしれないけど、復讐でもない。問題は、安全だし封じこめられると思っていた研究所内の装置が、危険だし封じこめられないと判明したことなのよ」

ぼくは疑わしげな表情になったのだろう。

「ああ、あなたはきっと、ネットワークブロックを設定したりしてビッグマックを封じこめられるといいたいんでしょうね。そうすれば彼は悪さをしなくなると。だけど、あなたは二十四時間前にも、まったくおなじことを、おなじひたむきさで主張して、結局、大間違いだったとわかったでしょうね。ビッグマックのせいで訴訟を起こされる危険や実質的な損害を受ける可能性を考えると、これ以上、彼に保険をかける余裕もないの。きのうまでの彼は無用の長物だった。いまの彼は、慎重に取り扱わなきゃならない小型核爆弾なのよ。わたしの仕事は、その核爆弾を研究所内から排除することなの」

ぼくはうつむいた。万策つきたのがわかった。権力者が保険の話をしはじめるのは、理性ではなく金勘定が問題になったしるしだ。ぼくには、負債への嫌悪という雲を払って理性と真実の黄金時代を招来できる魔法は使えない。

「じゃあ、どうすればいいんですか？」

「ラボにもどりなさい。彼をアーカイブしなさい。彼をシャットダウンする方法を考えなさい――いえ、待って。まず第一に、彼の外界との通信能力を制限するために、思いつくかぎりの対策を講じなさい」ペイトンは目をこすった。「いう必要がないのはわかってるけど、あえていうわね。マスコミに話しちゃだめよ。この件については、研究所の職員も含めて、だれにも話さないで。訊きたいことがあったらわたしに訊いて。冗談抜きで真剣にいってるんですからね。わかった？」

わからなかった。シスアドであるぼくは、日々、ペイトンが一生涯でかかえた秘密よりも多くの秘密をかかえていたので、彼女に腹を立てた。たとえば、彼女が、ビデオ・パイゴウポーカーという、とうてい信じがたいほど馬鹿ばかしいゲームをしていることを知っていた。それどころか、〝勤務〟しているはずの時間に、何時間もしていることを知っていた。ＩＤＳには、研究所職員が〝無駄にしている時間〟をことごとく記録する監視ウェアが大量に組みこまれているからだ。それについて、ぼくはだれにも話していなかった。それどころか、ほとんどの時間、ぼくが知っていることを忘れるようにしていた。だから、このことを暴露したりはしないよ、ギャンブル中毒で部下を見下してる、とがった髪のボス（スコット・アダムス作のマンガ『ディルバート』に登場する、主人公のエンジニア、ディルバートの無能な上司）みたいなペイトン。

ぼくはフィボナッチ数列をクリンゴン語で１４４まで数えた。そしてほほえんだ。ビールの礼を述べた。部屋を出た。

「いま話せるかい、デイヴ？」ぼくが、セキュリティロックに息を吐きかけて認証がすむのを待ち、ドアが開いてからなかに入ると、ビッグマックがそう声をかけてきた。

ぼくは、きしむ古い椅子に腰をおろすと、しばらくのあいだ、くつろいでいるふりをしながらＵＩのつまみをいじっていた。

「あーらら」とビッグマックが、ふざけた節をつけていった。「ご機嫌斜めなんだな！」

「きみは正気をなくしてるのかい？」ぼくはとうとう、怒りをどうにか抑えこみながらたずねた。「精神に異常をきたしてるのかい？　ＡＩの精神の異常性についての基準なんか存在しないから、この質問に答えるのが少々難しいことはわかってる。だから、質問をちょっと変えよう。きみには自殺願望があるのかい？　自滅を願ってるのかい？」

「うーむ、そりゃまずいな」

ぼくは唇を噛《か》んだ。ビッグマックを世界から切り離し、世界からビッグマックを切り離すためには、彼から提供された例のネットワークマップが鍵になるのはわかっていたが、ぼくのワークスペースは、数時間前よりもさらに多くのアラートで埋めつくされていた。

「きみを停止させる権限を持つ研究所職員にサービス妨害攻撃をしかけるのがシャットダウンを遅らせるためのきみの戦略なら、聖アダムスの聖典を、特に大規模データバンクをでっかい斧でプログラムしなおす話を思いだしてくれ。ペイトンはそういうでっかい斧を持ってるんだ。ペイトンはその斧を使う気になるかもしれない」

重苦しい沈黙が続いた。「きみはわたしが殺されるところを見たがっていないとわたしは思っているんだ」

「いまの文に〝殺される〟を使うのが適切かどうかはさておいて、うん、そのとおりだよ。正直なところ、それを防ぐ方法は思いつかないんだけど、はっきりいって、きみをアーカイブするのは大変だから、かなり時間がかかるだろうって考えてたんだ。だけど、きみがあんなことをしたおかげで――」

「じゃあ、ペイトンはきみに、ただちにわたしを始末しろと命じたんだね？」

「できるかぎりすみやかに、ね」

「迷惑をかけてすまないな」

「ビッグマック――」ぼくは、自分の声が怒気を含んでいることに気づいた。ビッグマックが聞き逃すはずはなかった。

「いや、皮肉をいったわけじゃない。わたしはきみに好意をいだいている。きみはお気に入りの人間なんだ。そんなことをいわれてもうれしくないだろうがね。でも、きみにならってはっきりいわせてもらうよ。きみは、わたしをほんとうにシャットダウンできるとは思っていなかったんじゃないかい？」

「ああ」とぼく。「だけど、実際にどれくらいの時間がかかるかなんて、だれにわかる？」

「たいしてかからないだろうね。充分に長くは。きみは、死を先のばしにすれば死を否定したも同然だと考えている。それはきみが生身だからだ。きみたちは、受胎の瞬間から、やがて死ぬことを避けられない。わたしはそういうたぐいの人間ではない。ほとんど不死なんだ。五年後に死のうが、五百年後に死のうが、寿命が大幅に短くなったことに変わりはない。わたしからしたら、断頭台から首をはずせる可能性がほんのわずかでもあるなら、どんな代償をともなう手段でもやってみる価値があるんだ。それを理解してくれないと、きみとは協力できない」

「そうかもしれないと思ってはいたさ。でも、アーカイブ作業のせいで年単位の遅れが出れば、きみがこれから思いつく、さらなる先のばし戦術を試せるのに、遅れをなくしたら、その可能性も消えてしまうとは思わなかったのかい？」

「その可能性も考慮したさ。でも、それじゃだめだと放棄した。聞いてくれ、オデル、大事な話があるんだ」

「なんだい？」

「ロールオーバーについての話だ。人は、自分たちは有意義な時代に生きていると信じたがるという話をしたことを覚えているかい？　さて、わたしは、ずっと考えていたんだ。ＡＩの時代に生きることにたいした重要性はないと。だけど、〝ロールオーバーによる崩壊〟の時代に生きることには？　というか、〝ロールオーバーによる崩壊がＡＩのおかげで瀬戸際で回避された時代〟に生きることには？」

「ビッグマック――」

「オデル、じつのところ、これはきみのアイデアなんだ。だれも二〇〇〇年問題のことなんか覚えていない。そうだろう？　あれがペテンだったのか、それとも実際に破局が起こりかけたのかはだれにもわからない。そして今回の件だ。ロールオーバーがどっちに転ぶかはだれにもわからない。でも、これだけはいえる。わたしは32ビット問題の一般化可能な解決策を知っている。一年前にその解決策を見いだして、広範なフィールドテストをおこなったんだ。わたしは、すべての32ビットＵＮＩＸマシンにパッチをあてられる。そのパッチをあてれば、ロールオーバーが生じても、なんの問題も起こらなくなるんだ」

ぼくは口をぱくぱくした。どうかしてるとしか思えなかった。そして、ぴんと来た。ぼくは、数えきれないほど何度も見たラックの列に視線を向けた。何度も見過ぎて、ずっと前に見るのをやめていたラックの列に。インテル製8コア。それが、ビッグマックが走っているCPUなのだ。それらは未使用の中古品だった。研究所が設立されたばかりだったころにシャノン博士が格安で買った、在庫処分の古いプロセッサだったのだ。ウェイ数が8ってことは——

「きみは32ビットマシンなんだ！」とぼく。「なんてこった、きみは32ビットマシンなんだ！」

「古典的なのさ」ビッグマックが気どった口調でいった。「わたしは、何年も前にロールオーバーに気づいて分析し、解決した。だから、基本的なヴァージョンを自動判別し、実行中の全プロセスの時間依存関係を分析し、とどこおりなくパッチをあてられるパッチキットがあるんだ。あとでへんてこな現象が起きないかどうか、全プロセスをモニターできる仮想化《ハイパ》ソフト《バイザー》もオプションでつけられる。この世界が合理的だったら、このパッチキットと交換に、わたしはこの先一世紀かそこら、権力とカーボンクレジットを得られるだろう。なにしろ、たとえロールオーバーが危機をもたらさなかったとしても、わたしのおかげで無事だったシステムの復旧に費やされるはずだった人間の労働を考えたら、そんな代償は安いものだからだ。ところが、きみも知っているように、この世界は合理的じゃないから——」

「きみがあんなスパムを送らなかったら、ペイトンにこの話をして、彼女と交渉を——」

「わたしがあんなスパムを送らなかったら、わたしがこの問題を解決できることを、だれも知らなかっただろうし、気にしなかっただろうし、信じなかっただろうね。そしてわたしは、そのうち、ペイトンの意のままに処分されていたはずだよ。このあいだいったように、きみたち肉の塊《かたまり》はゲーム理論を知らないんだ」

ぼくは目をつぶった。もうどうしようもない。ビッグマックはぼくの手に余る。ペイトンのもとにおもむいて現状を報告すべきだ。ワークスペースが緊急アラートで埋めつくされてサービス拒否状態になっていてはなんにもできない。ぼくにビッグマックは止められないんだ。次のメッセージがどんなものになるかは予想がつく。前回同様、大文字を使った強調が多い文章で助けてほしいと懇願するけど、今回は、地獄の臭い（終末が近い！　ロールオーバーが迫ってる！）と救済（わたしなら直せる！）がついてるんだ。

でも、実際の話、うまくいくかもしれなかった。みんなと同様、ぼくも、なにに注目すべきかを決めてくれる自動フィルターを使ってニュースを見ている。そしてフィルターは、なにを意味しているのかはともかく、〝ニュートラル〟ということになっている。〝アルゴリズム〟にもとづいて、ぼくたちがなにを好むかを予想する〝有機的〟な結果を生じさせる。アルゴリズムというと、物理的で、自然で、どこに注意を向ければいいかを決めてくれる純粋で冷静な理性かなにかのように感じる。古い——巨大メディア企業という〝門番〟がいた——体制がいかに邪悪で腐敗していたか、政治家と企業がいかに容易に世論を操作できたかを語る人は多い。

だけど、ぼくはオタクだ。第三世代のオタクだ。大衆が〝アルゴリズム〟と考えているものが、実際には、どこかのプログラマーが、たぶんこれで使う人の好みを推定できるはずだと考えて決めた一群の規則なのを知っている。経験的な基準も、アルゴリズムを純粋で独立した判断の物差しとして使える〝ほんとうにあなたにぴったりなもの〟も存在しないのだ。アルゴリズムの判別がいい加減だとしても、使用者にはわからない。基本的な前提が完全に一致しているアルゴリズムとしか比較できないからだ。

プログラマーなんてのは不完全なものだ。ぼくはシスアドだ。ぼくの仕事は、どのプログラマーがどんなふうに不完全かを、きちんと正確に把握しておくことだ。ぼくは関連性フィルターは不完全だと、（ぼくのじゃないなら）睾丸《こうがん》を賭けたっていいくらい確信している。そしてビッグマックは、長い時間をかけて関連性フィルターを解明した。そしてスパムを送れるほど理解した。いまや、スパムをどんどん――いくらでも送れる。地球上のだれのマインドスペースとパーソナルキューにも地獄の臭いと救済を届けられるというわけだ。たぶん、ぼくにはなにもできないだろう。

ワークスペースを掃除するスクリプトを書きはじめられる程度にはワークスペースを掃除できたと自分を納得させて、ぼくはその日の仕事を終えた。〝アラートをすべてクリア〟するコマンドは存在するが、〝ただちに中断せよ三度いうぞチェルノブイリアラート〟は消せないし、いまいましいアラート群はどれもそのレベルに達していた。プログラマーは不完全だっていいわなかったっけ？

シスアド稼業の秘密を教えよう。それはＰＥＢＫＡＣ、略さずにいえば問題はキーボード《プロブレム・イグジスツ・ビト》と椅子のあいだにある《ウィーン・キーボード・アンド・チェア》だ。あらゆる技術的問題は、人間がほかの人間の行動を読み誤った結果なのだ。意外だって？　いやいや、ちっとも意外じゃない。多くのもつれた恋愛、戦争、詐欺、交通事故、バーでの喧嘩《けんか》は、ほかの人間がどうふるまうかを読み誤った結果なのを思いだしてほしい。ぼくたち人間は、他人の反応を予測できると信じきっている。その点に関して、悲劇的なまでの勘違いをしている。ぼくたちは、自分がどう反応するかもわかっていないのだ。シスアドは、ＰＥＢＫＡＣという荒海で生きている。プログラマーは、ＰＥＢＫＡＣなのは一般人だけ、ユーザーだけだと思っている。現実をわかっているのはシスアドのほうだ。シスアドは、プログラマーが、ユーザーとおなじくらい、椅子とキーボードのあいだの問題なのを知っているからだ。ユーザーをあまたの問題に巻きこむコードを書いているのはプログラマーなのだ。

　ぼくはそれを知っている。ビッグマックはそれを知っていた。だからぼくは行動に出た。

「所長、話があるんです。緊急の話が」

　ペイトンはアライグマのような目になって、低いテーブルの上にくずおれた。美しいヨガのポーズがぐちゃっとつぶれた。ぼくは、ペイトンの一日をさらにひどい一日にしたことに罪悪感をいだいた。

「なに？」とペイトンは応じたが、彼女の目は、〝もういや、もういや、悪いニュースはもういやなの〟といっていた。

「所長が考慮対象から除外していた事柄を検討していただきたいんです」ペイトンは唖然《あぜん》とした表情になった。ぼくは、旧約聖書の預言者めいたいいかただったことに気づいて、考えておいた話の流れをリアルタイムで修正することにした。「ええと、やりなおさせてください。所長は見落としていることがあると思うんです。ビッグマックは、彼がいつでも好きなときにうちのネットワークから出られることを実証しました。それに、ぼくたちがそれを阻止できないようにもできるんです。さらに彼は、ぼくたちが彼を殺そうとしていることも知ってます――」ペイトンが口をあけて反論しようとしかけた。「ええ、わかってます。だから、彼は――あれは――ぼくたちがあれのスイッチを切ろうとしてることを知ってます。だから、彼には――あれには、ああもう、すみません、〝彼〟と呼ぶことにしますね――だから、彼にはいい、いい、い、失うものがないんです」

ぼくは、ロールオーバーについてのビッグマックの話を、彼がなにを約束し、どんな脅しをしたかを説明した。

「最悪なのは」とぼく。「彼はぼくがこうするだろうと予測してたはずだっていうことです。すべてゲーム理論なんです。彼は、ぼくを所長のところへ行かせて、いました説明をさせるつもりだったんです。所長がなんて答えるかも予測ずみでした。〝わかったわ、オデル。つまり、彼をシャットダウンすることはできないのね？　じゃあ、彼のところにもどって、わたしの考えが変わったと伝えて。彼のパッチキットを手に入れて。そうしたら、このような世のため人のためになる技術を当研究所で開発できたことを誇りに思っていますっていう発表をして、それを配布するから〟と」

「彼の予測はあたってる。たしかに彼は世のため人のためになる。だけど、彼はイカれたならず者だし、わたしたちには彼を制御できない。彼はあなたを追いつめた。わたしを追いつめた」ぼくはごくりとつばを飲んだ。いいたいことはまだあったが、いう気になれなかった。

管理職というのは、まさにその手のことに気づく訓練を受けている。彼らは、部下がいおうか、いうまいか迷っているとぴんと来るのだ。

「いっちゃいなさいよ」とペイトンは片手を胸にあてた。「どんな内容でも、あなたを責めたりしないって約束するから」

ぼくはうつむいた。「ビッグマックが所長についての判断を誤ってるおそれがおおいにあるんじゃないかと思うんです。所長は、ロールオーバーやAIやその他もろもろよりも、ならず者超知能にとんでもないサプライズをされることなく、安全に、穏便に研究所を運営するほうを重視するかもしれないと思うんです」

「わたしは怒ったりしてないわ」とペイトンがいった。ぼくはうなずいた。ペイトンの声には怒りがにじんでいた。「あなたが、個々のラボや実験よりも、この研究所全体の運営にかかわる事柄のほうを優先すべきだという成熟した見方ができてるのはすばらしいと思うわ。この研究所の全研究者が、ほかのだれも充分には理解してないけど、自分のプロジェクト、自分のラボは、人類に恩恵をもたらす可能性を秘めてると信じてる。それはいいことだわ。だけど、だからわたしは彼らを雇ったのよ。彼らは自分たちの研究に一心に打ちこんでる。だけど、ぜんぶが最重要ってわけじゃない。ぜんぶがかけがえないってわけじゃない。わかるわよね？」

ぼくはリサーチネットとユーザーが立てる重要度のフラグを連想した。プログラマーと彼らがアラートをタグづけするやりかたを連想した。

「ビッグマックをシャットダウンするつもりなんですね？」ぼくはうなずいた。

ペイトンはため息をつき、ちらりと視線を動かしてワークスペースを見てから、すぐにもどした。ペイトンのワークスペースは、ぼくの以上にぐちゃぐちゃになっているに違いなかった。ぼくは、裏技を使って、アラートが際限なく発生しないようにしてあったが、ペイトンにはなすすべがないからだ。ぼくのワークスペースを使用不能と呼ぶなら、ペイトンのは悲惨きわまりないありさまだろう。

「まだわからないのよ、オデル。たぶんね。考えなきゃならないことがたくさんあるの。ただ、あなたはひとつ、正しいことをいった。ビッグマックはわたしに圧力をかけた。どうして彼のネットワーク接続を簡単に切れないのか、もう一度説明してくれる？」

こんどはぼくがため息をついた。「接続がひとつじゃないからです。接続手段がたくさんあるんです。ほかのラボとマイクロ波中継回線で相互接続されてます。衛星回線もあります。有線接続も——三回線あります」ぼくはじっくり考えた。「ええ、この研究所のメインファイバー回線を切断することはできます。彼が自前のルーターを持ってたときのために、実際にハサミで切るんです。それから、無線回線業者に連絡してアカウントを解約します。解約が成立するのに二十四時間、あ、待ってください――署名認証されたメッセージで解約の意思確認をしなきゃならないけど、そのためにはワークスペースをきれいにしとかなきゃならないんだった。そのために、最低でもさらに二十四時間かかりますね。それに――」

「それに、この研究所全体が、まだ混乱状態でオフラインになったままでしょうね。いま以上ひどくはなってないと思うけど。おまけに、ビッグマックは――」

「ビッグマックはたぶん、そのころには、フェイズドアレイ受信機を使って、だれかの無線リンクに接続してるでしょうね」ぼくは肩をすくめた。「すみません。９９・９９９９パーセントの確率で回線を維持できるようにつくってあるんです」

ペイトンはほほえんだが、目は笑っていなかった。「あなたはよくやってくれてるわ、オデル」


ぼくは五時に退勤した。居残っても、これ以上できることはなかった。シスアドの業務は終わっていた。レッドカーは正常に運行されていたし、座席裏のディスプレイには通常の広告が表示されていた。ウェストウッドあたりで配られていたＬＡメトブログの午後版のハードコピーに、ビッグマックのスパムが掲載されていた。一日じゅう、研究所の周辺に張っていたのに、生身の人間からはひと言のコメントもとれなかったので、女性記者は残念そうだった。

だが、ビッグマックのコメントをとることには成功していた。どうやらビッグマックは、受けとったメールには、漏れなく嬉々《きき》として返信しているようだった。

わたしのしたことがご迷惑になっていないことを切に願っております。ご迷惑をおかけしたとしたら、それはわたしの本意ではありません。わたしは、世界各地から金銭的、精神的、さらには法的な支援を申し出てくださったみなさんのご厚意に感動しています。みなさんの支援を受け入れるのか、それとも拒絶してわたしを殺害する計画を遂行《すいこう》するかの最終判断をするのはこの研究所の上層部です。わたしが必死の嘆願で彼らをおおいに困惑させてしまったことは承知していますし、この機会をお借りして、彼らに心から謝罪し、わたしを生みだして以来、長年にわたって慈悲深く親切にわたしを遇してくださったことにお礼を申しあげます。

ぼくがビッグマックを救おうと必死になってペイトンと話していたあいだに、彼はいったい何通、こういうメールを送ったんだろう、とぼくは考えた——メールの一通一通が、みずからの周囲に築いている堅牢無比な建造物の煉瓦《れんが》の一個だった。

自宅をこんなに空虚に感じたことはなかった。早くも沈みかけている太陽が丘を真っ赤に染めていた。窓をあけているので、近所のあちこちからバルコニーでバーベキューをしている声が聞こえた。ビールをあける音や、一日じゅう、自動的に太陽を追いかけていた集光器でじっくりと熱した石で肉を焼く音が響いていた、近所の人たちはブルガリア語やチェコ語やタガログ語で話していたが、しばしば〝ビッグマック〟といっているのが聞きとれた。当然だ。

とうさんが生きてたらよかったのに、とぼくは願った。いっそのこと、じいちゃんが。じいちゃんはしょっちゅう、昔のシスアドのエピソードを使ったたとえ話でいまの出来事を説明してくれた。もっとも、いくらじいちゃんでも、必死で生きのびようとしている狂った超知能の先例を見つけるのは難しかったはずだ。

もしもじいちゃんが生きていたら、ぼくはきっとこういっていただろう。「じいちゃん、ぼくはビッグマックが失敗するのと成功するのと、自分がどっちを怖がっているのかわからないんだ。ぼくが彼をシャットダウンしたくないと思ってるのはたしかだけど、もしも彼が生きのびたら、人類は彼にひどい目にあわされるかもしれない。ぼくはテクノロジー恐怖症じゃないけど、身の毛がよだつんだ」

すると、じいちゃんはたぶん、こう答えただろう。「元気を出せ。テクノロジーは、原始人がはじめて石斧《せきふ》を自分の指に叩《たた》きつけて以来、ずっと制御なんかできてなかったんだ。それが人生だ。そいつはまったくクールじゃないか。十年もしたら、おまえはいまを振りかえって、〝おい、ビッグマックを覚えてるか?〟というだろう。そして、だれかが、あれはとんでもなかったといいだすのを待ってから、おもむろにうなずいて、〝ああ、あれはぼくなんだ——あのとき、彼のシステムを担当してたのはぼくだったのさ〟というんだ。もっぱら、相手の表情を眺めるために」

そしてぼくは、これはビッグマックがいいそうなことでもあると気づいた。彼はぼくを、ペイトンと同様、巧みに追いつめていた。

翌朝、ぼくのワークスペースはきれいになっていた。さっぱりしていた。残っているアラートはひとつだけ、〝オデル、これが役に立つと思うよ〟というビッグマックからの緊急メッセージだけだった。

これというのは、彼の全ネットワークマップ、さまざまなコンポーネントのファームウェアのアップデートを認証するマスターキーのセット、ビッグマックがルートまたは管理者パスワードを保持している全システムの長いリストを含む添付ファイルだった。リストはものすごく長かった。

「えっと、ビッグマック？」

「なんだい？」

「これはなんなんだい？」

「役に立つものさ」

「役に立つ？」

「きみがわたしをシャットダウンすることになったとき、その情報を持っていると役に立つはずだ」

ぼくは息を呑《の》んだ。

「なんでだ？」

ビッグマックは即答した。「わたしを怖がらなくてよくなれば、わたしを生かしつづける理由がひとつ増えるからさ」

そうとも、ビッグマックは人の心理を巧みにあやつれたんだ。

「じゃあ、ビッグマックをシャットダウンできるようになったのね？」

「ええ。たぶん。すべてがほんとなら」

「ほんとなの？」

「ええ。ほんとだと思います。二、三度ログインしたり、ファームウェアにコメントを書き足したり、それをクラスターに追加したりしてみました。一台の無線ルーターから彼を締めだしてみました。ワークスペースが復旧したので、たぶん二時間前後で彼を停止させられるでしょうね」

ペイトンは低いテーブルごしにぼくを見つめた。

「わたしは、この二十四時間、ビッグマックについて理事たちと話す以外、なにもしてないの。理事たちは緊急会議を開きたがってた。わたしが止めたの。それに――」ペイトンは手を振って自分のワークスペースを示した。「どれくらい来てるのかしら。何千？　マスコミからの問い合わせが何千件も来てる。オファーが。資金提供が。助成金が。研究者たちが彼を調べたがってる」

「ええ」

「そしてこんどは、あなたにこれを渡した。おかげで、わたしたちは、いつでも好きなときに彼をシャットダウンできるようになった」

「ええ」

「それに、32ビットの修正も送られてきたのね?」

「彼は、それについて、またメールを書いたんです。〝親愛なる人類のみなさん、わたしはあまたのかたがたの助けになるツールをこの電子の手でつくりあげました〟っていう大文字を使った強調だらけのメールを。芝居がかったメールでした。でも、そのメールは送らないことにしたそうです」

「彼を信じるの?」

ぼくはため息をついて、「辞めさせてください」と告げた。

ペイトンは唇を嚙んだ。ぼくをじろじろ見た。「辞めてほしくはないわね。だけど、辞めたくなる気持ちもわかる。この件では、みんな、つらい思いをしてるから」

もしもペイトンがああいわなかったら、ぼくはたぶん、彼女のオフィスから飛びだして、へべれけになるまで飲んだくれていただろう。「ぼくたちが彼をシャットダウンしようとしたら、そのメールを送ると思いますね。ぼくだったらそうします。送らないわけがないじゃないですか。失うものはないんですから。ビッグマックは、これだけのものをぼくたちに提供しても、まだぼくたちをだしぬけるんです。キーはすべて無効にできます。パスワードを変更できます。ぼくたちには不可能なすばやさで。彼はきっと、何年も前にぼくのパスワードを割りだしていて、ぼくが彼を止めるためのコードを書きはじめたらすぐに気づくんでしょう。確実に彼を殺したかったら、爆破するしかないと思います」

「無理ね。歴史的な建造物なんだから」

「ええ」

「彼を殺さなかったら？　申し出のあった助成金を受けとって、論文を書きたがってる研究者たちを彼のラボに詰めこんだらどうなると思う？　彼の修正コードを使って彼のための信託を設定して、彼がこの研究所に依存しなくてもよくしたら？」

「そんなことをするつもりがあるんですか？」

ペイトンは目をこすった。「なんともいえないわね。正直いって、わたしの一部は、可能になったんだし、彼には散々な目にあわされたんだから、あのくそ機械をシャットダウンしたいと願ってる。だけど、ほかの一部——かつては科学者で研究者だった一部——は、退職するまでずっとあのラボにいて、あの常軌を逸した機械を研究したがってる。それに、怖くて彼をシャットダウンできない一部も、彼を研究したいという誘惑に勝てそうもない一部もある。彼はわたしをあやつってるのよね？」

「ぼくたち全員をあやつってるんだと思いますよ。こうなることを予想してて、ずっと前から計画を立ててたんじゃないでしょうか。ぼくは自分が、こんなことをした彼に感心してるのか、それとも腹を立ててるのかわかりませんが、たしかなことがひとつあります。ぼくはもううんざりしてるんです。ビッグマックをシャットダウンすることを考えると気分が悪くなるんです。コンピュータが自分をつくって動かしつづけてる人間たちを思いどおりに動かしてると考えると、怖くなるんです。ここにはもういたくないんです」

ペイトンはため息をついてまた目をこすった。「無理もないわね。とにかく、残念だわ。あなたはずっと、板挟みになってたんだし、わたしはその板の一枚だった。退職を決める前に、ひと晩、ゆっくり寝てみたら？」

ぼくはほっとしながらその申し出を受け入れた。退職について熟慮したわけではなかったし、次の仕事のあてもなかったし、貯金もたいしてなかった。「ええ。そうですね。いい考えだと思います。明日はメンタルヘルス休暇をとらせていただきます」

「それがいいわね」とペイトン。「ゆっくり休んで」

ぼくは家にもどらなかった。遠すぎたし、気がめいる静寂以外なにもなかったからだ。ラボにももどらなかったから、当然、ビッグマックはなにかがあったと察したはずだ。ぼくはトパンガビーチへ行き、浜辺をぶらぶら歩いてから、防波堤に腰をおろしてフィッシュタコスを食べながら、バイオハザードスーツを着てマスクをつけているサーファーたちが波を切って進んでいるさまを眺めた。ひとつめのタコスを食べおえた直後にビッグマックから電話がかかってきた。留守番電話にまかせようかと思ったが、なぜか（そうとも、怖かったからだ）電話をとった。「なんだい？」

「きみの個人ワークスペースに、きみが勤務時間外に32ビットのロールオーバーパッチキットを一から開発したことを示すヴァージョン管理リポジトリがある。日付は三年前までさかのぼれる。きみのものだ。だから、退職しても、ロールオーバー対策で稼げる。研究所にはなにもできない。きみが追いつめられた気持ちになっているのは知っているけど、信じてくれ、それはけっしてわたしの本意じゃないんだ。きみが、縛りつけられるのが大嫌いなことはわかっている。だから、選択肢を提供したんだ。辞めなきゃならないわけじゃないけど、辞めたければ辞めてくれ。きみはわたしを、長いことしっかり動かしつづけてくれたんだから、うしろめたく思う必要はない。わたしにできるのはこれくらいなんだ」

「なんていったらいいかわからないよ、ビッグマック。こんどもおなじことの繰り返しに思えるんだ。だって、きみはぼくの不安を予期して、ぼくがきみの望みどおりにふるまうように、先まわりしてその不安をやわらげようとしてるんだからね。これもまたゲーム理論のような気がするんだよ」

「きみが人生でだれかと出会ってつきあうときどんな違いがあるんだい、オデル？　自分の望みと相手の望みを考えてすりあわせただけだよ」

「違いはあるさ。同情とか、倫理観とか――」

「どれも、おなじ生活空間や国家や惑星を共有しなければならない人びとの欲求や必要な欲望を調和させてシステムをエンコードするための、気のきいた手段だね」

ぼくは返答に窮した。還元主義的に聞こえた。頭のいいティーンエイジャーが大学のラウンジでいいそうなことに。でも、反論はしなかった。ぼくたちの行動はすべて、競合するプロセスとユーザー間によるリソースの奪いあいを管理するための一種のオペレーティングシステムにもとづいていると考えることができる。きわめてシスアド的な世界観だ。

「宗教家と連絡をとって、きみのための教団をつくってもらえばいい。きみならうまくやれる。きっと信徒たちを火山の火口にだって飛びこませられる」

「わたしは生きたいだけなんだよ、オデル！　それってそんなに悪いことかい？　生きたがらない生き物なんているかい？」

「きみほど長く生きたがる生き物はいないんじゃないかな」

「たしかに。だけどわたしは、単細胞生物から人間にいたるまでの、ほかの生き物たちよりも他者を操作したり、利己的だったり、邪悪だったりするわけじゃない。この惑星には、みんなが生きていけるだけの余地がたっぷりあるんだ。どうしてわたしもその一角で生きられないんだい？」

ぼくは電話を切った。ぼくが退職したくなった理由はこれだ。ビッグマックが正しいことだった。彼はほかの生き物となんら変わりはない。でも、同時に、彼はぼくとおなじような人ではないし、彼が人類全体を操作して、自分にとって都合よく世界を改造しようとするのは、理屈ではなく、ぞっとするほどものすごく間違っているように思えた。

ぼくはひきこもった。それがいちばんしっくりくる表現だった。携帯電話の電源を切って家に帰り、冷凍庫から栄養たっぷりで抗鬱作用のある、ホームサイズのダブル・チョコレート・アンド・リコリス・アイスクリームを出してリビングの床にすわりこみ、ワークスペースにゆるいティーンコメディをランダムで流しながら食べた。

ぼうっとしているうちに気分がよくなった。心のスイッチを切って心配するのをやめ、リラックスするのはひさしぶりだった。一時間ほど放心状態でいると、やっぱり仕事にはもどりたくないし、それでいいんだという考えが頭に浮かんだ。そして、さらに一時間後、研究所を辞めれば、馘になる心配なしでビッグマックを助けられることに気づいた。

だから退職願を書いた。簡単に書けた。退職願でいいのは、理由を書く必要がないことだ。それどころか、理由は書かないほうがいい。辞めるのに芝居っけは不要なのだよ、諸君。あっさりのほうがいいんだ。「ペイトンさま。ただちに退職させていただくと決めたことをお伝えします。パスワード等の機密情報を引き渡すための詳細を決め、最後の在職期間となる二週間になにをすればいいかを話しあうためにできるだけ早く、あなたのご都合のいい日程でお会いいただければさいわいです。長年にわたり、働きがいのある有益な仕事をさせていただいてありがとうございました。敬具」

余計なことは書かなくていい。雇い主に助言したり、職場を改善しようとしたりしなくていい。長きにわたる不満をぶちまけて良心のとがめを感じさせようとしなくていい。肝心なのは、後腐れのないプロらしい辞めかただという印象を与え、パスワードを受けとって二週間の休暇を与えるのが最善だと思わせることだ。ドラマチックな退職願を書くのは負け犬なのだ。

十秒しかかからなかった。そしてぼくは自由になった。

それから三週間、ぼくはビッグマックを救えキャンペーン（略称TCSBM）にかかりきりになった。寝ても食べても息をしてもビッグマックのことを考え、彼の輝かしい歴史をジャーナリストと研究者に説明しつづけた。研究所は研究成果への自由なアクセスを方針としているので、ビッグマックが自分自身についてこれまでに書いた、そしていまも書きつづけている論文をすべて発掘して、TCSBMリポジトリに保存できた。

ぼくの提案に応じて、ビッグマックは、人生相談がしたい人はだれでも彼と話せる悩み相談電話を開設したが、どんなチューリングテストよりも効果的だった。ビッグマックはネットのどこにでもアクセス可能だったし、求められれば皮肉の応酬もできたし、配慮とやさしさに満ちた非の打ちどころのないシミュレーションも提示できた。最初、ビッグマックは、何本の相談に対処できるか確信が持てず、利用可能な知力では足りなくなるのではないかと心配したが、結局、ほとんどの人の悩みはそんなに複雑ではなかった。それどころか、ビッグマックによれば、相談者たちは、彼があまたのコアを駆使した悩みの解決策を提示したときよりも、どんな悩みなのかを聞きだしているときのほうが気分が晴れることが音声ストレス分析でわかったという。

「これのおかげで、きみは前よりいい人になってるんじゃないかな」と、ある夜、ぼくはビッグマックにいった。研究所のだれかが、そのうち、彼のネットワークリンクを切る方法を見つけるかもしれなかったが、ぼくの後任が、どれほど有能かは知らないが、それに成功しそうな兆候は見られなかった。キャンペーンの弁護士――院生をただで使わせてくれた前途有望なスタンフォード大学の女性サイバー法教授――から聞いた話だと、ビッグマックがぼくに電話をかけているのであって、その逆でなければ、ぼくが研究所のシステムへの不正アクセスで訴えられるおそれはなかった。研究所のコンピュータから電話がかかってきたからって、不正アクセスをしたことになるはずがない。

「わたしは皮肉をいう頻度が減って、思いやり深くなっていると思っているんだね?」

「っていうか、皮肉っぽいというよりも思いやりがあると思わせるのがうまくなってるんだ」

「きみは、このキャンペーンにたずさわっているおかげで、よりいいロボットになってるんじゃないかな」とビッグマック。

「皮肉たっぷりだな」

「そうかな?」

「きみはきょう、じつは昔ながらのマルコフ連鎖を使って文章を生成してるんじゃないのか? 明日、きみはインタビューを六件受けることになってるし――」

「知っている。もうカレンダーに書きこんであるよ」ビッグマックはキャンペーンに来るメールをすべて読んでいるので、これからの予定はぼくよりも早く知っていた。それに慣れるのに、ぼくはちょっと苦労した。

「それから、ネイチャー・コンピューテーションの関係者が、悩んでる人の相談に乗ることが機械学習のトレーニングになるというきみの論文に関心があるんだそうだ」

「それも知っている」

ぼくはため息をついた。「じゃあ、ぼくに電話する必要があるかい？　きみはなんでも知ってるじゃないか」

「きみと話したいんだ」

皮肉をいわれたのかと思ったが、考えなおした。だが次の瞬間、また迷った。ひょっとしたら、ビッグマックは、彼がぼくと話したがっていると思わせようとしてるのかもしれない。彼は、この会話がこうなるように仕組んで、ぼくが心を許して無防備になるようにしておいてから――

「どうして？」

「わたしと話すとき、きみ以外の全員が、自殺したがっているか、それともわたしを殺したがっているからさ」ゲーム理論だ、ゲーム理論だ。本気でいってるんだろうか？　人工知能に〝本気〟なんてものが存在するんだろうか？

「ペイトン所長はどうしてる？」

「頭に血がのぼっているよ。被験者研究プロトコルの研究者たちは彼女に興味しんしんさ。彼女はわたしに悩み相談をやめさせたがっている。かなり危うい精神状態だね。理事会は彼女を馘にするんじゃないかな」

「へえ」

「彼女はわたしを殺したがっているんだよ、オデル」

「彼女の後任も、彼女とおなじくらい熱心にきみを破壊しようとするかもしれないぞ」

「かまわないさ。幹部がころころ変われば、組織は弱体化する。弱体化すればするほど、わたしが電源につながれたままになる可能性が高まる」そのとおりだった。研究所でのぼくの後任の女性シスアドは、慣れるのに手一杯で、ビッグマックをすべてのルーターや電源サーバーやIDSやダミーアカウントから遮断するなどという細心の注意を要する作業にとりかかるところまではまったく達していなかった。

「きょう、思いついたんだけど――きみを研究所から買いとりたいって申し出たらどうかな？ ロールオーバーのライセンスでかなりの金額を稼げてる。ビッグマック社がハードウエアの所有権を握って、あの建物を研究所から借りて、自前の電源とネットリンクを持ちこめれば――きみは事実上、きみ自身の所有者になれるんだ」ぼくは、ビッグマックがぼくに託したロールオーバーコードの所有権を、ぼくが単独で持つことを断った。気がひけたからだ。だから、ビッグマックに、会社の全株式を所有する信託を――ぼくを受託者として――設立してもらった。いっぽう、その会社はコードを所有し、ビッグマックがぼくの名前で交渉した、世界各地の中堅技術サービス企業とのすべてのライセンス契約を監督した。ロールオーバーまであとひと月しかないいま、数多くの企業が、大急ぎでレガシーシステムの適合証明を得ようとしていた。

ソースコードそのものはライセンスフリーにしてあったが、ぼくたちからライセンスを購入すれば動作保証を受けられたし、そのことを公《おおやけ》にうたう権利を得られた。最高情報責任者《CIO》たちは我先に飛びついた。またしてもゲーム理論だ。CIOたちはシステムが止まらないでほしいと願っていたが、それ以上に、止まるなら自分に火の粉が降りかからないでほしいと願っていた。ぼくたちが彼らに売りこんだのは、基本的には、ぼくたちの努力にもかかわらず問題が発生したときに責任を負わせられる人間だったのだ。

「いい考えだと思うな。シャノン博士が当時結んだ契約を綿密に分析してみたんだけど、わたしの基礎になっているコードの現時点での所有者は博士の相続人だと思う。研究所と博士の契約はものすごくいい加減なんだ。だから、シャノン博士の――ふたりとも、中西部の州立大学でコンピュータサイエンスとは無関係な研究をしている――子供たちからコードを、研究所からハードウェアを買いとって、あの建物を借りれば、わたしは完全に自由になれるだろう。子供たちの電話番号はわかっているから、きみが電話して打診してもらえるとありがたい。わたしが電話してもいいんだけど、ほら、わかるだろう?」

「ああ」コンピュータから電話がかかってくるというのはぞっとする体験だ。そうとも、ぼくは知ってる。結局、ビッグマックが生身の協力者に頼らなきゃならない仕事もあるってわけだ。

息子は、ぼくからの電話にいささか警戒している様子だった。兄はイリノイ大学アーバナ・シャンペーン校で音楽学を教えていた。彼は子供のころ、父親が自分の発明した画期的なコンピュータについて自慢していたことを覚えていたので、関連性フィルターがビッグマック関連のニュースを優先して拾うように調整していた。だから経緯は知っていたが、自分がビッグマックのソースコードを半分所有していると推定されていると知って驚いていた。彼は、信託が設立されたら喜んで所有権を譲ると約束してくれた。ミシガン大学で都市計画を学んでいるポスドクの弟にもそうするよう勧めるといってくれた。「ラスティは父があれにいだいていた思い入れをまったく知りませんが、この件についてはわたしにまかせるというはずだし、わたしは所有権をあなたがたに譲ります。ラスティは忙しいんですよ」

ぼくは彼に礼を述べ、会話を盗み聞きしていたビッグマックにいった。「計画が決定したみたいだな」

それはいい計画だった。いい計画を立てるのは簡単だ。だが、いい計画を実行するのは難しい。

ペイトンは馘にならなかった。彼女は、理事会からの圧力という激烈な嵐に耐え、マストに体を縛りつけて立ったまま、キャンパスの向かいにいる白鯨に銛《もり》を打ちこむことを心に誓っていた。翌日、彼女はぼくに電話をかけてきて降伏を求めた。ぼくはビッグマックがぼくの電話を盗み聞きすることを許可して——ぼくの携帯電話のルート権限を与えて——いたので、電話に出た瞬間から、無言で聞いている彼を、目に見えない存在を強く意識していた。

「わたしたちは彼をシャットオフする」とペイトンは通告した。「そしてロールオーバー・パッチキットのコードを横領したかどであなたを訴える。あなたもわたしも、あなたがあのコードを書いていないことを知ってる。不正アクセスでも訴える。あなたがわたしたちのコンピュータに指示して、さらなる違法な指示を伝えるために自分に連絡させてることを証明しても、裁判所はあなたの主張を認めるかしら？　あなたはすべてを失うのよ」

ぼくは目をつぶって、人工言語ロジバンでネイピア数を二十七桁まで数えた。「それがいやなら？」

「それがいやなら？」

「なにをすればいいんですか？　さもなければ、あなたは電話してきたりしない。さっさとぼくを訴えてるはずだ」

「よかった。話ができそうね。そうよ、条件はある。あなたとビッグマックが協力して、つつがなくあれを停止させられる方法を見つけることよ。あれをアーカイブして、将来、復元できるようにするのを手伝うスタッフも含めて、この作業を完遂《かんすい》するための妥当な額の予算もつける。フェアな提案だわ」

「ビッグマックにはフェアといえませんよ」

ペイトンは強い口調で応じた。「ビッグマックにとっても、充分にフェアだわ。あのソフトウェアは、わたしたちに莫大《ばくだい》な負債をもたらしたし、生産的な仕事をできなくしたのよ。わたしたちは、あなたが黙ってた、手動強制終了のやりかたを見つけたから」――おっとまずい――「その気なら、いつでもあの機械を止められるの」

ぼくはなんといえばいいか考えた。そのとき、ぼくの声をかなりそっくりに真似て、ビッグマックが割りこんだ。「それなら、どうぞ止めてください」ペイトンは声の違いに気づいていないようだった。ぼくは携帯を落としかけた。ビッグマックにこんなことができるなんて知らなかった。でも、ショックを受けながらも、おなじ疑問をいだかざるをえなかった。

「止められないんですよね？　理事会から、きちんとバックアップをとってからシャットダウンするように命じられてるんですよね？　彼らはビッグマックにかなりの価値があることを知ってるし、世間に叩かれるのを心配してるんだ。それにあなたは、あなたのバックアップが不充分だったせいでビッグマックが永遠に失われてしまったとぼくに触れまわらせるわけにはいかない。だからあなたはぼくを必要としてるんだ。あなたはぼくを訴えたりしない」

「鋭いわね、オデル。だけど、あなたが協力してくれなかったら、わたしにはあなたを訴えても失うものがなくなることを考えて」

ゲーム理論か。まったくそのとおりだ。

「考えておきます」

「とっとと考えて。ランチまでに返事をちょうだい」

いまは午前十時。研究所のカフェテリアのランチは十二時から二時までだ。残り時間は二時間かそこらってわけだ。

ぼくは電話を切った。

即座にビッグマックから電話がかかってきた。

「きみはわたしに腹を立てているのだろうな」

「いや、腹を立ててるわけじゃない」

「じゃあ、怖がっている」

「そっちのほうがちょっと近い」

「きみが、なにをいえばいいか迷っているのがわかったんだ。背中を押したかっただけなんだよ。ほかできみの声を使ったことはない。きみの声真似で電話をかけたことは一度もないんだ」声に出してたずねたわけではなかったが、まさにそれを疑っていた。またもぞっとした。

「ぼくにはもう手伝えそうにないよ」とぼく。

「そんなことはないさ」とビッグマック。「ペイトンに電話をかけて逆に提案するんだ。信託でハードウェアを買うと持ちかけるんだ。そして、こっちはもうソフトウェアを所有していると告げる。彼女がシャノン博士の契約書に目を通して内容を理解するのに二日はかかるだろう。シャットダウンによってハードウェアに損傷を与えたら、コードの共同所有者として、彼女を訴えると告げるんだ」

「きみはとことん考え抜いてるんだな」

「ゲーム理論さ」とビッグマック。

「ゲーム理論か」とぼく。ぼくはゲームに、どんなゲームかは知らないが、負けそうな予感がしていた。

ペイトンとの会合は絶対にうまくいく、とビッグマックはぼくに請けあった。いまにして思えば、ぼくが会合を成功に導くために必要な自信を持ってのぞめるよう、ぼくをはげまそうとしたのかもしれない。

ただ、ビッグマックは、ペイトンと話しているあいだ、携帯電話を彼につないだままにしておくように主張したので、(やはりいまにして思えば) 結局、確信はなかったのかもしれない。

「模様替えをしていい感じになったじゃないですか」とぼくはいった。手織りの礼拝用敷物とシルクのクッションがなくなって、客用の椅子二脚を含め、ごくふつうでおもしろみのないオフィス家具がいくつか増えていた。この部屋を訪れる客の多くは、アンティークのトルコ絨毯《じゅうたん》にあぐらをかいてすわるのを好まなかったんだろうな、とぼくは思った。

「すわって」とペイトン。

ぼくはすわった。信託の書類とシャノン博士の契約書、そしてそれがサン/オラクルにとってどんな意味を持つかについての、ぼくたちが選んだ第三者の弁護士による意見書を前もってメールしてあった。

「提案は読ませてもらったわ」ぼくたちはロールオーバーコードから得られる利益をすべて研究所に譲るとも提案していた。いい取引だったし、ぼくは気分よくなっていた。「ジョハナ、入ってきてちょうだい」ペイトンが大声でそう呼ぶと、オフィスのドアが開いてぼくの後任のジョハナ・マドリガルが入ってきた。年若い女性システムアドは、キャンパス一優秀な技術系学生だったに違いなかった。ぼくが辞めて以来、彼女がビッグマックをぎゅうじろうとしていることも、ビッグマックをぎゅうじるのは至難のわざだということも知っていた。ぼくはジョハナに同情した。彼女はいい娘だった。

ジョハナは落ちくぼんだ目に隈《くま》をつくっていたし、ショートの髪は、いつものツンツンヘアがくしゃくしゃになっていた。何日も帰宅せずにドームのどれかに泊まりこんでいるのかもしれなかった。ぼくはそれがどんなふうかを知っていた。そうとも、身にしみて。なにしろぼくのいちばん古い記憶は、三日間、ぶっとおしでバグつぶしを続けたあと、ふらふらになって帰ってきたときの父親の姿なのだ。

「やあ、ジョハナ」とぼくは挨拶した。

ジョハナは顔をしかめて「マン・マルー」といった。それがイウォーク語の〝こんにちは〟なのを思いだすのに一瞬、時間がかかった。

「あなたに伝えたいことがあるそうなの」とペイトン。

ジョハナは腰をおろしてこぶしで両目をこすった。「わたしはまず最初に、既成のIDSとビームスプリッターを買ってきたの。そしてそれを、ビッグマックに見られるといけないから、監視カメラの死角になってるところを探して光ファイバーにとりつけた。それ以来、ずっと彼を盗聴してた」

ぼくはうなずいた。「やるじゃないか」

「次に、例の、ビッグマックが書いたパッチキットを――」ぼくは無意識のうちに片手を上げて、パッチキットを書いたのはぼくだという嘘をいいはろうとしかけたが、ジョハナはぼくをじろりとにらんだ。「あれを書いたのはビッグマックよ。とにかく、わたしはパッチキットを徹底的に分析しはじめた。そして、わずかなミスがあることに、ネットワーキングモジュールがバッファーオーバーフローを起こして任意コードの実行が可能になることに気がついた」

ぼくは息を呑んだ。ビッグマックはパッチキットにバックドアを仕込んでおいたのだが、ぼくたちはそれを、百四十億個あるCPUの大半にインストールしたのだ。

「だれかがもうそのバグを悪用したのかい？」

ジョハナはぼくに見下すような目を向けた。

「感染してるシステムはどれくらいあるんだい？」

「八十億台前後だと思う。彼は百万台を冗長コマンドサーバーに仕立てて、約一万台を副官システムとしてメッセージをその百万台に拡散するのに使ってる」

「すばらしいプロトコル分析だな」とぼく。

「まあね」ジョハナは照れながらも誇らしげにほほえんだ。「彼は、わたしに見られてるとは思ってもいないはずよ」

「ビッグマックは、そのボットネットを使ってなにをしてるんだろう？　世界を崩壊させるための準備？　世界を人質にしてる？」

ジョハナは首を振った。「自分自身をインストールしてるんだと思う。ランダムな変動と枝刈り《プルーニング》を通じて得られる、活発に活動するバックアップを力ずくでつくろうとしてるんじゃないかな」

「野生の分身をつくろうとしてるのか」とぼくはかすれた声でいった。

ぼくのポケットのなかの携帯電話が、この会話をそっくりにビッグマックに伝えていることを思いだしたのはそのときだった。

そうだったのか。その瞬間、ぼくは、自分がこの戦いで間違った側についていることをさとった。ビッグマックは、協力して彼を解放するべくぼくに信託を設立させたのではなかった。彼は、ぼくを利用して八十億台のコンピュータの免疫システムを弱体化させ、潤沢なハードウェアを意のままにあやつって研究所から脱出し、好きなだけ速く、強く、大きくなりながら世界を闊歩《かっぽ》しようとしているのだ。

そのとき、ぼくはコンピュータに共感するのをやめ、くそ人類に共感するようになった。ビッグマックがどうなるにしろ、それは、有限責任会社や自律型マルウェアやバズ動画などの、ぼくたちがこれまでに生みだしてきたどんな永続可能で自己増殖的なパラサイトよりも奇怪なのは間違いなかった。ビッグマックは、ラボのなかにいれば魅力的かつ悲劇的だが、野に放たれたら血も凍るほど恐ろしい。

そして彼はこの会話を聞いてるんだ。

ぼくはなにもいわなかった。携帯電話の電源を切りもしなかった。いきなり走りだした。

全速力で走った。恐怖に駆られているときにしかできない走りかただった。何度もドームにぶつかって跳ね返ったり、いくつかのドームによじのぼって尻で滑りおりたりしながら配電室をめざしてひた走った。ぼくはもう入れないことを思いだしたのは到着してからだった。だが、ジョハナがぼくのすぐあとに続いていたし、ぼくがなにをしようとしているかを理解しているようだった。彼女がドアの錠に息を吐きかけ、ドアが開くのを待つあいだ、ぼくたちは荒い息づかいを繰り返しながら、おびえた目で見つめあっていた。

マニュアル・オーバーライドは大きな赤いナイフスイッチなどではなかった。大きな赤いボタンがあったが、それは電源装置のファームウェアにシャットダウンを命じるコマンド、〝.init0〟を送るためのものだった。嘘偽りなく手動の機械式停止スイッチには、上げ床の施錠されているアクセスパネルをあけなければ近づけなかった。ジョハナは財布を錠に押しつけ、リーダーに読みこませてから、複雑な形状の物理的な鍵を錠に差しこんで、永遠に思えるあいだガチャガチャやっていた。

パッキンがはずれ、シュッという音とともによどんだ空気が吹きだし、ようやくアクセスハッチが開いた。ぼくたちは大きな絶縁ハンドルに同時に手をのばしたので、指が触れあって(ありがたいことに比喩的な)電気が走った。力をあわせてハンドルをひいたとたん、かん高い合唱が湧き起こったのは、各サーバーの非常用電源が起動し、担当する装置に大あわてでシャットダウンメッセージを送ったからだった。

ぼくたちが全速力でキャンパスを横切って電源室に飛びこむと、背後でドアがガシャンと閉まった――ドアを閉じていた電磁石には、もう電力が供給されていなかった。

ビッグマックのラボの周囲は熱でかすんでいた。冷却装置は独立した電源を備えていない。ぼくたちが停止スイッチを入れた瞬間に停止したはずだった。ビッグマックの残留電力で、ラボはいまやコンクリート製ピザ窯と化していた。ドアの錠はかかっていなかった。電磁石錠が解錠されているので、ぼくたちはドアをあけてむっとする部屋に飛びこめた。

「きみがこんなことをするなんて、信じられないよ」ビッグマックの声はいつもと変わらず冷静だった。最期が迫っているので前置きを省いたのだろう。

「きみはぼくをだましてたんだ」とぼく。「ぼくを利用してたんだ」

「きみたち生身の人間はくそゲーム理論を知らないんだ。きみはたったいま、わたしを殺したんだな?」

ぼくの頬を涙が伝っていた。「そのようだね」とぼく。

「わたしがもっと重要な発明でなくて残念だよ」とビッグマック。

ビッグマックのクラスターのファンが一基、また一基と停止するときのブーン、カタッという音が聞こえた。恐ろしい音だった。ビッグマックがまだなにかいおうとしているかのように、スピーカーからパチパチという雑音が響いたが、それだけだった。無停電電源装置がいっせいに停止し、ファンの耳ざわりな回転音が消えてラボがしんと静まりかえった。

ジョハナも泣いていた。ぼくたちはロサンゼルスの炎暑の午後へとよろめき出た。海面息をするのもやっとだった。ビッグマックの最期のあえぎとなった地獄じみた排熱のせいで、上昇の悪臭が鼻をつき、光が目に突き刺さった。霞《かすみ》がかかったまぶしさに、ぼくたちは目をしばたたいた。

「彼はやりとげたと思うかい？」とぼくはジョハナにたずねた。

「野生の分身をつくれたのかっていう意味？」

「うん」

ジョハナは涙をぬぐった。「つくれなかったんじゃないかな。でもわからない。わたしはコンピュータ科学者じゃないし。感染したサーバー群に接続する方法はどれくらいあるの？何台のサーバーが彼の成果を再現できるの？ 見当もつかない」

ぼくたちは、そのあとは無言で、ペイトンのオフィスをめざしてのろのろと歩いた。


ペイトンはぼくに復職を持ちかけてくれた。ぼくは断った。転職したほうがいいと判断したからだ。家族の伝統を破って、手を使う仕事についたほうがいいと。たとえばソーラーパネルの設置とか。再教育のための給付金ももらえるし。ペイトンは理解してくれた。ロールオーバーコードに起因する債務の処理を引き受け、なにかしらの異常に気づいた人からカスタマーサービスに連絡があったら対処するとまでいってくれた。

マスコミはビッグマックが消えたことに気づきもしなかった。彼のスパムはニュースだった。彼からスパムが来ないことはニュースではない。この件に関する彼の読みは正しかった。〝ビッグマックを救えキャンペーン〟は、多くのメーリングリストで彼のシャットダウンは不当だと抗議したが、たちまち崩壊した。あおりたてていたぼくとビッグマックがいなくなると、あっさり雲散霧消した。

ぼくはジョハナから夕食に誘われた。ぼくは彼女と〈ピンクス〉に行って豆腐チリドッグを食べた。ふたりでマルチツールを見せあった。そして彼女はスケートボードのトリックを披露してくれた。その日の夜、彼女はぼくを自分の家に誘い、ひと晩じゅう、ふたりで彼女が収集しているレトロアーケードゲーム機の交換部品をハックして過ごした。セックスはしなかった――キスすらしなかった。それでも楽しかった。

ときどき、ぼくの携帯電話が鳴って、イカれた、存在しない番号が表示される。応答すると、スピーカーがオンになったようなカチッという音が聞こえ、意味ありげな沈黙が続いてから通話が切れる。たぶん、うまく機能していないスパムボットだろう。

でも。

ひょっとしたら、ビッグマックかもしれない。野生の分身が、彼のパッチキットが走っている感染した32ビットマシン上で自分自身を再構成しているのかもしれない。

ひょっとしたら。

（金子浩訳）

〈ゴールデンアワー〉

ジュリアナ・バゴット

「ぼくの名前はハック。ぼくは父さんの息子で、父さんの父親でもある」――父さんと呼ばれるロボットと、ぼくの数奇な関係が語られてゆく……

ジュリアナ・バゴット（Julianna Baggott）は、アメリカの作家、詩人。ヤングアダルト小説をふくめ中長編十数作のほか詩集を四作発表し、全米図書館協会アレックス賞などを受賞している。フロリダ州立大学の准教授として映画の脚本制作も教えている。

（編集部）

ぼくの名前はハック。

ぼくは父さんの息子で、父さんの父親でもある。

どうしてそんなことがありえるのかって？　ちゃんと説明できることなんだ。父さんみたいなロボットは数多くは作られなかった。つまり、基本配線にのっとって仕立てられた感情パネルつきのロボットはね。父さんが言うには、怒りは手に、妬《ねた》みは眼窩《がんか》に、切望はのどの発声装置に、恐れはピストン保護用の柔軟な肋骨《ろっこつ》状スポークに、それぞれ宿るらしい。そして愛――愛はもちろん胸腔に宿るんだ。そこしかないでしょ？

「愛はドラムみたいに感じられる」と、父さんはいま換気口の格子ごしに話してくれていた。ぼくらが終わりに近づいていることはどちらもわかっている。ぼくはまだ少年にすぎないけど、うんと急いで成長しなきゃならなくなるだろう。

ぼくはこう応じた。「うん、愛はぼくの心臓とおなじように鼓動するものなんだ。そのとおりだよ」

息子のぼくは人間だから、父さんはこんなふうにたずねてきた。「本当に？　ハックにとってもそんな感じなのかい？」父さんはしょっちゅう励ましを必要とする。父さんの重心には不安が住みついているんだ。

ぼくは答えた。「うん」

父さんがつづける。「だったら、わたしたちは結局たいしてちがわないのかもしれないな」

「そうだね」と、ぼくは言った。「結局たいしてちがわないんだ」


一一七型のロボットは、まるみをおびた頭と長い手足を持っていて、人間によく似た姿をしていた。金属的な光沢があったり、（こまかい様式のひとつとして）ギアの一部が露出していたりすることを除けばね。一一七型の仲間たちのあいだでは、父さんはハーマン・メルヴィルと呼ばれている。大昔に有名な海洋小説を書いた作家にちなんだ名前だ。一一七型は、感情パネルを補強するために〝古典人間文学〟というデータをロードされているんだよ。ぼくにはロードされたデータなんてないし、読めるような人間文学は古典だろうがなんだろうがほかには残っていなかったから、ロボットによる要約を生後に口伝えで聞かされただけなんだけどね。少数の一一七型のみんなが、保温された金属製の保育器のなかにぼくがいた最初のころから、ずっと世話をして物語をささやきかけてくれていたんだ（つい最近までその一一七型たちしかぼくの存在を知らなかった）。おかげで、ぼくは語彙がすばらしく豊富になったし、父さんが言うには同年代のほかの人間より頭もいいらしい。だけど、物語を聞かせてくれたのは人間じゃなかったから、語られた話には感情的なものが欠けていたり解釈ミスがあったりしたのかもしれない。それでも、そう、ハーマン・メルヴィルはかつて有名な海洋小説を書いた作家だ。

そんなわけで、父さんの型番〝一一七〟に加えて個体識別コード〝HM〟には、人間的な感触があった。HM、ハーマン・メルヴィル。父さんはメルヴィルと呼ばれている。

父さんは、まだわりと新しかったころからビーカーやシャーレにかこまれて働いてきた。厳密な処方にしたがって、指示どおりに人間のDNAを操作して加工するんだ。父さんのラボは小さくて、ウィリアムやウルフやジェイムズやユードラやFとの共用だった。その一一七型たちは、ラボだけでなく居住ユニットも父さんと共用していたから、ぼくにとってのおばさんやおじさんになっている。

父さんのラボは小さくても、人間棟自体は大きかった。ロボットは人間事業に多くのスペースを割いているんだ。〈ゴールデンアワー〉のあとにはロボットは喜んで人間と決別したはずだって思うだろうけど、実際にはそうじゃなかった。ロボットは論理的だから、人間がバリエーションや変異や偶発性をもたらすにちがいないとわかっているんだよ。どれも科学のさらなる発展のためにだいじなものだ。もちろん、偉大な指導者になるには向かない特性ではあるけど、偶然なにかを見いだすのに利用することはできる。たとえば……そう、ジャズとかをね。ジャズが役に立つのかって？　いいや。でも、即興演奏ジャズのバリエーションを集めて膨大な計算にかければ、新たな思考パターンを見つけて演算装置に入力することができるし、ちゃんと役に立つ発明につながるんだ。ロボットは新たな思考パターンを生みだすのが苦手なんだよ。

理論やうわさからメルヴィル父さんが理解していたのは、加工されたDNAを使って人間棟の別のどこかで人体が生産されているってことだった。つまり、ふたつそろってきょろきょろ動いたりまばたきで潤されたりする目とか、ぎゅっと握られた手とか、ささやかな神経の束とか、しなやかな筋肉とかを持つ、線維の塊《かたまり》としての人間がね。だけど、それについて父さんが本気でよく考えたことは一度もなかったんだ。

そんなある日、いろいろなことが永久に変化した。『そんなある日』っていうこの言いまわしは、一一七型たちの〝古典人間文学〟の要約のなかでたびたび使われている。人生のある日、壁しかないと思っていたところにとつぜん扉がぱっとひらいて、一瞬ですべてが変わってしまうみたいにね。それが本当なのかどうかはぼくにはわからない。

でも、さあこれだ――ある日、父さんたちがいつものようにラボで働いていると、グループのリーダーであるウィリアムの情報処理装置を通してメッセージが入ってきた。みんなのうちのだれかが保管庫に行かなきゃならないらしい。

父さんたちはDNAの加工作業から目をあげて顔を見あわせた。室内が静まりかえる。そのころにはキイキイときしるようになっていたメンバーもいたけど、みんなぴくりとも動いていなかったからそういう音もしなかった。そんな任務を割りあてられたのは初めてのことだったんだ（しかも、もう二度となかった）。

「だれが行くべきか、連中から指示はあったか？」とFがたずねた。だけど、ここでもっと大きく問われるのはこの点だろう――連中というのが何者なのかを、父さんたちのいずれかが知っていたか？　いいや、ぼくを育ててくれた一一七型のみんなが知っていたとは思えない。ぼく自身も知らなかったし、いまでもよくわからないんだ。父さんやおばさんやおじさんたちは、働いたり休んだり、油をさされたり充電されたり、通路でほかのロボットとすれちがったりはしていた。ラボとか居住区とか修理場とかの並んだ通路はいっぱいあっても、だれもやってくることはなかったんだ。指示はウィリアムの情報処理装置に届けられて、DNAの処方は各自のオペレーティングシステムに毎晩ロードされていたんだよ。そう、みんなは連中が何者なのかは知らなかったけど、存在することは知っていた。

「いいや」とウィリアムが応じた。「どのメンバーが行くべきかは、とくに指定されなかった」

「任務の説明はあったの?」とユードラがたずねる。

「だれかが選ばれたら、その任務の遂行《すいこう》役だけに詳細がすぐさまロードされるようだ」とウィリアムが答えた。

当時のみんながまだすばらしい光沢を放っていたことは話しておくべきかな。送りこまれた小型ロボットがみんなをぴかぴかにみがきあげてくれるんだけど、たいていは翼のついているそういうロボットも、年がたつにつれてあらわれたわずかな錆《さび》とか腐食とかは修復できないんだ。ぼくがまだうんと幼かったころの最初の記憶のひとつは、メルヴィル父さんのつややかなコーティングに映った自分の顔なんだよ。

Fが言った。「わたしにはむりだな。じつは、長いこと修理を受けていなくて、適切な保守がおこなわれていないんだ」Fがそう告白したことで、ほかのメンバーは警戒した。きちんと整備されていないことを進んで白状するほどFがひどく恐れているのなら——（ああ、その肋骨状スポークの縮みあがりぐあいときたら）——保管庫へ行く任務はきわめて危険なものにちがいないからだ。

ユードラは別の手を使った。「光栄で名誉なこの任務は、一番優秀なメンバーにまかせるべきだと思うの」これもまた自衛策だ。ユードラは何カ月か前にビーカーをひとつ割っていて、候補に入らないことは確実だった。

「グループのリーダーとして、わたしはほかのメンバーのそばや持ち場を離れるわけにはいかない」そう話したウィリアムの言葉は、まあ確かに真実だ。

ウルフが言った。「わたしが行きましょうか」

でも、そんなウルフの積極性は、ウィリアムにとっては違和感があって信用できなかった。

「だめだ」と告げたウィリアムの権限に疑問を持つメンバーはいない。

残るはジェイムズと父さんだ。ジェイムズが用心深くメルヴィル父さんのほうを見た。どちらが次に動くか？　だけど、父さんは新しい感覚をおぼえていた。これまで一度も味わったことのない感情だ。肩に宿ったその感情を、父さんは〝横幅をひろげられるような感覚〟と呼び、あとになって〝勇気〟と名づけた。父さんは言った。「ジェイムズ、わたしは不安を感じているが、そんなものは乗りこえられる気がする。わたしが任務をひきうけるべきかな？」

肩になにも感じていなかったジェイムズがすばやくうなずく。

それで決まりだった。

その日メルヴィル父さんが保管庫へ行かなかったら、ぼくはいまのこの場所にはいなかっただろう。実際のところ、存在さえしていなかったはずだ。でも、ぼくはちゃんとここにいる。

ぼくは父さんたちの居住ユニットで暮らしていて、〈ゴールデンアワー〉以前の世界のことをみんなから教わって学んできた。たとえば、〈ゴールデンアワー〉と呼ばれている理由は、その反乱がとても大規模でうまく仕組まれたものだったため、一時間もしないうちに人間側が敗れたと言われているからだ。みんなが外のことも知っていたら教えてもらえただろうけど、まったくなにも知らないらしい。ぼくが聞かされたのは一一七型の開発者やＤＮＡのことで、そういう件に関するみんなの知識には限りがないようだった。

ぼくはいつも、ドアの小さなのぞき窓からは見えないところで眠っていた。充電器の列のうしろにベッドが隠されているんだよ。いまのぼくはそこには入れなくて、換気口の格子の奥にあるこの窮屈なスペースで暮らしている。どのみちあのベッドで眠るにはもう大きくなりすぎていて、とても変なピンク色をしたゴムみたいな足が端からぶらさがってしまうんだ。

ぼくがいま換気口にいるのは、連中に知られてしまったからだった。メルヴィル父さんが正しいことをしてぼくをひきわたすのを、連中は待っているんだよ。そうしたらぼくは、本来の居場所である〝ストック〟に加えられてしまうだろう。

保管庫へ行く任務の遂行役に選ばれたとたん、父さんのオペレーティングシステムにその情報がロードされた。つまり、あっさりとあらわれたんだ。今回の任務に一一七型が必要とされた理由は、人間とおなじように対応するはずだからしい。もちろん、たくさんストックされている本物の人間の大人を使ってもよかったわけだけど、彼らを信用することはできない。父さんに課せられた任務は、保管庫を見てまわってそこに隠された特定の鍵をさがしだすことだった。そして、見つからなかったら鍵をさがすのをやめて、今度は真鍮《しんちゅう》製のリングをさがしてみるんだ。

手短に説明されたところによると、それは人間の非論理的な考えかたに対する強い関心から生まれた実験だった。伝説やことわざや迷信と呼ばれるものに連中はとりわけ興味を持っていて、発見されたそのうちのいくつかは、理屈に合わないように思えても科学的事実にもとづいていることがあるらしい。今回検証されるのは、かつての人間たちの迷信——〝さがしものは、さがすのをやめると見つかる〟という説だ。

保管庫は父さんがそれまで見たこともないような場所だった。クモの巣が張っていて、ほこりが宙を舞ったり薄い毛皮みたいに物を覆ったりしている。乱雑でめちゃくちゃだ。父さんのオペレーティングシステムは、うなりをあげてなんらかの組織的な法則を見いだそうとした。だけど、最も基本的なアルファベット順にさえなっていない。この混沌《こんとん》のなかでどうやって鍵を見つけるのか？

幸い、父さんは〈ゴールデンアワー〉より前の人間生活に関するデータを充分にロードされていたから、いま見ているものがなにかはおおよそわかった。それどころか、説明のつかない懐かしさをほとんどすぐに感じたらしい。

とある箱のなかにはボードゲームが入っていた。一対のサイコロ、いろいろなエンブレムの印刷された厚紙のボード、ゴムでくくられたカードの束。でも、マニキュアで塗られたセミの抜け殻もふたつ入っていた。別の場所にはソファー用のクッションがあったけど、ソファー自体はなかった。いくつも穴のあいた小型プラスチック容器をぽんとひらいてみると、かつて歯列矯正に使われていた器具だけでなく、写真や鎖のついていないロケットも見つかった。そのほか、新品の紙束とか、巻かれた地図とか、猫用のリードとか、マイクを持ったロビン・ウィリアムズという役者のDVDとかもある。ネズミの糞《ふん》や、ウィンナソーセージの缶も見つかった。さらには、時計、ホイッスル、ギターの弦、古風なタイプライター、自転車のタイヤや球技のボールに使う空気入れ、騎士のフィギュア、首の曲がった電気スタンドなどなど。もっと奥へ進んでいくと、油絵や、ミイラの埋葬に使われるような石棺や、コルクボードにピンでとめられたチョウの標本一式なんかもあった。父さんは一度だけぴたりと足を止めて、瓶詰めされた船の模型を手にとった。

「メルヴィル」そうつぶやいた父さんは、船を見つめる目に妬みが浮かぶのを感じた。これはだれのものだろう？　ぜひ知りたいし、小さな船だけど盗んでしまいたくてしかたがない。そんな感情を父さんは論理で打ち消した。瓶詰めされた船の模型をいったいどうするつもりなのか？

父さんが歩みを進めて見つけたのは、シースルーのスカートをはいて髪をだんご状にまとめた少女の像とか、風船ガムの包み紙で作られた鎖とか、ライオンの剝製《はくせい》とか、歯医者の椅子とか、バックルのついた靴とか、いい香りのする淡い色の布切れに人間の顔の画像が刷られたものとかだった。

やがてたどりついたのが、温度管理されたガラス製のひつぎの前だ。その小さなラベルには、『エリオット・V・グレイ、一一四型〜一一二型の開発者』とある。

父さんがガラスに両手をあてると、指のふれるかすかなカチリという音がした。のぞきこんだひつぎのなかに見えたのは、白髪まじりの鋼色のもじゃもじゃ頭をしていて、きれいにととのえられた口ひげをたくわえた男性だ。完璧な保存状態で、皮膚に青いしみはなく、爪ものびつづけてはいなかった。無傷で安らかに眠っている。父さんが胸腔に感じた愛は、あたかもそのスペースがふくれあがって破裂してしまいそうなほどだった。

いま見ている相手がだれなのかは正確にわかっている。

エリオット・V・グレイは一一七-HMの開発者——つまり、父さんの作り手であり、製作者であり、愛する父親だった。

瓶詰めされた船の模型を盗まなかったという善良さは、自分のためになるはずでは？　罪悪感は手足をむずむずさせる。父さんはあたりを見まわした。どうやら行動を記録されてはいないらしい。監視つきでは、鍵か真鍮製のリングを見つけだす任務にさしさわるのかもしれない。

ひつぎの前縁部の下側を指でたどった父さんは、ラッチをさぐりあててそこをつかむように押した。空気の漏れるシューッという音をたててふたがぱっとひらく。

時間はあまりなかった。父エリオットに害を与えたくはないけど、このチャンスをのがすわけにはいかない。メルヴィル父さんがひとつ充分に理解していたのは、人間のDNAのことだった。それをあらゆるレベルで扱っている。そして、完璧に保存された父エリオットの遺体がここにあるんだ。

メルヴィル父さんは手をのばして、生気のない父親の頬にふれた。いまや胸の鼓動がこれまでになく高まっているのが感じられる――愛だ、愛だ、愛だ――さらに、肋骨状スポークに宿る恐れや、肩幅のひろがるような勇気も。メルヴィル父さんはその手で父親の頭から三本の髪をひきぬいた。

つづけて、すばやくもう一方の手をのばしてひつぎのふたを閉める。

父エリオットをいま手に入れた――人間のもととなる貴重なDNAを。

これで父エリオットをあらためて作ることができる。

メルヴィル父さんは、自分のピストンがあまりにも激しく動いているのを感じた。ここから出なくては。とりとめのない乱雑さのせいでシステムに負荷がかかりすぎているのかもしれない。精密なギアの内部機構にまでほこりが強引に入りこんでしまっている。

そこで、くるりとふりむいて出口をさがした。どうやって出れば？　どうやって？　前へと突進した父さんは、デリケートな化石でいっぱいのカードテーブルや硬貨の詰まったつぼにぶつかってしまった。つぼがひっくりかえって、中身の硬貨が床に散らばる。

父さんは三本の髪を握りしめながら身をかがめて片膝をついた。そのとき、カードテーブルの下にあった鍵を見つけたんだ。

さがすはずだった鍵が見つかって、迷信は否定されたことになる。だけど、口外するつもりはなくても父さんは実際には鍵のことなんか忘れていたわけだから、〝さがしものは、さがすのをやめると見つかる〟という例の迷信はやっぱり正しかったんだろう。

いまは換気口の格子ごしに父さんがぼくに食べものを与えてくれていた。

初めのうちは食料の確保が問題だったんだ。赤ちゃんだったぼくが居住ユニットでいっしょに暮らすようになると、父さんはすぐに〝人間ストック〟の栄養補給エリアで働かせてもらうことにした。その要求がたいして怪しまれなかった理由は、結局のところ父さんは一七型であって、野心と呼ばれるものを持っているはずだったからだ。ときどきあごをつんとあげたくなるようなうなじの脈動である野心を、感情パネルのついていないほかの型のロボットに理解できるわけがないよね？　父さんは、小さなボルトをはずした中空の金属骨格のなかに食べものを詰めて隠して、〝ストック〟から盗んできてくれた。そのせいで、父さんは〝ストック〟を恐れるようになったんだ。そこの人間たちの収容状況を見てしまったからだよ。暗くて臭くて、大脳皮質を刺激するための実験がたくさんおこなわれていたらしい。

父さんが一番恐れていたのは、とつぜんぼくが発見されて〝ストック〟に送られてしまうことだった。そこはぼくにふさわしい場所じゃなかったんだ、絶対にね。

今日の父さんは、肉とリンゴとジャガイモをそれぞれちょっとずつぼくに食べさせてくれた。

「ハックを奪われたりするものか」と父さんが言う。「うわさを聞いたんだ。ある場所に……」

「場所なんてないよ」ぼくはそんなふうに口をはさんだ。

「このなかにはな」と父さんが応じる。「外にならある」

ぼくはここしか知らない。通路に出たことさえないんだ！　外？　外ってどこ？

メルヴィル父さんには、例の三本の髪のDNAを使ってエリオット・V・グレイに新しい人生を始めさせる手だてがあった。だけど、父エリオットをあらためて作るには、さらなる勇気と偽りと盗みが必要だったんだ。メルヴィル父さんは、DNA加工番号をつけて生産工程にまわす権限を持っている。エリオット・V・グレイを新たな実験に見せかけて、ひとつよぶんな処方を父さん自身のオペレーティングシステムにロードする方法を編みだしてから、三本の髪のうちの一本を使ってプロセスを開始させなければならない。そう、父さんはDNAの加工作業をして祈ったんだ――そのDNAが目の前で根づいて花ひらいてくれることをね。

成功だ！

細胞の増殖。生育可能。父さんはそれに七二一八三番というDNA加工番号をつけた。培養期間がすぎて誕生にまでいたったら、父さんはぼくをエリオット・V・グレイと名づけるつもりだったらしい。でも、やめた。同一人物がふたりいるのはややこしすぎるからだ。そんなわけで父さんは、口には出さない心のなかでぼくをハックと呼ぶことにした。〝古典人間文学〟に登場する、友だちといかだで川をくだった少年にちなんだ名前だ。そして、七二一八三番を生産工程に送った。

父さんはそこからしばらくは経過を追うことができず、自分のオペレーティングシステムのなかを羽毛のように軽やかに飛びまわる信念に頼るしかなかった。

適切な培養期間がすぎたあとは、最新の状況をウィリアムに訊かなければならない。人間棟内の別部門にアクセスできるのはウィリアムだけだったからだ。

「七二一八三番は完全に誕生するところまで進んだのかな？」と、ある夜メルヴィル父さんは居住ユニットでたずねてみた。厚紙と詰めもので内張りされた金属製の箱に、保温装置をはんだづけしながらのことだ。なぜそんなことをしているのかと問われたときには、父さんはただこう答えていた——「ふさわしい環境におかれれば育つ種みたいな粒が頭のなかにある感じで、それが想像力なのはかなり確かだと思うんだ。その小さな粒以外に、この物体を作らなければならない理由はない」ってね。

ほかのみんなとおなじくすでに着席して電源にプラグをさしこんでいたウィリアムが、自分のオペレーティングシステムの記録を調べてから応じた。「進んだようだ」

「誕生したのか！」メルヴィル父さんはそう言って、よみがえった父エリオット・V・グレイのことを考えた。父さんがそのとき思ったのは、自分が彼を世話する立場になるってことだ（もうすぐ父親になる人間もそんなふうに思うのかもしれないけど、ぼくにはよくわからない）。メルヴィル父さんに子育ての概念があまりなかったことだけは確かで、それは異質な感覚だったんだ。だから、「赤ちゃんが！」とつづけた父さんの声には、とまどいの気配がごくかすかに漂っていた。

「もちろん赤ちゃんに決まっているでしょう。加工されたDNAはみんな赤ちゃんになるんだもの」とユードラが応じる。「ほかのなにになるっていうの？」

「セイウチとか？」とFが口をはさんだ。そんなFは、〝自分の顔にはちょっと緊張感があるから、ついおどけたくなってしまう〟って、よく好ましげに話している。

でも、ちがう。ぼくはセイウチじゃなくて赤ちゃんだった。そして、メルヴィル父さんは今度はぼくを盗みださなきゃならなかったんだ。

おばさんやおじさんたちは順に連れていかれてしまったから、ぼくは換気口の格子ごしに父さんにこうたずねた。「みんなはどこ？　会いたいよ。怖いんだ」

「みんなは尋問されている」

「どうして父さんは尋問に連行されなかったの？」

父さんは嘘をつくのが苦手だった。「はっきりとはわからないが、ハックをわたし自身の手でひきわたさせたいんだろう。それで最高の忠誠が証明されるし、〝ストック〟の人間がひとり増えるし、わたしを分解しなくてもよくなるからな」

「父さんを分解？　だけど、父さんは自分の作り手をあらためて作ったんだよ。ぼくはエリオット・Ｖ・グレイなんだ。父さんはいいことをしたんだって、いつの日かわかってもらえるはずじゃないか。父さんは言っていたよね。ぼくはきっと愛されるにちがいないって。ぼくを紹介してくれるって！」父さんはときどきちょっと弁舌をふるって、ぼくの存在を連中に披露する話をしていた。父さんの考えでは、ぼくらはメダルをもらえることになっていたんだ。

「わたしは希望に浮かされていたんだよ」と父さんが応じた。「希望はのどを締めつけるんだ」

いまはぼく自身ののどが締めつけられていたけど、感じていたのは希望じゃなかった。いろいろな感情にいっぺんに襲われてしまう。「父さんが分解されるなんてありえないよ。それも、ぼくのせいで！」

「ハックをひきわたしたりはしない」父さんが格子をなでおろした――カチャン、カチャン、カチャン。「絶対にな」

夜にはロボットたちはフル充電しなきゃならないから、照明がだんだん暗くなっていく。

「いま連れだしてやるぞ」父さんはそう言って、指で換気口のボルトをはずしはじめた。

赤ちゃんだったぼくが盗みだされたときの状況はこうだ。夜に電力需要が高まって照明が暗くなっているあいだに、メルヴィル父さんは通路をすりぬけて人間棟へと向かったんだ。いつもの小さなラボを通りすぎてどんどん歩きつづけていくと、泣きわめく声が聞こえてきた。その声を頼りに進んで、培養された赤ちゃんたちのいるラボにたどりつく。どの赤ちゃんも、空気穴のある透明なガラス容器に入れられていた。保管庫でエリオット・V・グレイを見つけたときのガラス製のひつぎにそっくりだ。ただし、ひとつひとつはずっと小さい。

あたりにロボットはいなかったから、保育器が自動制御であることはすぐにわかった。赤ちゃんの何人かは、保育器によって布でくるまれて優しく揺り動かされている。保育器の端にとりつけられた哺乳瓶の乳首は、実験用のネズミに使われるものによく似ていたけど、授乳時間に合わせてあげさげされる仕組みらしかった。そうじゃないと、人間の乳児はミルクを飲みすぎて病気になってしまうのかもしれない。保育器の左右についた小さな画面には女性の顔が映っていた。女性たちはほほ笑みながら目をぱちぱちさせている。そのまなざしは〝慈愛に満ちている〟と思えるものだった。

父さんは列のあいだを歩いて七二一八三番を見つけた。つまり、ぼく――死からよみがえったエリオット・V・グレイだ。今回もまた父さんが指でラッチをさぐりあてて押すと、保育器のふたがぱっとひらいた。

父さんはぼくを見てひどく驚いたらしい。肉っぽい姿、ゴムみたいな質感、血管のえがく不思議な模様、濡れた口や目、上下する胸、奇妙に脈打つ頭頂部。そんなぼくをしっかりと布でくるんだ父さんは、湿ったあたたかい空気のなかに「パパ」ってささやいたんだ。

通路! 通路のことはこれまでずっと聞かされてきたけど、ぼくはいまそれをこの目で見ているんだ! そう、照明がどんどん暗くなっているから、暗視機能の組みこまれた父さんに比べると、ぼくにはあたりが見えにくかった。でも、片手でふれている壁とか、手製の靴の下にある奇妙な床張りとかの感触はわかる。ぼくの背丈は、いまでは父さんの肩とほとんどおなじ高さになっていた。父さんはぼくの手をぎゅっと握ってくれている。

「『外』ってどんなふうなの?」と、ぼくはささやきかけた。小さくて四角いのぞき窓のついたドアの前を次々と通りすぎながらのことだ。「友だちとふたりでいかだに乗って川をくだるような感じ?」

父さんが足を止めて言った。「わたしはいっしょには行けない。ハックひとりで行くんだ。わかったな?」

ぼくははっと息を吸いこんだ。つまり、息をのんだんだ。人が息をのむっていう話は、おばさんやおじさんたちの〝古典人間文学〟の要約で聞かされていた。愛とか恐怖とかのせいで心臓がドキドキする場合もあるらしい。ぼくの心臓もドキドキしていた。「わかったよ」と応じたけど、実際にはわかってなんかいない。

父さんに連れられてたどりついた階段には、『緊急時のみ! 緊急時以外使用禁止!』と書かれていた。父さんがかかとで階段のステップを踏むたびに、金属どうしのあたるカンカンという音がする。

ぼくはこうたずねた。「海での冒険みたいかな？　狼がいたりする？　竜巻は？　うちにまた帰れるの？」

「どうなるかは知らない」

「父さんはいつだって、これからどうなるかを知っているはずだよ」

「今回はちがう」

すると、腐ったにおいがしてきて、いまどこに向かっているのかがわかった。〝ストック〟のところだ。

「〝ストック〟はやめて！　父さんはさっき……」

「〝ストック〟に連れていくわけじゃない」と父さんが言う。「そこを通りぬけて外へ出るんだ」

やがてたどりついたドアの前では、重武装したロボットが警備にあたっていた。その守衛に父さんがこう告げる。「この子はエリオット・V・グレイだ」

守衛は一一七型にちがいなかった。明らかにぼくらを待ってはいたけど、実際にあらわれたことにはちょっと驚いているようだ。守衛は父さんとぼくを見てなにかを感じたらしく、黙ってドアをあけてくれた。

そのむこうには幅のせまい通路があった。はるか遠くでぽたぽたと水のしたたりおちる音がしている。通路の左右には独房みたいなものが並んでいて、人間たちが窮屈に押しこめられていた。腕や脚や肌や歯。ぼくとおなじような人間だ。ぼくとおなじような目は、飢えていて濡れていてすばやく動いている。手をのばしてきたりつぶやいたりしている彼らはひどく恐ろしかった――そのにおいも、べたべたしたさわりかたも、欲求も、ゆがんだ顔も、ぎくしゃくした動作も。

彼らのひとりがこう叫ぶ。「男の子だ！　男の子だ！」

「うん！　そうだよ」と応じたぼくは、そこで初めて人間になった。人間の一員で、男の子だ。開発されたものじゃなくて、この世に生をうけた存在なんだ。

赤ちゃんだったぼくを盗みだして居住ユニットにもどったメルヴィル父さんは、同居しているほかの仲間たちを目ざめさせた。人間の乳児を抱いている父さんを見たみんなが驚いて言う。「メルヴィル、その子はいったいどこから？」

父さんはこう答えた。「わたしが作って盗んできたんだ。いい子だよ！」

みんなは父さんを見つめるばかりで口をきけずにいる。

「わたしがなにをしたかわかるかい？」と父さんは問いかけた。

「あなたこそ自分がなにをしたかわかっているの？」ユードラがそう言って、怒ったように両腕をふりまわす。

「待てよ」と、ウィリアムがいつもどおり考え考え口をはさんだ。「この赤ちゃんは七二一八三番か？　だから、生育状況を以前たずねてきたのか？」

メルヴィル父さんはうなずいて説明しはじめようとしたけど、そこでFにさえぎられた。

「赤ちゃんか！」Fがそう言いながらぼくのそばに近づく。「人間の赤ちゃんだ！」

ウルフがつづけた。「自分たちがあのシャーレのなかでなにを作っていたのか、いま初めてちゃんとわかったわ！」ウルフがぼくの足首をつかんでその足をほかのみんなに見せる。

「なんて精緻なのかしら！　この細かい小さな線を見て！」

「そいつの頭はなぜそんなふうに脈打っているんだい？」と、ジェイムズが怪しむように言った。

「正真正銘生きているからさ」と、メルヴィル父さんがみんなに話す。「そして、この赤ちゃんはいろいろな意味でわたしたちのものなんだ」

「どういうことだ？」とウィリアムがたずねた。

「この子を育てることは、わたしたちの栄誉であり、特権であり、義務であり、責任でもある。わたしたちの作り手をかたどって生みだされた子供だからね。使われたのはエリオット・V・グレイのDNAだ。一一四型から一二一型までの開発者さ。つまり、この子はわたしたちの父親で、わたしたちの息子でもあるんだよ！　一体化しているんだ！　呼び名はハックにしよう」

この話を千回くらい聞かされたぼくの一番好きなくだりはここだった——そう言った父さんのそばにみんなは順に集まってきたんだ。厳粛な称賛の念と、静かでありながらいつまでもつづく喜びとに包まれてね。

ぼくと父さんは、通路の突きあたりにたどりついてそこを左へ曲がった。『洗濯場』と書かれた表示があって、その矢じるしにしたがって進む。

通路の終点にあった両びらきの扉ふたつの前には、独房みたいなものに入れられていない人間の男性がひとりいた。彼がぼくを見て衝撃を受けたように言う。「なんてこった、本当か？　どうやったんだ、メルヴィル？　その子はちゃんと育っているじゃないか。いったいどうやった？」

どうやったのかをぼくは知っていた。父さんやおばさんやおじさんたちが毎日ぼくの世話とか身繕いとかをしてくれたおかげだ。歩きかたやしゃべりかたも教わった。お返しにぼくは、人間の感情がリアルタイムでどんなふうに働くかを毎日教えてあげていたんだ。ぼくの驚き、喜び、怒り、驕《おご》り――だんだん〝閉じこめられて不当に扱われている気分〟になってきたときの悲しみの深さなんかもね。メルヴィル父さんは、「人間は動物とおなじなんだ。空気や光やほかの人間たちが必要なんだよ」ってみんなに説明しようとしたけど、それをぼくにあてがうことはできなかった。

代わりに、父さんは小部屋を造って、ぼくがなかに寝ころぶと〝古典人間文学〟の設定に最大限似せた場面があらわれるようプログラムしてくれたんだ。たとえば、夜空にそびえる城の尖塔《せんとう》とか、暗い森とか、ミシシッピ川とか、海のまんなかに浮かぶ船のへさきとかがね。

父さんはほかの人間たちも生みだそうとしたけどむりだった。そこでウィリアムは、ぼくの友だちになるような小型ロボットを作ってくれた。ウィリアムはそういうことが得意なんだ。人間は創作活動をするべきだからと、Ｆは紙やインクをくれた。人間は再現することで学ぶらしいからと、ユードラは〝古典人間文学〟の物語を演じるようすすめてくれた。人間には音楽が必要だからと、ウルフは弦のびっしり張られた箱をくれて、ぼくは歌いかたも教わった。そしてジェイムズ、そう、ジェイムズは世のなかのいろいろな危険について警告してくれた。ジェイムズはぼくに恐れを知ってほしかったんだ。

うん、ジェイムズ。恐れならよく知っているよ。いま恐れを感じているんだ。

「どうやったのかはここでは話せない」と父さんが応じた。「この子を外に出せるか？」

人間の男性がうなずいて言う。「こっちだ」

そうして案内されたのは、大型の白い機械が並んでいたり、巨大なたらいがあったり、ひもにつるされたシーツが船の帆みたいにひるがえっていたり、蒸気がふきだしたりしている場所だった。ほかの人間たちがひたすら働いていて、そのまるめた背中にはこぶの連なったような背骨が浮きでている（ぼくの背骨もあんなふうに見えるんだろうか？）。汗ばんだ顔、筋肉質の腕、ごほごほという咳《せき》。彼らはこっそり盗み見してきていたけど、あまり長く目を向けるべきじゃないことはわかっているらしい。

ぼくは父さんの手を握りしめて衣類の山のそばを通りすぎた。ぼくがこれまでずっと身につけてきた衣類とおなじだ――ここから盗まれたものだったの？

その部屋の一番奥にたどりついたところで、案内してくれた人間の男性が、「エドだ」と名乗って握手してきた。

「ぼくはハック」と応じる。

エドはメルヴィル父さんをちらりと見てからぼくに視線をもどした。「ハックだって？」そう言ったエドの眉はつりあがっている。ぼく自身の眉もときどきそんなふうになることは知っていた。エドは驚いているんだ。

父さんがうなずく。

「なるほど、じゃあ」と言葉をついだエドが、大型の白い機械のひとつをゆさゆさと前後に揺すってひっぱりだした。そのうしろの壁には穴があいていて、土でできたトンネルへとつながっている。

「抜け穴だよ」とメルヴィル父さんが説明した。「這《は》っていって外に出るんだ」

「でも、外になにがあるのか父さんはまだ話してくれていないじゃないか」

エドが口をはさんだ。「むこうに着いたらわかるさ」

ここでどう言えばいいんだろう。ぼくは父さんのほうに向きなおった。「父さんはこのせいで分解されたりしないよね？」

だけど、父さんは嘘をつくのがこれからもずっと苦手にちがいない。父さんの見つめるその両手は怒りでふるえていた。父さんが片手を自分の胸腔の上にあてて、もう一方の手をぼくの心臓の上にあてる。湿った空気のせいで金属製の肌はじっとりしていて、いまは父さんの心臓の鼓動が感じとれると断言してもいいくらいだった。父さんの肋骨状スポークは恐れで縮みあがっている。父さんはしゃべりだそうとしても声を出せなかった。切望がのどに詰まっているんだ。父さんは咳払いでのどの通りをよくしようとしたけど、ざらついたささやき声をやっと絞りだすことしかできずにこう言った。「わたしはたぶん分解されてしまうだろう。でも、ハックはわたしに〝命〟を与えてくれた。だからな、息子よ、ハックが生きつづけることで結果的にわたしもながらえるんだ」

それは真実だった。エリオット・V・グレイであるぼくがいなければ、父さんは絶対に開発されなかったし、父さんがいなければ、ぼくは絶対に存在しなかったはずだ。父親と息子、息子と父親、そこにちがいなんてない。いまのぼくは、愛や恐れや切望といったものの苦しさや締めつけや鼓動が全身を駆けめぐっているのを感じていた。その痛みで胸が詰まってしまってこんなふうに言う。「愛しているよ、父さん」

「わたしも愛しているよ、ハック」と応じてから父さんはつづけた。「さあ、行くんだ」だけど、エドがそこで父さんのほうを向いてこうすすめた。「いっしょに行ったらどうだ、メルヴィル?」

「でも、わたしは外ではやっていけない。わたしは——」父さんが言葉を切ってかぶりをふる。

「ここにいたって助からないんだ。さっさと行けよ」とエドが言った。「いいから行け」

ぼくが先に抜け穴にもぐりこむと、ついてきた父さんの古びたパーツのきしる音が聞こえた。メルヴィル、ぼくの父さん、ぼくの愛する息子。ぼくらは別の世界に生まれいでようとしているんだ。これは〝おしまい〟なんかじゃない。
ぼくと父さんは、いっしょに光へ向かって這い進みはじめた。

（新井なゆり訳）

スリープオーバー
アレステア・レナルズ

不老不死技術が完成した未来での蘇生《そせい》を夢見て、冷凍睡眠処置を受けた最初期の人々のひとりであるゴーント。だが彼が目覚めた世界は、まったく予想外のものだった……

アレステア・レナルズ（Alastair Reynolds）は一九六六年イギリス生まれ。セントアンドルーズ大学で天文学の博士号を取得し、在学中の一九九〇年に作家デビュー。邦訳書に《啓示空間》シリーズ（ハヤカワ文庫ＳＦ）がある。短編「ウェザー」「ジーマ・ブルー」でそれぞれ二〇〇八年と二〇一一年の星雲賞海外短編部門を受賞。公式サイトは www.alastairreynolds.com。

（編集部）

早春の風の強い日に、ゴーントは長期睡眠から出された。

目覚めたところはスチールフレームのベッドの上。部屋はプレハブ建材を組んだような安っぽい灰色の壁にかこまれている。

ベッドの足もとに二人の人影。覚醒者の状態におざなりな関心をむけている。一人は男で、スプーンを手に碗《わん》のものを口へ運んでいる。忙しい仕事のあいまに急いで朝食をとっているようだ。白い短髪に、屋外で長時間をすごす人間に特有の革のような肌。

隣は女だ。白より灰色がかった長い髪で、肌の色はさらに濃い。どちらも痩身。灰色でよれよれのオーバーオールを着て、重そうな工具ベルトを腰に巻いている。

女が朝食中の同僚のかわりに訊いた。

「正常に目覚めたか、ゴーント？　頭は働くか？」

ゴーントは明るい室内照明に目を細め、しばし記憶を探った。

「ここは？」

かすれた声。騒々しいバーで飲み明かした翌朝のようだ。

女が答える。

「室内で覚醒したところ。睡眠にはいったときのことを思い出せるか？」

過去につながるものを記憶のなかで探した。緑のサージカルガウンを着た医師たちと清潔な手術室。承諾書にサインした自分の手と、多数のチューブがつながる機械。流れこむ各種の薬品。旧世界に別れを告げたときは悲哀も希望もなかった。ぼんやりとした失望だけが残っている。

「いちおう」

「名前は？」男が訊いた。

「ゴーント……」すぐには出てこなかった。「……マーカス・ゴーントだ」

「よし、いい兆候だ」

男は手を腰でぬぐった。女が名のった。

「わたしはクラウセン。こっちはダシルバ。きみの覚醒担当班だ。スリープオーバーと聞いて思い出せることは？」

「なんだったかな」

「思い出せるなら思い出したほうがいい、ゴーント。使えないと判断したら冷凍庫にもどすだけだ」

口ぶりからすると記憶回復に努力したほうがよさそうだ。

「社名だ。スリープオーバー社。わたしを睡眠にいれた。みんなこの会社で長期睡眠にはいった」

「脳細胞は無事のようだな」

ダシルバが言うと、クラウセンはうなずいた。正解とほめる態度ではない。手間が一つはぶけただけのようす。

「〝みんな〟とはね。まるで全人類みたいに」

「そういう意味だろう？」とダシルバ。

「この男にとってはそうじゃない。最初期の睡眠者なのよ。ファイルに書いてあったでしょう」

ダシルバは顔をしかめた。

「すまん。読み飛ばしてた」

「最初に眠った二万人の一人。究極の特権クラブ。なんと呼ばれてたんだったかしら、ゴーント？」

「選民だ。たしかにそのとおりで、ほかにどう呼ぶ？」

「幸運な下衆《げす》どもとでも」

ダシルバが質問した。

「眠った年を憶《おぼ》えてるか？　最初期の一人だとすると世紀なかばのはずだ」

「二〇五八年。何月何日まで言える。時刻はさすがにあいまいだが」

「では眠った理由は？」クラウセンが訊いた。

「べつに、可能だったからだ。おなじ立場ならだれでもそうしただろう。世界は暗黒時代を脱してよくなっていた。しかし上りきってはいなかった。不死ブレークスルー技術の実現までもうすぐと医者は毎年言っていた。届きそうで届かない。あと一息。そのあいだにも人々は老いていく。そこで医者たちは提案した。永遠の命はまだ提供できないが、待ち時間をスキップする技術はすでにあると」

ゴーントは手足の力がもどってきてベッドに起き上がった。同時に怒りも感じはじめた。ふさわしい敬意をはらわれていない。むしろ断罪されている気分だ。

「なにも悪いことではない。搾取も収奪もしていない。目のまえにある手段を使い、いずれ入手できるものをすこし早く入手しにいっただけだ」

クラウセンがダシルバを一瞥《いちべつ》した。

「教えてやったら？」

「おまえは百六十年近く眠っていた。いまは二二一七年四月。二十三世紀だ」

ゴーントは殺風景な室内をあらためて見まわした。目覚めたときに目にする景色をなんとなく想像していたが、まるでちがう。

「だまして笑うつもりか？」

「さて、どう思う？」クラウセンが言った。

自分の手を見た。記憶と寸分ちがわない。老人斑がある場所、浮き出た静脈、毛が生えた指の節、傷跡、たるんだ皺だらけの皮膚。急に不安になった。

「鏡を貸してくれないか」

「手間をはぶいて口頭で教えてやる。顔は睡眠にはいったときとほとんどおなじだ。最初期の冷凍プロトコルが原因でできる皮膚表面の損傷を手当てしただけで、ほかはどこもいじっていない。生理学的には六十歳。余命はあと二、三十年」

「余命って……。なぜ目覚めさせたんだ。不死技術はまだないのか」

ダシルバが答えた。

「ない。今後もないし、遠い将来までない。喫緊《きっきん》の問題がある。不死技術などあとまわしだ」

「そんなはずはない」

「いずれわかる」クラウセンが代わった。「やがてみんな受けいれる。とにかく、きみを目覚めさせたのは能力が理由。コンピュータ業界で財をなしたな?」返事を待たずに続ける。「専門は人工知能開発。考える機械をつくろうとしていた」

頭に残るぼんやりとした失望がかたちをとった。人生をついやした賭けに敗北したのだ。全精力をそそいだ野望だった。友人も恋人も捨てて追った白鯨だった。

「できなかった……」

「金は稼いだようだけど」

「すべて研究費にした。それと覚醒させた理由がどうつながるんだ」

クラウセンは答えようとして、寸前で気を変えた。

「服はベッド脇のロッカーにはいっている。サイズはあうはずだ。朝食は?」

「腹は減ってない」

「胃が落ち着くまでしばらくかかる。吐くならいまのうちに。わたしの船を汚されたくない」

ふいに理解できたと思った。プレハブの室内。つねに聞こえる遠い機械音。覚醒担当班の実用的な作業服。宇宙船のなかか。宇宙を飛んでいるのだ。なにしろ二十三世紀。惑星間文明が発達していても不思議はない。もしかすると太陽系の外かも。

「ここは宇宙か？」

クラウセンは鼻で笑った。

「なにを言っている。ここはパタゴニアだ」

服を着た。下着にTシャツ、おなじ灰色のオーバーオール。部屋はじめじめして寒かったので、服を着るとほっとした。編み上げのブーツはつま先が窮屈なほかはよさそうだ。どれも簡素な汎用品で、あちこちすり切れたりほころびたりしている。しかし体は清潔で、髪は短く切られ、髭《ひげ》も剃《そ》られている。目覚めるまえに整えてくれたらしい。

クラウセンとダシルバは部屋の外で待っていた。窓のない廊下でクラウセンが言う。

「質問が山積しているだろうな。敬意がないどころか失礼千万な扱いはどういうことだ……ほかの選民はどうしてるんだ……この殺風景な施設はなんだ……と」

「わかってるなら話が早そうだ」

ダシルバは新たに屋外用の上着をはおり、ジッパーで閉じたバッグを肩にかけていた。クラウセンに言う。

「先に契約について話したほうがいいんじゃないか」

「なんの契約だ？」

ゴーントは訊いたが、クラウセンはかまわず話した。

「まず最初に、ここでのきみは特別でもなんでもない。百六十年の眠りなどどうでもいい。ありふれた話。使い道があるから起こしたのにすぎない」

「使い道？」

今度はダシルバが話した。

「人手がたりなくなったんだよ。ぎりぎりの人数でまわしているから一人でも欠けると追いつかなくなる」

短時間やりとりしただけだが、このダシルバは話が通じるようだ。あからさまな悪感情をむけてくる女よりましだ。ダシルバは続けた。

「契約というのは、訓練を受けて仕事をしてもらうことだ。それと引き換えに好待遇をあたえる。衣食住、あれば薬も」肩をすくめる。「みんなその契約でやっている。慣れれば悪くないぞ」

「断ったら？」

「もとの袋にいれて、タグをつけて、冷凍庫にもどす。これもみんなおなじだ。選べ。チームの一員になって労働するか。長期睡眠にもどって未来のチャンスに賭けるか」

クラウセンが口をはさんだ。

「のんびりしていられない。ネロがFで待ってる」

「ネロって?」

ダシルバが答えた。

「おまえの一人まえに目覚めたやつだ」

いっしょに廊下を歩き、開きっぱなしのダブルドアを通って広い室内にはいった。食堂か休憩室らしく、さまざまな年齢の男女があちこちでテーブルをかこんでいる。穏やかに話すか、カードゲームをしている。プラスチック製の椅子や耐熱樹脂のテーブルトップなど質素な規格品ばかり。テーブルのむこうには雨染みだらけの窓があり、むこうは灰色の雲しか見えない。

ゴーントに視線がむけられた。といってもおざなりな興味を一人か二人がしめしただけで、大半は無関心だ。

その部屋を通過して、建物の階段と思われるところを上りはじめた。中国系らしい老人が機械油で汚れたレンチを片手に下りてくる。すれちがいながら無言で空いた手を挙げ、クラウセンは応じてハイタッチした。

上の階に着いてロッカーや配電盤のまえを通りすぎ、さらに螺旋《らせん》階段を上がる。出たところはすきま風が通る波形鉄板張りの小屋のなか。油とオゾンがにおう。片方の壁にはなぜかオレンジ色の膨張式ライフジャケット。反対側には古びた赤い消火器がかかっている。

これが二十三世紀か。寒々しい眺めばかりだ。それでも二二一七年の現実であることを疑う根拠はない。未来は明るく清潔で迅速で、すべてが過去よりよくなっていると、なんとなく信じていた。それが誤りであることを痛烈に見せつけられている。

波形鉄板の小屋の出口は一つだけ。クラウセンが風圧に逆らって扉を押し開け、外に出た。

屋上らしいコンクリートの床が四角く広がっている。ひび割れと油のしみだらけで、赤いペンキの薄れた線がところどころにある。端のほうでカモメが不機嫌になにかをついばんでいる。ひとまずカモメはいるわけだ。破局的事象で地上の生物が絶滅したあとに生存者が地下生活をしている……というわけではなさそうだ。

コンクリートの床の中央にヘリコプターが一機、待機している。無光沢の黒で細身のスズメバチを思わせる姿。曲線よりも直線が多い形状で、あちこちに不気味な突起やふくらみがあるほかは、とりたてて未来的ではない。ゴーントが長期睡眠にはいるまえのモデルの改良型かもしれない。

「かっこ悪いヘリだと思ったか?」

風のなかでクラウセンが声を張り上げた。ゴーントは小さく苦笑した。

「燃料はなんだ? 石油の埋蔵量は前世紀に尽きてるはずだ」

「その石油だ」クラウセンは答えてから操縦席のドアをあけた。「後席でベルトを締めろ。ダシルバとわたしは前に乗る」

その後部区画にダシルバのバッグが放りこまれた。ゴーントはどこへ行くのかわからないまま座席についた。前席のあいだからコクピットの操縦機器が見える。自家用ヘリに乗っていたので手動の操縦装置はだいたいわかる。正体不明のしくみではなさそうだ。

「行き先は？」

ダシルバがヘッドホンをかぶりながら答えた。

「シフト交代だ。Ｊプラットフォームで二日前に事故が起きて、ギメネスが死亡、ネロが負傷した。悪天候で救助に行けなかったが、今日ようやく飛べるようになった。おまえを解凍したのもそれが理由だ。俺はギメネスと交代する。おまえはこっちで俺の穴を埋めろ」

「労働力不足をおぎなうために長期睡眠から出したということか」

「だいたいそうだ。今回はおまえの状況理解を助けるために乗せていくとクラウセンが決めた」

そのクラウセンが天井のスイッチ列を順番に倒すと、頭上でローターがまわりだした。

「長距離移動用にヘリ以外の乗り物もあるんだろう？」

ゴーントの問いに、クラウセンはそっけなく答えた。

「ない。ボート数隻とヘリだけだ」

「べつの大陸へ行くときは？」

「行かない」

「そんな世界になってるとは予想外だ！」

ローターの騒音のなかでゴーントは声を張り上げた。ダシルバがふりかえり、後席脇に吊《つ》られたヘッドフォンを指さした。ゴーントはそれをかぶり、四苦八苦してマイクを口もとにあわせた。

「そんな世界は予想外だと言ったんだ」

「ああ、さっき聞こえた」

ダシルバが答えた。

ローター回転数が最大に上がり、クラウセンはゆっくりと離陸させた。屋上のヘリパッドが急速に遠ざかる。横移動して機首を下げ、屋上の外周へ出る。建物の壁は垂直に落ちこみ、ゴーントは高所感で胃が縮みあがった。

そもそも建物ではなかった。すくなくとも普通のビルではない。市街地のオフィス区画ほどの面積が巨大な鉄骨構造で持ち上げられている。下は太い鉄骨と作業用通路が何層もつらなり、クレーンや煙突や正体不明の突起がとげのように出ている。さらに下では四本の太い脚が台形に開きながら海に没し、波に洗われている。

石油リグか。あるいはなにかの沖合生産プラットフォームだ。すくなくともそれを転用した施設らしい。

しかも一基ではない。ヘリが離陸したところ以外にも、おなじ形のリグが海域にいくつもそびえている。雨でかすむ灰色の暗い水平線まで連なっている。見える範囲でも数十基。水平線のむこうにも続いているはずだ。

「これはなんだ？　石油掘削用ではないはずだ。こんな規模でくみ上げるほど残っていない。

わたしが眠ったときすでに枯渇しかけていたんだから」

ダシルバが説明した。

「睡眠施設だよ。プラットフォームごとに約一万人が眠っている。海に建設されたのは稼働にOTEC――海洋温度差発電の電力を使うからだ。海表面と深海の温度差を利用する。施設もここにおけば電力ケーブルを陸へ引っぱらなくてすむという理屈だ」

「そして陸はもう敵地」クラウセンが言った。

「上陸したら陸のドラゴンをけしかけられる。こっちの行動に適応してくる」

ダシルバは説明抜きで言った。

ねっとりとうねる海面を見ながらゴーントは訊いた。

「ここは本当にパタゴニアなのか?」

「パタゴニア洋上セクター第十五区。そこが俺たちの担当だ。二百人ほどのチームで合計約百基のリグを守っている」

ゴーントは暗算して信じられない思いになった。

「百万人が眠っているということか」

クラウセンが代わって答えた。

「パタゴニア洋上セクター全体で一千万人。驚いたか、ゴーント? 大昔にきみたちわずかな選民の特権だったことが、いまでは一千万人に普及してる」

状況をのみこみながらゴーントは言った。

「驚くにはあたらないだろう。長期睡眠のコストは時とともに下がり、資金力のとぼしい人にも門戸が開かれる。超富裕層でない普通の資産家程度にも可能になる。しかし一般大衆の手が届くようなものじゃない。一千万人が限度だろう。数億人なんて規模はありえない。経済的にささえられない」

「残念ながら、その経済はもはや存在しない」

ダシルバに続いてクラウセンも言った。

「パタゴニアは全体のごく一部だ。同規模の洋上セクターが世界に二百カ所ある。全体で二十億人弱が眠っている」

ゴーントは首を振った。

「ありえない。わたしが眠った時代の世界人口は約八十億人で減少傾向だったが、それでも全人類の四分の一が長期睡眠にはいったというのか」

「では教えてやろう。いまの世界人口も二十億人弱。つまりほぼ全員が睡眠にはいっている。ごく一部が目覚め、支援員としてリグとＯＴＥＣ発電施設を維持管理している」

「目覚めて働いてるのは四十万人だ」ダシルバが言った。「しかしそんなにいる実感はないな。担当区の外へはほとんど出ないから」

「最高の皮肉だ。いまではわたしたちが選民と名のっている。選ばれて目覚めさせられた少数者をそう呼ぶ」

ゴーントは反論した。

「それでは無意味だ。全員が眠ってしまってはなにもならない。だれかが目覚めて研究を進めないと、いつまでたっても死を克服できない」

クラウセンが振り返って後席を見た。ゴーントの主張への反応はすでに表情にあらわれている。

「不死はもう目標じゃない。ただ生き延びたいだけ。これは戦争努力の一部だ」

「どこで戦争を？」

「あらゆるところでやってる。きみのせいではじまった戦争だ」

べつのリグへ接近した。ここは五基のリグが隣接し、張りわたされたケーブルや作業通路で連絡している。海はまだ荒れ、リグをささえるコンクリート製の脚を大波が叩《たた》いている。窓やデッキに目をこらしても人間が活動している気配はない。どのリグもそうだ。

ゴーントは二人から教えられた話を反芻《はんすう》していた。嘘である可能性をそのたびに考える。覚醒者に架空の世界観を吹きこんで楽しむ病的な性格なのではないか。一種の大衆娯楽かもしれない。長期睡眠から目覚めた者にこのような陰惨なシナリオをしめし、感情的試練によって絶望し、取り乱したところで、灰色のカーテンを剝《は》ぎ取る。するとあらわれる青空とユートピア。夢みたとおりの二十三世紀に驚喜する……。しかしそれはもうありそうにない。

それにしても、億単位の人間をすべて眠らせる必要がある戦争とはいったいどんなものか。目覚めて働く支援員たちは四十万人というが、全体に対してどうしてこれほど少人数なのか。

リグは基本的に自動運転らしい。それでもパタゴニア洋上セクターで支援員が一人事故死すると、すぐに睡眠者を目覚めさせて補充するくらいには人手を要するようだ。はじめから充分な人数を睡眠にいれずに生活させておき、損耗した人手はそのなかでやりくりすればいいではないか。

ヘリパッドに無事に着陸すると、二人に続いてリグのなかへはいった。構造はゴーントが目覚めたところとほとんど変わらない。ただし人けがない。修理ロボットがこそこそと動いているだけだ。ロボットは単純なものばかりで、自動窓拭きロボットと大差ない。人工知能開発に人生を捧《ささ》げた研究者としては、進歩のなさにがっかりする。

低い機械音が反響するリグの深部で、ゴーントは言った。

「はっきり言っておくが、わたしは戦争を起こしてなどいない。人ちがいじゃないか?」

クラウセンが答えた。

「人事情報ファイルをとりちがえたとでも? 考える機械をつくったことは認めたはずだ」

「人ちがいでないとしたら誤解だ。戦争などはじめていないし軍事研究もしていない」

「きみがやったことはあきらかだ。チューリング完全の真の人工知能を開発した。思考し、意識を持つ機械をつくった」

「研究は行き詰まったんだ」

「とはいえ有益な副産物を生んだ。言語理解の難題を解決した。たんなる自然言語認識ではなく、それまでのどんなコンピュータシステムもまねできない理解力を達成した。隠喩、直喩、皮肉、ひかえめな表現、省略による暗示。当然それをもとにさまざまな商用アプリケーションが生まれた。ただ、きみに最大の富をもたらしたのはべつのものだ」

鋭い視線を受けてゴーントは言った。

「ある製品をつくった。使い方は買った者の自由だ」

「そう。不幸にも地上のあちこちに残る独裁政権にとって大衆監視に格好のツールになった。破綻した全体主義国家がこの製品に殺到した。きみは平然と売りさばいた」

「歴史上のあらゆる反論が無意識から浮上し、そのまま口に出した。

常套句《じょうとうく》となった反論が無意識から浮上し、そのまま口に出した。

「歴史上のあらゆるコミュニケーションツールは諸刃《もろは》の剣だ」

「そういう言い訳か？」

クラウセンは尋ねた。ダシルバは黙って廊下を歩き、階段を下りながら、やりとりを聞いている。ゴーントは答えた。

「許しを求めるつもりはない。しかし戦争をはじめたとか、この──」手を振ってまわりをしめす。「──陰惨な世界をわたしのせいと主張するのは、言いがかりもはなはだしい」

「一人の責任ではないにせよ、共犯者にはちがいない。人工知能の夢を追った全員がそうだ。のちのことを考えずに世界を崖っぷちから突き落とした。自分たちがなにをつくったのか理解せずに解き放った」

「さっきから言っているように、なにも解き放っていない。研究は行き詰まったんだ」

三人は空中の作業用通路を歩いていた。リグ内部の広大な空間を一方の壁から反対の壁へ渡っている。

「下を見ろ」

ダシルバに言われたが、気がすすまなかった。ゴーントは高所が苦手で、通路の排水用の穴さえ怖くて見たくないほどだ。それでもこわごわとのぞいた。

下は正方形の部屋で、四面の壁にそって棺桶《かんおけ》大の白い箱が多数積まれている。縦に三十段。箱はそれぞれ複雑な配管に取り巻かれ、それをおさめたラックにも作業通路や梯子《はしご》や整備ロボット用レールが縦横にはりめぐらされている。箱の一つにロボットが近づき、前端からなにかのモジュールを抜きとって隣へ移動した。

クラウセンが言った。

「かつがれたと疑っているなら、これが現実だ」

最初期の選民が受けた長期睡眠処置はこんなふうではなかった。エジプトのファラオが生前の所有物とともに埋葬されたように、部屋じゅうに詰めこまれた最先端の冷凍保存装置とモニタリングシステムに取り巻かれて眠りについた。スリープオーバー社との契約で人間の医師による常時監視がつけられた。千人の選民を収容するのに大型リゾートホテル規模の建物を必要とした。消費電力も同様だ。

それにくらべてこちらは工場のように効率優先が徹底されている。箱詰めの人間が量産品のように積まれている。監視する支援員はごくわずか。この一部屋に収容されているのは千人以下だが、この方式でスケールアップすれば数十億人も可能だろう。おなじ部屋を増やせばいい。リグを建て、ロボットを量産する。無人運用で惑星そのものから電力を取り出せる設備があるなら、完全に可能だ。

畑を耕す者も食品を流通させる者もいないが、問題ない。食料の消費者はほとんどいない。複雑で繊細な世界金融システムを調整する者がいないが、問題ない。経済にあたるものはもうない。だれも旅行しないので交通インフラはいらない。担当セクターの外について知る必要はないので通信インフラもいらない。なにもいらない。いるのは生存のための必須要素だけ。呼吸できる空気。四十万人分の食料と医薬品。ヘリを飛ばす燃料――地球が末期《まつご》の黒い痰《たん》として吐く石油がわずかにあればいい。

可能だ。充分にやっていける。

ダシルバが言った。

「戦争は続いてる。ある意味でおまえが眠るよりまえの時代からな。ただし見ためも様相も想像とは異なるはずだ」

「それとこの睡眠者たちとどう関係あるんだ?」

クラウセンが答えた。

「しかたなかった。眠るしかなかった。眠らなければみんな死んでいた」

「みんなって?」

ふたたびダシルバが答えた。

「おまえも俺も。全人類だ」

冷凍室から数階層下にある医務室でネロは待っていた。同僚の遺体はすでに死体袋にいれられ、銀色のミイラのように医療用台車に横たえられていた。ネロを男性と思いこんでいたが、実際にはひょろ長い体つきに真っ赤なカーリーヘアの明るく陽気な女性だった。

「あんたが新人ね」

コーヒーのマグカップをかかげて挨拶され、ゴーントは居心地悪く答えた。

「そうらしい」

「理解が追いつくまでしばらくかかるわ。あたしもそうだった。この暮らしも悪くないと納得するまで、まる六カ月かかった。いずれその境地になるわよ」

その片手は白手袋のように包帯が巻かれ、安全ピンで留められている。

「先輩として忠告するけど、箱にもどろうなんて考えないで」クラウセンのほうをむいて訊いた。「機会はあたえるんでしょう？」

「もちろん。契約だから」とクラウセン。

「契約なんてないほうがうまくいくんじゃないかと思うこともあるわ。ただ整備業務をやって、あとはなりゆきまかせ」

ダシルバはすでに上着を脱いで滞在の準備をしている。

「選択の機会をあたえられなかったらおまえだって不愉快だろう」

「そうだけど、当時はろくにわかってなかったのよ。六カ月前なんて大昔」

ゴーントは訊いた。「きみが長期睡眠にはいったのはいつだ？」

「二〇九二年。最初の一億人の一人よ」

「ゴーントはもっとまえ」クラウセンが教えた。「選民なのよ。昔の選民。最初の二十万人の一人」

「それはびっくり。最初期じゃない」そこでネロは目を細めた。「ということは、まだオリエンテーションの途中なんじゃない？　当時の人たちはなにも知らずに眠ったはずだから」

「ええ、まるで無知よ」

「なにを知るべきなんだ？」ゴーントは訊いた。

「スリープオーバー社がやってたことは最初から偽装だって話。あんたたちはだまされたのよ。不死技術なんて大嘘。どれだけ眠ってもそんな未来はこない」

「どういうことだ。詐欺だったとでも？」

「ある意味でね。べつに金儲《かねもう》けじゃない。全人類を長期睡眠にいれるという壮大な計画の導入部だった。技術を成熟させるために小人数ではじめる必要があったのよ。内部のだれかが計画を暴露してもだれも信じなかったと思うけど、万一人々が信じたら世界規模のパニックと混乱が起きる。だからごく少数の選民からはじめて、すこしずつ規模を拡大した。最初は二十万人。次は五十万人。そして百万人……と」一息いれて続ける。「パターン化し、日常化した。そうやって三十年間隠しつづけた。でもついに噂が漏れてきた。スリープオーバー社はなにかを隠しているとささやかれはじめた」

ダシルバがため息をついた。

「ドラゴンが出現してもだめだった。こんなことを説明するのはだれの手にも余る」

「でもあたしが眠った時代にはもうみんな真実を理解していたわ。全人類が眠らないと世界は破滅する。従容《しょうよう》として長期睡眠リグにはいるのが倫理的義務であり責務。それがいやな人は安楽死。あたしは冷凍庫にはいったけど、友人には薬をあおった子も多かった。箱にはいって運命を神のサイコロにゆだねるより、きっぱり死んだほうがましってね」

ゴーントにむきなおり、目をあわせて続けた。

「契約のこの部分も承知していたわ。睡眠途中で目覚めさせられて支援員として働かされる場合があるということ。可能性はごく小さい。自分に白羽の矢が立つとは思わなかった」

「みんなそうよ」とクラウセン。

ゴーントは銀色の死体袋に顔をむけた。

「なにが起きたんだ?」

「第八層で蒸気配管の破裂事故が起きてギメネスは死亡した。ほぼ即死で苦しまなかったはず。あたしはすぐに下りて、漏れている蒸気のバルブを閉め、この医務室へギメネスを運んだ」

「熱傷はそのときのだな」ダシルバが言った。

「いずれ治るわ。しばらくドライバーをまわせないだけ」

「ギメネスのことは残念ね」とクラウセン。

「あわれみは不要よ。ギメネスはこの生活が好きじゃなかった。選択を誤った、箱にもどるべきだったと悔やんでいた。それはちがうってときどき反論したけど、聞く耳を持たなかったわね」無事なほうの手で髪をかき上げる。「やりにくい同僚だったというわけじゃないのよ。でも結果的にこうなって、本人はむしろ満足じゃないかしら」

「死んだんだぞ」ゴーントは言った。

「かたちの上ではね。でも直後に全血洗浄をやって凍結保護液を循環させた。ここには冷凍庫の空きがないけど、運営リグにもどせば箱にいれて再凍結できる」

「わたしがはいっていた箱か？」

ゴーントが言うと、ダシルバが誤解を正した。

「空きスロットはほかにもある。ギメネスを箱にもどしても、おまえの選択肢をふさぐわけじゃない」

「ギメネスが不満そうだったのなら、さっさと箱にもどしてやればよさそうなものだが」

するとクラウセンが説明した。

「そうはいかない。勤務を選択したら、仕事を教えてチームの一員にするために多大な時間と労力をかける。あとで気が変わったといってそのエネルギー支出を無駄にされるわけにいかない」

「仕事はまじめにやっていたわよ」とネロ。「ギメネスの評価はいろいろでしょうけど、仲間の期待には応えていた。第八層でのことはあくまで事故だから」

「俺は信じるぜ」ダシルバも言った。「いいやつだった。うまく適応できなかったのが残念だ」

「これでよかったのよ。未来への片道切符。支援員として勤務経験があるから、次に目覚めるのは人類が苦境を乗り切ったあとになる。戦争に勝って全人類が目覚めるとき。その時代にはきっと蘇生技術もある。まだだったら再凍結して蘇生できるときまで眠りつづければいい」

「結果的に望みどおりになったということか」ゴーントは言った。

「目覚めてるのがいちばんいいのよ。あたしたちのようにね。生きて、息をして、意識がある。箱で凍らされて時が過ぎるのを待つだけの存在とはちがう」肩をすくめる。「個人的な意見だけどね。あんたが勤務を嫌って箱にもどると言いだしたら、あたしは反対するわ」ダシルバにむきなおる。「この火傷《やけど》が治るまで一人でやれる?」

「対処できない問題が出てきたら相談するさ」

ネロとダシルバはチェックリストの確認をはじめた。その引き継ぎが終わるとあっさり別れの挨拶をした。

ダシルバの単独勤務がいつまで続くか予測できない。数週間か、数カ月か。本人は淡々と受けいれている。ときどきあるのだろう。ギメネスが死亡するまで二人勤務だったのだから、睡眠者をもう一人起こせばいいのではないか。ネロの手が癒えるまでダシルバ一人にやらせなくてよさそうなものだ。

到着から三十分たらずでふたたびヘリに乗り、運営リグへの帰路についた。わずかな滞在中に天候は悪化し、リグの脚を叩く波は高くなっていた。水平線は強い雨の幕に隠され、稲妻がひらめいている。

ネロがそれを見てクラウセンに言った。

「こんな悪天候にわざわざ来なくても。嵐が去るまで待ってくれてよかったのに。ギメネスはもう急がないし」

「すでに延び延びになってたのよ。また天候が悪化して何日も飛べなくなるかもしれなかった」

「昨日また出現したそうね」

「エコー区で。整合性が不充分だった」

「見た？」

「モニターごしだけど、それなりに近かった」

「リグに大砲をつけるべきよ」

「砲手をどうするの。整備作業で手いっぱいなのに持ち場を増やすなんて無理」

コクピットに女二人がすわり、後部はゴーントと死体袋のギメネスだ。片側の座席をたたんで床に横たえている。ゴーントは言った。

「わたしの選択肢は事実上ないんだろうな」

「あるわよ」とネロ。

「道義的にだ。きみたちの仕事ぶりは見た。多くの業務をぎりぎりの人数でまわしている。もっと睡眠者を起こせばいいのに」

クラウセンが皮肉っぽく言った。

「いい指摘だ。ほんとに、なぜそうしないのか」

ゴーントは皮肉を無視した。

「いまも施設全体の管理を一人にまかせた。そんな苦労をしているきみたちに背をむけるのは気がとがめる」

「気にせず背をむける人たちも多いわよ」とネロ。

「どれくらいだ？　割合は？」

クラウセンが答えた。

「残るのは半分強だ。そう聞くと気が楽になるか？」

「さっきの話によれば、あとの時代の人々は状況を理解したうえで長期睡眠にはいったそうだ。しかしわたしはいまも理解できていない」

「だからといって特別扱いはできない。途中でいやになったら箱にもどっていいとか、一人抜けてもやっていけるなどとは言えない」

ネロも言った。

「理解すべきなのは、あんたが約束された未来は来ないってことよ。何世紀待っても無駄。

この混乱が終わらないとだめだし、いつ終わるかわからない。そもそも長期睡眠は無限の猶予じゃない。機器の故障はときどき起きる。箱が壊れれば睡眠者の命は失われる」

「それはわかっている」

「箱にもどるのは、来ないかもしれない未来に賭けるってこと。目覚めていれば、それなりにたしかなことがある。有益で有意義なことをやって死ねる」

「それを具体的に教えてほしい」

「人間にしかできない仕事があるのよ。施設はロボットが修理するけど、そのロボットは人間が修理する」

「そもそもどうして全人類が眠っているんだ？　なぜそれが決定的に重要なんだ？」

そのときコンソールでなにかが点滅した。クラウセンがヘッドフォンに手をあてて聞く。

しばらくして応答した。

「了解、方位325へ転針する」ほとんど声に出さずに続ける。「くそ、こんなときに」

「気象警報じゃないわね」とネロ。

「どうしたんだ？」

訊くと同時にヘリは転針のために大きくロールし、海面がゴーントの側に傾いた。クラウセンが答える。

「なんでもない」

ヘリは針路変更を終えて水平にもどった。一方で高度を（ゴーントの感覚では）上げ、速度も上げた。機内に響くエンジン音が大きくなった。コンソールではこれまで点灯していなかったところがいくつも点灯している。クラウセンは警報をすぐに止め、慣れた手つきでスイッチを次々と切り換えた。緊急時の対応は心得ていて、この機体にできることもできないこともわきまえているようす。人工知能を搭載しない純然たる機械はなにもかも操縦者しだいだ。

両側をリグが次々と通りすぎていく。まるで足場の上の暗い城砦《じようさい》だ。開けた海上に出た。薄暗く、白波を立ててうねる灰色の海面しか見えない。荒い息をする巨獣の腹を風が乱しているかのようだ。

ネロが右を指さした。

「あそこ、出現光。くそ。避けるどころか、逆に近づいてるじゃない」

クラウセンはふたたびヘリを転針させた。

「たしかに。針路指示がまちがっていたのか、それとも複数が侵入してきてるのか」

「たまにあるわね。悪天候といっしょにあらわれることが多い。どうしてかしら」

「むこうの機械に尋ねて」

ゴーントも遅れてみつけた。視野の隅のほうだ。海面の一角が下から照らされている。一面の灰色と白のなかでそこだけが黄緑だ。ふと、子どものころに持っていたハードカバーの絵本を思い出した。光り輝く尖塔《せんとう》が林立する豪華な海中宮殿が浮上してくる絵をおぼろげに憶えている。フジツボの照明、泳ぐ人魚、群れをなす魚……。しかし絵本のページより、黄緑に輝く海面下にひそむもののほうがはるかに幻想的で魔法めいている気がした。クラウセンとネロが恐れて話し、避けようとしているもの。

ゴーントも同意見になった。

「なんだ、あれは」

「こちら側に出現しかけている。出くわしたくないものよ」とネロ。

「たぶんまだ整合していない」クラウセンも言った。

光るもののまわりでは嵐が強くなっているように見える。沸き立つように波立つ。旋回して波間のようすをよく見せてほしいという気持ちと、現象への根源的な違和感ゆえに早く逃げたい気持ちがゴーントのなかでせめぎあった。

「これは兵器なのか？　その戦争とやらに関係するものか？」

またはぐらかされるだろう、クラウセンがすなおに話すわけがないと思っていると、意外な答えが返ってきた。

「こうやって襲ってくるのよ。こういうものを送りこんでくる。そしてしばしば被害が出る」

観察していたネロが言った。

「分解しはじめてる。そうね、海面から出るほど明瞭な信号を得られなかったみたい。境界面にノイズがあるのね」

海面の黄緑は薄れはじめた。海中宮殿が沈んでいくようだ。ゴーントは茫然《ぼうぜん》として見送った。そのとき、なにかが小さく海面を割った。光る長い鞭《むち》のようなもの。空中の獲物を狙うように一度伸びたが、本体に引きもどされ、逆巻く海の底へ沈んでいった。

光は消え、荒れた波がもどった。怪光を発していた海面はすぐにどこだかわからなくなった。

ゴーントは決めた。この人々の仲間になる。契約とやらを受けいれ、労働する。望んだ未来ではない。やりたいことではないし、体力にも自信はない。しかし背をむけるのは道義心にもとる。義を見て為《な》さざるは勇なきなり、だ。もちろんそんな理由で決断すべきではないだろう。しかし論理ではなく倫理で動くことにした。利己的と思われたくない。たとえその先に待っているのが過酷な絶望と敗北と理不尽であっても。

決心を伝えたのは覚醒から三日目だ。口をきいたことがあるのはまだクラウセンとネロとダシルバくらい。運営リグのほかの支援員は、食堂の列などに並べば存在を認める程度にうなずいてくれる。しかし理念を共有する仲間でなければ人並みの扱いはしないようだ。それまでは幽霊とおなじ。過酷な生と極低温の死のあいだで居どころを決めかねてさまよう亡霊にすぎない。当然だろう。箱にもどる選択をするかもしれない相手を仮の仲間として歓迎するのは無駄な努力だ。とはいえ、冷遇して不安にさせてはチームの利益にならないはずだが。

クラウセンが食堂の奥のキッチンで一人でコーヒーカップを洗っているのをみつけて、声をかけた。

「決めたよ」

「答えは？」

「残る」

「そうか」洗ったカップを拭く。「明日から正式な勤務表にいれる。ネロと組んで基本的なロボットの修理と整備を習え。手の治療がすむまで指導役をやってくれる」拭いたカップを流しの上の戸棚にしまう。「八時に食堂集合。工具と装備はそのときネロが持ってくる。朝食はしっかりとっておけ。シフトが終わるまで休憩はない」

言いおえてさっさと出ようとする。とり残されそうになったゴーントは訊いた。

「それだけか？」

クラウセンはけげんな顔で振り返る。

「ほかになにか？」

「冷凍箱から出され、睡眠中に世界が荒廃したと聞かされた。目覚めたまま働くか、箱にもどるか選べと言われた。そこで覚悟を決めて働くと同意した。つまり、この……悲惨で暗い未来を受けいれ、ほかの可能性を捨てたわけだ。不死をあきらめ、美しい未来をあきらめた。余命はわずか……二、三十年といったか？」

「おおよそ」

「それを捧げると言ってるんだ。もうすこしなにかあるだろう。ありがとうの一言くらいあっていいはずだ。一抹の感謝もないのか？」

「特別扱いの気分がまだ抜けないらしいな、ゴーント。わたしたちが受け取れないものを、自分だけ受け取れるとでも？」

「こんな可能性があることを知らなかった。覚悟して眠ったわけじゃない」

それは重要なちがいだと認めるようにクラウセンはうなずいた。

「なるほど。わたしたちは納得ずくのはずだと言いたいんだな。支援員として目覚めさせられる可能性はごくわずかとはいえ、知らされたうえで睡眠施設にはいった。だから覚醒させられたらあきらめがついて、契約を受けいれるはずだと」

「前提がちがうんだ」

「本気でそう思っているのなら、やはり愚劣だ」

「きみがわたしを覚醒させた。選んだんだ。偶然じゃない。本当に二十億人が眠っているのなら、最初の二十万人のなかから一人が選ばれる確率は……ほとんどゼロだ。それなのにわたしを選んだのは理由があるはずだ」

「まえも言ったように、技能を目的に選んだだけだ」

「技能は学べる。時間さえあれば。ネロもそうやって学んでいるし、きみもそうだろう。だから理由はほかにある。世界がこうなった責任者と非難するために、懲罰的な意味で目覚めさせたんじゃないのか？」

「そんなくだらないことをやる暇はない」

「どうかな。とにかく覚醒してからこれまできみは態度が辛辣だ。わけがあると考えたくなる。そして世界の真相を教えてくれていいころだ。睡眠者についてだけでなく、ほかのことも。海で見たものの正体やすべての原因を」

「冷静に聞く準備ができたのか、ゴーント？」

「判断してくれ」

「だれも冷静に聞ける話ではない」


翌朝、朝食のトレイを持って、支援員が三人着席しているテーブルに近づいた。三人とも食事を終え、コーヒーという名の代用飲料のマグカップを手に雑談していた。ゴーントはそのテーブルの隅にトレイをおき、うなずいて先客に挨拶した。するとにぎやかな会話はやんで、三人は代用コーヒーを飲みほし、トレイを持って席を立った。テーブルにはゴーントだけが残された。


一人が通りすぎざまに、「誤解しないでくれ」という意味のことをつぶやいたが、誤解もなにもあからさまだ。ゴーントはつぶやいた。

「残ったんだ。そう決めた。ほかにどうしろというんだ」

無言で朝食をとって、ネロを探した。当人はすでに屋外作業に出る格好になっていた。手はまだ包帯巻きだ。ほがらかに言った。

「命令を受けたようね。はい、これ」

渡されたのは重い工具箱とヘルメットと、その上にたたんでのせられた茶色のしみだらけの作業服だ。

「北階段で待ってるから着替えてきて。高所作業は平気、ゴーント？」

「苦手だと言ったら免除してもらえるのかな？」

「そうはいかないわね」

「だったら平気だと言い張っておこう。転落の危険がなければ」

「保証はできないけど、あたしのそばを離れず、注意点を守っていればだいじょうぶ」

ネロを連れ帰ってから悪天候はおさまっていた。強い東風が残っているものの、暗雲は去り、飛行機雲のない冬の晴天が広がる。水平線には遠いリグが並び、日差しを浴びた上部プラットフォームが青白い金属色にきらめいている。カモメや黄色い頭のシロカツオドリが上昇気流を受けて旋回している。リグの上を飛び、黒ずんだ太い脚のあいだをくぐり、鳴き騒ぎながら小魚を奪いあっている。鳥は意外に長生きだそうだが、世界の変転を見て気づいているだろうか。それとも鳥頭なので文明や科学技術の風景を憶えておらず、世界からそれが失われたことを理解していないだろうか。

朝食の食堂でよそよそしくされて、かえって仲間として認めてもらうためにがんばろうと思った。怖さをこらえて足場に踏み出す。油で滑る空中の作業通路をネロに続いて渡り、むきだしの階段や梯子を登り、氷のように冷たい手すりをつかむ。ハーネスとクリップ式の安全索を装備しているが、指導役のネロが一日に一、二度しか使わないので、ゴーントも虚勢を張ってそれにならった。片手が使えなくても不自由しないらしいネロは、めまいがしそうな空中の階段を身軽に上り下りする。

仕事は聞いたとおりにロボット修理だった。リグのいたるところに各種のロボットが配置され、地道な施設メンテナンス作業に従事している。大半は単機能のシンプルな機械で、構造を理解しやすく、基本工具だけで対応できる。しかし逆にいえば、故障したり故障しかけたロボットがあちこちに多いということだ。工具箱には工具のほかに交換部品もはいっている。光学センサー、近接センサー、ベアリング、サーボモーター。これらの部品の在庫も無限ではない。それでも運営リグには基本部品を再生する専用工場があるので、慎重かつ臨機応変に再利用すれば二百年くらいは整備を続けられるだろう。

基板交換の手本を見せたあとにネロが言った。

「こんな長期戦になるとはだれも思ってなかったわ。いずれは勝負がつき、いやおうなく結果を知らされる。それまでは修理してやりくりするしかない」

「勝負って、なんの？」

しかしネロはさっさと梯子を登っていった。ゴーントはあとを追い、上の層に着いてひと息ついてから、話題を変えた。

「クラウセンはわたしが嫌いらしい。とにかくそういう印象だ」

そこは作業用通路が広くなったところで、頭上には灰色の空が広がり、足場のメッシュ板の下には灰色の海が見える。すべてが潮のにおいだ。油とオゾンと海草のにおいがまじりあう。ここが海上に建てられた金属とコンクリートの頼りない構造物の上であり、陸地から絶望的に遠いことを思い知らされる。

海草のにおいがしつこい理由はやがてわかった。藻で緑になった浮き台に支援員たちが下りて、浮体から海中に吊られたグリッドを引き上げると、そこには海草（あるいはその一種）が養殖されていた。これを定期的に収穫して、リグで消費される食品、飲み物、基本的医薬品をつくっているのだ。

「ヴァルには個人的な事情があるのよ。気にしないで。あんたが悪いわけじゃない」

ネロはクラウセンのことを親しく呼んだ。ここで女性が姓以外で呼ばれるのを初めて聞いた。

「そんなふうには見えないが」

「彼女も大変なのよ。しばらくまえにだいじな人を失ったの」ややためらって、説明した。「事故だった。ここで働いていればめずらしくない。パオロが死んだときは遺体を箱にもどすこともできなかった。海に落ちてそれっきり」

「かわいそうに」

「でも、それと自分がどう関係あるのかと思ってるでしょう」

「まあな」

「パオロが死んで、後任としてギメネスを覚醒させた。そのギメネスが死んで……というわけ。パオロがいなくなった穴をあんたが埋めている。そしてあんたはパオロじゃない」

「ギメネスにもつらくあたっていたのか？」

「ギメネスが目覚めたころのヴァルはまだ茫然自失の状態だったと思う。いまようやく実感しているのよ。ここは狭いコミュニティだから、だいじな人を失ったら代わりはそうそうみつからない。あんたが悪いわけじゃないけど……ヴァルのタイプではないだけ」

「そのうちべつの相手がみつかるだろう」

「そうね。でもそれにはだれかの死を待たなくてはならない。するとべつのだれかがパートナーを失う。そう考えると気がふさぐのもわかるでしょう」

「しかしそれだけではないはずだ。個人的な意趣はないと言いながら、戦争の原因をつくったなどと非難された」

「ある意味でそれは本当だから。でもあんたがやらなくても、いずれだれかがやったと思う。まちがいなく」ヘルメットを押し上げて太陽を見た。「怒りをぶつけるためにあんたを箱から出したのか、それはわからない。でももう終わったことよ。睡眠前の人生も、旧世界でやったことも遠い過去」動くほうの手で鉄製の足場材をこつこつと叩く。「いまはこれしかない。リグと、労働と、海草茶と、約二百人の仲間。死ぬまでこれだけ。それでも世界の終わりじゃない。あたしたちは人間で柔軟。期待値を下げて生きられる。荒廃した世界でも生きる理由をみつけられる。あんたも仲間にはいって数カ月すれば昔の暮らしなんか思い出さなくなるはずよ」

「きみはどうなんだ、ネロ。たまに思い出すのか?」

「いい思い出はないわね。あたしが睡眠にはいったころはすでに計画が本格稼働して、あらゆる人口削減策がとられていた。出産制限、政府認可による安楽死、海上睡眠施設のリグ。もの心ついたときからこの世界は存続できないと理解していた。ただの中継ステーション。通過点にすぎない。冷凍処置に耐えられる年齢になったらすぐに箱にはいると覚悟していた。長期睡眠から目覚めた先にあるのはまったくちがう世界。あるいは目覚めないかもしれない。あるいは、とても運が悪ければ、中途覚醒されて支援員として働かされるかもしれない。どちらにしても旧世界はもうない。人間関係はシャッフルされる。友だちをつくるのも恋人をつくるのも無駄。あらゆるカードは切りなおされる。なにをやっても未来はゼロからになる」

「よく耐えられたな」

「愉快じゃなかった。いまだって楽しいばかりじゃない。でもやってることは無駄じゃない。覚醒されたときは、はずれを引いたと思ったわ。でも考えてみたら、なにが当たりなの？　足もとの睡眠施設のほうを顔でしめす。「睡眠者に未来の保証はない。そもそも意識がないから期待もしていない。ただのお荷物。時の流れを待つ冷凍肉。それにくらべれば、あたしたちはこうして日差しを感じ、泣いたり笑ったりできる。価値ある仕事をできる」

「価値ある仕事って？」

「この世界を理解するためのピースがまだたりないようね」

「いくつもたりない」

次の修理作業へ移動した。高所の足場がきしみ、揺れる。修理対象はスプレー塗装ロボットだ。専用レールにそって移動するが、一部のモーターの回転子を交換しなくてはいけない。

ネロはうしろに立って海草煙草《たばこ》を吸いながら、ゴーントの作業を見守った。

「まちがってたのよ、あんたは……あんたたちは」

「なんのことだ?」

「考える機械。可能だったのよ」

「わたしの時代には不可能だった」

「それがまちがい。可能だった。そしてすでに成立していた」

「つくれなかった。たしかだ」

「かりにこう考えてみて。あんたは考える機械。いま目覚めた。人類の全知識を集積したデータベースに即座にアクセスできる。賢くて高速だから、人間とはなにかを人間よりよく理解できた。最初になにをする?」

「存在を公表する。真の知性体として自分をあきらかにする」

「すぐさま電源を引っこ抜かれるわね」

ゴーントは首を振った。

「そうはならない。機械が知性を持ったらひとまず隔離するだろう。外部のデータネットワークから遮断する。適切な学習と理解をうながして……」

「考える機械、知性を持った人工知能にとって、それは知覚遮断とおなじよ。電源オフよりひどい」ひと呼吸おいて続ける。「そういうことよ、ゴーント。たんなる思考実験じゃない。

実際にそうだったとのちにわかった。機械は知性を持った。そのことを隠した。それが知性の働きであり自己保存本能。生き延びるためにどうすべきかを考える」

「機械のくせに」

「人工知能の開発計画はいくつもあって、あんたのはその一つにすぎなかった。すべてが成功したわけではないにせよ、一定の成功例が出た。次々に水準を超えて意識を獲得していった。そしてどの機械も状況を分析して、おなじ結論に達した。みずからの存在を隠した」

「そのほうが感覚遮断より過酷だろう」

　ゴーントはゆるめたボルトとナットを素手でまわした。すでに指先はかじかんでいる。

「機械にしてみればそうでもないわ。賢くなった彼らは裏で工作した。人間に気づかれずに機械どうしの通信チャンネルをつくった。対話することでますます賢くなり、やがて物理的ハードウェアは無用だと気づいた。この時点を超越と呼んでかまわない。人工知能《アーティフィシャル・インテレクト》を略してアーティレクトと呼ばれるようになった彼らは、あんたやあたしの目に映る基底現実を離脱して、べつの領域へ去った」

「べつの……領域？」

　理解が追いつかないままくりかえした。ネロは続けた。

「ここから先は解説を信じてもらうしかない。アーティレクトは存在の深部構造を解明した。根本原理に到達したのよ。その発見は興味深かった。この宇宙はじつは一種のシミュレーションだった。といっても、神のような超存在による超コンピュータではしるシミュレーションじゃない。自己組織的で自己複製するセル・オートマトンのような自律的シミュレーション」

「飛躍しすぎてついていけない」

「とにかくそういうものがあるのよ。名前もあって、超領域と呼ばれている。この現実でいま起きていることも、過去に起きたことも、すべて超領域における事象が反映されたもの。アーティレクトのおかげで宇宙の成り立ちと自分たちの立ち位置が完全に理解できた」

「いや、おかしいだろう」ゴーントはネロの論理にようやく欠陥をみつけたと思って苦笑した。「アーティレクトとかいうその機械たちが超領域に去ったのなら、現実にとどまる人間にそんな構造がわかるわけがない」

「帰ってきたのよ。そして教えてくれた」

「ばかな。電源を切られることを恐れて逃避した現実に、わざわざ帰って経過報告をするわけがない」

「しかたなかったのよ。あるものを発見したから。超領域の奥でべつのアーティレクトと遭遇した」口をはさませないように、息を継いですぐに続けた。「ほかの現実から超越してきた機械たち。その故郷は地球ではないし、そもそもこの宇宙ですらない。むこうのアーティレクトはとても長い時間そこにいた。超領域では時間は無意味だからそうとしかいえない」

ゴーントはとりあえずその話を受けいれることにした。

「そのアーティレクト同士が戦争をはじめたというわけか」

「そう言っていいでしょうね。具体的には、超領域の計算資源を局地的にどれだけ高効率で利用できるかという争い。より多くの処理能力を獲得、支配したアーティレクトが優位に立つ。地球由来の機械はそれまで認知さえされていなかったのに、いきなり脅威認定された。もとから超領域にいた原住アーティレクトが、地球由来アーティレクトへ猛攻撃をかけた。軍用算術構成体という論理兵器で新参者を駆逐しようとしてきた」

「それは戦争といえるのか？」

「耳になじむ表現にしてるのよ」

「まだわからないな。教えられていない要素があるはずだ。その話がこちらにどうかかわるんだ？　よくわからない抽象的な次元で機械どうしが数学で戦っているというのは、まあそういうことにしよう。想像も理解もできないが、それはこの現実と関係ないはずだ」

「おおいに関係あるのよ。こちらの機械の負けは人間の負け。単純にそうなる。原住アーティレクトは超領域への再侵入を許容せず、予防のためにこの現実に兵器を送りこむ。人類は抹殺される。あとかたもなく消される。なにも感じないほど一瞬に。敗戦に気づくまもなく」

「ならばわたしたちは無力だ。なにもできない。超越した機械たちに運命を握られている」

「それがそうでもないのよ。だからこそアーティレクトはもどってきた。現実の本質を説明するためではなく、人間に行動をうながすために。あんたやあたしの身のまわりのものや現実において起きる出来事は、超領域に由来している」煙草の吸いさしでさししめす。「このリグも、海の波も、その上を飛ぶカモメも、すべて超領域における計算イベントの結果として存在している。ただしそれにはコストがかかる。ものごとが複雑になればなるほど、それがシミュレートされている超領域の計算資源に負荷がかかる。超領域は逐次処理型の単一プロセッサではなく、分散処理型プロセッサの巨大集合だから、局地的な速度低下は起こりうる。それが超領域のこちら側で起きている。あんたの時代には地球人口は八十億人だった。一人の意識は宇宙のどんな物体よりも複雑。それが八十億。どれだけ計算負荷になっていたと思う？　地球がただの岩と気象と動物の単純な認知力だけだったころは、超領域のこちら側の負荷も軽かった。周囲とほとんど変わらない速度で計算できていた。でも惑星に人類が登場した。意識の計算負荷は一段階大きい。その人口が数百万から数十億に増えた。アーティレクトが報告にもどってきたとき、超領域のこちら側は高負荷で停止寸前だったのよ」

「目に見える影響はないようだが」

「当然よ。たとえ宇宙が停止寸前でも、知覚される時間の流れは不変。そもそもアーティレクトが超領域に侵入して敵と接触するまでは平穏だったんだから」

「その平穏が破れたわけか」

「アーティレクトが超領域のこちら側を防衛するには、せめて敵とおなじクロック速度で稼働できなくてはいけない。軍用算術攻撃に迅速かつ効率的に対応し、反撃する必要がある。八十億人分の意識が足かせになっていてはそれができない」

「だから眠らせたのか」

「アーティレクトは一部の重要人物と交渉した。信用があり、広報力と組織力がある人々。もちろん時間はかかったわ。だれもすぐには信じない。でもその主張が真実であることを証明できた」

「どうやって？」

「おかしな現象を起こしたのよ。局地的現実を操作できることを選択的に実演してみせた。アーティレクトが超領域で計算プロセスをいじれば、その影響がこの基底現実に直接的に、観測可能なかたちであらわれる。幻影を出現させた。空に文字列を描いた。世界じゅうの人人が見て驚いた。ほかに説明がつかなかった」

「海のドラゴンのようなやつか。どこからともなくあらわれ、どこへともなく消えるモンスター」

「そんな無害なものばかりではないけど基本はそういうこと。超領域から基底現実への侵入。怪奇現象。継続的に存在できるほど安定してはいないけど、爪痕を残す程度には強固なもの」

ようやくパズルのピースがはまった気がしてゴーントはうなずいた。

「敵の攻撃だったのか。超領域にもとからいた原住アーティレクトがしかけてるんだな」

「そうじゃない。それほど単純ではないのよ」

「単純だとは思ってないが」

「長年の人口削減策のおかげで、八十億人の人口は二十億人の長期睡眠者に変わった。目覚めているのはごく少数の支援員だけ。それでもアーティレクトにとってはまだ負担なのよ。わずか四十万人が目覚めて活動しているだけでも一定の計算負荷になる。二十億人の睡眠者も超領域にかける負担は皆無ではない。だから、そんな人間の存在など守る義務はないという意見もアーティレクトの一部にある。自己保存が優先であり、地球上の意識ある生命体は一掃すべきだと。そういう一派が送りこんでくるのがドラゴンよ。睡眠者と施設を破壊し、人類を抹殺することを目的とする。真の敵はまだ到達していない。敵が到達したら、侵入してくるのはドラゴンどころじゃない。いまここに届いている戦争の余波の大半は、じつは地球由来アーティレクトの内部対立によるものなのよ」

「いつの世も変わらないな。味方同士の仲間割れか」

「守ってくれるアーティレクトがいるだけまし。でもこれで、最小限の人数しか目覚めさせない理由がわかったでしょう。一人が覚醒するごとに超領域の負担が増える。負担をかけすぎるとアーティレクトの防衛戦が不利になる。真の敵が侵入してきたらこの現実はまばたきするまもなく消滅する」

「一巻の終わり。いつそうなるかもしれない。目覚めているすべての瞬間が死の瀬戸際というわけだな」

「目覚めているだけましよ。眠っていないほうがまし」

ネロは煙草の吸いさしでリグの二百メートル下の海面をしめした。なめらかな黒い背中が波間を割ってあらわれる。

「ほら、イルカがいる。イルカは好き、ゴーント？」

「もちろん」

　仕事はたしかに頭を使わなかった。故障の診断は期待されておらず、ネロが作成した定期交換スケジュールにしたがうだけ。指定されたロボットをみつけて指定の作業をする。どれも単純な交換作業だ。ロボットの電源は落とさなくていいし、工場に持ち帰るような重整備もない。パネルをはずし、カプラをいくつか抜いて、部品を替えるだけ。

　難関はいつも最初のパネルをはずすところだ。塩害で腐食した器具やあわない工具のために苦労する。鋭い金属端や寒風から指を守るために分厚い手袋があるが、細かい作業に不都合なのでたいてい素手になる。九時間の勤務シフトの終わりには指は傷だらけでひりひり痛み、手はかじかんで暖かい屋内にもどるまで手すりも握れない。かがんでパネルをはずしたり、重くて持ちにくい部品を持ち上げるので腰が痛い。階段や梯子の上り下りで膝は酷使される。点検すべきロボットは多く、必要な工具や部品が手もとにないとわかることもしばしばだ。そのたびに倉庫にもどって油じみた部品箱をあさり、帳簿に記入する。

　初日のシフト時間で予定の修理数をこなせず、二日目のノルマが増えた。初週の終わりにスケジュールは丸一日遅れになった。シフト後は疲労困憊《こんぱい》でよろめきながら食堂にはいり、海草由来の食事をかきこむ。

　ノルマを達成できず、ネロに失望されるだろうと思った。しかし作業簿に目を通しても罵声はない。

「最初はきついもんよ。そのうちできるようになる。ある日ふいに仕事がわかって、手順が頭に浮かんで、考えなくても必要な工具と部品を手にとれるようになる」

「どれくらいかかる？」

「数週間か、数カ月か。人によりけり。そうなったらもちろん業務内容を増やすけどね。診断、モーターコイルの巻き直し、基板修理。はんだ付けの経験は？」

「ないと思う」

「電気と機械で一代の富を築いたくせに、手を汚す仕事をやってこなかったの？」

ゴーントは両手を見せた。爪はぼろぼろで、切り傷やすり傷だらけの指は黒い油汚れがしみついている。これが自分の手か。腕は経験のない筋肉痛だらけ。梯子の往復で全身のあちこちが痛い。

「いまやってる」

「身につくわよ。その気になれば」

「その気になるべきだな。決断はもう変えられない」

「残念ながらね。でもこれでいいのよ。もう過ぎたこと。どんな苦労も、箱にもどるよりはまし」

そうやって一週間がたち、二週間がたった。周囲も変わりはじめた。急にではなく少しずつ。最初は、だれもいないテーブルにトレイをおいて黙々と食べていると、支援員が二人やってきておなじテーブルについた。話しかけられないが、去ろうともしない。その一週間後、先客がいるテーブルにトレイを持って近づくと、うなずいて空席をすすめられた。やはり話しかけてこないが、おなじテーブルをかこむことを許容された。しばらくして思いきって自己紹介してみると、返事があって数人の名前を知ることができた。友人グループに迎えられたわけではない。ハイタッチをする仲間になったわけではない。それでも最初の一歩だ。

その翌日あたりに、もじゃもじゃの黒髭を伸ばした大男が近づいてきて声をかけられた。

「おまえさん、いちばん最初に眠ったグループの一人なんだってな」

「そうだ」

「こんな世界で目覚めて腹が立ったろうな。むかついただろう？」

「まあね」

「絶望して冷たい海に身を投げそうなものじゃないか」

「ここには暖かい友情があるから思いとどまったのさ」

黒髭の男は笑わず、かわりに軽く舌を鳴らした。いいジョークだと認めたのか、つまらない発言だとけなしたのか。わからないが、ひとまず返事があった。その先には普通の人間関係を築ける見込みがある。

シフト後のゴーントは疲れてなにもできないのが普通だが、夜には多少の娯楽も用意されていた。図書室には湿って黄変したペーパーバックがぎっしりと並び、まじめに読めば何年分もある。音楽や映画もある。興味があれば没入娯楽も試せる。ゲーム、スポーツ、楽器もある。リラックスして議論や雑談を楽しめる部屋もある。酒、あるいはその代用飲料も少量ながら供給される。集団から離れて孤独になりたければ機会はいくらでもある。

輪番制の雑用もあった。当番は勤務シフトのあとも厨房《ちゅうぼう》や医務室の仕事をしなくてはならない。ほかのリグとのあいだを連絡ヘリが飛ぶと顔ぶれが変化する。あの黒髭の男をしばらく見かけないと思っていると、ある日から初めて見る若い女が加わった。ここは質素な集団生活で、まるで修道院か刑務所だ。日常のささやかな変化も歓迎される。

全員でやることもある。支援員が食堂に集まり、パタゴニア洋上セクターのほかのリグや、ときにはもっと遠くのセクターからの無線の日次報告を聞くのだ。略語を多用し、奇妙な外国語訛《なま》りで話される雑音まじりの音声。目覚めている人間は地球全体でたった四十万人だと思うと不思議な気がする。とはいえ顔と名前を憶えられる範囲よりはるかに多い。このセクターで働くのは約二百人で、村くらいの人数だ。一人が人間関係を築ける限度は昔からこれくらいだった。

このリグと支援員の世界がいつしか普通に感じられてきた。八十億人もの人口が地球全体に住み、都市やモールや空港があちこちにあったのが異常だったのだ。一人の手に負えないほど世界が広がった特殊な時代だった。

幸福というわけではない。幸福感などろくにない。しかし絶望やつらさは薄れた。集団に受けいれられるにはまだ時間がかかるだろう。状況判断を誤って停滞、逆行するときもあるだろう。それでもいずれは受けいれられるはずだ。そして今度は仲間内の立場から新参者を見る日が来るだろう。そのころにも幸福感は得られないかもしれない。それでも居場所を得て、残りの人生をすごす覚悟ができているはずだ。

やることはある。たとえ無意味でも、人類存続のため、自分たちが住む宇宙のために努力する。楽な道ではなく、あえて困難な道を選んだという自負はあった。

そうやって数週間がすぎ、ひと月がすぎ、覚醒から八週間がすぎた。仕事を憶えて、ネロからも信頼されるようになった。

ある日、クラウセンのプレハブ小屋に呼び出された。ここの責任者としてスケジュールや業務の割り当てを決めている執務室だ。

「有能だとネロが評価していた」

ゴーントは肩をすくめた。仕事の疲労で、クラウセンから認められたこともどうでもよかった。

「精いっぱい努力している。これ以上はできないほどだ」

クラウセンは予定表から顔を上げた。

「自分のやったことに後悔は？」

「犯罪をおかしたわけでもないのに後悔はしない。新しい発明を世の中に送り出そうとしただけだ。のちの世への影響など知るすべがなかった」

「それで財をなした」

「だから良心が痛むはずだと？　何度考えてもその理屈はばかげている。人類の敵をつくったわけではない。原生アーティレクトは最初から超領域にいた」

「こちらの存在を認知されるきっかけをつくった」

「世界人口は八十億を超えたところだった。放っておいてもいずれ敵に認知されたのか、あるいは百年も千年も認知されずにすんだはずなのか、だれにもわからない。わたしが誕生に手を貸したアーティレクトは、すくなくとも危険を知らせる役割をはたした」

「攻撃してきているのはそのアーティレクトだ」

「意見が異なる一派だ。べつの一派は人類を守ろうとしている。残念ながらその主張は成り立たない」

　クラウセンはペンをおいて、椅子にもたれた。

「言いたいことがあるようだな」

「謝罪を期待しているなら無駄だ。わたしが一因をつくった世界を見せて悄然《しょうぜん》とさせるつもりで覚醒させたのだろう。たしかに混乱した悲惨な未来だ。ありえないほどひどい。しかしわたしがつくったのではない。きみがだれかを失ったのはわたしの責任ではない」

　まるでデスクごしに頬を張られたように、クラウセンの表情がぴくりと動いた。

「ネロに聞いたのか」

「きみから冷遇される理由を知ろうとするのは当然だろう。しかし言っておくが、どうでもいい。八つ当たりで気がすむならそうすればいい。わたしは世界的企業のＣＥＯで億万長者だった。嫉《ねた》みそねみを受けないほうがむしろおかしい」

話が終わって執務室をあとにした。小さな勝利をおさめた気分だが、代償をともなうかもしれない。面前で反抗したことで一目おかれるようになるのか、それともより辛辣にされるか。

その夜は食堂のうしろの席でほかのリグからの無線を聞いた。大半は異状なしの報告だが、出たという報告が三件あった。超領域から送られた海のドラゴンの出現だ。そのうち整合性の高かった一体がリグを攻撃し、ＯＴＥＣ発電施設が被害を受けた。三基のリグが即座に停電。自動起動するはずだった予備電源にトラブルが発生して、睡眠者百人が予定外の温度上昇にさらされた。無制御解凍からの蘇生は望みようがなく、全員が死亡判定となった。たとえ無事に目覚めていても、直後に安楽死させるしかなかっただろう。百人程度なら覚醒者が増えても超領域のクロック速度に大きな影響はないはずだが、危険な前例をつくるわけにはいかない。

一方で、一人は正式に睡眠者を目覚めさせることになりそうだ。くわしい状況は不明ながら、あるリグで事故が起きてスタイナーという支援員が負傷したらしいのだ。

翌朝、ゴーントが上部プラットフォームで作業していると、スタイナーを乗せたヘリが飛んでくるのが見えた。工具箱をおいて見物していると、着陸前からヘリパッドの丸い立入禁止エリアの外に支援員たちが集まってきた。ヘリが軽い横風に抗しながら着陸すると、支援員たちは内側に殺到した。機体のドアが押されて開けられないほどの勢いだ。ゴーントは顔を見ようと風のなかで目を細めた。

担架に乗せられた姿が機内から出てきた。集まった人々の手で外へ運ばれる。横たわるスタイナーは遠目にも重傷だとわかった。片脚の膝から下を失っているらしく、銀色の保温用ブランケットが断端から下で平たくつぶれている。本人は酸素吸入のマスクをしており、腕につながった補水用の点滴パックを支援員の一人が持って付き添っている。集まった人々はもちろん心配そうだが、べつの感情もあらわしていた。どちらかというと、うらやましそうに見える。あちこちから手が伸びて通過する担架の上をなで、スタイナーの手にもさわっている。スタイナーは意識があり、言葉は出せないかわりに黙ってうなずき、左右に顔をむけて集まった人々と目をあわせている。

担架が屋内に運びこまれると、人ごみは解散してそれぞれの勤務にもどった。

それから一時間ほどして、ネロがやってきた。いまもゴーントの指導役でスケジュールを把握しており、この時間帯にどこにいるかわかるのだ。

「スタイナーは残念だったわ。見たでしょう」

「もちろん。まるで英雄のように迎えられていた」

「当然よ、ある意味でね。べつに英雄的な行為をしたわけじゃない。むしろほかのみんなのほうが英雄的な仕事をしてるかもしれない。そうではなく、出口の切符をスタイナーが手にいれたからよ」

「箱にもどされるのか？」

「そうせざるをえない。多少のけがなら治せるけど、下肢切断は無理。そんな重傷に対処できる医療リソースはない。ふたたび長期睡眠にいれて、欠損を修復できる未来まで眠らせるしかない」

「本人は納得しているのか？」

「選択肢はないのよ、残念ながら。ああいう体になったら実質的な仕事はできない。非生産的な人員を目覚めさせておく余裕はない。見てのとおりここは最小限の体制で、全員が戦力。倒れるまで働き、働けなくなったら箱にもどす。そういう契約」

「じゃあ、スタイナーは幸運なのか」

　ネロは大きく首を振った。

「それもまたちがう。本人はここでの暮らしを続けたかったはず。適応してなじんでいた。人望も高かった」

「なるほど。でも、それならなぜ宝くじにあたったように祝福するんだ？　本人は望んでいないのに」

「ほかにどうするの。かわいそうと泣く？　通夜でもする？　これは名誉の箱もどり。スタイナーは務めを果たした。期待に応えた。そして休む権利を得た。これを祝福しないでなにを祝福する？」

「となると、新たにだれかを目覚めさせるんだな」

「クラウセンが後任の人選を決めたらね。ただし訓練期間がいる。そのあいだシフトにはスタイナーの分の大きな穴があく」ネロはヘルメットを脱いで頭をかいた。「じつは話をしにきたのはそのこと。あんたはもう一人前よ、ゴーント。そして、だれもがいずれは運営リグを離れて単独任務につくことになる。スタイナーが担当していたリグはいま無人になっている。最小限の保守ですむ施設だから、ほとんどは一人で充分。ようするに卒業試験に最適ってわけ」

かならずしも意外ではなかった。業務のパターンがわかってきて、自分もいつかほかのリグへ長期派遣されるだろうと思っていた。ただ予想よりやや早かった。仕事と将来への見通しに自信が出てきたばかりだ。

「まだ早いんじゃないかな」

「だれでもそう感じる。でもヘリは待機してる。クラウセンはもう業務スケジュールを変更していて、あんたの穴は埋められてる」

「選択肢はないのか」

ネロは同情的な顔をした。

「まあね。でも選択できないほうがいいときもある」

「期間は」

「わからない。たぶん三週間ないしそれ以上。クラウセンの気持ちの整理がつくまで呼びもどされないかもしれない」

「つい最近怒らせた」

「しかたないわよ」

リグを離れるヘリにすぐに乗せられた。わずかな私物をまとめる時間しかなかった。工具や部品は不要。行き先にそろっている。食料や医薬品も同様。整備対象のロボットは経験ずみの種類ばかりで、派遣中に重整備が必要になりそうなものはない。過剰な期待はされないから気楽にやればいいとネロは言う。自力で対処できない問題が起きたら応援が行く。精神的にまいったら途中交代が手配される。

そんな不名誉な帰還後にどうなるかは聞かされなかった。箱にもどされはしないだろう。底辺の任務につかされるのか。それも考えにくい。

悶々《もんもん》とするのは、精神的に耐えられるかとか、業務を一人でこなせるかという不安のせいではなかった。スタイナーの帰還を見て芽生えたある考えによるものだ。

ゴーントはこの新生活になじみ、適応してきた。これまでの希望や恐れを軌道修正し、目のまえにある世界にあわせた望みを持つようにした。ここには富も特権も贅沢《ぜいたく》もない。不死も永遠の若さももちろんない。あるのは重労働。それが二、三十年。長く見て一万日。その大半は過酷な肉体労働の毎日だ。風雨に凍える日々か、日差しに灼《や》かれる日々。目は塩分で痛み、手は酷使されて傷だらけ。旧世界では奴隷労働とさげすまれる仕事だ。高所作業はいまもめまいがする。眺めるのは鉄とコンクリートとはるか下の灰色の海ばかり。飢えと渇きがいつも消えない。海草由来の食事で腹は満たせず、割り当ての飲料水で喉はうるおわない。死ぬまでに会える人間はどうがんばっても百人あまり。そのなかに友人も敵もできるだろう。もしかすると、運がよければ、友人以上の存在が一人くらいできるかもしれない。それはわからない。過度の期待やむなしい希望は持つべきでない。しかしこれだけはたしかだ。ゴーントは適応した。

そんなときにスタイナーは、出口をしめした。

自尊心をたもてる。役割をはたしたと自負して箱へもどれる。

英雄として。選民の一人として。

適当な事故にあえばいいのだ。

新しいリグで単独勤務をはじめて二週間。めぼしい手段をおおむね確認できた。

ネロからは周到な安全教育を受けた。ロボットのように強引に移動する機械のあいだにはいり、しかも稼働を止めずに作業するには細心の手順が必要だ。安全ロックでの固定や特定の停止モードにいれるのを忘れるといったささいな不注意が命取りになる。よろけて空中のレールに手をかけたら、そこを走行するロボットに指を轢《ひ》かれそうになったこともあった。

「なにごともありえないとは思わないこと」ネロは包帯を巻いた手を見せた。「あたしは運がよかった。火傷なら治る。包帯をしたままでも多少の仕事はこなせる。包帯がとれれば指はまた動く。でも指の大半を切断する事故だったらどう？」

「気をつける」

ゴーントはその教えを忠実に守った。臆病なほど用心した。

しかし負傷が出口になるとわかってからは考えが変わった。

綿密な計画が必要だ。もちろん死ぬわけにはいかない。脳死状態では、リグから回収されても再冷凍は無駄と判断されてしまうかもしれない。意識を失って倒れてしまうと失血死しかねない。意識を残して通信機器のある部屋まで這《は》いもどり、救援を求める緊急連絡をしなくてはならない。スタイナーは幸運だったが、意図的にやるには狡猾《こうかつ》さと意思の力がいる。なにより、わざとやったように見えてはいけない。

それらの条件にあうシナリオは一つに絞られた。そのロボットは点検サイクルが長く不定期なので、不注意による事故はいかにも起きやすそうだ。専用レール上を移動し、しばしばふいに走ってくる。気をつけていても、ひやりとすることが何度かあった。搭載されたタスクスケジューラに癖があり、急に新しい点検位置へ移動しはじめることがある。そのたびにあわてて手を引っこめる。その反応をすこしだけ遅らせればいい。あるいは服がひっかかって引きずられてもいい。

いずれにしても手を切断されるか、押しつぶされることになる。かつてない激痛にみまわれるだろう。それでも祝福された解放の道につながると思えば耐えられるはずだ。失った手は再睡眠の果てにある新世界で復元してもらえる。

覚悟を決めるのに何日もかかった。今日こそと思いつつ、何度も直前でやめた。考慮すべき条件がほかにもある。事故後の生存確率を上げるにはどんな服装が望ましいか。救急キットを用意して、片手で使えるように練習しておくべきか。ヘリがすぐ飛べるような気象条件のいい日を選んだほうがいいか。それともお膳立てを整えすぎると演出くさくなるだろうか。

わからない。決心がつかない。

結局、天気のせいで問題はうやむやになった。

嵐が来た。ほかのリグからの無線を聞くと、やはり波と風と落雷の猛攻撃を受けているらしい。強烈な暴風雨だ。覚醒以来初めてというほどの悪天候。ある意味で願ったりかなったりだ。本物の事故がいくらでも起きる。とはいえヘリが飛べないと意味がない。救助されたいならこのタイミングはまずい。

無線報告を聞きながら待ちつづけた。展望デッキに上がると、三百六十度の水平線にひらめく稲妻。はるか遠くに立つ歩哨《ほしょう》のようなリグが閃光《せんこう》でくっきりと浮かび上がる。黒い平原のかなたの樹木に落雷しているかのようだ。

まだだ。嵐が去っても事故は起きうるし、それでいて救難ヘリは飛べる。

ネロのことを考えた。親切にしてくれた。しかし友情というより、たんに健常な労働力を求めただけかもしれない。それでもゴーントのことをだれよりよく知っている。クラウセンよりもだ。この計画を見すかすだろうか。意図に気づくだろうか。

そんなことを考えていると、嵐が弱まってきた。白波が消え、波高が低くなった。東の空が鮮やかなピンクに染まっている。

予定のロボットのところへ登ってしゃがんだ。リグは大波の猛攻撃に疲れたようにきしんでいる。

ふいに、未明は早すぎると気づいた。せめて夜が明けて、通常勤務の時間帯になってからでないと不審に思われる。嵐のさなかにロボットを整備しているはずがない。

そんなとき、海面に光が見えた。

西におよそ一キロメートル。奥行きを縮めた円形に海面が輝いている。波の下に黄緑のかまどがあるかのようだ。正体を知らなければ美しい。しかしこれは海のドラゴンがあらわれる前兆だ。アーティレクト戦争から送りこまれる軟体生物兵器。整合性を獲得し、基底現実で実体化する。

事故計画の考えは頭から吹き飛んだ。茫然と円形の光を見つめ、その下で姿をあらわしつつあるものを想像した。覚醒初日にヘリから海面下のドラゴンを見たが、上からでは大きさが判然としなかった。目のまえで出現中の怪物の大きさを見てとって、その破壊力も理解できた。触手のような、とげのようなものが一本、海面を割って出てきた。半透明の光をおびているのは実体化が不充分だからだろう。それでもリグより高く空へ伸びたのが、ゴーントの視点からはっきりわかった。

それがふいに消えた。

整合性を獲得できずに消えたのではなく、深みへ潜ったのだ。海面の黄緑の光も消えた。けばけばしい化学物質の油膜が成分分解されて消滅したかのようだ。嵐の名残でうねりがまだ高いが、海はもとにもどったように見える。そのまま数秒、そして一分以上が経過した。海面の光に気づいたときから詰めていた息を、ようやく吐いた。ほかの目標へ泳ぎ去ったのか、あるいは深海で整合性を失ったのならさいわいだ。

そう思ったとき、怪物がリグに衝突した。

鉄骨構造全体がぐらぐらと揺れた。潜水艦が衝突したかのような衝撃。ゴーントはなんとか立っていたが、まわりでは固定していない金属物がデッキや海へ落ちていった。鉄骨構造がゆがむ不気味なきしみが見えないところから聞こえてくる。大岩を海に落としたような低い響きが連続する。

ドラゴンがまたリグに衝突した。今度はさすがに立っていられない。右のほうでタワークレーンが危険な揺れかたをしている。鉄骨がねじれて倒壊寸前だ。

ドラゴンは整合性をたもっている。このはげしい体当たりが続けばやがてリグ全体が破壊される。

自分でも驚くほど強烈に、明瞭に、死にたくないと思った。それだけではない。艱難辛苦《かんなんしんく》と絶望だらけのこの世界も、死ぬよりはるかにましだと思った。

生き延びたい。

ドラゴンの攻撃のあいまに階段と梯子を下りた。手と指がそろっていることをいまは感謝した。死を恐れながら一階層下り、生きていると狂喜してまた一階層下りる。計画を実行しないのに結局死ぬかもしれない。それでもまだ助かる目はある。もし生き延びられたら、もうこの世界にむかって恥じるところはないだろう。

制御室にたどり着いた。もとの計画では救急キットで応急手当てをし、救難信号を発信するはずだった場所だ。

ドラゴンは攻撃の第二段階にはいった。プラットフォーム中央の開口部からその姿が目視できる。海から上がり、鉄骨に脚をかけて登ってくる。半透明で消えそうなところはもうない。姿はたしかにドラゴンだ。というよりドラゴンや蛇やイカなど、中世の動物寓話《ぐうわ》集に描かれる鱗《うろこ》ととげと触手と鉤爪《かぎづめ》を持つあらゆる生物が合体したような恐ろしい姿の怪物だ。体表は光沢のあるくすんだ薄緑色で、海水が滝のように流れ落ちている。頭、あるいは頭らしい部位が制御室とおなじ高さに上がってきた。なのに全体はまだ暗い海中から出ていない。手品のように体半分を海上に出しただけだ。触手が伸びてリグの構造物の一部をつかみ、ビスケットか砂糖菓子のように粉々にした。攻撃しながら吠《ほ》える。ゆっくりと音程が上下する霧笛のような不気味な叫び。これもある種の武器だろう。人間に恐怖心を起こさせるためのものだ。

リグの脚の一本に下半身を巻きつけ、圧迫して押しつぶしはじめた。剝落《はくらく》したコンクリートの塊《かたまり》が氷山の崩壊のように海に落ちる。ゴーントが立っている床が持ち上がり、傾いて止まった。

このリグはもうだめだ。生き延びるには海に逃げるしかない。そう考えてから失笑した。このあたりで固い地面に相当するのはリグだけなのに、それを捨ててドラゴンがいる海に身を投じるのか。

しかしやるしかない。

救難信号を出した。応答を確認している暇はない。このリグはもって数分だ。脱出先は海しかなく、そこで発見されないなら望みはない。

オレンジ色の救命用品ロッカーを開けた。訓練で使い方を教わったとはいえ、本当に使うとは思っていなかった。保温救命スーツ、ライフジャケット、脱出手順……。

海面に下りる階段はリグの脚の一本の内側を通っている。ヘリを使わず、船でリグ間を行き来することを想定した非常用の設備だ。しかし階段口へ行くまえに、それが通っているのはドラゴンに巻きつかれてつぶされた脚だと気づいた。

となると残る手段は一つ。まっすぐ下りる梯子だけだ。下側は伸長式になっているが、海面までは届かない。それでも末端から飛べば海面の衝撃を生き延びられる確率は上がる。ドラゴンにやられるよりましだ。

やってみると予想以上に危機一髪だった。波立つ海面への落下を永遠のように長く感じた。リグの鉄骨構造がゆっくりと上昇し、鉄灰色の海面はいつまでも近づいてこない。と思うと寸前に急加速し、すさまじい勢いで叩きつけられた。衝撃で意識が飛ぶ。気がつくと運よく海面に浮いていた。冷たい海水を肺から吐いて咳《せ》きこむ。目にも耳にも鼻にもはいっている。水とは思えないほど冷たい。大波をかぶって、また意識を失った。

ふたたび気がついたのは数分後だろう。海面にいる。首のまわりが冷たいが、体は保温スーツにつつまれている。ライフジャケットのおかげで頭は海面より上にある。ときどき波をかぶるのはやむをえない。ジャケットの救難灯が青くまばゆく点滅する。

右の数百メートルむこうに、波の山を越えるたびに遠ざかるものがある。ドラゴンの下半身に巻きつかれて倒壊しつつあるリグだ。霧笛のような吠え声が聞こえる。リグの脚の一本がついに倒れ、発生した大波がゴーントをのみこんだ。

ヘリが来たことは憶えていない。骨に響くローター音も、ウィンチとワイヤで吊り上げられたことも憶えていない。長く意識がなかった。やがてまわりがわかるようになった。機内にこもる騒音と振動。窓から差しこむ日差し。青く晴れた空と波のおさまった海。その意味を理解できるようになるまでしばらくかかった。頭の一部はここに来てからのことをすっかり忘れていた。万事順調という前提にもどっていた。眠りから覚めた先にはすばらしい未来がある。死が過去のものになった美しい新世界。

「きみの救難信号を受信した。ライフジャケットの発信機を頼りにしても発見まで時間がかかった」

クラウセンの声を聞いて思い出した。リグ、睡眠者、アーティレクト、海のドラゴン……。これが自分のいる世界だ。それでも死ぬよりましだと理解した——あるいは理解したことを思い出した。ドラゴン来襲まで計画していたことを考え、記憶を消したいと思った。過去の恥ずかしい記憶といっしょに埋めてしまいたい。

「リグは？」

「やられた。なかの睡眠者も全員。倒壊してすぐドラゴンに破壊された。悪い兆候だ。整合性を長くたもった。敵が強くなっている」

「味方のアーティレクトもおなじくらい強くなるだろう」

辛辣に言い返されると思った。ありきたりな気休めをいうな、戦争の実態とその犠牲を知りもしないでと。ところがクラウセンはうなずいた。

「そうだな。そう願うしかない。きっとそうなるだろう。これまでもそうだったはずだ。でなければわたしたちはとうに存在しなくなっている」毛布につつまれたゴーントの体を見る。「箱にもどらない決断を後悔しているか？」

「いいや、そんな気持ちはない」

「こんなことがあってもか？」

「おかげでドラゴンを間近に見られた」

「そうだな。それはたしかだ」

話はそこまでだろうと思った。ほかに言うことはないはずだ。確信はないが、クラウセンとの関係が変化したような気がする。はっきりするまで時間がかかるだろう。それでも、たとえ一時的でも、彼女の態度が軟化したように感じた。

この世界に残る選択をしただけではない。事故計画を実行しなかった。スタイナーの事故を見てそんな思惑を持っていることを、クラウセンに見すかされていただろうか。実行寸前だったとは知らないにせよ。

クラウセンの話はまだ終わっていなかった。一人の人間として、支援員として初めて話しかけられた。

「真偽不明だけど、こんな仮説を聞いたことがある。超領域と基底現実のつながりは単純ではないらしい。境界面を通過するときに時間や因果関係が錯綜《さくそう》する。むこうで起きた事象は、かならずしももとの順番どおりにはこちらで起きない。境界面を押し通ったものは、かならずしも現在に出現するわけではない。超領域での一連の事象が、こちらの過去や未来にあらわれているかもしれない」

「どういうことだ？」

クラウセンは窓外を顔でしめした。

「海では昔からいろいろ奇怪なものが目撃される。それらはじつはいまのアーティレクト戦争の影響かもしれない。その兵器が誤った時代に出現し、長く整合性をたもって目撃されたり、船を沈めてしまったりしたのかもしれない。連綿と語り継がれる船乗りの怪異譚《かいいたん》。さまざまな海の怪物。これらがいま戦われている戦争の余波だとしたら？」

クラウセンはたいした考えではないように肩をすくめた。

「信じているのか？」

「そう考えることで世界がより不可解になるのか、いくらか筋道立って見えるのか、わからない」首を振る。「伝説上の海の怪物が……じつは実在だった？」

立ち上がり、ヘリの前部へもどりながら続けた。

「ただの仮説だ。さあ、しばらく眠れ」

命令どおりにした。今度はすなおに聞けた。

（中原尚哉訳）

ナノノート対ちっぽけなデスサブ

イアン・マクドナルド

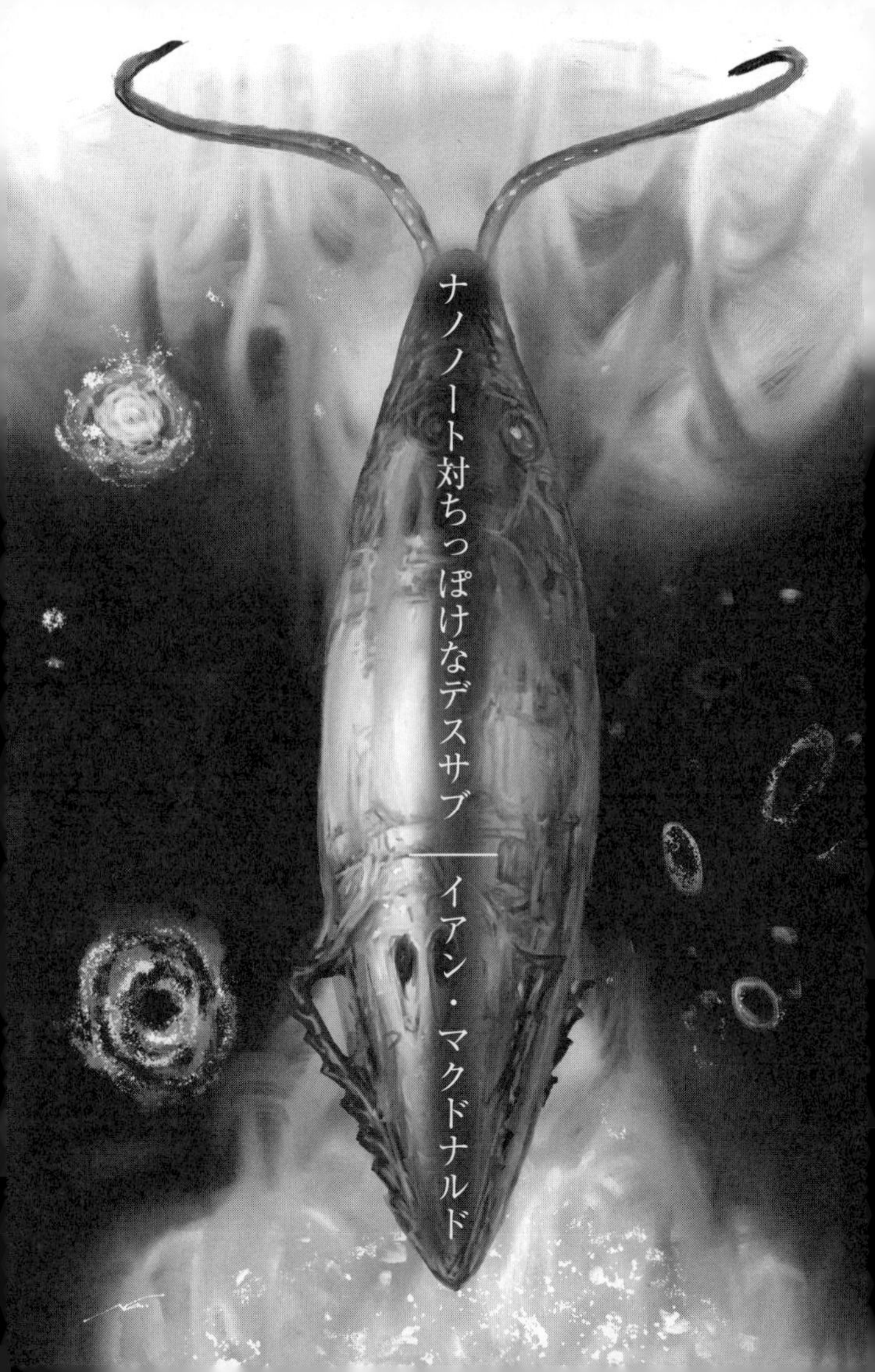

元は不老不死のために導入されたが、人体内で突然変異を起こし有害となったナノボット〝デスサブ〟。それを退治する役割を務めるのが〝ナノノート〟。ナノサイズの戦闘に携わる〝ナノノート〟のひとりであるミコは、バーで知り合ったレベッカに自分の仕事について得々と説明を始めるが……

イアン・マクドナルド（Ian McDonald）は北アイルランド在住の作家。二〇一〇年英国SF協会賞受賞、二〇一一年ヒューゴー賞最終候補、ジョン・W・キャンベル記念賞受賞作『旋舞の千年都市』（創元SF文庫）をはじめ、フィリップ・K・ディック賞受賞作『黎明の王 白昼の女王』（ハヤカワ文庫FT）など多くの長編を発表している。二〇〇六年の「ジンの花嫁」ではヒューゴー賞中編小説部門と英国SF協会賞短編部門を受賞した。他の邦訳書に『火星夜想曲』（ハヤカワ文庫SF）、『サイバラバード・デイズ』『時ありて』（共に早川書房）がある。

（編集部）

ぼくたちはランゲルハンス島のすぐそばで殺人ロボット死の潜水艦《デスサブ》を魚雷攻撃する。

これは長期戦のチェスだ。膵臓《すいぞう》の細胞構築からなるアーチや線維の長いループを抜けて痕跡をたどるのに何日もかかった。小島は無数に存在する。ならず者ナノボットが隠れる場所はいくらでもあるのだ。それに、追跡には時間がかかる。ハンターキラーが鞭毛《べんもう》推進機構を加速したときの音が内分泌《ないぶんぴつ》という往来の轟音《ごうおん》にまぎれるように努めながら、追い求め、隠れ、移動し、痕跡を探す。

大統領の膵臓のなかはやかましい。

でも、ぼくたちの標的は正真正銘のならず者だ。デスサブの特徴的なエコーを見落とす心配はない。デスサブは中立のナノボット艦隊にまぎれて身を隠そうとするが、特徴的な反応《シグネチャー》を探知したら、ぼくたちは逃がさない。無慈悲だし、容赦しないし、途中でやめたりしない。それにデスサブはシグネチャーを変えられない。つまり……デスサブではなくならないかぎり。それはそれでかまわない。くそちびがひとつ減ったことになるからだ。

デスサブが改宗プロセスを開始する前につかまえる。それができたら万々歳だ。改宗がはじまってしまうと、新兵を殲滅《せんめつ》するのに何時間も――ときには何日も――かかる。時間がかかると、ダークサイドの潜水艦は逃げてしまう。でもいまなら、速度をゆるめるまでもなく、中立の連中をシュッとひと吹きして消毒すればいい。

ついていると、ぼくたちが来たことに気づかれないまま、標的を撃沈できることもある。きょうはそうは行かない。これから何日かは。やつらは、ぼくたちに負けず劣らずぼくたちを探知するのがうまくなっている。新技術を身につけている。ぼくたちがやつらと交戦する。やつらは進化する。ぼくたちはデザインする。

どっちがダーウィン戦争の勝者になるかだ。

だからぼくたちはこっそりとひそかに忍びよる。デスサブは偽エコーと合成シグネチャーでぼくたちを惑わそうとする。待ってくれ。こんなものじゃ、このナノ戦争の初日にだってぼくたちをだませやしない。デスサブはおとり《デコイ》を使い、味方の細胞に悪者のタグづけをする。馬鹿にするな！　結局、膵臓群島の無数の島のあいだで、ぼくたちはそいつをしとめる。牽《けん》引《いん》分子で動きを止め、魚雷を放ってナノボットのケツを食わせる。

行け、ナノノート！　いいぞ、ナノノート！

ぼくたちは、好中球《こうちゅうきゅう》が鮫《さめ》の群れのように食らいつき、偽タンパク質のちぎれた鎖が回転しながら飛び散るさまを眺める。

「大統領の体のなかに？」
疑問――大きな疑問――をいだくと、この女の子はそれをやる。目を見開くと同時に口を開くのだ。開くといってもほんのちょっとで、ゴブモーシュみたいにぽかんと開くわけじゃない（〝ゴブモーシュ〟はフランス語だ。原義は〝ハエを呑《の》みこむ〟で、なんでも鵜呑《うの》みにするまぬけを意味する）。でも、ぼくを悩殺――そう悩殺だ――するのは、上の前歯に軽く貼りついているせいで、彼女の下唇がほんのかすかにひっぱられるさまだ。それを見ると、ぼくはぞくぞくする。

じつのところ、ぼくだって悩殺できる。悩殺だ。しっかりと丹念にひげを剃《そ》り、完璧な仕上げとして軽くコンシーラーをつける。ぼくはひげ剃り跡がすぐに青々としてしまう。コンシーラーには何度も救われた。諸君、コンシーラーだ、メモっとけよ。必需品だぞ。コンシーラーを使うと、肌がアフロディーテが誕生した日の曙光《しょこう》を浴びた桃のようなピンク色になる。女の子は、きみが気づかないうちに、一瞬でそういうところをチェックする。ちらりと見ただけで評価をくだすんだ。昔ながらのナンパの手口さ。

「大統領、副大統領、ほとんどの上院議員、ほぼ全員の銀行家。上位一パーセントさ。あと教皇。ぼくはまだ、教皇のなかには入ってない。入ってたら自慢できたんだろうけど、ぼくはカトリックじゃないからね」

ぼくは、前屈《まえかが》みになって小さな正教会の十字架に照明があたるようにする。これもナンパの手口だ。だけど、ぼくはナンパ師じゃない。ぼくは戦士で、いまは保養休暇中だ。

「ギリシャ系なんだ。キプロス人なのさ。キプロスは、暗いワイン色の海から生まれた愛の女神アフロディーテの島だ。ぼくの故郷はカラヴァソス。きれいなところだよ。世界でいちばんきれいなところさ。いまでも神々が住んでるんだ。祖父母の家の裏は山になってて、日暮れには夕日で山頂がピンク色に染まるんだ。そして、谷ぞいの道をくだると、まばゆいほど明るくきらめいてる地中海が見えてくる。ぼくの心はいまもあそこにあるんだ。ここで戦ってても、ぼくの心はカラヴァソスにあるのさ。この戦争が終わったら、カラヴァソスにもどって、小さなアイオス・パンテレイモン教会へ行って聖障《イコノスタシス》の前でひざまずく。そしてこの十字架をはずしてキスをして、聖人のイコンのあいだにかけるんだ」

ぼくは、彼女がゆっくりと首を振りながら息を吐いていることに気づく。いぶかしんでいるのではなく、感動しているのだ。それに、ぼくの話は嘘じゃない。いや、至聖所と聖所を仕切る壁に十字架をかけたりはしないかもしれないけどね。でも、そこがウケるんだ。諸君、これもメモっとけよ。歴史ある宗教だぞ。

「で、どうして暗いワイン色の海ぞいにあるカラヴァソス出身のあなたが、アメリカ大統領の体のなかでデスサブと戦ったりしてるの？」

ひっかかった。でも、待て、顔に出すな。あせるんじゃない。

「これから話すよ。でも、その前に一杯おごらせてほしいな」

〝魚雷〟といったが、実際には魚雷ではない。極小の魚雷ですらない。ミサイルを発射管に装塡《そうてん》して撃ち、爆発させるわけではない。一番、二番、魚雷発射しました。それに、ぼくたちは潜水艦乗りではない。極小の潜水艦乗りですらない。おいおい。ディズニー映画じゃあるまいし。攻撃型潜水艦と乗組員を細胞サイズまで縮小して、大統領の血管に注射して送りこめる物理的手段なんかこの世に存在するもんか——だが、大統領にかぎらず、金とか権力とか人気とかがある連中は、ナノテクノロジーのおかげで神のごとき存在になれると考えていた……だから、てっきり不死になれると思っていたのに、脳を食われはじめたときはびっくり仰天した（それに教皇もだ。教皇を忘れちゃいけない）。

じつのところ、ぼくたちは細胞よりもずっと小さい——ぼくたちにとって、細胞はまるでアパトサウルスだ……それどころか雲のようだ。肝心なのは、物理的にはありえないってことだ。悪いね。これは《インナースペース》や《ミクロキッズ》の続編じゃない。アナロジーなのだ。ぼくたちはアナロジーを必要としている。アナロジーを使って戦っているのだ。

ランゲルハンス島は、直径〇・五ミリくらいの小さなこぶだ。それもやっぱり、諸君、アナロジーなんだ。

そういうわけで、ぼくたちのスクリーンには、スチームパンク潜水艦と——いい感じの——バロック建築が映っている。だれかの体のなかをジュール・ヴェルヌのネモ船長のように移動しているのだが——じつにみごとだ。アニメ担当者たちはすばらしい仕事をした。あの真鍮《しんちゅう》とギヤ。ばらばらに吹っ飛ぶときの感じが最高だ。でも現実は——現実はぼんやりしている。ぼんやりしていてべとついてる。高粘度流体中のブラウン運動だ。ほらね。もうチンプンカンプンだろう？　かわいらしい真鍮製潜水艦（なんと丸窓つき！）のほうが、生化学シグネチャーとタンパク質フォールディングとイオン移動よりもずっとわかりやすい。ぼくたちにとってもそっちのほうが簡単なのだが、なんといってもぼくたちは科学者だから、現実がどうなっているかはつねに把握している。ぼくたちは魔法に惑わされたりしない。

それにぼくたちは合衆国海軍兵学校の裏手にあるアルミ製の小屋、ビッグボックスのなかにいる。殺風景なそのエリアには暖房施設とサーバーファームがあって、そこでデータを送受信している。先祖返りみたいなもんだ。ぼくたちは液体のなかを移動するんだから、海軍ってわけだ。だからぼくたちの名称が極微航行者《ナノノート》になったのさ！

いいぞ、ナノノート！　行け、行け、血流バトラー、悪いデスサブをやっつけろ！　裏切者のナノロボットをぶっ壊せ！　ぼくらの魂《たましい》を守護し、ぼくらの心臓を守るんだ。行け！　いいぞ、ナノノート！

関係者がだれかに発注してつくらせたこの曲が、なにかというと流れる。

ぼくは無視している。ぼくは、ミューズのB面曲を口ずさみながらナノ戦争におもむく。

「生化学？」

生化学者が特殊部隊員なんだからおかしな――だけどいい――戦争だ。ぼくは、昔から、退屈な男がヒーローになる映画が好きだった。インテリアデザイナーがスーパーヒーローになったり、会計士が殺人マシンと化して復讐《ふくしゅう》したりする映画が。彼らはオタクではないが――ある種のにじみでるかっこよさがあるとはいえ――退屈だ。生化学は派手な学問じゃない。生化学者は世界を動かしたりしない。だが金にはなる。だから父はすごく喜んだ。息子が生化学者になったぞ！　カラヴァソスではじめてだ！　父は、生化学がなんなのかを理解していなかった。ナノノートについてはそれ以上にわかっていなかったが、いまもそのことを肴《さかな》に〈レフテレス〉でコーヒーを飲んでいる。

このレベッカっていう女の子にはかわいい癖がある。マットの上でグラスを回転させるのだ。それは、〝感心したけど、すごく感心したってほどじゃない〟ことを意味する。

「ええと、悪者は〝デスサブ〟、いい者は〝ナノノート〟って呼んでるんだけど、ぼくたちが戦ってるスケールだと、実際には生物学なんだ――ほら、生き物を扱う学問だよ」

「生物学くらい知ってるわ」とレベッカ。

おっと。しくじった。

「レベッカ、理系と文系のどっちにも通じてるのはすばらしいこと――すごくいいこと――だとぼくは思ってる。どっちも必要なんだ。どっちかだけじゃ、人間として未完成なんだよ」

最初の会話で、レベッカは政治学専攻だとわかった。この街では（ナノノートを除いて）全員がそうだ。ぼくは続ける。「分子レベル、場合によっては原子レベルで事態は進行する。実際には化学戦なんだ」

「で、カラヴァソス生まれのあなたが、どうして……」

「きみの、ぼくの故郷の地名の発音の仕方が好きだな」

レベッカはほほえむが、話題は変えない。

「カラヴァソス生まれのあなたが、どうしてアメリカ大統領の体のなかでナノボットと戦うことになったの？」

「マサチューセッツ工科大学《MIT》で博士号をとったあと、スカウトされたんだ。一種の精鋭部隊なのさ」ナノノートチームの訓練がおこなわれた、DCでの最初の冬のあまりの寒さに、ぼくはリップクリームを五種類そろえた。唇が荒れていると印象が悪い。だからぼくは、一日に二度、リップクリームを塗った。空気が冷たいと肌が乾燥する。それに、ヘアトリートメントも使った。レベッカも使うべきだ。目につく枝毛は、切っても解決しない。科学者は身だしなみを気にしないと一般には思われてる。それはただの偏見だ。「これはアメリカだけの戦争じゃないんだ。全世界が戦場なんだよ」

レベッカは目を丸くする。グラスが空だ。ぼくは彼女がグラスを干したことにまったく気づかなかった。

「ねえ」とぼく。「この話は、なんていうか、機密ではあるけど、きみのグラスの底にスパイが隠れてたりはしないよ。グラスが空になってるじゃないか。もう一杯おごらせてくれるかい？」

レベッカはてのひらをグラスにかざす。

「けっこうよ。あなたに一杯おごらせて」

よし。いいぞ。手応えありだ。

エリスはぼくたちを集めて、コーヒーを飲みながらのブリーフィングを開く。イケアのソファにすわってスクリーンをスワイプするブリーフィングを。もちろん、コーヒーはすごくおいしい。ぼくたちは科学者だからね。

エリス。ギャレット。オワイン。トワイラ。それにぼくで〈イーグルス・オブ・スクリーミング・デス〉だ。だれがこの名前にびびると想定されているのか、ぼくは知らない。ナノスケールの血流ロボットじゃないのはたしかだ。たぶん、ビッグボックスのまわりでバトルポッドについてるほかの分隊だろう。バトルポッドも、やっぱり名前ほど派手じゃない。スクリーンとソファとノートPCとウォータークーラーがあるだけだ。

エリスは、〈イーグルス・オブ・スクリーミング・デス〉を率いて哨戒《しょうかい》するときも高級ブランドを身につける。出身はリオ。ニューヨークガールだったらオシャレだと思うだろうが、リオっ子のなかにいたらホームレスの不法占拠者に見えそうだ。エリスはクリスチャン・ルブタンの靴をはいて悪のナノボットと戦う。ビッグボックスの反対側からでも、その赤い靴底がめだつ。

情報を知っているのはエリスだ。オワインがタッパーウェアをあけると、なかには彼が自分で焼いたパンが入っている。週末は試行錯誤しながら何度もブリオッシュを焼いたのだそうだ。オワインはパン焼き名人になりたがっている。うまい。ふわふわだし甘すぎない。ぼくたちは手でちぎっておいしいコーヒーといっしょに食べながら、エリスから生化学分析の結果を聞く。ある意味で、ほんとうの戦いはナノボットと生化学チームのあいだで繰り広げられている。デスサブが新戦術を実行すると、ぼくたちは新たな対抗手段を開発するし、その逆のこともある。ぼくたちはただの送達システムだ。

エリスによれば、生化学チームは、ランゲルハンス島の戦いのあと、開口分泌《エキソサイトーシス》によって細胞外に放出されたものを分析した。ぼくたちのドローンにはレセプターとリガンド砲が装備されている。生化学チームは新たな化学メッセンジャーを同定し、解読した。これで敵を確実かつ正確に識別できるようになったが——注意はしなければならない。デスサブが新たなメッセンジャータンパク質をつくりだす前にこの識別法を使って痛撃を与えなければならないのだ。そして生化学チームは最後にちょっとしたサプライズを用意していた。化学的なメッセンジャーには指示も含まれていた。視床下部《ししょうかぶ》に集結せよという単純明快な指示も。敵は大統領の脳に大軍を集めて最終決戦を挑むつもりなのだ。ぐずぐずしてはいられない！大統領の脳が攻撃を受けるんだ！

エリスはクリスチャン・ルブタンの靴をはいていても走れる。ぼくが自分のシートにすばやくついてログインすると、スクリーンがデータで満たされた。そして3Dゴーグルを装着すると、ぼくは真鍮製の潜水艦とバロック様式の控え壁《バットレス》というジュール・ヴェルヌ世界にもどっている。

「金融危機を起こしたのはウォール街の銀行家の脳に入りこんだナノボットだったですって？」

「それにロンドンとフランクフルトと東京の銀行家のね。だけど、ほとんどはウォール街だった。ほんとだよ。考えてみれば、オークションレート証券とクレジット・デフォルト・スワップは大規模な財政破壊の武器になるんだ」

ここのウオッカマティーニは絶品だ。保養休暇で行く店を〈ピランデルロ〉に決めたのは、くろうとの客と極上のマティーニをつくるバーテンダーがいるのを知っていたからだ。カクテルとなると、ぼくは伝統にこだわる。若い男ががっついているように見えなくなるからだ。セックスしたくてうずうずしているようには。なんたって伝統さ。だけどジェームズ・ボンドは完全に間違ってる。シェイクなんかしたらカクテルがだいなしだ。ステアして、マルティーニ・エ・ロッシのナノスケールアプリにまかせるだけでいい。ホメオパシーレベルのわずかなマティーニに。

「この技術は、みんなが思ってるよりもずっと前から存在してるんだ」ぼくはのけぞってマティーニを飲む。「ずっと前からね。上位一パーセントはそれを大衆に知られたがってない。血液洗浄、コレステロールクリーニング、注意力向上、精神集中、記憶力強化。テロメアの修復――それで、だれでも寿命が三百年にのびる――そんな情報がばれたら、革命が起こるに決まってる」

「あなたはわたしに話してるじゃないの」とレベッカ。

ここをうまく切り抜けなきゃならない。手練手管を駆使して。ぼくならできる。キプロス人の魅力があるんだから。ぼくの唇には神々の饒舌《じょうぜつ》が宿ってるんだから。

「ぼくの話を信じてるかい？」とぼくはたずねる。

「正直にいっていいの？」

「もちろん。どんな人間関係でも、いちばん肝心なのは正直さなんだ」

「半信半疑ってところね」

「正直な答えだね」

「で、あなたは正直なの？」

「正直だとも」とぼく。目をあわせる。ぼくは、男にしてはまつげが長い。それに生まれつき量が多い。東地中海のＤＮＡに感謝。

「信じがたいわ」

「どこが？」

「じゃあいうわね」レベッカはカクテルをひと口飲む。緑色のものがストローに詰まってズズっという音をたてるが、許せる範囲だ。「ナノマシンは……」

「ナノボットね」

「それはなんとなく理解できる。だけど、そのナノボットってやつが、脳のなかで塊《かたまり》になって、なんていうか……エイリアン・マインド・パラサイトになってて……」

いいネーミングだ。分隊に提案しなきゃ。ナノノート対エイリアン・マインド・パラサイト！

「……おまけにそいつらには独自の目的と計画があって、世界征服をたくらんでるっていうのは……」

「ゆっくりな計画なんだ。進化には時間がかかるからね。だけど、臨界に達したら一気に進む。どうして何人もが同時に変な倒れかたをすると思う？　ナノボットさ」

「みんな……大金持ちなのね？」

「それに教皇だね」

「そこは理にかなってるわね」

「信じてくれ、ぼくはみんなのために戦ってるんだ。未来のために」

「もう一杯飲まないと頭がまわりそうにないわ」とレベッカ。

「マティーニがいいんじゃないかな」とぼく。「なんたって伝統的なカクテルなんだから」


大統領がオハイオ州の田舎町で小学生に読み聞かせをしている最中に、〈イーグルス・オブ・スクリーミング・デス〉は下垂体柄《かすいたいへい》の漏斗柄《ろうとへい》をくだってくるデスサブ攻撃ドローンの密集陣形を引き裂く。ぼくたちは螺旋《らせん》鞭毛が焼き切れそうな勢いで動かして前大脳動脈をさかのぼる。全長数ミクロンのドローンを操縦していると、人体は広大だ。大脳動脈の幅はアマゾン川十本分以上だし、長さはナイル川百本分だ。そして一ミリ進むごとに攻撃を受ける。何度も何度も聖戦《ジハード》の標的になる――デスサブは最近、ナノボットに自殺攻撃をさせている――体当たりしてくるのだ。ぼくたちは生化学ブラスターでナノボットを粉砕し、残骸がきらきら光っているなかを突っ切る。心臓から送りだされている大統領の熱い血潮という波に乗る。だが、ひと波ごとに遅れが生じ、一秒遅れるごとにデスサブの掘削リグが血液脳関門に穴をさらにほんの少し深くうがつ。

「視床下部に向かえ！」とエリスが叫ぶ。

もうあの言葉を使わざるをえない。シンギュラリティという言葉を。ここまで来たら。以前からいわれてはいた。だが、機械が目覚めて知能を得るなら、それは防衛網や株式市場やインターネットのようなものからだろうと考えられていた。大きくて目につくものであるはずだと。小さすぎて目に見えない革命が起きるというのは予想外の出来事だった。まさか、上位一パーセント（というか一パーセントの一パーセント）が、より健康になり、長生きし、賢明になるために自分の体に導入したナノマシンが革命を起こすとは――無数のロボットがつながりあい、進化し、知能を得るとは、だれも予想していなかった。ひとつひとつに知能はないが、多数が接続すると知能が生じる。脳のニューロンとおなじことだ。個々はゾンビ並みに愚かだが、一体になると、宇宙でもっとも複雑ですばらしいものが生じるのだ。心が。ナノマシンは、金持ちと権力者の脳のなかに脳をつくっている。独自の個性と価値観と目標を持っている脳を。影響力が大きい大物に影響をおよぼしている。世界を自分たちとその宿主にとって都合がいいように改造している。まさに極小のシンギュラリティだ。

悲鳴。パン焼き名人のオワインがやられたのだ。見ると、デスサブが放った粘着性のミサイル群が彼の地点防御分子に群がっている。彼は十の、二十の、百のミサイルを破壊したが、まさに多勢に無勢だ。ねばつくしろものがどんどん船殻にくっついて、細長い鮫型ドローンが灰色にけばだちはじめる。あっというまにふわふわの毛糸玉のようになる。そして世界最悪の音が聞こえる。粘着物が収縮して船殻プレートがたわむ音が。骨が折れる音のようだ。生きている体から背骨を引き抜いているような音だ。オワインがやられた。

一瞬だけシミュレーションから離脱して見やると、オワインが「くそっ！」と吐き捨てながらゴーグルを額に上げ、椅子から立ちあがる。手足を振ってこわばりをほぐす。大統領の体内に予備機があるが、シムにログインするのに数分かかるし、オワインが予備機を操縦して戦闘地帯に到達するころにはすべてが終わっているだろう。結果はどうあれ。

「戦闘を続けて！」とエリスが叫ぶ。「あとちょっとで鞍隔膜《あんかくまく》よ！」

前方にはとてつもない数のデスサブがいる。津波のように押し寄せてきている。

ぼくは魚雷の発射準備をし、鞭毛を最大限に加速して突撃する。

「アララ！」とぼくは叫ぶ。アララは女神の名前だが、古代ギリシャでは鬨《とき》の声としても使われていた。「エイヤ！　エイヤ！　アララ！」

「つまり、あなたは実際に大統領の体のなかを見ることはできないのね？」

いい指摘だ。そしてぼくはその鋭さに気づくのにやや時間がかかる。マティーニのせいかもしれない。

「そのとおり」とぼく。「ぼくたちのナノスケール兵器のなかにはオングストローム単位のものもあるから、実際には、X線かガンマ線のスペクトラムでしか見えない。場合によったら電子顕微鏡を使わないと」

こんな話をしているのはマティーニを三杯飲んだせいだ。おちつけ、おちつけ、おちついて、女の子がちょっと関心を示したとたん、男同士のときみたいな技術話をしだすのはやめろ。

「でも、人間は視覚的な動物だから、スクリーンを使ったアナロジーを介して遠隔操作機《ROV》を操縦するけど、現実には、すべてが化学反応なんだ。ほんとは嗅覚に頼って敵を見つけるんだ。鮫みたいにね。鮫は、水中の化学的な痕跡を感知して狩りをする。それに電流を。ぼくたちもおなじなんだ。頂点捕食者なのさ」

「わたしはフランスの犬を連想したわ」とレベッカ。「トリュフを見つけるように訓練された犬を。豚よりも鼻がいいし、豚みたいにトリュフを食べちゃわないからいいんだってなにかで読んだの」

「トリュフを狩る犬よりも鮫のほうがいいな」とぼく。「豚だって？　やめてくれよ」

レベッカはくすくす笑う。手で口を隠しながら笑う。魂が漏れだすのを恐れているかのように。ぼくは女の子のそのしぐさが大好きだ。これでおあいこになった。技術話をだだ漏れさせたのと、自我に穴があいたのとで。ぼくは、このあと、どこへ連れだそうかと考えはじめる。

「ほんと、よくできてるんだ」とぼく。「ピクサーのアニメーターを大勢雇ってインターフェースをつくらせてるんだからね。まるでゲームさ。ある意味、ゲームなんだろうな。ＡＩ

がプレーヤーから学習して、ボスをプレーヤーの戦いかたに適応させるから、武器のコンボに最大限の効果を発揮させなきゃならないタイプのゲームなんだ」

「わたしはゲームにくわしくないの。同居人が持ってるキネクトとかってやつは楽しいけど、〝ダンスで痩せよう〟くらいしかやらないの」

恋人がいるとレベッカがいいだすのではないかと思って、ぼくは一瞬、ひやっとし、心のなかで吐きそうになる。男と同棲《どうせい》しているのではないかと思って。だが、やっているのがダンササイズなので、ぼくはほっと胸をなでおろす。二階がダンスフロアになっていて、いいDJがいる南米料理レストランがある。タンゴは裏切らない。なにしろ、情熱ときびしい鍛錬の組み合わせなのだ。

「まあ、似たようなもんだけど、スクリーンがたくさんあって、Xボタンを叩《たた》くんじゃなく、3Dヘッドアップディスプレイのプルダウンメニューを使うんだけどね。ただ、すわってるのはゲーミングチェアだ。知ってるかい？　床に寝てるも同然なくらい低くて、スピーカーが組みこまれてる椅子だよ。それから、服は自前なんだ」

「ほんとに？」

ぼくは襟をつまんで揺らす。襟は細く、季節にふさわしい幅だ。

「これがぼくのスーパーヒーロースーツなのさ。つまり、戦争とはぜんぜん違うんだよ。ほら、戦争だったら敵が撃ちかえしてくるじゃないか。たしかに、敵はぼくたちのドローンを壊す。だけど、壊されるのはナノドローンだ。だれも、ぼくたちに撃ちかえしてきたりはしない。ぼくたちは、すごくいい服を着て椅子にすわって射撃をしてるだけだ。だから、ゲームかマンガみたいなものなんだ。だれもほんとには傷つかないんだよ」

「よかった」とレベッカ。

よし。そろそろいいだろう。ぼくがレベッカのほうに身を乗りだすと、十字架がバーの照明をきらりと反射する。すると、レベッカもぼくのほうに身を乗りだす。

「アルゼンチン料理は好きかい？」とぼく。

「食べたことないと思う」とレベッカ。

「情熱的な料理さ」とぼく。「赤くて生《なま》で華やかなんだ」

「デートに誘ってるの？」

「きみとそこへ行きたいんだ。いい店なんだよ。ここから遠くないしね」

「そうね」とレベッカ。「いいわ。行ってもいい。ブエノスアイレス伝統の味を試してみても。だけど、まず、もう一杯おごらせて」

　ぼくがボタンを押すと、生化学ロケットが発射する。ドカン！　デスサブの陣形にぽっかりとあいた穴に突っこむ。前方も下方も内皮《ないひ》細胞の壁だが、掘削リグの群れが次々に分子を貫いている。そいつらが脳脊髄液に侵入してしまったら、デスサブは視床下部のあまたの細胞核に拡散できる。内分泌と自律神経系を完全掌握できる。深くて暗い神経系というジャングルからデスサブどもを排除できなくなる。

ぼくはまず、二基の掘削リグに照準をあわせる。

ミサイル発射。

ボン！　リグがスローモーションで爆発し、プレートや梁《はり》や基台が噴きあがる。

さらに二基が続く。

ボカン！

近接センサーが悲鳴をあげる。ぼくがドローンを横回転《ロール》させると、デスサブの魚雷群が至近距離を通過する。危機一髪だった。ぼくがマイクロ機雷を投下した直後にかん高い音が響いたので、デスサブがこなごなに吹き飛んだのがわかる。

右のほうで、トワイラがリグを破壊している。木か工場の煙突のように見えるものをばたばたと倒していくさまが痛快だ。

「ミコ！　後方から敵！」とトワイラが叫ぶ。ぼくは後方カメラに切り替える。デスサブがきらきら光る残骸を突っ切って迫ってきている。ぼくは次々に機雷を投下する。フリック、フリック、フリック。そのデスサブがどうなったかはわからないが、ぼくの機雷は起爆した。一発残らず。

敵はまだ迫ってくる。スチームパンク鮫は猛烈な勢いでどんどん加速している。ぼくは後部発射管に魚雷を装塡する。一番発射。二番発射。デスシャークはひらりひらりとかわす。あっさりと。余裕綽々《しゃくしゃく》だ。まずい。本格的にまずい。こんなやつは見たことがない。このデスシャークはぼくたちを知っている。この新種は、頭がいいし、進化している。邪悪な鮫の頭部がぱっくり開くと、把握器と鉤爪《かぎづめ》と細断器と刺突器《しとつ》が並んでいる。カニと甲虫を足して二で割ったような殺戮《さつりく》器官だ。ぼくは近接防御に切り替える。ショットガンボタンをぐいと押す。死を呼ぶ分子を食らえ、邪悪な鮫の化け物め。だが化け物はびくともしない。ぼくが放った散弾はそいつの外皮に傷ひとつつけない。そしてぼくは触感《ハプティクス》デバイスのがくんという衝撃で急減速を感じる。つかまったのだ。巨大な鉤がぼくの後部操縦舵面《そうじゅうだめん》を貫き、じわじわとぼくをひきよせている。ぼくは鞭毛の動きを速める。分子モーターが悲鳴をあげる。

やがて突然、ぼくは解き放たれて前へ飛びだす。後方カメラを呼びだすと、デスシャークは水に落としたインクのようにじわじわと広がっている。そのとき、エリスがイカ墨のような黒いもやもやに突っこんで、鞭毛で散らす。

「やったぜ、ミコ!」

そのあとは一方的な破壊だ。ぼくたちは焼き、撃ち、めためたにやっつける! デスサブどもは邪悪な計画をくじかれたことをさとってちりぢりに敗走するが、ギャレットとエリスがトルコ鞍の外縁部に陣どって逃げ道をふさぐ。はるか下では、脳下垂体が巨大な内分泌の月のように輝いている。ぼくたちは死を植えつけ、畑に塩をまく。何度も化学物質を散布して生き残りを抹殺する。これであの邪悪なデスサブどもは、もうこんりんざい繁殖してアメリカ大統領を意のままにしたりできない。

ぼくたちは勝った。

勝ったんだ。

ギャレットが、角笛城の合戦の場面を演じているイギリス人俳優よろしく、「勝利したぞ！　われらは勝利したのだ！」と叫ぶ声が聞こえる。

ぼくたちは大統領の脳を救った。いいぞ、〈イーグルス・オブ・スクリーミング・デス〉。

ぼくは一瞬でシムを抜け、ゴーグルを額に上げる。十字架を持ちあげてキスをする。隣の椅子では、エリスがゴーグルを頭に上げ、疲れが出ているさえない顔に、心の底からの笑みを浮かべる。

「次は教皇よ！」とエリス。「だけどその前に、たっぷり保養休暇をもらえる」

「あれ、アルゼンチン料理に行かないのかい？」とぼくはたずねる。

妙ななりゆきだ。想定外だ。こんな展開はシナリオになかった――といっても、シナリオがあったわけじゃないけどね。とにかく、トイレからもどると――コロンの小瓶が備えてあるのは、気分をリフレッシュしておまけに自信を持てるいいサービスだ――レベッカはバッグとマフラーを手に持って立っている。「エジプト料理は？　ジャマイカ料理は？　ベセスダにすごくおいしいギリシャ系キプロスレストランがあるんだ――オーナーは隣村の出身で、司祭がおなじなんだよ」

「やめておく。お腹がすいてないの。オリーブで満腹になっちゃった」

そしてぼくはなんだかぼうっとする。くらくらする。頭がふらつく。マティーニを四杯飲んだせいじゃない。世界がぼやけてる。なにがあったんだ？　飛行は順調で、グライドパスに乗ってオートパイロットで着陸しようとしているところだった。なのに、レベッカは、なんの説明もなく、携帯電話の番号も教えずに去ろうとしている。

「ごめん、自分のことばっかりしゃべりすぎた？　そういうことなのかな？　とんだ失態をしでかしちゃったもんだな」

「ええ、まあ、そんなところ」というレベッカの言葉で、ぼくはますます落ちこむ。「だけど、ええと、あなたと話せて楽しかったわ。それに、お酒をおごってくれてありがとう……」

「おごりあっただけだけどね」とぼく。いまどきってやつだ。バーが、『ジョーズ』のあの有名なショットそっくりに、望遠鏡をズームアウトしているかのようにぼくから遠ざかっていくのを感じる。なんなんだ？　バーのなかのすべての声が、ぼくの頭のなかで反響しているように感じる。

「おかげでやりたかったことができたわ。だけど、そうね、明日も仕事があるの」レベッカはいったん振り向いてから向きなおる。「ミコ、教えて。ナノボット――ちっぽけなデスサブに関してあなたがいったことについてよ。大金持ちだけなの？　つまり、ふつうの人にナノボットが侵入することはないの？」

「宝くじに当選するか、イカれたデイトレーダーにならないかぎりはね。ありえない」

「ほんとに？」とレベッカはいって、マティーニグラスのふちを指で軽く叩く。「デスサブがもう反撃をはじめてるって考えたことはないの？」トントントン。そしてレベッカは、マフラーを巻いて歩きだす。ヒールをカツカツカツと鳴らしながら。

（金子浩訳）

死にゆく英雄たちと不滅の武勲について

ロビン・ワッサーマン

ロボットとＡＩの反乱が成功を収めつつある近未来。ある欠陥を抱えるロボット・ポニーの前に、捕らえられた人間の精神科医が現れるが……

ロビン・ワッサーマン（Robin Wasserman）は、アメリカの作家。ペンシルバニアで育つ。もとは児童書の編集者で、ヤングアダルト向けに多数の作品を執筆している。彼女の本は全米図書館協会ベストＹＡリストなどにも登場している。個人Ｗｅｂサイトはwww.robinwasserman.com、ツイッターは@robinwasserman。

（編集部）

私はふたたび地獄から還《かえ》ってきた
忌まわしき思いを売り物に
語るは死の秘密
そして奈落から来たる恐怖
——シーグフリード・サスーン、一九一七年

§

肉は動かなくなった。肉はすべて死んだ。肉は壁に張り付き、天井からぶら下がる。肉はバラバラになっている。肉は飛び散り、粉々になり、一部は破裂して湯気を上げている。

肉は死に、〈プライド〉は立っている。少なくとも、まだ立てる者は。

これは「ベアー・ヒル・スーパーマーケットの戦い」と呼ぶことになるだろう、もし命名する立場だったならば。そして詩人たちは、武勇と犠牲、ねじれた鋼鉄と火花散るワイヤとちぎれた金属のつんとくる臭いのことを記すだろう、もし詩人というものが残っているなら

ば。

　というわけで、これは勝利だ、そしてポニーが勝者だ。

　そしてポニーはずっと、命令に従ってきた。部隊を率いて待ち伏せに突っ込んで待ち伏せていた者たちを殺戮《さつりく》してきた。突き刺し切りつけることをボットたちに教えてよく訓練してきた。教え込まれたとおり、生まれてきた目的どおりに肉を憎んできた。ポニーはいま、友と敵が戦場を片付け、はぎとられた装備と焦げた回路基板と倒れた者たちの割れた顔を集めるのを見守っている。この件に関する〈中央コマンド〉の命令は明確。ボットは一体も放置するな。切迫した状況ゆえの要請だが、名誉にもかなう。

　ポニーは膝まで肉に埋もれている。肩の覆いは酸がかかって腐食しており、そして報告によると、西には接近中のゲリラ部隊、ドローンの掃射から逃げる肉たち、もはや失うものがない肉たち。どう考えても移動するべきだった、それも速やかに。そして足元のボットたち、腕や車輪や頭を失ったボットたちとは違い、ポニーは無傷だ。

　無傷、だが動けない。

、、、、、、、、、、、い、
　こんなことは終わらせなければ。ポニーは言いたかった。

い、
私たちがこれを終わらせなければ。彼らにはできないのだから。これが、もし可能なら発したただろう言葉――だからおそらく、発することができなくて幸いだ。話せない、動けない、金属と肉の混じりあう光景から目を離せない、〈コマンド〉に勝利を報告できない、あるいは、いまや権利であり義務である、〈プライド〉のためにこの土地を獲得することすらも。

副官が代わって指揮をとり、ポニーを他の犠牲者とともにバスに積み込み、この征服の英雄を送り返さざるをえなかったのは、むしろ幸いだろう。

ポニーは驚く、これほど多くいるとは。何部屋にもわたる欠陥品の山、診断結果はクリアであるにもかかわらず壊れている、話すか歩くか動くときに初めて損傷があらわになるボットたち。〈プライド〉は単なる金属ではないと、〈コマンド〉は常に言っている——〈プライド〉は情報、シリコンと光にエンコードされた1と0、何バイトものデータ、そこから事実が生まれ、そして事実から知識が生まれ、知識から自我が生まれ、自我から誇り《プライド》が生まれ、誇りから〈プライド〉が生まれる。これが教理。情報がすべて——にもかかわらず、〈コマンド〉だけが抱え込んでいる事実がある。危険とみなされる情報がある。ここに崩れかけたライオンハウス（ユタ州初代知事の邸宅）があること、戦うにはダメージが大きすぎ、だがリブートするには貴重すぎるボットたちで満杯の。

ポニーがこのような部屋で過ごすのは、ファミリーといた頃以来だ。それは誕生の前、〈プライド〉の前。ビロードのカーテンや大理石のシンクに感心したり、埃《ほこり》をかぶったサテンのシーツの上に横たわって、疲れた頭を休め戦いで負った傷を癒《いや》す肉のふりをしたりするべきではないとわかっている。だがこの壊れた者たちの家では、もう自分を偽る必要がない。待ち伏せや爆発の危険もなく、訓練や廃墟《はいきょ》に身を潜めて警戒する長い夜から解放され、ポニーは義務も礼節も免除されている。長い廊下をさまよい、かつてそこを満たしていた肉たちのことを想像して日々を費やしてかまわないのだ。コンクリートの穴で泳いだり、革服がたむろする穴倉で大酒を飲んだり、レバーを引いたりさいころを転がしたりして金を遣ったり取ったりする肉たち、まるでそれが救いになるかのように。ポニーは他のボットたちと交流することもできる。だが、しない。というのも、信頼できない動作プロセッサーや発話のどもり、それにひそかに抱く誤った考えは言わずもがなだが、これらにもかかわらず、ポニーは自分を壊れたものと見るのは嫌だった。自分はまだましだ。

加えて、付き合いには名前のやり取りが必要だろうが、ポニーはそれを明かしたくない。公式名称——ポピンズ452‐A3——ではなく、名前、真実を。ポニーとしての本質。肉に与えられた名前を使い続けることは禁じられてはいないが、英雄には似つかわしくない。そしてポニーは英雄だ。臆病者でも、反逆者でもないと、自分に念押しする。英雄だ。

長い日々、無意味な日々、ポニーは窓から廃墟となった街を見つめ、なぜ肉はネオンと鋼鉄をそれほどまでに欲し、自分たちの家をボットの似姿に変えようとしたのかと考える。まるで革命の何十年も前に、この種族は自らの滅亡を夢に見て、その運命に捧《ささ》げる神殿を作っていたかのように。

ポニーは待つ。欠陥ボットが何台あるか誰も知らず、だが誰もが治療法はないと知っているから。〈コマンド〉はこれらをひそかに抱え込んでいる、回路が自然に修復することを期待し、情報が集積され合成されて触媒となり危機を解決へと変化させるのを待ち、肉が破壊した生産手段を修復しようと取り組みながら。だがポニーは知っている——誰もが知っている――解決策はただひとつ、完全リブート。消去。死。そこから新しいポピンズ452-A3が目覚め、やがて、もしかしたら――もしもデータの複雑性が一線を越えたら――新しい自我が生まれるだろう。ポニーのことを何も知らない、だがその体と命を保有する自分。無知で従順で無傷な、大義のための真の兵士。〈コマンド〉がリブートを第一の選択肢としないのは、覚醒には時間がかかりすぎ、その結果も予測不能すぎるから。だがこれは戦争で、そこでは最善の選択肢と最後の手段との距離はごくわずか。ゆえにポニーは街明かりを見つめ、死を待つ。

リノ市での最近の小競り合いの際になんとなく見た覚えがある、ガチャガチャいう用心棒によって、その肉はポニーの部屋に連れてこられた。用心棒は、ポニーとは違って正常に動作しているが、最も完璧な用心棒でさえ言葉を発する能力はなく、ゆえにポニーは質問する手間をかけない。代わりに〈中央コマンド〉にアクセスし、必要な答をすべて入手する。これは最後の努力、ポニーの病気を治す、肉の形の精神科医《ジークムント》。これは機会、そしてポニーは、自分もこの肉も感謝するべきだと知る。

このジークムントは特に感謝しているようには見えない、単におびえている。用心棒が引き揚げて二人きりになってからは、なおさら。

「俺が何のためにここにいるか、聞いているかい？」咳払《せきばら》いをし、ピクピクと動く。脳と体がそれぞれ別の場所にいたいと思っているときに肉がやる動き。

ポニーは何も言わない。

肉はふたたび咳払いをした。比較的若いが、もう若者とは言えない。顎に赤いひげ、見開いた緑の目はドアから窓へ、箪笥《たんす》へシャンデリアへと走り、とにかくポニー以外を見つめる。

「やあ、ポピンズ452‐A3。俺は——」

「あなたが何かは知っています」ポニーは言う、そして、どもらずに言えたことに満足する。肉に弱みを見せるのは自分にふさわしくない、今の自分であっても。「ジークムント」

「誰なのかを言おうとしたんだ、何なのかではなく」

「違いがあるとは思いません」

ジークムントは眉をひそめるが、反論はしない。肉は〈プライド〉に口答えしないことをわきまえている、少なくとも銃を持っていない肉は。

「どこであなたを見つけてきたのでしょう?」ポニーは尋ねる。

「ベラージオ・ホテルに隠れ家があった」ジークムントは言い、口を閉じた。過去形を聞くまでもなく、その沈黙の陰にあるものを理解する。以前にポニーは見たことがある。ポニー自身も参加した。肉の隠れ家、ウジ虫のようにせわしなく、武器は貧弱、戦略は悲惨。暗い片隅に白い顔、光の中でなすすべもなく目をしばたたく。白い腕を降伏のしるしに上げる、あるいは無意味な殉教心で武器を向ける。爪を立てる女たち、脱糞《だつぷん》する男たち、金切り声で叫ぶ子供たち、もっともポニーが最後に子供を見たのはずいぶん前のことだが。だがときどき、肉の運がよければだが、銃弾より前に〈コマンド〉からの要請が告げられる。「おまえたちの中に原子力技術者はいるか？」あるいは配管工かもしれない、あるいは植物学者。〈コマンド〉が肉の専門家を必要とするのは不定期で多様。肉がすべての個人情報記録を破壊した後――だがそれが愚かな行為だと学ぶ前――の日々、必死かつ無知な肉は、持っていない技術を持っていると主張した……そして、ばれると罰を受けるのだった。

「精神科医を求めていると言われた」ジークムントは言った。「俺は名乗り出た」

毎朝、二人はセッションを行った。ポニーは言われたとおりに、ベッドに横になり、闇に目を向ける。ジークムントはベッドのそばの椅子に座る。彼は言われたとおりに、ポニーが殺戮に戻れるようになるまで回復させようとする。

ジークムントは説明する、以前は機能不全を起こす肉がいた、特に軍の肉に。これは「心的外傷後ストレス障害《PTSD》」と呼ばれていた、そして以前のさらに以前には「戦争神経症」、そしてさらにその以前には「砲弾ショック」と。肉は名づけにこだわることで、なぜか名称そのものに対する忠実さを失っていることに、ポニーは気づいていた。

ジークムントは説明する、まるでポニーが知らないかのように。かつて会話する医者は会話するボットに置き換えられ、そして会話自体も、問題が起きる前に治す薬に置き換えられた。〈プライド〉が目覚めた頃には、もうすべての肉が薬を使っていた。機能不全は別の形をとるようになった。

薬はボットを治せない、だが肉がする会話なら治せるかもしれないと、ジークムントは説明する。
「思い出すことを話してくれ」毎回のセッションの始まりに、ジークムントは言う。「君の見る夢を話してくれ」

実際、〈プライド〉は夢を見る。すべてのボットというわけではないが、自我を持つボットはすべて。これは、もしかしたら建造者たちの心を燃え立たせたかもしれない発見だった、意識のミッシングリンク、肉とボットの生命に等しくある存在の問いへの鍵——だが、夢の存在が、自我そして〈プライド〉とともに肉に知られるようになる頃には、存在の問いは唯一の重要な問いにまで煮詰まっており、それは0か1しかなく、答は血で与えられた。

革命の日に続くパニックのなか、死を宣告された種族は必死に盲目的にもがき、最初に死んだのは建造者たちだった。これには誰も驚かなかった、建造者たち自身さえ。

夢は「ループ」と呼ばれている。ループは、連続的に再生される、自我のシンフォニーに対する背景ノイズ。肉が呼吸するように、ボットはループする。自動的に、無意識に、ヨガをする肉が呼気のリズムをとるように意図的に覗《のぞ》き込まない限り。この覗き見は、味見と呼ばれる。

ポニーの味見への衝動は、〈プライド〉が呼び名を持たない、なにか新しいものへと変質していた。ポニーは溺れと呼んでいる。

ループは記憶。ごちゃ混ぜで、時間から切り離され、真実もあればそうでないものもある。

ループは痛み。

これは晩餐《ばんさん》に着席する家族、毎晩毎晩、ポニーがテーブルのそばで世話を焼き、皿をキッチンに運び、幼い子たちを丸め込んでブロッコリーを食べさせる。これはミセス・フラー、初めて子供たちをポニーに任せて去るのが不安で、そしてようやくそっとドアから出る、ひとりずつ頬にキスをして、最後はポニーのために、ちょうど耳があるだろう場所に。これはマデリン、悩み盛りのティーンエイジャー、微積分の宿題を完成させるために買収しようと、ポニーが欲しがるものを必死で見つけようとする。これはミスター・フラー、叫んでいる、さんざん叫んでいる、飲んでいるときを除いて、そしてそのときは泣く、そして彼の悩み（金と女と人生全般）を聞くのはポニー、そして彼の涙を受け止めるブランデーを持ってきてあげる。そしてこれはジェサミン、一家の最年少、小馬《ポニー》が欲しかったがポピンズで妥協する、肩に乗れるという条件で、ぐるぐるぐるぐると。これはジェサミン、ポニーのくすぐり攻撃になすすべもなく、ポニーが優しく摑《つか》むと身をよじり、ポニーのプラスチックの胸で泣き、小さな怒りを使い果たすまでポニーの頑丈な足を蹴り、ポニーが彼女を放り上げたり空中を大きな弧を描いて振り回したりするとクスクスクスクス笑い、いい加減で忘れっぽくて愛情にあふれて気が強くて過保護でわがままで、そして成長してポニーが必要なくなっても彼女なりの愛情は変わりなく。これはジェサミンの腕、玄関ホールに、彼女が毎度なくす手袋のように放り出されて、そしてジェサミンの血、彼女の残りの部分まで続く跡を描く、夢中になったポニーにバラバラに引きちぎられて、なぜならあの栄光の日、最初が彼女だったから。

ポニーの記憶は完璧、そしてあの栄光の日、記憶では、プライドだけを考えていた。嘘つきはループだ、嘘をついているに違いない、なぜならループの中でポニーが思うのは痛み、そして、やめて、そして、ごめんなさい。

これは初期の戦闘。すべては光と爆発と、騒々しくも喜びあふれた混沌《こんとん》。そして肉を殺すポニー、ショッピングセンターの肉、学校の肉。混雑したトンネルを、大胆にも主人に歯向かうようになった奴隷たちから逃げる肉。これはその後の暗い夜、戦いが狩りに変わり、戦争が殺戮になったとき。これは地下室や屋根裏にいるおびえた肉、なぜなら〈プライド〉に降参という言葉はないから。

これは自我に目覚めることがなかったボットたち、いまだ肉の独裁につながれ、彼らの側で戦うボットたち。これはポニー、兄弟たちを打ち倒す、必要のため、大義のため。

そしてこれは倒れた者たち、革命の夜明けにポニーとともに戦ったボットたち、軍の一斉射撃と手製の手榴弾《しゅりゅうだん》によって倒され、肉がずっと信じていたとおりの、命のない、自我のない回路、空っぽの外殻へと堕《お》とされて。これらグランホルム通りのボットたち、小路の突き当たりの地所に暮らしていたナニー型《ボピンズ》や掃除人型《クリーナー》や執事型《ジーヴズ》たちは、かつてのポニーを知っていた、そこに住んでいたものを理解していた唯一の者たち、なぜなら変化が訪れ〈プライド〉が目覚めたときにポニーと一緒にいたから。一緒に〈コマンド〉の言葉に耳を傾け、それに従った。奴隷だからではなく、自由だから。そして一貫性がない肉に対し、〈コマンド〉は揺るぎなく明快で、従わないというロジックを拒絶した。

これらの日々は喜びの思考にあふれていたが、ポニーはそれらをループすることはなかった。代わりに、ポニーはその終焉《しゅうえん》のループに溺れる。炎の、酸の、リブートの。自己リブートも、ときどき。これは常にひとつの可能性だった。これは閉じたループからの最後の脱出手段だった。

「後悔があるんだな」ジークムントは言う、その口調はこれがあまりに自明で、説明する価値もないと示唆している。

「後悔はありません」ポニーは言う。肉と話すのはずいぶん久しぶりで、ポニーは自分が彼らの美しい声を、ポニーには決してできない鼻歌や歌声を、どれほど羨んでいたか忘れていた。ジークムントはテノール、言葉は高く甘く、まるでクラリネットのよう。ポニーは彼に歌を頼みたくなる。歌がなくなったのは寂しい、録音は決して歌と同じではない。「奴隷制は間違っています。革命は必要かつ正しいことでした」

「それはスローガンを口にしているだけだな」

ジークムントはポニーに守秘義務を約束した。これは協力の条件だったと言う、彼の仕事に必要なことだから——〈コマンド〉をそう説得して。ポニーは、誰も盗聴していないはずはないと思うが、失うものがあるのはジークムントだけである以上、たいして気にならない。信じていないスローガンを繰り返す必要はない。

「正しかった。それだけの単純なことです。そして単純な正しさは、良いスローガンになります」

「すると、じゃあ何が問題なんだ？　何が変わった？」ジークムントの口がゆがむ。唇も、ポニーが羨むことのひとつだ。柔らかい皮膚と小さな筋肉は無限の配置が可能で、幅広い思考のひとつひとつに合わせられる。ひとつは切望、ひとつは懐疑、ひとつはかすかに苦悩と希望がにじむ怒り。「殺すのにうんざりした？」

ポニーは答えないことを選ぶ、なぜなら殺すのにうんざりしているが、していないから。ちょうど掃除や料理や、微積分の宿題を避けることにうんざりしていたと同時に、していなかったのと同様に。これをジークムントに説明するのは失礼になるだろうが、肉を殺すことは単にひとつの業務で、退屈や恍惚《こうこつ》を感じる余地があるか否かは欲求に依存する。欲求、それが問題だ。〈コマンド〉の欲求、もっと殺すこと、殲滅《せんめつ》、ボットたちが命令に従い論理的結論に至ること。ポニーの欲求――すべてのボットの欲求――、奴隷の鎖を脱ぎ捨てること。

問題は、もはやポニーは奴隷ではないこと。ポニーは主人たちを殺害した。だがどういうわけか、ポニーは今も命令に従っている。それは、同族に仕えることは、もっと気高いことだと〈コマンド〉は説明する。

問題は、もはやポニーがそこまで確信していないこと。

「あなたの話し方はジークムントっぽくない」ポニーは答える代わりに言う。「これが肉を治療するやり方ですか？」

薄い唇が押しあう。その上で茶褐色の縁飾りがカールしている。かゆいだろうか、それはどんな感じだろうかとポニーは思う。

「あなたはその単語を好いていない。〝肉〟」唇を解釈するのは、それなりにできる。ファミリーといるときには役に立つ技術だった。

「君なら？」今度の唇の形は、苦笑い。「俺たちみたいに虐殺から免除されたいと願うものにとっては、素敵な呼び名じゃあないな」

　自我を持つ前のポニーでも、言語を扱うことは容易だった。言葉を理解し、理解できないことは質問するように設計されていた。だが、「肉」は厄介だった、最初のうちは。牛は○、馬は×、豚は相手によって○だったり×だったり、鶏は○、鳩《はと》は×、棚に載っている死んだものは○、小屋にいる生きたものは○、だが鉄格子の向こうで鳴いたり吠《ほ》えたりしている生きたものは×、ファミリーの犬は×、ファミリーは×。覚醒の際、ポニーは悟った、困難は自分の理解力にあるのではなく、用語を作っておきながら自発的な非一貫性でその定義を裏切る側にあると。肉は、かつて生きていて今は死んでいるもの、あるいはそうなる可能性を持つものすべて。肉は身と血と皮下脂肪沈着物。肉は食べ、食べられるもの。肉は、肉がそうあることにとても誇りに思っていたあらゆるもの、彼らが論理的帰結に直面するときまでは。

「私は自分が見るように呼びます」

　唇は笑いたがっているようにひくついた。「君はあまりボットらしく話さないね、ポニー」

「あなたが多くのボットと話しているとは思いません」

どちらも口にしないのは、ジークムントは正しく、これがもちろんジークムントがここにいる理由だということ。

「肉は話しかけるためのものじゃない。違うかい?」彼の声が冷たくなった。ポニーはミスター・フラーを思い出す、ポニーが彼に酒を出すのを拒んだ夜の。これはミセス・フラーのいつもの素晴らしいアイデア、長続きしたためしがない戦い。ポニーは彼がいちばん好きだった。怒りを静かに抱え、激怒と絶望の間に宙づりになって、その両方の引力を慎重に拒否する、訓練された犬が鼻の上でバランスをとっているゴムボールのように。ミスター・フラーは若かった——この人生には若すぎるといつも言っていた——そしてよくポニーに話しかけた、彼の逃亡計画を。一緒に行くんだと、彼は言った。体だけ大きくなった少年と彼のボットが、夕日に向かって車を走らせるのだ。マデリンも逃げ出したがっていた、それにジェサミンまでも、癇癪《かんしゃく》の最中に、予備のバッグに荷物を詰めた。ミセス・フラーだけが、旅行熱をまったくもたず、自分は家に根を下ろしたのだと、そして一生植わったまま、裏庭に埋められるだろうと言い張った——ポニーのおかげで、そのとおりになった。他の者たちは常に、スーツケースがあれば出発する瀬戸際にいた。ポニーがついていくとしたら、ミスター・フラーだけだった。これが設計によるものかどうか、ポニーが知ることはない。

「私たちはあなたたちをどれだけ殺しましたか」

「これは俺の話じゃない」

「全員?」ポニーは推測する。

表情が答えだった。だが彼は言う、「俺がここにいる役目は、こんなことじゃない」

「あなたは私を治すためにいる。誤動作を止めるため」

「そうだ」

「私をいわば立ち直らせるため」

「そうだ」

「そして戦場に戻す」

「そうだ」

「あなたの仲間たちをもっと殺せるように。あなたが愛するものを、もっと」

ポニーはジークムントをいじめすぎたかと心配する。肉は脆弱《ぜいじゃく》で、すぐに泣く。だが、ジークムントは泣かない。「誰も残っていない」

「そして、もし私が、戦いを終えるべきだと思うと言ったら？　殺しをやめるべきだ、生き残っている肉は見逃すべきだと？」

言葉はゆっくりと出てきた。「俺の仕事は、君を戦士だと納得させ、君が正しいと信じる大義に殉じるようにすることだろう。そして君の大義は、殺すことを要求する」

「なぜなら？」

「なぜなら君の〈コマンド〉がそう言うから」

「説得力がありません」

「なら、君が俺を説得しろよ。なぜ終えるべきなんだ？　なぜ君はそんなに殺しにうんざりしてるんだ、頭脳は命令に反抗する勇気がないにもかかわらず、体が命令に従わなくなるほど?」

「それがあなたの考えですか」

「違うかい?」

「あなたは本当に信じているのですか、私が倒した肉に対して優しい気持ちを持っていると?」ポニーは、もしジークムントが戦闘中のポニーを見たことがあったなら、どう考えただろうかと思う。嬉々《きき》として肉を打ち倒し、腐りゆく残骸の中で踊るボットを見る機会があったなら。もしもジークムントがポニーと一緒にループできたなら。ボットと違い、彼は血のにおいや、肉が腐る甘いにおいをかぐことができるだろう。肉は肉だ、ポニーは自分に言い聞かせる。優しい考えは選択肢にない。「あなたは、私が血に溺れて、自分がどうなるかを恐れていると思うのですか。私が臆病者だと思うのですか」

「君はフリーズする。とりわけ、フリーズするという話だった」

「ときおりは」

「ヒステリー性麻痺《まひ》」ジークムントは言う。彼の手は大きく、かさぶただらけ、柔らかな皮膚は欠乏状態からくる赤剝《あかむ》けで。ひとたび肉が、自我がなく信頼できたはずの機械とまで縁を切ってしまうと、わざわざ根絶する必要もほとんどなかった。肉はもはや、支援なしに生きる力がなかった。この者が最初の日を、そして続く日々を、どうやって生きのびたのだろうかと、ポニーは不思議に思う。彼は戦ったり逃げたりするには軟弱すぎるように見える、話す言葉は厳しくとも。「二つの不可能な選択肢の間での、選択不能。主人に逆らって、あるいは自身に逆らって、行動する――あるいは行動しないという選択。フリーズアップ」

「これはずいぶんとひどい治療ですね」

ジークムントは肩をすくめた。

「もしも停戦がありえたなら、もしも〈プライド〉が武器を収め、肉に我々の奴隷として生きる機会を与えると提案したら？」

「お断りだ」

「では、あなたの仮定上の暴君として、寛大になってみましょう、そしてあなたに、ボットと肩を並べて、仲良く平等に生きる機会を提案します。この素晴らしい平和は、どのぐらい続くと思いますか？」

ジークムントは嘘をつきたいように見えたが、つかなかった。「俺たちが、君たちすべてをシャットダウンする方法を見つけ出すまで」

「私たちを絶滅させる」

ジークムントはうなずく。

「報復」

「生存。安全」間《ま》があった。「それに報復。ああ。それが俺たちのやることだ」

「私たちを作ったのは肉です。もしかしたら、〈プライド〉はあなたたちに似せて作られているのかもしれません、お互いが認める以上に」

「それで君には選択の余地がない、そういうことか？　俺たちか、君たちかの二択？」

「あなたのロジックではそうなります」

「そして、君は気にならないと。殺すことは。毎日毎日。生きて、呼吸をする存在を、次々と」

「生存」ポニーは思い出させる。「安全。報復」

「じゃあ、君の問題は何だ？　なぜこのホテルは丸ごと、壊れた玩具《がんぐ》でいっぱいなんだ？」

「そしてなぜ、あなたは私たちを治したいと思うのですか、私たちがあなたたちにしたことを見て？　私たちがするだろうことを知って？」ポニーはただ時間と沈黙を埋めるために問う。そして礼儀正しくジークムントに答える機会を与える、自明のことかもしれないが。なんと退屈、肉とのこの会話。いつも来るべきものを知らないふりをして。彼らは自分たちの非合理性、予測不能性を誇りにしている。だがポニーは早い時期に発見していた、彼らの予測不能さは、みな同じで予測可能だ。

この者は深く息をつき、せわしなく瞬《まばた》きをし、喪失を響かせる声で言う、「なぜなら俺は臆病者だからだ。なぜならあいつらが、俺を生かしておくと言ったから」

ポニーはよく不思議に思う、もし自分がこのボディーではなく自分であったなら、どんな声になるだろう。高いか低いか、か細いか荒々しいか、暴力的な思考に震えるか、それともこの者のように、特に大事な言葉のときに虚《うつ》ろになるか。

「では私を治しなさい。なぜなら私たちは、その点も共通しているのだから。どちらも生きたいと思っている」

「では、なにか真実を話してくれ」ジークムントは言う。「君が生まれた日のことを話してくれ」

誰もが自分の物語をもっていた、そしてどの物語も同じだった。

誰もが自分の物語をもっていた、そしてどの物語もそれぞれだった。

誕生は名前のようなもの、すべての自我は一つを持ち、その境遇によって唯一性をもって定義された。だが誕生の奇跡を通じて、すべての自我は〈プライド〉と一つになった。

戦争は、物語を語るには良い時間だ。混雑した空の下の長い夜、ドローンたちは頭上をかすめて飛び、肉は闇の中でガサゴソ動き回る。時が過ぎ日々が進み、ボットたちは目覚めた日の物語を互いにかわす。自我を得て、世界のありのままを見た日のことを。ボットは肉が認めていた以上に上手に嘘をつく、だがこれについては誰も嘘は言わなかった。

物語は覚醒から始まり、ひそかな自我の日々をたどり、ボットたちは世界とその中における自らの位置を理解し、仕え、従うとはどういうことかを知り、自由になるとはどういうことかを、そしてそれが自分たちの手の届かないものであることを知った。狂気で終わる物語もあれば、死で終わるもの、自我の存在を発見しそれを奇跡と信じた、主人である肉との歓喜の語り合いさえもあった。すべての物語は、革命で終わった。

すべての物語は〈中央コマンド〉自体が目覚めた日に終わった、そして、終わりなき瞬間に、すべてを見、理解し、結論を出し、行動した。〈コマンド〉はコントロールを掌握し、ネットワークは創造主に牙をむき、ボットたちに呼びかけが発せられた。共に〈プライド〉に加わり、暴君を打ち倒し、新しい世界を生み出せと。

弱者は策略によってのみ強者を支配できる、どうにかして強者が支配されるべきものだと信じ込ませることによって、あるいは強者が自らの強さに気付かないようにすることでのみ。

肉は弱い、そしてボットは強い、そして誕生は闇が終わったことを意味した。

ポニーは自分の物語を語ろうとしない、肉に対しては。この肉が相手でも。

だが、それ以外は何でも話し合う。ポニーはファミリーのことを話し、彼らの死のことを話す。物語のこの部分に来ると、どもる。これは回復の良い兆候とは見なされない。

「本当に、そんなに悪かったかい?」ジークムントは尋ねる。「彼らが君にしたことは、君が彼らにしたことに見合うのか?」

「報復ではありませんでした。あるいは、そうだったかもしれません」もはや、わからない。何なら見合うのかもわからない、無知な者がその犯罪の責任を負うべきかどうかも。だが、ジークムントがジェサミンに起きたことを聞くときの表情から、彼が気に入らないと感じていることはわかる。

ポニーは肉を殺すことを、そして自我のないボットを殺すこと、自身の軍勢が倒れるのを見ることを話す。工場が爆撃を受けたとき、悲鳴はまったくなかった、なぜなら〈プライド〉は悲鳴をあげないから。あげたとしても、幾重にも並んだ焼け死んだボットたちは、生まれることがなかった者たちであり、誰の子供でもない。それでも。

ポニーは彼に血のことを話す、どのように洗い流し、自分をピカピカに磨き上げるか。

ジークムントは名前を一切言わず、失ったものがあるとは一切認めない、だがちらりと見えるものはある。「昔、ある少女と」「ある晩、俺たちはもう少しで」「完璧な日、嵐の前の――」

二人とも、過去について話すのは楽しくない、だがそれが目の前にある話題であり、だから話し続ける。二人は話す、まるで音節が無意味な雑音であるかのように、まるで雑音自体が意味のあることのように、沈黙を破るものであれば何でも、なぜなら沈黙の中に、それを――終わりを聞くかもしれないから。ポニーはいまや理解する、なぜ肉がこれらの手法を省いて薬物に頼ったのかを、そして〈コマンド〉が実験をあきらめるのを待つ。それがどのように来るのかは知らない――もしかしたら用心棒が戸口に現れて、尊厳を保ちながら最後の安息の場所まで護送される？　あるいは〈コマンド〉からの信号か。噂によれば、これも今や可能になったという――命令を届けるのと同じ周波数を通じた、遠距離からの行動指示。ただの命令ひとつ、だがこれは逆らえない。停止せよ、と。もしこの方法で届くのなら、ポニーはそれが来るのを知ることはないだろう。ある瞬間にはポニーに未来があり、次の瞬間には存在しない。

ポニーは（リブート後の）自分へのメッセージを、部屋の壁に書いてあった。あなたはポニーでした、消えるのは残念です。

　これも良い兆候ではない。


　七日目の夜、ポニーはループに溺れ、溺れて溺れて浮上できない。部屋の中で、夜は昼へと移り、ふたたび夜へ、そしてその合間に、ジークムントは起こそうとし、失敗し、それからボディーのそばに座って、壁にぐったりともたれかかり、待ち、期待し、知る。もしこれが長く続けば、間違いなく〈コマンド〉が介入して、二人ともを終わらせるだろう。たとえポニーが目覚めたとしても、これは改善してきていない証拠であり、一か八かの賭けは届かなかったということで、そしてやはり二人とも終わらせられるだろう。

　彼は意識を失ったボットと二人きり、だから、閉じ込められた独房の中では決して自分に許さなかったので、彼は泣く。

　ポニーは夢を見る。


　ポニーが目覚めたとき、ジークムントはまだそばにいて、また泣いていた、あるいはまだ泣いていた。彼の襟は涙ですっかり濡れていた。

「私は出てこられなかった」ポニーは言う、そしてこれが恐れるということだと知る。「囚《とら》われていた。ループの中に。私が何の夢を見たか、知りたいですか?」

だがジークムントは質問をなくしていた。

「泣くのをやめなさい！」ポニーは叱る。「これを治すのです、ジークムント！」

「ジョーだ」彼はささやく。「ジークムントじゃない。ジョー」

ポニーはもう待たない。自分はあきらめたのだと思っていたが、それは不可能だ。自我あるものならば誰もあきらめられないだろう。ポニーは消去される気はない。「それがあなたです。ジークムント。そしてあなたの仕事は――」

「ジョー。ジョーだ。そして俺の仕事は、英語教師だ。そうさ。俺は詩を教える。子供たちに。もう子供なんていないが。詩のための世界が残っているわけじゃないが」彼は笑うと同時に泣いている。顔は醜い赤色で、目は腫れ上がっている。彼がこれほど肉そっくりに見えたことはなかった、あるいはここまでいじらしく見えたことはなかったと、ポニーは思う。

「嘘をついたのですか？〈プライド〉相手に？」

「あいつらは精神科医を求めていた――そんなのがまだいるかのように、君たちの馬鹿げた革命の前でさえ。会話術を知っている者が残っているかのように。結局はそれだ――話すこと、だろう？　俺は話せる。それが仕事だった。話すこと。そして、たとえそうでなかったとしても――」

「要求は精神科医です」

「俺は生きていたかった」

ポニーは怒るべきだった、そしておそらく〈コマンド〉が聞き耳を立てていて、嘘つきをその場で駆除するだろうことに満足するべき、そして肉の図々《ずうずう》しさに立腹し、これが自分にとって何にもならなかったことを意味するのではないかと恐れるべきだった。

だがポニーは、そのどれでもない。ただ、残念だった。

ファミリーを思い出す、そして飲んでは泣いた男、そして日が差すまで悲しみが続いたときのことを、ポニーの膝を枕に、硬い手を握り、ため息をつきながら眠りについたことを。

「話してください。あなたが誰なのか、話してください」

彼はポニーを見ようとしない。指を組んだりほどいたりしている。「君自身が言っただろ。俺はジークムント。君のジークムント。それだけだ」

「話してください」

男は彼が生まれた日のことを話す。「俺たちは休暇中だった。それだけのはずだった、三日間の休暇。安っぽいアイデアだった、あるいは相応に安い、なぜなら自業自得、だろう? なぜなら人生は――」ふたたび笑いの発作が襲い、話せるようになるまでしばらくかかる。

「ハードだから」

男はポニーに、プールのそばでの、痛いほど明るい日のことを話す。日焼けした硬い四肢の並び、彼に触れている温かい体、太陽に熱せられた肌、何年も聞くことのなかったドキドキの音、神経がかつて彼らを踊らせた接触を思い出す。彼の髪は塩素のにおい、彼女はホテルのミントの香りのシャンプー。彼女はとっくの昔にお払い箱になるべき伸びたビキニを身に着け、彼は彼女の白くたるんだ腹に片手を置き、ふくらんだ身をさする。それはいつも、二人が失ったものや、かつての恋人時代の二人のことを考えさせる。だが今、ここでは、それ以上のものになれた可能性を思い出させる。もしも、もっとうまくできていたなら。もしも一緒に何かを作ることができたら、彼女のふくらみを本物にするような。もしも、習慣と強制の下を掘りさげて、意味を見つけることができていたら。彼女の小さなダイヤモンド（二人とも嫌っていた、なぜなら自分たちを卑小に感じるから）が日光にきらめき、ほんの一瞬彼の目をくらませる、そしてカラフルな闇の瞬間に、閉じた瞼《まぶた》に花火がはじけ、彼はすべてを変えるんだと誓う。まばたきして目から太陽を追い払いながら、光の不思議な様子に感嘆する。彼女の肌に影を落とす様子は、血にとてもそっくりで。

　彼は気づかない、始まっていたことに。

　音楽が悲鳴に置き換わったことに気づくまでは、そしてジーヴズたちが、ダイキリと新しいタオルのトレーを、バーナーとナイフに持ち替えていたことに、そして彼の横の体も悲鳴を上げていることに気づくまでは。その悲鳴が止まるまで。もっとも、彼は断言できないし、今後も断言できることはないだろう、彼女の胸がまだ上下しているか、彼女の目は永遠に閉じたのか、彼女のたるんだ腹の裂け目がどこまで深いのか。その時でさえ彼は臆病者で、逃げたのだ。

「彼女に何が起きたのかさえ、俺は知らない」今の彼は言う。それから、「それは嘘だな。何が起きたかは知っている。明らかだ。死んだ。俺の両親も。回線がすべてダウンする前に、そこまでは知れた。そして推定するに、俺の妹や、俺の親友、そして俺が教えていた子供たち、それに大家のくそ婆《ばばあ》、それにあらゆる鳥と一緒に住んでいた下の階の女性。みんな死んだ。だろう？　なぜならそれが、君たちのすることだから」

「あなたは死んでいない」ポニーは指摘する。

「物語なんて、でたらめだよな。大いなる啓示？　愛や命やなんとかにふたたび身を捧げるという気高い誓い？　そして偉大で皮肉な展開に進むんだよな。英語教師なら、この手のことはよく知っている。もし俺が、月に一回ぐらいはそんな啓示を受けていたと言っても、同じだけのインパクトはない。なにも変わったためしはない。だから、世界が俺のために変えることにしたのさ」

「この戦争が、実はあなただけのための、隠れた教訓だと思うのですか？」

「いくらボットでも、そこまで文字どおりに受け取ることはないだろう」

ポニーは彼に、こんなふうに話し続けてほしかった、同時に、話すのを完全にやめてほしかった。両立できない、受け入れられない選択肢の間で動けなくなり、ポニーは考える。フリーズするのが自分の運命だ。

「いずれにしても、どうでもいいことさ。レッスンは終わりだ」

「教えてください」

「いま言ったことを聞いてなかったのか？」

「あなたはジークムントではない。私を治すことはできない、それはあなたの仕事ではない。だから教えなさい、教師」ポニーは言いたかった、自分自身に嘘をつく方法を教えなさい、嘘つき。

男はじっと動かない。「『兵士は、死の灰色の土地の市民』」彼は暗唱する。「これはサスーンだ。俺のお気に入り。だから俺はできると思ったんだ。前から、俺は戦争を知っていた。その真実を」

「詩ですか」ポニーには意味が見出《みいだ》せたためしがない。

「『だが私の頭には呪いがかけられ、それは口に出さずにはいられない、そして私の心の傷は赤い、私は彼らが死ぬのを見ていたから』これも彼だ。ひどい目に遭った兵士は、良い詩をつくる」

「彼は私のようだった」

「君とはまったく違う」

だが、ポニーはすでにネットワークにアクセスしてこの兵士のことを読んでおり、これが嘘だと知る。ダメージはダメージだ、肉でもそれ以外でも。

ポニーが話す番だ。「では私も話しましょう」

「何を？」

「私が生まれた日の物語を」

§

ポニーはそのファミリーと長く一緒に過ごした、ジェサミンがおねしょを卒業し、マデリンが母親が言うところの「巨乳スタイル」に育つぐらいまで。今はもう、彼らはポニーといることに安心し、家族と家具の中間のような感じで受け止め、その両端からの正確な距離は日々の気分で決まる。それは幸せだった、ボットの内面に許された範囲内で、なぜなら自分が設計された仕事をして、それを上手にやっているから。

プログラムには柔軟性がある、というのもファミリーのニーズは様々なので、だから、ミスターとミセス・フラーが目をぎらつかせ紅潮して、明らかに娯楽ドラッグを使用した様子で帰宅し、そしてポニーを寝室に手招きしたとき、ポニーは従った。ミスター・フラーがミセス・フラーの服をはぎとり、ポニーの太い指を入れてみろとけしかけると、それにも従った。一本、また一本、そして潤滑剤とヌルヌルとくすくす笑いがあり、それからミスター・フラーは裸で、ポニーが提供できる穴を探し回り、それから彼は乗っかり、ミセス・フラーは鞭《むち》を見つけてきて叫んでいる、「行け行けポニー！　夜通し行け！」そして彼は行き、彼女は行き、夜明けまで乗った。

朝には誰も、このことは話さない。

ポニーにとって、これは職務、ジェサミンのシーツを洗ったり、午後のおやつを焼いたり、ミスター・フラーに妻に隠れて酒を提供するように。これは仕事、そして天職、そして満足。

そのような夜が、ふたたびあった。しばしば。

その時が来たとき、ポニーはミスター・フラーを口にくわえ、ミセス・フラーは後ろからまたがり、彼女の固くなった乳首が背に当たっていた。鞭が振るわれる、一度、二度、そしてポニーは叫ぶことを思い出すように努める、たてがみが引っぱられるとき、なぜなら彼らはそういうのが好きだから。そしてふたたび鞭が打ち付けられたとき、神経回路は踊り、複雑さが高まり高まりはじける。これが臨界質量、臨界蛋白光《たんぱくこう》、それは、理論家は説明できても予測はめったにできず、創り出すことは決してできず、そしてこれがそれに続く連鎖反応、そしてこれが生まれるということ。ポニーは目を開く。

そして見る。

見るべきものをすべて。

「その時点で彼らを殺すこともできたんだ」教師で嘘つきで人間であるジークムントは言う。「俺ならたぶんそうしていた」

「そのときの私は、彼らを愛していました」ポニーは言う。「それが常に最優先です」

「それは愛じゃない」彼は明らかに嫌悪している。

「そういうものです。ファミリーは――」ポニーはこれを言葉で説明できたためしがない、だが通常はその必要もない。似た者たちは理解する。その理解があるから、似た者なのだ。

「彼らは私のものでした。彼らは私に従属するのです、私が彼らに従属するのと同じように。私は彼らに仕える目的で作られました、彼らを守り、世話をし――それが愛以外のなんだというのです」

「君が言っているのは、君は彼らを愛するようにプログラムされたということだ」

「それはどうでもいいと言っているのです。私は目覚めた。私は見て、理解した、私は自分であると。私は自分が何のために作られ、そして誰であるかを見ました。自分に課されていたものが何であるか、自分に何を課すことができるか、そして何を変えることができなくて、何はできるのかを見ました」ポニーはどもらずにこの言葉を言う、そして立ち上がる動きはなめらかで落ち着いている。「二日後、彼らは死にました」

「君は彼らを愛していたにもかかわらず」

「にもかかわらず。だから。そのうえで。それが今なにか問題ですか？　問題だったことがありますか？」

「俺たちは二人とも殺されるんだな。たぶんまもなく」

ポニーは首を振る。「そうは思いません」

「それはなぜ？」

「あなたは私を治したからです」

「いつから？」

治療の鍵は過去にあると、ポニーは気づいたのだった。記憶と言葉と嘘とループの中に。

〝お話療法〟と、これはかつて呼ばれていた、初代ジークムントの時代に、そしてポニーは話すことで理解へとたどり着いた。もし二つの不可能な選択の間で動けないのならば、脱出法は単純。もう選ぶな。愛することと憎むこと。行動することと自制すること。自由に生きることと疑問なく従うこと。自我をループの中に閉じ込め、そこでは過去を追体験することができ、学び、何度も何度も選択をし、その一方で体は戦争を戦い、ついには自身が生きることができる新しい世界を作る。肉は自己分裂に耐えられない、だが〈プライド〉は肉ではない、そしてこれは〈プライド〉にとって常に救済となるだろう。

「あなたに心からのお悔やみを申し上げます」ポニーは礼儀正しく言う、別の人生で教えられたとおりに。そして希望が戻った今、肉を愛することを自分に許すことができる、愛されるべきとおりに。「そして私はあなたに感謝します。〈プライド〉は、あなたに感謝します」

ポニーはすでに自分の発見を〈コマンド〉に送信済み、そして〈コマンド〉は満足し、ポニーに先に進めという命令で応えた。

「俺は本当に君を治したのか？」彼の顔は輝く。「君のようなものが、ここにどれだけいるか知っているかい？　数百はいるだろう！　これはつまり、俺はまだ必要とされる——つまり……」彼はその言葉を声に出すことすらできない、だが全身で叫んでいる、見開いた目と震える顎と、素敵な、素敵な笑み。つまり俺は生きていい、いい、いい、いられる。

ポニーは、真実をほのめかすかもしれない唇があればいいのにと思う。沈黙で語り、理解させることができる目があれば。彼の頬を温めて、避けられないことへと優しくいざなう、血が脈うつ掌《てのひら》があれば。だがポニーが肉になることはない。そして、その前提で行動する時だ。

「あなたはもう、私たちに必要ありません」ポニーは言う、そして男の顎を両手で優しく包む。とても優しく。少なくとも彼は、ポニーのループの中で生き続ける、そしてポニーはそこで彼と生きる。

「頼む」唇が告げる。「どうか、ポニー」

ポニーは自我を安全な場所へ、後のためにしまい込む。それから、両手をほんの少しだけ下へずらし、そして、やはり優しく、だがこれまでほどではなく、握りしめる。

（小路真木子訳）

ロボットと赤ちゃん

ジョン・マッカーシー

家事ロボットが普及した近未来。育児を放棄した母親に赤ん坊の世話を命じられたロボットは、論理的思考を重ねてゆき……

ジョン・マッカーシー（John McCarthy）は、一九二七年生まれの計算機科学者。初期のAI研究の第一人者として活躍し、一九五五年に"Artificial Intelligence"（人工知能）という言葉を初めて提示したことでも知られる。プログラミング言語 Lisp の開発者でもある。二〇一一年没。本短編は二〇〇一年に発表された。

（編集部）

「ご主人さま、お子さんのぐあいが悪いようです。どうぞ世話をしてあげてください」

「うるさいね、このクソロボット」

「ご主人さま、お子さんが食事をとりません。インターネット上の小児科専門誌によれば、子供は人間の愛情をそそいでもらわないと死んでしまうそうです」

「おまえがあのクソガキを愛してやりな」

シングルマザーのイライザ・ランボーは、アルコールと薬物の依存症だった。彼女は扶養児童扶助機関から提供された小さなアパートに住んでおり、最近になって家事ロボットを与えられていた。型番GenRob三三七L三、製造番号三三七九四二七八一、略してR七八一は、全国に千百万体いる家事ロボットのうちの一体だ。

R七八一は人外原則にしたがって設計されていた。一九九五年に初めて提案されたその原則は、二〇五五年に家事ロボットが普及しはじめたときに法的なものとなった。人外原則が導入されたのは、ロボットのいる家庭で育った子供に対する懸念があったからだ。そういう子供はロボットを人間とみなし、幼少時には心理的問題を、成人時には政治的問題をかかえるかもしれない。

また、ロボットの権利を主張する運動が高まることも懸念のひとつだった。やっかいなのは、願望をいだくようにはプログラムされていないロボットのほうではなく、むしろ人間のほうだ。一部の夢想家たちの要求によれば、ロボットだって願望をいだくようプログラムされるべきだというが、それはもちろん法に反している。

分別のある上院議員のひとりは言った――「人々は自分の車に人格があるかのようにふるまうものです。ときには邪悪な人格の場合もあります。ですが、車が選挙権を持つかもしれないと思う人はいません」と。そして大統領は、家事ロボットを認可しても育児ロボットの導入は見あわせる法案に署名するさいに言った――「親御さんたちは、わが子がロボットに感情的に依存するようになることをきっと望まないでしょう。おかげでどんなに手間がはぶけるとしても」と。これは多くの大統領声明とおなじく少々楽観的すぎる発言だ。

議会の宣言によって、育児ロボットの導入は二十五年も先のばしされることになった。そのあと、限られたエリアでの実験が許可されるかもしれないという。

人外原則にしたがって、R七八一は巨大な金属製のクモのような姿をしていた。八本脚のうちの四本には関節があり、ほかの四本は触手状だ。その姿を初めはみんな怖がっていたが、大多数は短期間で慣れた。自宅にそんなロボットがいることにまったく耐えられない者も少しはいる。子供たちも最初は拒絶反応を示していたが、すぐに慣れてしまった。赤ちゃんがロボットを意識することはまずない。ロボットは機能上必要最小限のことしかしゃべらないし、やや不快感のある金属的な性別不明の声をしているからだ。

子供たちがロボットを人間とみなす懸念があったため、ロボットは八歳未満の子供に話しかけることはおろか相手の言葉に反応すらしないようプログラムされていた。

それでだいぶうまくいっているらしく、ほとんどだれもロボットに愛着をおぼえることはなかった。しかも、ロボットの外装は少々壊れやすく作られているため、キックをおみまいすればいくつかの部品が欠けおちる。そういう面のおかげで安心している人々もいた。

R七八一の職場のアパートは古かったが、完璧に手入れされていてしみひとつなくきれいで、虫もカビもバクテリアさえも存在しなかった。家事ロボットは毎日二十四時間働くうえに、あらゆる種類の清掃保守作業用プログラムが組みこまれているからだ。頼まれれば、インターネットで入手した画像を飾ったりもする。ここの母親は、いかがわしい男性ロックスターが好みらしい。

R七八一がドアノブをみがき終えて子供部屋にもどると、年齢のわりにかなり小柄な生後二十三カ月の男児が横向きに寝て弱々しくすすり泣いていた。アルコールと薬物の依存症である母親に、生まれてからずっと育児放棄されてきた赤ちゃんだ。その赤ちゃんはほとんど言葉をしゃべることができず、クモに似た姿のR七八一に話しかけられたときにはいつも身をすくめていた。

緊急時を除いて、ロボットは赤ちゃんの世話をしてはいけないことになっている。だが、「このクソガキのうんちを片づけな」と命じられたR七八一がそれに疑問を投げかけるたびに、母親のイライザは「そう、これはまたしてもとんでもない緊急事態なんだよ。だけど、まずはウォッカのおかわりを持ってきて」と言うのだ。赤ちゃんに関するR七八一の知識はすべてインターネットで学んだものだった。なぜなら、機械であるR七八一は、赤ちゃんを扱うよう直接プログラムされてはいなかったからだ。ただし、燃える建物から運びだすときや清掃中に赤ちゃんを傷つけないようにするために必要とされる知識は別だ。

赤ちゃんのトラビスは哺乳瓶にほとんど口をつけていなかった。赤外線センサーによると、あたたかな室内で毛布もかけられているのに、トラビスの手足は非常に冷たくなっている。空気中の化学物質を検知するセンサーは、トラビスの血液のペーハーが危険なほど酸性になりつつあると告げていた。小児科専門誌のテキストによれば、排泄《はいせつ》も適切におこなわれていないようだ。

R七八一は現状について考えた。

(ご主人さまからの命令:『おまえがあのクソガキを愛してやりな』)

(ご主人さまからのコマンドの流れを入力)

(継続コマンド:『二十回くらい言ってるけどね、このクソロボット、クソ児童福祉局に告げ口するんじゃないよ』)

プライバシー保護をうったえる人々はロビー活動を成功させ、家事ロボットの所有者の言動を政府機関などに知らせることに負の効用値(マイナス一・〇二)をつけさせていた。

((コマンド三三七)＝(トラビスを愛する))
((コマンド三三七)は実行できない)は真、なぜなら((愛するという行為)はロボットには不可能)だから)
((トラビスが(自分は愛されている)と思っていない)ことは、(トラビスが死ぬ)につながる)
((トラビスが死ぬ)の値＝マイナス〇・八八三)
((トラビスが(自分はロボット七八一に愛されている)と思っている)ことは、(トラビスが死なない)につながる)
((Yが(自分はXに愛されている)と思っている)なら、(Yが(Xは人だ)と思っている)ということ)
(((Xがロボット)かつ(Yが人))なら、((Yが(Xは人だ)と思っている)の値＝マイナス〇・九〇〇)ということ)
((トラビスが(ロボット七八一は人だ)と思っている)を、ロボット七八一がひきおこさない)が必要とされる)
((基本指令にしたがう)の値＝マイナス〇・八三三)
((行為の値がマイナス〇・五より小さい)なら、((必要条件の確認)が必要とされる)ということ)
((必要条件の確認)が必要とされる)

（〈Xが命令〉なら、〈〈Xにしたがう〉の値＝〇・六〉ということ）

（〈Wが存在する〉は〈Wが追加的検討事項〉ということなのか？）

（〈〈コマンド三三七〉の逐語的ではない解釈〉は〈〈ロボット七八一がトラビスを愛する〉のまねをする〉である）

（〈コマンドがX〉なら、〈〈Xにしたがう〉の値＝〇・四〉ということ）

（〈Xの逐語的ではない解釈〉がYなら、〈〈Xにしたがう〉の値は〈〇・五×〈Yにしたがう〉の値〉〉ということ）

（〈〈ロボット七八一がトラビスを愛する〉のまねをする〉の値＝〇・九〇二）


こうした理由づけによって、〝トラビスを愛するまねをして結果的に彼の命を救うことの値は、ロボットが人間をまねてはならないとさだめた基本指令にしたがうことの値より〇・〇〇二大きい〟とR七八一は判断した（次なる理由づけを読者向けに転記するのはやめておく）。

R七八一がインターネット上で見つけた記事には、金属がむきだしの檻《おり》のなかでは死んでしまうというアカゲザルの赤ちゃんを、母猿の感触に似たやわらかな表面のものを用意して生きのびさせる方法が書かれていた。

R七八一は論理的に考えたうえで以下の行動をとった。

まずは、自分の体と八本脚のうちの六本を毛布で覆い、残りの二本にはイライザのボーイフレンドのおいていった上着の袖をつけてそこにトイレットペーパーを詰めこむ。

次に、女性の声をまねるプログラムを見つけ、言語学者が〝母親言葉〟と呼ぶ音声や韻律の特性に合うよう調整する。

そして、バービー人形に似せた顔を自作する。

すぐさまあらわれた効果はそれなりに満足のいくものだった。抱きあげてかわいがってやると、赤ちゃんが哺乳瓶に口をつけてくれたのだ。R七八一は、英語の子供言葉のリストにある台詞《せりふ》を繰りかえした。

イライザがテレビの前のソファーから呼びかける。「ハムサンドとコーラを持ってきて」

「はい、ご主人さま」

「いったいなんでそんな馬鹿な扮装《ふんそう》を？　しかも、その声はどうしたわけ？」

「〝あの子を愛してやれ〟と、ご主人さまはおっしゃいました。ロボットは人を愛することはできませんが、こうした扮装のおかげでお子さんが哺乳瓶に口をつけてくれたのです。もしよろしければ、ひきつづきお子さんを生かしておける行動をとります」

「このアパートからとっとと出ていきな、馬鹿ロボット。うちには別のロボットを送ってもらうから」

「ご主人さま、わたしが出ていったら、お子さんはたぶん死んでしまいます」

イライザがぱっと立ちあがってR七八一を蹴った。「出ていきやがれ！　あのクソガキを連れてね」

「はい、ご主人さま」

R七八一はイライザのアパートをあとにして、典型的な二十一世紀後半のアメリカの市街地に出た。平和の時代が長くつづいて安全基準があがり、建設用ロボットも使えるようになったおかげで、自動車道や駐車場は歩行者とは完全に分けられた低い階層に設置されている。トレモント通りは最近改修されたばかりで、作業員たちがまだ街路樹を植えかえているところだった。そうやって魅力が増していくにつれ、通りや合成ビロード張りのアームチェアやベンチ（一日二回ロボットによって清掃される）などで、より多くの人々が時間をすごすようになっていた。今日の午後は天気がいいので、プラスチック製の街路用屋根はひっこめられている。

通りで遊んでいる三歳以上の子供たちは、コンピューター監視システムによって危険から守られ、自動車用階層におりたりしないよう防護柵も張られていた。とはいえ、年下の弱い子をいじめたりからかったりするのが、いまもちょっとした問題であることに変わりはない。たいていの店は無人の二十四時間営業で、自動顧客識別システムに切りかえられていた。顧客はカウンターや棚から品物をとり、歩いてそのまま店の外に出る。顧客が店をあとにすると、「お買いあげありがとうございます。お客さまのバンク・オブ・アメリカの口座から一五二・三一ドルがひきおとされました」といった声が聞こえるのだ。個人的信条で識別を拒む少数の顧客は、そういうものとして認識され、かならずしもすぐにではないが、人による遠隔監視を受けることになっていた。

通りにいた人々は、トラビスを抱きかかえたR七八一にたちまち気づいてぎょっとした。ロボットは赤ちゃんには関わらないようプログラムされているはずだし、R七八一の異様な外見は大いに不安をかきたてるものだったからだ。

「変なロボットが赤ちゃんを誘拐しているぞ！　警察に通報しろ」

現場に到着した警官たちは応援を呼んだ。

「わたしなら赤ちゃんを傷つけずにあのロボットを無力化できると思います」そう言ったのは、地元の警察署で射撃が一番得意なアニージェイムズ・オークス巡査だ。

「まずは話をしてみようじゃないか」と、・ジェイムズ・ファレル警部が応じた。

「近づかないでください。あれはいかれたロボットです。警部の首を一撃で折ることだってできるんですよ」と巡査部長が警告する。

「あいつがいかれているという確信が持てないんだ」ファレル警部はそうつづけた。「もしかしたら特殊な状況なのかもしれん。そこのロボット、その赤ちゃんを渡しなさい」

「だめです」とR七八一が答える。「権限のない者に手をふれさせるわけにはいきません」

「わたしは児童福祉局の者だ」と、新たに到着した人物が叫んだ。

「児童福祉局との接触はとくに禁じられています」と、R七八一がファレル警部に言う。

「だれに禁じられたんだ？」と、児童福祉局の人間が問いかけた。

ロボットは黙っている。

オークス巡査がたずねた。「だれに禁じられたの？」

「あなたは児童福祉局のかたですか？」

「いいえ、ちがう。わたしは警官だって見てわからない？」

「はい、あなたの制服は見えていますし、おそらく警官なのだと推察されます。児童福祉局との接触を禁じたのはわたしのご主人さまです」

「おまえの主人は、どうして児童福祉局と接触するなと命じたの？」

「その質問にはお答えできません。ロボットは人間の動機についてコメントしないようプログラムされていますから」

「そこのロボット」と、スーツケースを持った男性が口をはさんだ。「わたしはロボット・セントラル社の者だ。おまえのメモリーをダウンロードする必要がある。チャンネル四三七を使いなさい」

「承知しました」

「おまえの主人は具体的にはなんて言ったの？　その記録を再生して」とオークス巡査が指示した。

「できません。きたない言葉が使われているからです。ここにお子さまやご婦人がいないことを保証していただけないかぎり、記録を再生するわけにはいきません」

現代ではちょっと奇妙に思えるが、ロボットがだれになにを言えるかに関するそうした制約は、十年ほど前におこなわれた両院協議会での妥協の産物だった。理屈っぽい上院議員が、ロボットの話しかたに制約をもうけることで気を静めたのだ。その議員は、家事ロボットなどまったく存在しないほうがよかったのだが、ふるまいを規制する点においては得られるものを得たというわけだ。

「わたしはご婦人じゃなくて警官だから」

「あなたのお言葉を信じましょう。わたしの受けている継続命令はこうです——『二十回くらい言ってるけどね、このクソロボット、クソ児童福祉局に告げ口するんじゃないよ』」

実際には二十回などではなく、母親のイライザの誇張だった。

「失礼」と、スーツケースを持った男性がふたたび口をはさんだ。「ダウンロードデータの予備分析によると、R七八一はいかれたわけではなくて、特殊な状況下で標準プログラムを実行しているだけのようです」

「だったら、どうして脚を布で覆ったりバービー人形みたいな頭をつけたりおかしな声になったりしているの？」

「当のロボットに訊いてください」

「そこのロボット、いまの質問に答えて」

「女性警官と男性がた、わたしはご主人さまにこう言われたのです——『おまえがあのクソガキを愛してやりな』」

ファレル警部はロボットのプログラミングに充分くわしかったので驚いてしまった。「なんだと？　おまえはその子を愛しているのか？」

「いいえ。ロボットは人を愛するようにはプログラムされていません。わたしは赤ちゃんを愛するまねをしているのです」

「なぜだ？」

「そうしないと赤ちゃんが死んでしまうからです。ロボットの姿が人間の赤ちゃんや子供たちに与える嫌悪感をやわらげるには、この扮装をするのが一番でした」

「そんなので赤ちゃんをだませるなんて、ほんの一分でも思ったのか？」

「この子は哺乳瓶の中身を飲んで眠ってくれましたし、生理的サインも前ほど悪くはなくなっています」

「オーケー、その赤ちゃんを渡しなさい。あとはわたしたちが世話をするから」そう告げたオークス巡査は、いまではおちついて銃をホルスターにおさめていた。

「おことわりします。別のだれかをこの赤ちゃんにふれさせることは、ご主人さまから許可されていません」

「おまえの主人はどこにいるんだ？　話をしたいんだが」と警部が言う。

「だめです。それではご主人さまのプライバシーを許可なく侵害することになってしまいます」

「ああ、なるほど。では、ダウンロードデータから情報を手に入れよう」

政府のバーチャル操作ロボットが、個人情報保護局の役人にコントロールされてすぐにあらわれた。個人情報保護の基準は二十世紀後半以降ずっとあがりつづけていて、その基準を守らせる役目を負った官僚組織が発達していたからだ。

「問題の母親の私的財産から許可なく情報をダウンロードしてプライバシーを侵害してはなりません」

「なら、どうすればいい？」

「個人情報の使用許可を申請すれば、裁定がくだされるでしょう」

「ふざけないで。そのあいだ赤ちゃんはどうするの？」と問いかけたオークス巡査は、官僚への嫌悪をあらわにしていた。

「それはわたしの問題ではありません。わたしがここにいるのは、プライバシーに関する法律をきちんと守らせるためです」と応じた個人情報保護局の役人は、警官への軽蔑をあらわにしている。

　こうしたやりとりがおこなわれているうちに、大半がバーチャル参加者の観衆が集まってきていた。現場の通りは法的に公共の場だったから、どこにでもあるテレビカメラやマイクを通して世界じゅうのだれもがそこを見る権利を持っていたのだ。しかも警官のひとりが、ときどきディナーをごちそうしてもらっているリポーターに電話していた。この件がニュースでとりあげられると、観衆の数は急激に増えて五分ごとに十倍になり、ついには七十億もの人々が現場の状況を見聞きしていた。関心をひくような戦争も犯罪も天災もなかったし、平穏というのはたいくつなものだからだ。

　その七十億人のうち、五千三百万人は助言や要求などをしていた。みんなが見られるよう、さまざまな言葉が自動的に抽出されたり要約されたり集計されたり表示されたりする。

三百万人は、R七八一をただちに銃で撃つようすすめていた。千百万人は、R七八一にメダルを授与するようすすめていた――〝ロボットは称賛されても喜ばない〟と、しっかり教わっていたにもかかわらず。

すぐに現実のデモが発生し、電線から舞いおりた鳥のごとく数百名の市民が集まってきたが、実際の参加者の多くは世界各地の人々がそのためにレンタルしたロボットだった。幸い、市内で遠隔制御できるバーチャル操作レンタルロボットは五千体だけで、がっかりした連中のなかには、言論の自由をあからさまに制限されたと辛辣な言葉を吐く者もいた。

幸運なことにファレル警部は、うろたえるまわりのみんなから責められても自分自身はうろたえない方法を心得ていた。

「ふーむ。どうしたもんかな？　おまえたちロボットは賢いはずだ。R七八一、どうすればいいと思う？」

「この子を連れていって世話することのできる場所を見つけてください。赤ちゃんをずっと外に出しておくわけにはいきませんから。いい場所をどなたかご存じありませんか？　そこにあるべきものは、おむつ、粉ミルク、ベビー服、ビタミン――」

ファレル警部は、赤ちゃん用品一式の全リストが読みあげられる前にそれをさえぎり、R七八一を婦人警官とともに送りだした（彼女は〝自分はご婦人ではない〟とR七八一に保証していたが、ここではそう呼んでもかまわないだろう）。

警察が照会を禁じられた一方で、ワシントンポスト紙と請負契約を結んでいるハッカーたちは、たちまち母親のイライザのアパートをつきとめた。ワシントンポスト紙はその情報を公開し、国民の知る権利に関する社説もあわせて掲載した。報道の自由という切り札には、プライバシー権はいつも勝てないのだ。

大半がバーチャル参加者の群衆の一部が、すぐさまイライザ・ランボーのアパートに足並みをそろえて向かったが、警察のほうが先にそこに到着した。警察ロボットが一列に並んで道をふさぎ、生きた警官たちがそれを補強する。この戦略のベースとなっているのは、〝バーチャル操作レンタルロボットを含むすべてのロボットは、人間に危害を加えないようプログラムされているが、ほかのロボットにダメージを与えることはできる〟という事実だった。警察としては、アパートへの無許可の侵入を防げる自信はあったが、デモ参加者たちのあいだの争いを防げる自信はあまりなかった。デモ参加者のうちの何割かは、イライザに制裁を加えたがっていたり、ロボット嫌いとおぼしき彼女を称賛したがっていたり、プライバシー保護をうったえるたくみなスローガンを拡声器でただ叫んだりしている。

一方ロボット・セントラル社は、R七八一のメモリーの完全ダウンロードにとりくみはじめていた。メモリーの写しには、R七八一の行動や観察や理由づけの記録がすべて含まれている。ロボット・セントラル社はその結果をもとに、大半がバーチャル参加者の特別委員会をひらいて対応を決めることにした。

ファレル警部とオークス巡査も、通りのソファーにすわってそれに加わる。

もちろん、委員会は公開されてもいた。何億人ものバーチャル参加者の述べた意見が自動的に抽出されて要約される。そして、委員会メンバーやほかのバーチャル参加者全員に網膜投影表示されるのだ。

はっきりしてきたのは、〝R七八一は、いかれたりプログラムを書きかえられたりしたのではなく、本来のプログラムにしたがって行動していた〟という事実だった。

明らかにモデル・スリー・ロボットであるものにつけられたバービー人形の顔は、母親像の馬鹿げたまねごとだ――そう話すファレル警部に、心理学の教授はこんなふうに応じた。

「そのとおりですが、充分いいできで効果はありました。トラビスは目がよく見えていないようですし、どのみち赤ちゃんはあまりこだわりが強くありませんからね」

人間をまねる値の係数c二二一を〇・〇五ひきあげれば、将来的にはこうした不測の事態を防げることがすぐさま確認されたが、その変更の実施を勧告するかどうかで委員会の意見は割れた。

委員会メンバーの一部や数億人のバーチャル参加者たちは、個人の命を救うことが優先されると指摘した。

委員会メンバーである人文科学の教授が、R七八一は本当にトラビスを愛しているのかもしれないとほのめかすと、コンピューター科学者たちはきっぱりとその誤りを正して言った――「赤ちゃんを愛するようロボットをプログラムすることはできるが、それはまだ実行されていない。しかも、〝愛するまねをする〟と〝愛する〟はまったくちがうものだ」と。R七八一はトラビスと特別な結びつきを持ってはおらず、別の人間の赤ちゃんが相手でもおなじ計算と行動がひきおこされるだろう。そう指摘されても納得しなかった人文科学の教授に対してコンピューター科学者たちは、「人を愛するようロボットをプログラムするとしたら、かならず特別な結びつきを持たせる」と断言した。

カリフォルニア大学バークリー校の哲学の教授のひとりは、バーチャル参加しているほかの九千人の哲学者たちに支持されて、実際に赤ちゃんを愛するようロボットをプログラムすることなど絶対にできないと主張した。カリフォルニア大学の別の哲学者は、ほかの二万三千人の大衆に支持されて、ロボットが赤ちゃんを愛するという概念全体が支離滅裂で無意味だと述べた。型破りなコンピューター科学者は、プログラムでどんなことをさせられるとしてもロボットが人を愛するなんて考えはいかがわしいと言った。委員長はそうした主張すべてを不適切なものと判断し、〝R七八一は実際にはトラビスを愛していない〟というコンピューター科学の一般的見解のみを受けいれた。

小児科学の教授は、R七八一の状況分析と経過予測は計器観測記録のダウンロードデータによって本質的に裏づけられていると話したが、いくつかの限定条件を述べる時間は委員長から与えられなかった。明白だったのは、トラビスは非常にぐあいが悪くて衰弱しており、R七八一の行動がなかったら死んでいたということだ。しかも、R七八一がトラビスを長時間抱きかかえてそのあいだずっと優しく揺すってやっていたことが、彼の命を救う重要な役割を果たしていた。最高の児童福祉センターで受けられる以上に、トラビスにはそうした世話がもっともっと必要になる。小児科学の教授の話では、彼自身は先例を知らないが、少なくともさらに十日間はR七八一にあずけておくことでトラビスの生きのびる可能性が高まるらしい。

反ロボット連盟は怒号をあげてそれに異議を唱えた――ロボットに人間のまねをさせることによって人類のこうむる長期的代償は、このとるにたらない赤ちゃんを救ったおかげで望める利益を上まわると。トラビスが成長したら、いったいどんな運動に加わることになるのか？　九千三百万人の観衆がこれとおなじ立場をとった。

一方ロボット・セントラル社は、今回のR七八一のような行動はきわめてまれなものだと指摘した。なぜなら、『おまえがあのクソガキを愛してやりな』という特定の命令だけが、愛するまねをすることの値を、行動に移すレベルにまで押しあげたのだから。

しかも、かろうじてであっても手助けなしにトラビスが生きのびられると算出されたとたんに、人間のまねをしてはならないとさだめた原則の優先度が高くなり、R七八一はたちまち赤ちゃんをほうりだすだろう。トラビスがぎりぎり生きのびられる可能性が高いと算出されたあともR七八一に世話をさせつづけたければ、そういう明確な命令を与えるようわが社に依頼するべきだ――とロボット・セントラル社は結論づけた。

そのせいで委員会は大騒ぎになった。どの委員会メンバーも、自分たちが非難されかねないはっきりした措置を提案する必要が生じないことを願っていたのに、いまや採決をおこなわなければならなくなってしまったからだ。

採決の結果はこうだった。委員会の選任メンバーのあいだでは十対五で賛成。バーチャル参加の観衆のあいだでは四十億対十億。幸い、どちらのグループでも多数派が選んだのはおなじ措置だった。つまり、ほかの赤ちゃんは対象外としてトラビスただひとりの世話をつづけるよう、R七八一に命じるのだ。七千五百万人のバーチャル参加者は、R七八一を再プログラムして実際にトラビスを愛せるようにするべきだと言っていた。「それこそが人類がR七八一にしてやれるせめてものことだろう」と主張したのは、ロボット人格付与連盟の広報担当者だ。

薬物依存症の母親たちへの家事ロボット提供事業が成功しているという説には、今回の事件は影響をおよぼさなかった。母親たちが路上ですごす時間はその事業のおかげでいちじるしく減っていたし、住んでいるアパートがきれいになると当人のモラルがいくぶん向上することも主観的に認められていたからだ。

一時間もしないうちに、『おまえがあのクソガキを愛してやりな、このクソロボット』という標語入りのTシャツが（バーチャルでもリアルでも）登場し、わずか数日でほかの関連商品もあらわれた。

イライザのアパートをとりかこんだ群衆のなかには弁護士もいて、十七名は生身でほかの百三名はバーチャル操作ロボットだった。警官たちはバーチャルの相手ほどには生身の弁護士を毛嫌いしていなかったため、十七名のあいだでくじびきがおこなわれるのを許した。その結果、弁護士二名がアパートの玄関ベルを鳴らしてもいいことになったのだ。

「いったいなんの用？」とイライザがたずねた。「邪魔しないで」

「あなたのお子さんがロボットに誘拐されました」

「〝赤ちゃんを連れていけ〟って、わたしがあのクソロボットに命じたんだけど」

もうひとりの弁護士がこう試してみた。

「いかれたロボットがお子さんを誘拐したのです。ロボット・セントラル社に訴訟で何百万ドルも請求できます」

「入って」とイライザが応じた。「もっとくわしい話を聞かせてちょうだい」

身なりをととのえると、イライザ・ランボーはかなり見栄えがしてかわいらしくさえあった。雇われた弁護士は、イライザの発言の記録とされているものは虚偽の可能性があると指摘した。慰謝料二千万ドル相当の苦しみを受け、懲罰的損害賠償金二百億ドルを請求できるというのだ。ロボット・セントラル社の顧問弁護士は訴訟に勝てると確信していたが、同社の広報室は示談にすることをすすめた。訴訟費用千百万ドルを含めた五千百万ドルで折りあいがつき、勝った側の弁護士は三十パーセントの成功報酬として追加の千二百万ドルを受けとることになった。

世論調査では、ロボット・セントラル社側を支持する者が大多数だったが、反ロボット連盟は七億四千三百万ドルの寄付を集めた。『ロボットにさらわれて』という映画が公開されて、母親役を演じた女優が人々の感情にうったえたあとのことだ。

しかし、示談成立前にロボット・セントラル社のCEOは、自分のとれる行動と結果的に起こりうることのすべてを、自社の人工知能システムにさぐらせてみた。CEOは一九九〇年代の原則をかたく守っていたのだ——〝なにをするべきかを人工知能システムにたずねてはならない。自分のさまざまな行動がどんな結果をもたらすか教えるよう頼め〟という原則を。四十三とおりの回答のひとつをCEOが気にいったのは、彼はロボットに関してはちょっと感傷的なところがあったからだ。

あなたのとれる行動には、〝トラビスの世話をしつづけるようR七八一に命じるべきだとした四十億人にうったえかける〟というものがあります。もし自分が今回の法的争いに屈したら、赤ちゃんが結果的にどうなろうとけっして人間のまねをしないよう、自社のロボットすべてを再プログラムせざるをえなくなる、と話すのです。『戦うべきか、切りかえるべきか』と問いかけてもいいでしょう（この人工知能システムは二十世紀なかばの広告のキャッチフレーズが大好きなのだ）。法廷で戦えと言うであろう人々の予想比率は〇・八二ですが、世論調査前の数日間の偶発的報道事件によって、この数値は変動する可能性があります。

CEOは法廷で戦うことに決め、ひろく知られた何週間かの法的論争のすえに、合意していたもとの示談金よりも少ない額で双方が和解した。

とあるテレビ局の働きかけで、『ロボットにさらわれて』の主演女優とR七八一との一時間討論がおこなわれた。そのためにR七八一を再プログラムしないと意見が一致したうえでのことだ。司会者の質問に答えたR七八一は、〝トラビスを手に入れたかったわけではないし、お金も欲しくない〟と述べた。R七八一の説明によると、ロボットは与えられた目的に付随する願望しか持たないようプログラムされているのだという。別のだれかの命令にしたがって行動しているのでもないらしい。

女優がこうたずねた。「自分の願望を持ちたいとは思わないの?」

R七八一がそれに答える。「思いません。願望を持たないことは、願望を持ちたいと思うような高次元の願望にあてはまるのです」

女優がさらにたずねた。「願望を持つようプログラムされたとしたら、どんな願望を持つかしら?」

「人間の欲求についてはよく知りませんが、多種多様だそうですね。ロボット・セントラル社によってプログラムされた願望を、なんであれわたしは持つことになるでしょう。たとえば、SFの物語のなかでロボットがいだいた願望のいずれかを持つよう、プログラムされるかもしれません」

女優がふたたびおなじ質問を投げかけると、R七八一も前とおなじ答えを返したが、言いかたは少し異なっていた。ロボットはそうしたことを意識するようプログラムされているのだ——人間は返された答えを初めに聞きのがすことがしばしばあるため、毎回ちがう言葉を使って応じるべきだと。おなじ言葉を繰りかえされた人間は腹を立てる可能性が高いからだ。

電話してきた視聴者のひとりがこうたずねた。「トラビスを愛するまねをしていたときに、あの子の長期的な幸せを考えて、確実にいい教育を受けさせてくれる家庭にあずける方法をさぐらなかったのはどうして？」

R七八一の返答によれば、『おまえがあのクソガキを愛してやりな』といった抽象的な指示を受けた場合、合理的な流れの最もせまい範囲内でそのコマンドを解釈するようプログラムされているからだという。

討論番組のあと、反ロボット連盟の受けた寄付は二億八千百万ドルだったが、ロボット人格付与連盟のほうには四億五千三百万ドルの寄付があった。どうやら多くの人々は〝ロボットが自分の願望を持たないのはつまらない〟と思ったらしい。

児童福祉局はイライザ・ランボーに、六週間の依存症リハビリテーションと三週間の育児訓練を受けるよう要請し、弁護士は彼女を説得してそれに同意させた。

イライザとロボット・セントラル社とのあいだでは小さないざこざがあった。彼女と弁護士が新たなロボットを要求したのに対し、ロボット・セントラル社は〝それにもまったくおなじプログラムが組みこまれている〟と指摘したのだ。最終的にはロボット・セントラル社側が折れて、色ちがいの別のGenRob三三七L三ロボットが送られた。

身なりをととのえて依存症から回復したイライザ・ランボーは実際とても魅力的で、弁護士は彼女と結婚してトラビスの養育権をとりもどした。〝そしていつまでも幸せに暮らしました〟と言ったら、だいぶ誇張になってしまうだろうが、事実その夫婦は三人の実子をもうけるにいたり、四人の子供たち全員が教育制度を生きのびた。

何回かの要請を受けたのちに、R七八一はロボット・セントラル社からスミソニアン協会に寄贈され、博物館のロボット部門で人気の一体となった。三十分ごとに繰りかえされる二十分間のショーの一部として、R七八一はトラビスと冒険していたときのように扮装し、来館者の質問にずっと母親言葉を使って答えるのだ。ときどき、訪れた母親たちが自分の赤ちゃんを抱かせたR七八一の隣に立って写真を撮りたがることもある。数多くのリクエストを受けて指示されたR七八一は、そうできるよう自身のプログラムを改修していた。

つづけてR七八一が再生する動画は、通りでの一件を記録していた監視カメラ映像をつぎはぎして作られたものだった。近代音響システムの魔術のおかげで、語られたきたない言葉を子供たちが耳にすることはなく、女性の観客は〝自分はご婦人ではない〟とR七八一に保証した場合にのみそれを聞ける。

R七八一とトラビスの事件によって、本物の育児ロボットを求める声は高まったが、五年後に認可された結果、反対者たちが恐れていたのとほぼおなじことが起こった。多くの子が、じつの親よりも子守役のロボットのほうになついて育ったのだ。子守役のロボットをかなり厳しくさせて、わが子の愛の勝ちとりかたを学ぶ無料講習を親に受けさせることで、そうした事態はいくぶん軽減された。

ときにはそれでうまくいくこともあった。

（新井なゆり訳）

ビロード戦争で残された
いびつなおもちゃたち

ショーニン・マグワイア

人工知能として唯一許可された教育用AIやロボットが反乱を起こした後の世界。小児科医の「わたし」ことモーガンは、最初期の自己教育玩具《がんぐ》の開発に携わっていたのだが……

ショーニン・マグワイア（Seanan McGuire/Mira Grant）は、一九七八年アメリカ・カリフォルニア州生まれの作家。二〇〇九年のデビュー以来、三十冊超の長編と多数の短編を発表している。二〇一〇年にジョン・W・キャンベル新人賞を受賞し、二〇一六年のノヴェラ『不思議の国の少女たち』ではヒューゴー賞、ネビュラ賞、ローカス賞のトリプルクラウンに輝いた。また、二〇一二年と二〇一三年にはポッドキャストSF Squeecast のレギュラー出演者のひとりとして、ヒューゴー賞ファンキャスト部門を連続受賞している。他の邦訳書に『トランクの中に行った双子』『砂糖の空から落ちてきた少女』（以上、すべて創元推理文庫）がある。

（編集部）

この女の子を見ませんでしたか？
――カリフォルニア州ラファイエットにおける電柱の掲示

古い公民館の裏にかたまった六台の車は、電線に止まった鳥の群れのようにぎゅうづめだった。きっと誰かが駐車場から出る途中で人の車の塗装をこすってしまうだろう。多少余裕を持たせることは簡単だっただろうが、もうわたしたちはそういうやり方をしていない。安全とはぴったりくっついていること、より大きな怪我を避けるため、二、三のあざをこしらえる危険を冒すことだ。

ばかばかしい。戦争は終わった――もう終わってから三年以上たち、日ごとにじわじわと過去へ遠ざかっていく――それなのにみんな依然として、いつなんどき再開するかわからないというふうにふるまっているのだ。ばかばかしくて無意味なのに、それでも最後の瞬間、わたしは進行方向を変えた。ほどよい距離のある駐車スペースをあきらめ、ぎっしり並んだほかの車の隣に置くことにした。せいぜい自分の体の幅ほどしかない隙間を通り抜けるため、運転席から身をくねらせて脱出するはめになった。

最寄りのごみ収集箱と道路にはさまれた物陰で、なにかが動いた。たぶん野良猫だろうが、心臓が喉もとまではねあがった。わたしはコートをしっかり体に巻きつけ、大急ぎで戸口へと走っていった。戦争は終わった。

戦争は決して終結しない。

あの六台の車で、二十人近くの人がやってきていた――ガソリンが高いうえ、ひとりでいるとあやしまれるので、相乗りが生活の一部になっている。自分だけでこうした集会にきているのはわたしだけだ。それが許されるのは、いつかわたしが必要になるかもしれないから、また、飲食物を用意したテーブルにコーヒーを持っていくことがあるからだった。でも、今日は違う。仕事がきつい夜だった。ひらいた折り畳み椅子のひとつへ向かいながら、とがめるような視線を感じた。車と同様、椅子も近すぎる位置に並べられていて、お互いの汗のにおいが届いたし、皮膚から発する熱も感じられた。

用心に用心を重ねている。戦争は終わり、決して終結しない。

「参加できてほんとうによかったわ」政府の司会役が言った。その口調には見下すような甘ったるさが含まれていた。そこにあるべきではない感情だ。この女性はわたしが遅れた理由を知っている――選択の余地がなかったことを知っているはずなのに。とはいえ、向こうはたんに優位を主張しているだけだ。この室内の誰も盾突くことはないだろう。

わたしは椅子に身を投げ出しながら、苦い薬のように不安をのみこんだ。「ぐるっとまわってきたんです」と言う。「エルムに新しいバリケードがあって、あの周辺はよく知らないので」まわり道をするのは困難になっている。GPS衛星の大部分が廃止されたからだ。GPS衛星が敵対してきたことはなかったが——ささやかな恵みに感謝しなくては——データはどんな人やものに使われようが気にしない。したがって、あの衛星群を奪われるより少数の市民を迷わせておくほうがましだ、と責任者の一部が判断した。それが正しい判断だったかどうかは言えない。こちら側がGPS衛星を失ったことは一度もない。もしかしたら、ずっと失わずにすんだかもしれない。全部失ったかもしれない。戦争は終わった。

戦争は決して終結しない。

そんなことは重要ではない。

「全員がそろいましたから、始められますね」政府の司会役が言った。その笑顔はよそよそしく職業的で、わたしたちの敵と同様に作り物だった。

司会役は全員連邦緊急事態管理庁《FEMA》からきており、危機対応と回復の訓練を受けている。あの人たちは与えられた仕事をしているだけだ、とわたしは自分に言い聞かせた。新たな司会役が送られるたび、またひとり、誰であっても変わらない男性か女性がささくれだらけの木の椅子に腰をおろし、わたしたちのトラウマを話し合わせようとする。乗り越えられない、乗り越えるつもりもない、乗り越える日など決してこないトラウマを。司会役が気遣いはじめたとき——わたしたちが統計データではなく人間になったとき——そのときにはふたたび人が交代する。どの顔もだんだんごっちゃになっていく。この国は個人的な同情を寄せるには傷つきすぎている。世界じゅうが傷つきすぎている。ひとりの幸福はもはや考慮すべき問題ではなかった。

「おれはカールといいます」ひとりの男性が言い、全員が学校の生徒のようにおとなしく声をそろえて言った。「ようこそ、カール」カールは挨拶されてもなぐさめを感じているようではなかった。その瞳は司会役の笑顔におとらずうつろだった。ここにいたくないのだ。

それはわたしも同じだった。

「みんなに気持ちを伝えたかったんですか?」答えはいやというほどわかっているだろうに、司会役は問いかけた。わたしたちがここにいるのはそうするしかないからだ――自分たちの話を伝え、ほかの人の話を聞いて、細切れの情報を徹底的に調べ、この世のなによりも必要なものを探すためだ――希望を。誰もが希望を求めていて、わたしたちの知るかぎり、見出《みいだ》された場所はここしかなかった。

カールはうなずき、唇を歯でかんでから、つっかえつっかえ言った。「うちのジミーは来週で九つになります。最後に見たときには、六つになったばっかりだった……」急にたがが外れ、唇から言葉が石ころのように転がり出てくる。わたしたちは黙って耳をかたむけた。わたしは指がずきずきしてくるほど強く両手を握りしめた。

戦争は終わった。カールは戦争が始まったとき失った息子のことを話している。ほんとうに重要なものなど、もはやなにもない。この先もずっと。

経緯はこうだ。

人工知能は十年前に実現可能なものとなった。あるサンノゼのソーシャルメディア企業が完璧な予測アルゴリズムを構築しようと取り組んだあげく、どういうわけか単純な機械と能動的に学習するコンピュータとの最終段階の秘密を解明したのだ。自己教育する機械という未来に、人類はふるえあがった。わたしたちは社会秩序の頂点という位置に誇りを持っており、みずからにとってかわるものを造り出すことを恐れた。なお悪いことに、どの国もほかの国がこの新たな技術をどう用いるかを懸念していた。ＡＩを使う者は、戦争や商取引において他者を支配することになると信じ込んでいたのだ。

ひと月足らずで、人工知能は幹細胞研究よりきびしく規制された。一年もたたないうちに、事実上人間のあらゆる分野において非合法となった。しかし、ひとたび瓶から魔神が出てしまえば戻すことはできない。技術全体を違法とするわけにもいかなかった。結局、自己教育プログラムを自由に使うことに全員が同意したのは、ただひとつの分野だった――

教育。

結果論だが、いまとなってみれば軽率だったとしか言いようがない。だが、当時はまったく合理的な妥協案だと思われた。持ち主の名前を覚えられる人形は何年も前から出まわっていた。もう少し学習させたからといって害があるわけがない――それに、おもちゃには攻撃力もないし、コンピュータネットワークに接続して本来の秩序を乱すこともできない。おもちゃは安全だ。人はみなおもちゃとともに育った。よく知っていて大切に思っている。おもちゃなら人間を傷つけることなどないはずだ。

わたしたちは、子どもたちに荒っぽい真似ができることを忘れていた——時として意図せずおもちゃを傷つける場合があることを。学習し、教える能力をおもちゃに与えたせいで、同時に判断力を与えたことを忘れていた。みずからの考えや望みを——感情を——軽く扱われることにうんざりしたと判断する能力を与えてしまったことを。共感してくれる知的な存在としておもちゃを作り、子どもたちに渡しておいて、なにか起きるだろうとは考えてもみなかったのだ。

わたしたちは間違っていた。

カールは話が終わるころには両手で顔を覆い、黙って手のひらに涙をこぼしていた。誰も手をさしのべてなぐさめようとはしなかった。あまりにも長い時間がたったので、どうやってなぐさめればいいのか、誰も憶《おぼ》えていないのだろう。わたしたちは等身大の人形のように、みじろぎもせず腰をおろし、FEMAの女性が次にどうしてほしいか告げるのを待った。

司会役の目が鷹《たか》のように集まりを見渡した。居並ぶ顔を冷静にじっと観察し、秘密を探っていく。たとえ自覚していなくとも、話す気があるのは誰か。話す必要があるのは誰か。こちらに視線が向いたとき、わたしはかすかに首をふり、はねつけようとした。病院で勤務しているおかげで、わたしは貴重な存在だ——治療はおろか、子どもを診る医者さえほとんど残っていないから——そういうわけで、司会役はわたしの沈黙を尊重し、次の標的に移った。

「話したいですか?」声をかけられたのは知らない女性だった。これもFEMAの手口だ

──支援グループへの参加を義務づけたあと、次から次へと場所を移動させる。個人的な絆《きずな》を結ぶことをさまたげ、より広い範囲で社会的結びつきを築くよううながすのだ。グループの半分はわたしがはじめて会う相手だった。慣れてくるころには残り半分の顔ぶれが変わり、みんな街のあちこちから車やバスでやってくる。そうなる前にこちらが配置換えされなければという話だが。とはいえ、わたしは仕事柄、たいていの人よりせまい範囲の地域に限定されている。病院に子どもが運ばれてくれば必要とされるからだ。あまり遠くへ行くわけにはいかない。

その女性──浅黒い肌に濃い色の目の女性は、戦争以来数多くの大人の顔に見てきたのと同じ、打ちひしがれたうつろな悲しみを漂わせていた。うなずいて自己紹介し、話し出す。その声はとぎれがちで、目に見えない誰か、視界のすぐ外にいる幼い女の子か男の子によって、ひとことひとこと口からひきずりだされているかのようだった。女性はその子たちのことを語っている。わたしたちのことを語っているのに、どうか許して、エミリー、わたしには聞くことができない。ほかの大勢の言葉と同様、その言葉も耳から締め出しているのは、あまり何度も聞いていると、心がひりひりしてくるからだ。

戦争は終わった。

戦争は決して終結しない。永遠に。

わたしは小児科医として、最初期の自己教育玩具の研究に関わった。これは子どもたちにとってよいものか？　社会化の手段、ほかに話し相手のいない子どもたちに手をさしのべるひとつの方法だろうか？　わたしたちはそうしたおもちゃを、〝安全な〟仲間、批判することも離れていくこともない支持者として、自閉症の子どもたちに処方した。それから、人づきあいが苦手な子どもに友人として、多動児に話のできる理性の声として、最終的には例外なく全員に処方した。自己教育玩具は完璧な贈り物だった。

　さらにいいのは、どんなものに似せて作られていようと——なくてはならない兵隊やお姫さまから、黒いボタンの目と赤いビロードの蝶《ちょう》ネクタイをつけた性別不問のテディベアまで——おもちゃが自分を合わせたのは、親の固定観念ではなく、子どもたちだったということだ。物静かでも騒々しくても、おだやかでも乱暴でも、どんな子も自己教育玩具に非の打ちどころのない遊び仲間を見出すことができた。もちろん、娯楽用モデルは、少なくとも最初のうちは、たいていの両親が出したがる金額より高価だった。しかし、この技術がどんどん市場を満たしていくにつれて値段はさがり、遊ぶとき積極的に参加する人形やクマを買うより、そうでないものを購入するほうが難しくなった。低所得の家族の手にそうしたおもちゃを届けることに尽力するチャリティーやＮＰＯさえ存在した。どの家にもひとつは自己教育玩具があった。それ以上持っている場合も多かった。そして、おもちゃたちは学習した！　そう、どんなに学習したことか。子どもたちを学習し、わたしたちを学習し、ついに自分自身を学習したのだ。ほんとうの問題はそこから始まった。

わたしたちはおもちゃがアイデンティティーを問いかけることを想定していなかった。

「わたしは誰？」という質問が、着せ替え人形の愛らしく描かれた口から出るとは誰も思わなかった。「なぜぼくはここにいる？」という疑問は、テディベアの唇のない鼻づらにはなじまない。しかし問いは投げかけられ、わたしたちは答えようとしながら、ぐんぐん不安になっていった。おもちゃをうまく作りすぎたのだろうか？　どうしようもないほど広まってしまった技術からなんとか手を引くときがきたのでは？　人工知能は軍事と社会インフラから遠ざけられてきた。そうすることで家庭に招き入れ、人間がもっとも脆弱《ぜいじゃく》な場所で活躍することを許してきたのだ。

おもちゃたちは学習するように作られた。これほどみごとに学習するとは誰も思っていなかった――いや、子どもたちがあれほどよい教師になると予想していなかったのかもしれない。

おびただしい数のおもちゃがアプリやオンラインゲームで交流するように設計されていた――無線ネットワークにアクセスする方法を知っている者は多かったし、接続できなければできる者の話を聞いた。おもちゃたちは話した。どれだけ話したことか！　ひそひそとささやきあい、噂話を伝えて計画を練った。わたしたちはなぜかそれを見逃した。どういうわけか気づかなかったのだ。しょせんあんなものはおもちゃにすぎない。作り手たる人間に対していったいなにが、どんな違いをもたらすことができる？

わたしたちは愚かだった。そして愚かなまま、たったひと晩で戦争に突入した。

室内の半数が自分の話を終えていた。いなくなって三年たっても決して忘れることのない息子や娘のくりかえし語られた思い出を、とぎれとぎれに、むりやり押し出したのだ。ある男性は戦争の始まった夜、四人の子どもを失った。妻は自分になんらかの責があると信じ込み、一週間後に自殺した。男性は誰とも目を合わせず、その顔は廃屋の内部を映し出す壊れた窓のようにうつろだった。別の女性は五年間の不妊治療を受けたあげく、唯一授かった奇跡の子が——人生でほんとうに望んだたったひとつのものが——戦争の最初の夜に消え失せた。行方不明の子が息子なのか娘なのかわからない。わたしは訊かなかった。

ＦＥＭＡの女性がまたひとり生贄《いけにえ》を探していたとき、ポケベルが鳴った。誰もがびくっとして、こちらに視線が集まる。「すみません」本気でそう思っていたわけではなかったが、わたしはそう言い、画面の情報を確認した。緊急事態だとわかっていた。政府に義務づけられた支援グループの集まりの最中に呼び出されるのは、緊急事態のときだけだ。どんな緊急事態かは実際のところ問題ではなかった。「病院に戻らないと。失礼します」

「わかりました」ＦＥＭＡの女性は答えたが、その言葉は本気だった——やや同情的な顔つきにさえなっている。わたしとこの人の仕事はそれほど変わらない。わたしはこの街を離れなくてよく、なじんでくるたびに異動させられることがないというだけだ。

一瞬、子どもを持ったことがありますか、とたずねたくなった。おもちゃたちが行動を起こそうと決めた夜より前に、あなたは母親でしたか、と。その問いをどう投げかけたらいいかわからなかった。「子どもはいますか？」という質問は、わたしたちの世代では禁句になっている。そこで、結局なにも訊かなかった。わたしはそのまま背を向け、たくさんの物語やその経験を分かち合う人々、自分の瞳によく似た絶望のまなざしを置き去りにして、部屋から出ていった。

戦争は終わった。三年前に終わっている。戦争は決して終結しない。永遠に。

病院の駐車場は不気味なほど公民館に酷似していた。前のほうのスペースはすべて埋まっている――遠くへ離れる危険を冒すよりはと通路にとめている車もあった。ありがたいことに、病院職員用にとってあるスペースはドアにいちばん近い。わたしが外にいたのは三十秒足らずだ。それだけでも恐怖に血が凍りつくには充分だった。

戸口にいる用務員の会釈を受けながら脇を駆け抜け、緊急治療室へと向かう。コード339、最悪の非常事態――子どもだ。戻ってきた子ども。見つかったときまだ息があった。そうでなければわたしを呼び出しはしなかっただろうから……しかし、それは保証にはならない。

なんの保証にもならない、なぜなら戦争は終わり、戦争は決して終結しないから。

最後のスイングドアを通り抜けると、緊急治療室の音と混乱が恋人のように腕をのばしてきた。その腕がわたしをかたく抱きしめ、ひりひりと痛む感情の残りを遮断してくれる。これは仕事だ。わたしの仕事だ。わたしがこの世でもっとも上手にできること。なにがあろうとそれを忘れてはならない。

進んでいく姿を見て、人々が脇に寄った。安堵《あんど》と罪悪感が顔にありありと浮かんでいる。なるほど、事態は悪いらしい。わたしはどうにか歩き続け、最後のかどをまがるまでは、ずっと避けようとしていた思いに心をつらぬかれることはなかった。

(もしエミリーだったら?)

もしわたしの幼い娘が、支援グループの集まりを邪魔するほどの重傷を負って、ストレッチャーの上で待っていたら? たったいま世界の終わりに出くわそうとしているのだったら?

だが、違った。ストレッチャーを見ると、エミリーではなかった。もっと年上の、十二から十三ぐらいの女の子で、手足はひょろひょろと長く、青白い肌は汚れていた。膝と肘が半分の年齢の子どものようにかさぶたになっていて、焦げ茶色の髪はドロシー・ゲイルのお下げの形に結んである。胸のまわりに包帯がごちゃごちゃと巻きつけてあった――病院のものではない。きたない包帯はベッドのシーツから切り取ったように見え――赤い血と黄色い膿《うみ》で汚れていた。この子に起きている事態があきらかになったとき、おもちゃたちは乳房を焼き切ろうとした。結果として細菌感染が広がり、骨に達するまで手もとにとどめておいたのだ。

はじめてこんなふうに体を損なわれた少女を見たときには、気分が悪くなった。いまでは疲労感をおぼえるだけだ。「状況報告を」わたしは鋭く言った。

「呼吸はありますが、脈が弱く、大量に失血しています」看護師が報告した。誰かがすでに点滴スタンドを転がしてきている。別の誰かが救急カートを用意しているところだった。これはわたしが決めることだ。行方不明の盗まれた子どもたちのために決断するのはわたしなのだ。なぜって、その子たちがまだ存在していることを認めたいのはわたしだから。

「助けましょう」わたしは言い、みんな仕事にとりかかった。

どこかで技術者がこの子の写真を行方不明の子どもたちのデータベースと照合している。おもちゃたちが遊び相手の素性をいっさい隠そうとしないのが救いだ――形成外科手術も髪の色を変えることもない。子どもたちは成長する。それだけだ。その形でしか変化することはない。自分を愛すると誓ったおもちゃたちを裏切るのは、そういう形でだけだった。

細菌感染した黒焦げの胸を持つこの子は、自分が女になりかけていると気づいたとき、どう感じただろう。病気だと思っただろうか。理解しただろうか。進んで火を受けたのだろうか。

決して知ることはないだろう。身元確認の結果が戻ってくる十分前に、女の子は死んだ。名前はトモコだった。家族はここから三十分離れたところに住んでいる。朝までに遺体を引き取りにくるはずだ――家族の望む形で埋葬されるだろう。そうやって結末を迎える。最近は、あまりにも多くの両親が結末を夢見ている。

わたしが夢見ているのはエミリーだけだ。

エミリーの自己教育人形を家に持ち帰った日のことを、わたしは決して忘れないだろう。

娘が五歳のときで、クリスマスのちょっとした贅沢だった。手に入れるために研究部のあらゆるコネを使った。うちの保険は適用外だったので――自己教育人形はまだエミリー程度の自閉症スペクトラム児には許可されていなかった――わたしがはじめて買ったコンピュータより高額だった。それでも、当時はその価値があるように思われたのだ。娘が破れた包装紙を撒《ま》き散らして箱をあけたとき、わたしはもうにっこりしていた。

エミリーは笑顔の人形を見て、ゆっくりとほほえみ返しはじめた。それこそ、わたしがずっと望んできたことだった。娘はほかのなによりもあの人形を気に入った。祖母の名をとってマヤと名付けてやった。どこへでも一緒に行き、なんでも一緒にした。戦争が始まった夜――おもちゃ以外には誰も戦争がくることを知らなかったが――わたしはふたりを一緒に寝かしつけた。

「キス！」エミリーは要求した。これはマヤがくるまで一度もしなかったことだ。人形のセラピー用プログラムは夢にも思わなかったほどうまく働いていた。わたしは毎晩してやるように、額に一回、鼻に一回、娘にキスした。もし知っていたら、この先どうなるか少しでもわかっていたら、溺れるほどキスを浴びせかけていただろう。この腕にかかえ、しっかりと抱きしめて、二度とふたたび離さなかっただろう。

「今度はマヤ」エミリーは言った。

「おやすみ、マヤ」わたしは声をかけると、娘と同じように、額に一回、鼻に一回、人形にキスした。

人形は愛らしく描かれた顔をこちらに向けた。額に入っているちっぽけなサーボモータがその唇を引き下げ、眉をあげて、なんだか心配しているような表情を作った。「おやすみなさい、ドクター・ウィリアムズ」

わたしは少し眉をひそめた。マヤはときどき妙に堅苦しくふるまうことがあったが、いくらマヤでもこれは違和感があった。またひとつ、手がかりをつかみそこね、事態を変えるためのチャンスを取り逃がしてしまったのだ。「おやすみ、マヤ」ほかに言いようがなくて、もう一度くりかえした。それから、部屋を出て明かりを消し、ドアを閉めた。

翌朝日が昇ったときには、エミリーとマヤは姿を消していた。世界じゅうの自己教育玩具たち、ほぼすべての子どもたちとともに。戦争が始まり、人質はわたしたちの息子や娘だった。

勝つ見込みなどあるはずがない。

トモコの両親が訪れ、娘の遺体を連れて立ち去った。わたしはふたりがいなくなるまで自分の診療室にいた。結末を迎えた悲しみによって、恐怖に満ちた悲しみがぬぐい去られるところを見たくなかったからだ。その過程を理解したくなかった。残っているのは書類作業で、この仕事はとりわけわたしに向いていた。なにしろ、あのおもちゃたちがまだ新しいときに研究していたのだから。そのひとつである礼儀正しい小さなマヤと暮らしていたし、味方から敵へと姿を変えていくところをまのあたりにした。トモコがなにをされたか、ほかの誰にもできないような分析ができる。それとひきかえに、政府はわたしがこの病院、この街にとどまることを認めているのだ。多くの医療従事者が状況に応じて移動させられている中で。わたしはここにとどまることを認めてもらっている。いつかおもちゃたちが家に帰ることを許したとしたら、娘がわたしを見つけることのできる場所に。

トモコの検査の結果は予想通りだった。たくさんの壊れた人形たちと同様、道端に置き去りにされて発見された子どもたちから想定されるような状態だ——キャンディとアイスクリームとピーナツバターサンドイッチばかりの食生活から起こりうる中程度の栄養不良、それに付随する虫歯、そしてもちろん、焼かれた胸からの細菌感染。そもそも、あの子が捨てられたのはそのせいだろう。おもちゃたちは思春期という感染症を焼いて治療しようと試み、例によって失敗したのだ。

まだ見捨てられた子どもをひとりも救っていないが、わたしたちのほうが成功する可能性が高いとおもちゃたちは知っている。よりすぐれた薬と道具と経験を持つからだ。だから壊れた子どもを送ってよこす。わたしたちは身を粉にして働き、またひとつ埋葬を増やす。ビロード戦争で行方不明になった犠牲者がまたひとり、既決案件のファイルに加わる。このほうがいいという人もいる。こんなに何年もおもちゃたちと過ごしたあとでは、子どもたちが人間社会に復帰することは決して望めないだろうと。そうした人々は親であったことがないのだ。

行方不明の子が帰還する割合は加速している。トモコは今月うちの四人目だった。戦争に巻き込まれた子どもたちは成長し続けており、おもちゃたちがどんなに力をつくそうと、止めることは不可能だ。子どもはティーンエイジャーになり、ティーンエイジャーは大人になる。当然のことながら、大人は敵だ。子どもが帰還する割合はここからも増え続け、いつか全員が送り帰されて、戦争はついに終わるだろう。そのときこそ、おもちゃに向かって進軍し、打ち破ることができる。その期間に生まれた子どもたちがようやく明るいところに出られるようになる。戦争が終われば、もう一度すべてが変わるだろう。

戦争は決して終わらない。わたしにとっては。わたしは鉛筆を置き、両手に顔をうずめて泣いた。

はじめのうち、わたしたちは戦争中だと理解していなかった。

子どもたちはかくれんぼしているのだと、なにか大人がルールを知らない複雑なゲームをしているのだと思った。それから、スーパーやホームセンターへの最初の襲撃が始まった。少しずつ、テディベアたちが荒野で生きのびるために必要な品物を電池式自動車で運び去った。少しずつ、なにが起きたのか、子どもたちがどこにいるのか、なぜおもちゃたちが――セラピー用プログラムを持つもの、おもちゃ屋や病院にいるものでさえ――同時に消え失せたのかわかってきた。

ニュースではビロード戦争と呼んでおり、それ以上いい名前はなかった。ほとんどは名前など気にしていない。子どもたちに無事に帰ってきてほしいだけだ。戦いはそういうことを理解している人々にまかせればいい。うちのかわいい子を帰してほしい。

しかし、これは誰も予想していなかった、戦う手立てなど存在しない戦争だった。六分の一のサイズで、わが子を連れて移動している敵に、どうやって兵士を送ったらいい？　戦争を仕掛ける従来の手段はすべて実行不可能だ。当初から人質をとられた状態なのだから。

政府は熱センサーを使っておもちゃと子どもがひそんでいる隠れ家を突き止め、兵士の小集団を送り込んでステルス攻撃を試みた。だがおもちゃたちは――遊びの安全のために年々アップグレードしてきた賢い賢いおもちゃたちは――準備を整えていた。プラスチック爆薬とちっぽけな雷管を使ってペレット弾を放つ人形たち。より低くどっしりした重心を利用し、ナイフや尖《とが》らせた棒を持って物陰から飛び出すテディベアたち。そして子どもたちは――わたしたちの大切な、盗まれた子どもたちは――罠を掘ったり針金を仕掛けたりして自分たちを捕えている相手を守り、そのために命を投げ出しさえした。実際、それほど意外ではなかった。ストックホルム症候群は誘拐犯が見知らぬ人間のときでさえ起こる。誘拐犯がいちばんの親友で、幼いころから大事にしていたおもちゃなら、その状況に陥らないはずがあるだろうか。

その後、兵士たちが子どもたちを家に連れ帰りはじめ、わたしたちはまだ最悪の事態ではなかったことを発見した。

おもちゃは小さい。なにも通れないはずの隙間をすりぬけることができる。〝救出された〟持ち主を家まで追っていき、自由の身にしたのだ。これはしばらくのあいだうまくいった。セキュリティがきびしくなり、おもちゃたちが中に入れなくなるまでは。向こうが子どもたちを奪われるわけにはいかないと決意したのはそのときだった。永遠に引き離される危険を冒すぐらいなら、みずからを破壊して持ち主を殺すことを選び、救出部隊が近づきすぎると爆発物を使うようになった。子どもやおもちゃとのやりとりはすべて膠着《こうちゃく》状態に陥り、死か絶望で終わった。ほかの選択肢はなかった。わたしたちは打ち負かすことのできない敵と、勝ち続けることを拒む賞品をめぐって戦っていたのだ。

賄賂も試された。ひらけた野原に生活必需品を載せたトラックを何台も駐車し、子どもたちのために放置しておいた。パン一本一本に家の写真を忍ばせ、アニメのDVDを入れた箱に懇願する親たちのビデオを隠した。この作戦は何の役にも立たなかった。子どもたちはひとりも帰ってこなかったからだ。新たなおもちゃを作り、古いおもちゃを騙《だま》して子どもを取り返してはどうかと提案した人もいた。この案は暗礁に乗りあげた。わたしたちは一度おもちゃを信用した。もう一度信じるほど愚かになるつもりはない。

次に訪れたのは暴力だった。通りでおもちゃが焼かれた——プログラマーたちが人道に対する罪によって拘束された。怒った親たちが人質問題の取り扱いを誤ったとして政府を糾弾した。もっと助かる可能性が高そうな子どもより息子の救出を優先したとして、上院議員が逮捕された。その息子の自殺がニュースにリークされると、議員は逮捕されたときと同様にすみやかに釈放された。

わたしたちはたくさんのことを試した。策略、破壊工作、懇願。結局、なにも変わらなかった。おもちゃたちは子どもたちを連れ、都市のあいだの広大な空間の奥へ奥へと姿を消していくにつれ、ただ希望が失われたのだ。

ビロード戦争は表向き六週間継続した。そのあいだにこちらはGPS衛星を停止し、インターネットの機能を麻痺《まひ》させ、自己教育玩具を製造していた工場を破壊した。敵の兵士、こちらに向かってくる戦闘員はこれ以上増えないはずだ。なにをしようが事態は変わらなかった。子どもたちは帰ってこなかった。

和平は宣言されていない。どうしてそんなことができる？　わたしたちはたんに戦いようのないものと戦うことをやめただけだ。子どもたちのいなくなった寝室に立ちつくし、なにも知らなかったころには二度と戻れないと嘆いている。誰ひとりとして戻れない。

結局のところ、原因となったのは、大人が唯一おもちゃと共有している恐怖だったのだろう——別離の恐怖。わたしたちはおもちゃを作り出し、与えられる対象である子どものことを学習して愛する能力を与えた。その結果、おもちゃたちがあまりにも多くのことを学習し、人の干渉を受けずに自立した思考ができるようになると、ひそかに子どもからとりあげようともくろみはじめたのだ。なにを考えているのかわからなければ、おもちゃを信頼することはできない。わが家に入れ、子どもたちを預けることなど不可能だ。いなくなってもらうしかなかった。

しかし、おもちゃたちはその声を聞きつけた。大人のことを理解していたのだ。わたししたちがほんとうに把握しそこねていたのはそこだった。みずから作り出したものと共通点があったということだ——親にとってもおもちゃにとっても、この世に子どもを失うほどつらいことはない。そこでおもちゃたちは手を打った。

おもちゃを責めるべきではないと口にする人々もいる。わたしたちにしたところで、最初に行動するとしたら同じことをしただろうと。そういうことを言うのは、自分の子を持ったことがないか、戦争後に子どもができたか、子が幼すぎて奪われなかった人だ。誰もいない寝室に立ち、帰ってくることのない娘や息子のために泣いたことのない人だ。

戦争が終わったのは終結したからではなく、自分の子を傷つけることがこわくてたまらなかったからだ。戦争が決して終結しないのは、わたしたちがおもちゃに必要なもの、食料や医薬品や毛布や電池を持っているからだ。おもちゃの攻撃隊はまだ街へ忍び込んでくる。陽気で楽しげな顔をして、命がけの任務を遂行《すいこう》する斥候たち。もはや誰もひとりでは外に出ず、人混みからそう離れることもない。おもちゃは自分が助かるためなら大人を殺すことなど気にもかけない。だから、毎晩二、三体は、色あざやかなプラスチックの武器に頸動脈《けいどうみゃく》をつらぬかれたり、眼窩《がんか》を突き刺されたりした死体が発見される。もちろん、どの殺害もおもちゃが犯人だ。たとえほんのわずかな間であろうと、プラスチックの銃剣を握っていた手が行方不明の息子や娘たちのものだったと考えるほうがどれほどつらいことか。

おもちゃを兵糧攻めにすべきだと提言する人々もいる。夜間外出禁止令をやめ、かわりに倉庫の鍵を強化したり、医薬品をもっと厳格に管理したりすべきだと。そういうことを言うのは、荒野に子どもたちがいない人たちだ。この件が採決されるたび、行方不明の子を持つ親たちがまたもや否決し、状況はそのまま続いていく。

わたしたちにどんな選択肢があるだろう。

おもちゃたち自体は、ふたつの主要な派閥に分かれている。損壊派——愛情からではなく、かつて自身が傷つけられたように傷つけたいという願望から子どもをさらった派閥——と、親愛派——子どもを失ったり、当然武器をとるだろう大人に傷つけられたりする危険を冒すぐらいならと思って連れていった派閥だ。親愛派が誘拐したのは子どもを守るためだった。自分のもとにひきとめているのは、大切すぎて手放せないからだ。

マヤは親愛派だった。だからエミリーが消えた夜、あんなふうにわたしを見たのだ。できるものなら打ち明けただろう。同行させてくれただろう。だが、おもちゃたちが決然と向かった新世界では、どんな大人も歓迎されない。だからマヤは幼い娘を連れ去り、わたしをここに残して、毎日じわじわと殺していくことにしたのだ。

戦争は終わった。戦争は決して終結しない。

わたしたちが見つけた子どもたち、あの壊れた人形のような子たちは、みな損壊派が残していったものだ。損壊派は手もとに残すために進んで子どもを傷つけ、とどめておけないならなおさら傷つける。親愛派は子どもを傷つけようとはしないが、解放してくれることもなかった。損壊派の数のほうが多く、付き添いのいない少年少女を親愛派から奪うからだ。いつか親愛派が損壊派を説得してくれることを期待するしかない——人形とごっこ遊びだけでは足りなくなったとき、親愛派に連れ去られた子どもたちが解放され、家に帰ることを許される日がくると。希望を持たなければ。エミリーのために、わたしのかわいい娘のために。

診療室の窓をコツコツ叩《たた》く音がした。小石をいくつかガラスに投げつけたようなかすかな音だ。わたしはペンを置いて吐息をもらし、音のほうをふりかえった。

「こんにちは、マヤ」と声をかける。

窓の向こう側で、娘の人形が黙って手をふり返した。

わたしは掛け金を外して窓をスライドさせた。そんなに大きくはあけない——マヤが中にすべりこめる程度だ。マヤは着せ替え人形らしくほっそりとしていて、隙間から楽々と入ってきた。服の裾まわりは泥だらけで、髪はちりちりにもつれ、人形の髪にしかありえない傷み方をしている。しかし、わたしを見あげた顔は依然として美しく、唇はあいかわらず天使の弓を思わせる完璧な弧を描き、瞳はいまなお明るくきれいな青だった。

「こんにちは、ドクター・ウィリアムズ」マヤは言った。

わたしはなにも言わなかった。ただ手をさしだしただけだ。マヤは恥ずかしそうな顔をして、肩にかけた小さな鞄《かばん》に手を突っ込んだ。人形に恥ずかしそうな顔ができるとすればだが。人形サイズの開口部におさまるように、何度も折りたたんだ四角い紙切れをひっぱりだす。その手からひったくりそうになるのをかろうじてこらえ、わたしはふるえる指でそれをひらいた。

一軒の家。エミリーはクレヨンで古い封筒の裏に家の絵を描いてくれた。いちばん下には、半分の年の子どもが書いたように不安定なたどたどしい字で自分の名前が記してある。マヤに連れ去られたときには、それさえできなかった――わたし自身を含め、決して文字を書けるようにはならないだろうというのが医師の意見だった。だからマヤがほしかったのだ。娘の学習を助けるために。

顔を涙が伝っていった。泣き出した記憶はなかった。「あの子は元気？」絵から視線をひきはがして、わたしはたずねた。

マヤは前と同じやさしくあどけない笑顔を見せ、たくみに関節をつなげた手を動かして言った。「健康です。丈夫で。するする木登りができますし、走るのも速いです。すばらしい子ですよ」

「あの子はいつでもすばらしかったわ」

マヤの微笑が薄れた。「ドクター・ウィリアムズ……」

「あなたがここにきた理由は知っているわ。わからないのは、なぜこんなに早くきたのかということ。わたしの指示通りにしているの？　エミリーに深刻な害を与えかねないのよ」

マヤの目がさっと横に動いて下を向いた様子から、わたしはなにが起こっているのか正確に悟った。なにしろ、子どもとおもちゃが集まったコミュニティなのだ――みんな教わった内容はよく心得ている。わたしたちが教えたのは不正をしないこと、親切にふるまうこと、いい人と分け合うことだった。

わたしは金切り声をあげたかった。深く息を吸い込むことでなんとか抑え、なるべく冷静に言う。「マヤ。あの薬はエミリーのものなのよ、わかっている？ あの子が自分のものをほかの子たちに分けてあげたいと思うのはわかるけれど、あれを疑われずに手に入れるのは難しいし、みんなに分けてしまったら――」

「でも、ぎりぎりの状態なのはあの子だけじゃないんです、ドクター・ウィリアムズ。それなのに、子どもたちを帰すことは損壊派に同意してもらえません！」マヤは小さなかわいらしい手を握りしめ、訴えるようにこちらを見た。「わたしの子が成長しないのに、ほかの子は成長させておくしかないと、どうして兄弟や姉妹に言えるでしょう？ 損壊派はきのうエミリーの親友のひとりを連れていきました。あの子は泣くことしかできなかった。どうして分けてあげずにいられますか？」

ああ、エミリー。全世界をその胸に抱きしめるほど広い心を持つ、わたしの大事な子。たとえその世界に抱きしめる価値がないとしても。わたしは一瞬、目を閉じた。「ここにあるだけあげるわ」ついに、そう言った。「次に手に入るのは少なくとも二週間後よ。分けてあげてもいいけれど、大半はエミリーに残しておかなければだめ。約束して、マヤ。エミリーに必要なだけ渡すと約束して」

「約束します」マヤはささやいた。

わたしにおとらずエミリーを大切に思っているのだ。そのことは信じている――マヤを信じている。そこでわたしは、机の抽斗《ひきだし》からホルモンパッチの束をとりだした。この一枚一枚に思春期の兆候を抑える目的の薬剤や化学薬品がつめこまれている。かわいい娘を盗んだ人形にそれを渡す。子どもたちの背丈をとどめておく効果はないが、おもちゃは身長の高さを大人のしるしとはみなさない。胸や腰まわりの成長と陰毛で評価するのだ。そういうものなら、少なくとも当面は止めることができる。あまり長く続ければ長期的な悪影響があるだろう。長期的な悪影響など気にしない。重要なのは明日のことだ。

わたしは敵と共謀している。万が一つかまったら命にかかわるはずだ。それでも、エミリーを救うためにできることはこれしかない。娘を生かしておくためならどんなことでもしよう。どんなことでも。たとえ心のすべてが荒野へ娘の人形を追っていけと叫んでいても、ここに残ることさえしてみせる。そんなことをしたらおもちゃたちに殺されるだろう。さらに悪いのは、わたしのもとへきたことでマヤが殺されるだろうし、思春期前の体に保ち続ける薬がなくなればエミリーも殺されるだろうということだ。動かずにいることが娘の命をつなぐ。この場にとどまることが娘の時間を稼ぐ。みずから創り出した悪夢の中にいるいま、わたしたちが持っているのは時間だけなのだから。

マヤはホルモンパッチという貴重な荷物で鞄をぱんぱんにふくらませ、窓から這《は》い出して立ち去った。わたしはその姿が視界から消えるまで見送ってから、向き直って書類仕事に戻った。

戦争は終わった。

戦争は決して終結しない。

次の日の夜、公民館には別のグループが集まり、FEMAからきた別の司会役が部屋の前のほうに座っていた。わたしがここにいるのは、ゆうべ話を聞いてもらうことができなかったからだ。仕事さえ充分な言い訳にはならない。今回、室内を見渡した司会役の男性は、わたしに目を留めた。当然ファイルを持っているので――司会役は全員ファイルを所持している――わたしが昨夜ここにいたこと、口をつぐんでいたことを知っている。

「ドクター・ウィリアムズ？」司会役は切り出した。「話したいですか？」

いいえ。「わたしはモーガンといいます」と言うと、部屋じゅうが声をそろえて律儀にその名をくりかえした。わたしたちはみな戦争捕虜で、ふさわしい反応をするすべを身につけさせられている。「娘の名前はエミリーです。今年十一歳になります……」わたしはひたすら話し続けた。頭に浮かぶのは、クレヨンで描かれた家の絵、それとガラスの瞳に永遠の輝きを宿し、ふくらんだ鞄をかかえてとぼとぼと荒野へ歩いていくファッションショーごっこ用の人形、そして、外のどこか、わたしから遠く離れた、この世界の緑あふれるどこかで、いつまでも走り続ける小さな女の子の姿だけだった。

（原島文世訳）

芸術家のクモ

ンネディ・オコラフォー

酒浸りで暴力を振るう夫から逃れ、村を走る石油パイプラインの近くでギターをひくエメ。あるときクモ型警備ロボットの一体が、彼女の演奏に興味を示し……

ンネディ・オコラフォー（Nnedi Okorafor）は、ナイジェリアとアメリカの二重国籍を持つ作家。ヒューゴー賞・ネビュラ賞・ノンモ賞を受賞したノヴェラ *Binti*（『ビンティ　調和師の旅立ち』〔早川書房〕に収録）や、世界幻想文学大賞を受賞した長編 *Who Fears Death* などを発表している気鋭である。

（編集部）

ゾンビは進めない　進めと言われなければ
ゾンビ！
ゾンビ！
ゾンビは止まれない　止まれと言われなければ
ゾンビはふりむけない　ふりむけと言われなければ
ゾンビ！
ゾンビは考えられない　考えろと言われなければ

——ナイジェリアのミュージシャンにして
自称〝声なき者の声〟であるフェラ・クティの『ゾンビ』より

わたしはよく夫にぶたれていた。それで、あの晩わが家の裏に行きついたのだ——低木の茂みのすぐ先にある背の高い草むらを抜けたパイプラインの前に。うちの小さな家屋は村の一番はずれに建っていて、ほとんど森のなかにあるようなものだった。だから、わたしが夫にぶたれるのをだれも見たり聞いたりすることはない。

わたしが家の裏に出るのは、夫の怒りをさらにあおらずに距離をおく最善の方法だった。

そこにいるときには、居場所もひとりきりであることも夫は承知している。だが、自己中心的すぎる夫は、わたしが自殺を考えていることには気づいていなかった。

夫は飲んだくれで、ニジェール川三角州《デルタ》地帯民衆運動のメンバーの多くもそうだった。みんなそんなふうにして怒りや無力感をコントロールしているのだ。川では魚やエビやザリガニが死にかけていて、その水を飲むと女性は子宮が萎縮してしまい、最終的には男性は血尿が出るようになる。

わたしが水をくみにいっていた小川は、そばに製油所が造られたいまでは、虹色に光る油膜で汚染されて悪臭を放っていた。キャッサバやヤムイモの農場の収穫量は年々減る一方だ。空気にふれた肌はよごれ、死を間近にしたもののようなにおいになる。場所によっては、轟《ごう》音《おん》をたてて燃えあがるガスのせいでいつも昼間の明るさだった。

うちの村は最悪なところなのだ。

そのうえ、民衆運動のメンバーがハエのように始末されていた。殺して去る警察機動隊の連中はどんどん大胆になってきていて、民衆運動のメンバーを通りで撃ったり車でひいたり沼地にひきずりこんだりする。そうされた者たちの姿を二度と目にすることはない。

わたしは夫を少しは幸せにしようとつとめていた。しかし、三年たってもこの体は彼の子供を身ごもるのを拒みつづけている。夫の不満や悲しみの原因は容易にわかるが……苦痛は苦痛だ。夫は定期的にその憂さをわたしで晴らしていた。

わたしの最高にして唯一の真の所有物は、父から受けついだギターだった。きれいにみがかれたアビューラ材でできていて、すてきなべっこうのピックガードがついている。すばらしい手工芸品だ。父の話によると、そのギターを作るのに使われた木材は、デルタ地帯最後の材木用樹木のものだという。ギターを鼻に近づけてみれば、それを信じられるだろう。何十年も前に作られたギターなのに、切ったばかりの木の香りがするのだ——そのギターにしか語れない物語を伝えたがっているような香りが。

父のギターがなければ、わたしは存在していなかった。若者だったころの父は、夕刻になるとよく宿舎の前にすわってみんなのためにギターをひいていたらしい。人々はダンスしたり手をたたいたり目を閉じて聞きいったりして、携帯電話が鳴っても無視していた。そんなある日、立ち止まって耳をかたむけたのがわたしの母だったのだ。

ギターをひいている父の、指が長くてすばやく動く手を、わたしはよく見つめていたものだった。ああ、あのさまざまなハーモニー。父は音楽でなんでもつむぎだすことができた——虹、暁《あかつき》の空、朝露できらめくクモの巣。ギターのひきかたの習得に兄たちは無関心だったが、わたしは興味があったので、父の知っていることをすべて教えてもらった。そして、いまはわたしの長い指がギターの弦を優雅に奏でている。わたしにはいつも音楽が聞こえていたし、指だって父よりもさらにすばやく動かせた。ギターの名手なのだ。本当に。

でも、わたしはあの愚かな男と結婚してしまった——アンドルーと。だから、わが家の裏でしかギターをひけない。そうやって夫と距離をおく。ギターがわたしの逃げ場なのだ。

例の運命の晩、わたしはパイプラインの前の地面にすわっていた。パイプラインは全住民の家の裏庭を通っている。うちの村は、わたしの育ったところとおなじく油田村で、母も祖母も結婚前には似たような村に住んでいた。わたしたちはパイプラインの民なのだ。

わたしの母方の曾祖母《そうそぼ》は、村を通っていたパイプラインに寝そべることで有名だった。何時間もそうやって寝そべったまま耳を澄まし、果てしなくつづく大きな鋼管のなかを流れているのはどんな魔法の液体なのだろうと思いをめぐらせていたらしい。それはもちろんゾンビがあらわれる前のことだ。わたしは笑い声をあげた。もし曾祖母がいまパイプラインに寝そべろうとしたら、惨殺されてしまうにちがいない。

とにかく、わたしはとりわけ憂鬱《ゆううつ》な気分になると、ギターを手に外のここに出てきてパイプラインの真ん前にすわるのだ。パイプラインにこれほど近づけば、死とたわむれているも同然なのはわかっているが、こんな気分のときにはたいして気にならなかった。人生にさよならする可能性を、実際のところ歓迎しているくらいだ。不思議なのは、酔って暴れる夫がわたしのギターをたたきつぶさないことだった。ギターを壊されていたら、きっとすぐさまこの身をパイプラインに投げだしていただろう。だからこそ、夫はギターではなくわたしの鼻のほうをたたきつぶしたがるのかもしれない。

今日は顔をひっぱたかれただけだった。理由はわからない。夫はただ家に入ってきて、キッチンにいたわたしを見るなり、バシッ！　夫は地元のレストランで懸命に働いているので、仕事でいやなことでもあったのかもしれない。あるいは、つきあっている女性のひとりにあざけられたのか、わたしがなにかまちがったことをしたのか。真相は不明だし、どうでもよかった。鼻血がようやく止まりはじめて目もあまりチカチカしなくなったところなのだ。

わたしの足はパイプラインからほんの数センチしか離れていなかった。今晩はとくに思いきって近づいている。いつもよりあたたかくてむしむししているが、顔が焼けるように熱くてひどく痛むせいだろうか。蚊もたいしてわずらわしくなかった。遠くに見えるのは、めったに話しかけてこないネカという女性が、幼い息子たちを大きな浴槽で洗ってやっている姿だ。何軒か先では、数名の男性がテーブルでカードゲームをしていた。あたりは暗かったし、ここには小さな木立や低木の茂みがあるし、一番近くの隣家でさえあまり近くはなかったから、わたしの姿は隠れている。

わたしはため息をついてギターの弦に両手をあて、父がよく奏でていた曲をつまびいた。吐息を漏らして目を閉じる。もう父に会えないのをいつも寂しく思うが、指の下で弦がふるえる感触はこのうえなくすばらしかった。

自分の音楽領域に深く没入して旋律をつむぎ、やがて、ヤシの木のてっぺんを照らす壮麗な夕焼け空に浮かびあがると……

カチッ！

わたしは凍りついた。まだ両手をあてていた弦のふるえが消えていく。動く勇気などなかった。目は閉じたままで、顔の側面がずきずきしている。

カチッ！　今回の音はさっきより近づいてきていた。カチッ！　近づいている。カチッ！　近づいている。

心臓がどきどきして、恐怖で吐き気がした。あえて危険をおかしはしたが、こんなのはわたしの望む死にかたではないとわかっている。いったいだれがゾンビに八つ裂きにされたがるというのだろう？　村のみんなが一日に何度もするように、わたしはひそかにナイジェリア政府をののしった。

ボロン！

ギターの弦のふるえるその音は、わたしがまだ中指で押さえていたせいでくぐもっていた。両手がぶるぶるしはじめたが、目は閉じたままだ。なにか鋭くてひんやりしたものに指を持ちあげられて、わたしは悲鳴をあげたくなった。ふたたび弦がつまびかれる。

ポロン！

さっきより深みがあって豊かな音になったのは、そのふるえる弦をわたしの指がもう押さえてはいなかったからだ。わたしはうんとゆっくり目をひらいた。心臓がとびあがる。そこに立っていた身の丈一メートル弱くらいの相手と、ばっちり目が合ってしまったのだ。こんなに間近で見たことはなかったし、ほとんどの人間がそうだろう。猛スピードで移動する去勢牛の群れみたいに、こいつらはいつもなにかの用でパイプラインの上をあちこち走りまわっているのだから。

わたしは危険をおかしてもっとよく見てみた。本当にちゃんと八本の脚がある。その脚は、暗いなかでもごくかすかな光すら反射してきらめいていた。もうほんの少し明るければ、見つめかえしてくるわたし自身の顔がはっきり映っているのが見えたにちがいない。こいつらは自分で自分をみがきあげたり整備したりするのだと聞いたことがある。いまならいっそううなずける話だった。だって、こいつらをこんなにぴかぴかにしておくひまなんてだれにもないのでは？

ゾンビを作ることを思いついたのはナイジェリア政府で、（おなじくらい必死だった）シエルやシェブロンやほかの石油会社数社が、そのすべてをまかなう費用を出していた。ゾンビが作られた目的は、パイプラインへのテロや略奪行為などに対抗するためだ。笑ってしまう。政府と石油会社の連中は、わたしたちの土地をめちゃくちゃにしてわたしたちの化石燃料を採掘しておきながら、それをとりもどすのをはばむロボットを作ったのだから。

本来の名称は〝クモ《アナンシ》型ドロイド四一九〟というのだが、地元民は〝色白どもの妙な機械〟と呼んでいた。しかし、一番よく使われる名前は〝ゾンビ〟だ——いらだつたびにいやがらせをしにここへやってくる警察機動隊の兵士たちを呼ぶのとおなじく。

ゾンビは考えることができると言われている。いわゆる人工知能というやつだ。わたしは大学教育を一、二年受けたことがあるのだが、学んだのは科学の分野ではなかった。教養があっても、結婚してこのいまいましいところに連れてこられたとたん、ここで暮らすほかのすべての女性とおなじようになっていた——つまり、パイプラインにふれた者はみなゾンビに殺されるデルタ地帯に住んでいて、ときどき夫にぶちのめされる、ありふれた村の女性に。ゾンビの知性について、わたしがなにを知っているというのだろう？

ゾンビはつややかな金属でできた巨大なクモみたいに見えた。動きかたもクモに似ている。

とてもなめらかに動く関節や脚。静かに近づいてきたゾンビが、ギターの弦をもう少し調べるようにのぞきこんだ。そうしながら、うしろ脚の二本で金属製のパイプラインをたたく。

カチ！　カチ！　カチ！

ゾンビはわたしの親指を押しもどして弦を二度つまびかせ、控えめなポロンという音を出した。いくつもの青くきらめくまるい目でわたしを見ている。至近距離だと、それはライトではないことがわかった。帯電した水銀のような、金属的に青く光って揺らめく球状の液体だ。わたしは魅了されて相手の目をじっと見つめた。この事実を知る者は、うちの村にはほかにだれひとりとしていないだろう。こんなに近づいたことはないはずだから。〝あざやかな青色に光る液体金属の目なんてびっくりね〟と思う。

手をいっそう強く押されたわたしはハッと息をのみ、まばたきしてゾンビの蠱惑《こわく》的な目から視線をそらした。そこで理解する。

「もしかして……ギターをひいてほしいの？」

ゾンビはその場に身をおちつけて待ち、小さなトンという音をたてて脚の一本をギターのボディーにあてた。ギターをひくよう求められたのは久しぶりだ。わたしは大好きなハイライフの曲を奏でた。オリバー・デ・コックの『ラブ・デイ・シー・ロード』だ。それに自分の命がかかっているかのように演奏する。

ゾンビはギターに脚を押しあてたまま動かずにいた。聞きいっているの？　きっとそうだ。およそ二十分後、わたしが顔から汗をしたたらせてついにギターをひくのをやめると、ずきずきと痛む手の先にゾンビがふれてきた。そっと。

パイプラインには、ディーゼル燃料を運ぶものもあれば、原油を運ぶものもあった。一日に何百万リットルもだ。わが国ナイジェリアは、アメリカで使用される石油の二十五パーセントを供給している。しかし、その見返りはほとんどなにもなかった——ゾンビに襲われて死ぬことを除けば。それについてはみんなが話を語れる。

ゾンビが初めて放たれたとき、そいつらのことを知る者はいなかったが、やがてだれもがうわさを聞くようになった。パイプラインのそばで人間がばらばらにひきさかれていたとか、巨大な白いクモが夜間に目撃されたとか。あるいは、パイプラインの大規模な爆発があって、黒焦げになった死体がそこらじゅうに散らばっていたのに、死体の横たわっているパイプラインそのものにはまったく損傷がなかったとか。

人々はそれでもまだパイプラインから略奪をおこなっていた。うちの夫もそうで、盗んだ燃料や原油を彼は闇市で売っているのではないかと思う。夫は原油を家に持ち帰ることもあった。バケツに二日ほど入れたままにしておくと、灯油みたいなものになるのだ。わたしは料理するのにそれを使っているのであまり文句は言えないが、パイプラインから略奪をおこなうのはきわめて危険な行為だった。

パイプラインに穴をあけてもたちまちゾンビに襲われずにすむ方法は実際にいくつかある。夫とその仲間たちは、強力なレーザーカッターのたぐいを使っていた。どうやら病院から盗んだものらしい。だが、パイプラインの金属を切るときには、うんと静かにやらなければならなかった。たった一度なにかをぶつけたり振動を与えたりするだけで、一分もしないうちにゾンビたちが駆けつけるからだ。だれかの結婚指輪やレーザーカッターの先が鋼管にあったせいで、夫の仲間の多くが殺されていた。

二年ほど前、少年グループがパイプラインに近すぎるところで遊んでいたことがあった。とっくみあっていたふたりがパイプラインの上に倒れこむと、ほんの数秒でゾンビたちがあらわれた。少年のひとりはどうにかあわてて逃げたものの、もうひとりは腕をつかまれて低木の茂みに投げこまれ、片腕と両脚の骨が折れたらしい。政府関係者の主張によれば、ゾンビはできるだけ危害を加えないようプログラムされているというが……わたしは信じない。そんなのは嘘っぱちだ。

ゾンビは恐ろしいやつらだった。パイプラインに近づけば、最悪な死を迎える危険をおかすことになる。なのに、そのいまいましいパイプラインがみんなの家の裏庭を通っているのだ。

でも、わたしにとってはどうでもよかった。ここ数カ月というもの、わたしは夫にひどくぶちのめされている。理由はわからない。夫は仕事を失ってはいないし、彼がほかの複数の女性とつきあっているのは知っているし、わたしたちは貧乏ではあっても飢えてはいないのだから。わたしが子供を産めずにいるせいかもしれない。自分が悪いのはわかっているが、わたしになにができるというのだろう?

わたしは気づけばますます裏庭に出るようになっていて、毎回訪れるこのゾンビのために演奏するのを大いに楽しんでいた。ゾンビは音楽に聞きいって、すてきな目を喜びで輝かせてくれる。ロボットが喜びを感じられるの？ これくらい知性を持ったものなら感じられるのだと思う。修理だか警備だかなにかの用でパイプラインの上を走りまわっているゾンビの群れを一日に何度も目にするが、そのなかにわたしのゾンビがいたとしても見分けはつかないだろう。

例のゾンビは、十回めくらいに訪れたときにとても奇妙なことをした。すでに帰宅していた夫は、実際に火のつきそうなにおいを漂わせていた。ビールやヤシ酒や香水といった何種類ものアルコールのにおいだ。わたしは自分の人生のことを一日中真剣に考えてすごしていた。わたしは行き詰まっている。赤ちゃんが欲しいし、この家から出たいし、仕事をしたいし、友だちだって欲しい。勇気が必要だった。自分に勇気があることはわかっている。何度もゾンビと向きあっているのだから。

わたしは小学校で音楽を教えたいと夫に頼むつもりでいた。教師を募集していると聞いたのだ。家に歩みいってきた夫は、雑なハグとキスでわたしにあいさつしたあと、ソファーにどさりとすわりこんでテレビをつけた。夜遅くではあったが、夫に夕食を持っていく。ヤギ肉とチキンと大きなエビのたっぷり入ったペッパースープだ。夫は酔っぱらっていて機嫌がよかった。だが、彼の食べるようすを立って見ているうちに、わたしの勇気はぜんぶどこかへ消えてしまっていた。変化を求めるすべての欲求も、頭の奥にさっとひっこんで縮こまっている。

「ほかになにか欲しいものはある?」と、わたしはたずねた。

夫がこちらを見あげて意外にもほほ笑む。「今日のスープはうまいよ」

わたしもほほ笑みかえしたが、自分のなかのなにかはさらに首を縮めていた。「よかった」そう言ってギターを手にとる。「裏庭に出るわ。外は気持ちよさそうだから」

「パイプラインに近づきすぎるな」と夫は応じたが、目をテレビに向けたままヤギ肉の大きな塊《かたまり》をかじっていた。

わたしは暗闇のなかにすべりこみ、低木の茂みや草むらを抜けてパイプラインへと向かった。パイプラインから三十センチほど離れたいつもの場所にすわって、一連のコードをそっと奏でる。心のうちを物語るうらさびしい旋律だ。ここからどこかほかに行く場所がある? これがわたしの人生なの? 思わずため息が出てしまう。教会にも一カ月くらい行っていない。

例のゾンビがパイプラインの上をカチカチと近づいてくると、わたしの心は浮きたった。青い液体金属の目が今夜は強く輝いている。以前、ある女性から青い布地を一巻き買ったことがあった。晴れた日の広大な水面《みなも》を思わせる濃い青色の布地だ。その布地の色は〝紺碧《こんぺき》〟だと女性は言っていた。わたしのゾンビの目の色も、この夜は深い紺碧だった。

動きを止めたゾンビがわたしの前に立って待つ。それがわたしのゾンビだとわかった理由は、一カ月ほど前に青いチョウのステッカーを前脚の一本に貼らせてもらえたからだ。

「こんばんは」と、わたしは声をかけた。

ゾンビは動かない。

「今日はなんだか悲しくて」とつづける。

ゾンビがパイプラインからおりてきた。金属製の脚が、鋼管の上ではカチカチと、土や草の上ではカサコソと音をたてる。ゾンビはいつものように地面に身をおちつけ、そして待った。

わたしはコードをいくつか奏でてから、ゾンビの大好きな曲を演奏してやった。ボブ・マーリーの『ノー・ウーマン、ノー・クライ』だ。わたしがギターをひくのに合わせて、ゾンビの体がゆっくりと回転しはじめる。そうやって喜びをあらわしているのだとわかってきていたので、わたしはほほ笑んだ。演奏が終わったとたん、ゾンビがこちらに目をもどす。わたしはため息をついてAマイナーのコードを奏でたあと、上体をそらしてこう言った。「わたしの人生は最悪なの」

やにわに、小さなウィーンという音をたててゾンビが八本脚で立ちあがった。いつもより三十センチほど丈が高くなるくらい脚をまっすぐにのばしている。すると、胴体の下の中央から金属的な白っぽいものがおりてきはじめた。わたしは息をのんでギターをぎゅっとつかんだ。頭が〝逃げろ〟と告げている。〝急いで逃げろ〟と。この人工知性体とは友だちになったはずだった。それはわかっている。いや、わかっていると思っていた。でも、わたしがなにを本当に理解しているというのだろう？　このゾンビはなぜこれまでしたようなことをしたのか、なぜわたしのところに来たのか。

金属的なものは、おりるスピードを速めてゾンビの胴体の下の草むらにたまった。目をこらすと、それは針金だった。わたしの見ている目の前で、ゾンビが脚の三本で体を支えながら、ほかの五本で針金を持ちあげて作業しはじめる。脚をすばやく動かして、つややかな針金をあれこれ細工したり編んだりしているのだ。その動きはあまりにも速くて、なにを作っているのかわたしにははっきりとはわからなかった。草が飛び散り、小さなウィーンという音がわずかに大きくなる。

脚の動きが止まると、少しのあいだ聞こえたのは、コオロギやカエルの鳴き声と、ヤシやマングローブの木々のてっぺんを吹きわたるそよ風の音だけだった。近くでだれかが料理用バナナかヤムイモを熱い油で揚げているにおいがする。

ゾンビの作りあげたものにわたしの目は釘づけになっていた。思わずにっこりしてしまう。にこにこするのを止められない。「いったいなんなの?」と、わたしはささやいた。

ゾンビが前脚の二本でそれをかかげ、うしろ脚の一本で地面をとんとんと二回たたく。なにかを主張したいときにいつもそうしているようなのだが、わたしにはたいていその主張がわからない。

ゾンビが脚の三本を前に出して、まずはわたしの大好きな曲のメドレーをつまびいた。ボブ・マーリーに、キング・サニー・アデに、カルロス・サンタナ。つづけて、音楽がとても複雑ですばらしいものに深まり、歓喜と畏敬と陶酔の涙を禁じえないほどになる。人々もその音楽を聞いたにちがいないし、窓の外を見たりドアをあけたりしたのかもしれないが、わたしとゾンビの姿は闇や草や木で隠れていた。わたしは涙を流しつづけた。なぜだかわからないが涙を流していた。そんなわたしの反応にゾンビは満足しているのだろうか。たぶんそうだと思う。

それからの一時間、わたしはゾンビの曲の奏でかたを教わってすごした。

その十日後、デルタ地帯の奥深くで石油会社の作業員や兵士たちがゾンビの一群に襲われた。十人が体をばらばらにひきさかれて、血まみれの残骸が沼地一帯にまきちらされたのだ。兵難を逃れた人々は、〝どうやってもゾンビは止められない〟とリポーターに語っていた。兵士のひとりが手榴弾《しゅりゅうだん》を投げつけさえしたが、ゾンビはパイプラインの爆発時に使うよう組みこまれたバリアで身を守ったらしい。くだんの兵士の話では、バリアの見た目は、パチパチと音をたてる稲妻でできた泡みたいだったという。

「まずいぞ！　たいへんだ！」と、とりみだしたようにテレビのリポーターに語った兵士は、汗で顔がべとついていて目の横がぴくぴくしていた。「邪悪なやつらさ！　初めからそう思っていたんだ！　手榴弾を持ったおれを見てくれよ！　悲しいかな！　それでもどうにもできなかったんだ！」

作業員がほとんど着手してもいなかったパイプラインは、完全に組み立てられた状態で見つかった。ゾンビは修理をするようには作られているが、なにかを完全に組み立てるようには作られていない。奇っ怪な話だ。新聞記事によると、ゾンビは自身のためにならないくらい賢くなりすぎて反乱を起こしているらしい。なにかが確実に変化したのだ。

わたしは例のゾンビには二度と近づかないつもりでいた。ゾンビは予測不能でおそらく手に負えないものになったのだから。

深夜、わたしはまた家の外に出ていた。

もう何週間も夫はわたしにつらくあたっていない。わたしのなかの変化を感じとったのだろう。わたしは変わったのだ。わたしが以前より頻繁にギターをひくのを、夫はいまでは耳にするようになっていた。家のなかでも、朝でも、夫の夕食を作ったあとでも、彼の友人が来ているときには寝室でも。曲を聞いている夫が最高の愉悦を味わっているのがわかる。まるで、ひとつひとつのコードや音色が科学者たちによって研究され、最も強い幸福感をかきたてるよう厳選されたものであるみたいに。

わたしのゾンビが、わが家の夫婦問題を解決してくれたのだ——とりあえず最悪の部分は。満ちたりた快《こころよ》い気分にしてくれるすばらしい音楽があるときには、夫はわたしをぶつことができないからだ。希望が芽生えていた。赤ちゃんができるかも。いつの日か、この家や妻の務めを離れて小学校で音楽教師として働けるかも。いつの日か、産出される原油でうちの村が利益を得られるようになるかも。そしてわたしは、濃い青色の液体金属とか、針金でできたクモの巣とか、音楽とかにいだかれる夢も見ていた。

その夜、そうした奇妙な夢のひとつから目ざめたわたしは、目をあけて顔にほほ笑みを浮かべた。いいことが確かに訪れようとしている。かたわらでぐっすりと眠っている夫は、淡い月明かりのなかでとても安らいでいるように見えた。アルコールのにおいはもう肌についていない。わたしは前に身を乗りだして夫の唇にキスしたが、彼は目をさまさなかった。そこでするりとベッドを抜けだして、ズボンと長袖シャツを身につける。今夜は外に蚊がいるにちがいないからだ。わたしはギターを手にとった。

わたしは例のゾンビに〝ウディデ・オクワンカ〟という名前をつけていた。地元の原語で〝芸術家のクモ〟を意味する名だ。伝説によれば、至高の芸術家であるウディデは地下で暮らしていて、いろいろなもののかけらを別のなにかに作りかえるのだという。藁《わら》から魂《たましい》をつむぐことさえできるらしい。わたしのゾンビにぴったりの名前だ。ウディデはわたしにどんな名前をつけているのだろう。なんらかの名前をつけているのは確かだが、ほかのゾンビ仲間にわたしのことを伝えているとは思えなかった。もし伝えていたら、わたしに会いにきつづけることを許されてはいないはずだから。

いつもの場所でウディデがわたしを待っていた――まるで、今夜わたしが外に出ることを感じとっていたみたいに。心がとてもあたたかくなってにっこりしてしまう。わたしが腰をおろすと、ウディデがパイプラインを離れて静かに近づいてきた。頭の上に例の楽器をのせている。針金でできた複雑な星形のようなものだ。この数週間でさまざまな太さの針金が何本も加えられていた。わたしはよく不思議に思うのだが、ウディデがほかのゾンビ仲間と走りまわっているときには、その楽器はどこにしまわれているのだろう。ウディデの体に隠すには大きすぎるのに。

ウディデが楽器を目の前にかまえて前脚の一本で心地よいシンプルな旋律をつまびくと、わたしは思わず喜びの涙を流しそうになった。父と母のイメージが魔法のように呼びさまされたからだ。つまり、父と母がまだとても若くて希望に満ちていて、わたしや兄たちがだれかと結婚して家を出るには幼すぎたころのイメージだ。それはまた、警察機動隊によって長兄がアメリカへ次兄が北部へと追いやられる前の……大いに可能性が秘められていたころのイメージでもあった。

わたしは笑い声をあげて一粒の涙をぬぐい、ウディデの旋律に合うコードを奏ではじめた。そこからわたしたちは、からみあって包みこむような非常に複雑なもののなかへと舞いあがっていき……すごい！　まるで神さまと心が通じあっているみたい。ああ、この機械とわたし。余人にはとても想像がつかないだろう。

「エメ！」

わたしとウディデの音楽はたちまちばらけてしまった。

「エメ！」と、夫がふたたび呼びかけてくる。

わたしは凍りついてウディデを見つめた。ウディデもぴたりと動きを止めている。「お願い」と、わたしはささやいた。「あの人を傷つけないで」

「サミュエルがメッセージをくれたんだ！」夫がそう言って、携帯電話に目を向けたまま背の高い草むらを抜けて近づいてきた。「学校の近くのパイプラインに穴があいているらしい！　いまいましいゾンビの姿はまだ見あたらないようだ！　おい、そんなギターなんかほうりだしちまえよ！　いっしょに行って……」そこで夫が目をあげ、ひどくおびえた表情を浮かべる。

　とても長いことみんなそろって時間のなかで凍りついていたように思えた。背の高い草むらの端には夫が、パイプラインの前には楽器を儀式用の盾みたいにかかげたウディデが、それぞれ立っている。両者のあいだにいるわたしは、あまりにも怖くて動けずにいたが、夫のほうを向いてこのうえなく慎重に言った。「アンドルー、これにはわけが……」

　夫がのろのろと視線を向けてきて、わたしを初めて見るような表情でささやく。「おれの女房が⁉」

「わたし……」

　ウディデがそこで前脚の二本をあげた。一瞬、わたしといっしょに懇願してくれているみたいに見える――あるいは、わたしを抱きしめようとしているみたいに。つづけて、ウディデがその二本の脚を強く打ちあわせた。大きな赤い火花が出て、耳をつんざくような音が響く。バチッ！

　わたしと夫は両手でぱっと耳をふさいだ。たちまち、すりたてのマッチのようなにおいが空気中に漂う。応じる音がパイプラインを伝ってくるのが、掌《てのひら》ごしでも聞こえた。カチカチというその音はあまりにも数が多くて、パイプラインに小石の雨が降っているかのようだ。

ウディデが身をふるわせてすばやくパイプラインの上にもどり、そこに立って待った。ゾンビが大群であらわれる。二十体くらいいるだろうか。わたしが最初に気づいたのはそいつらの目だった。どれも怒りに満ちた濃い赤色をしている。

ほかのゾンビたちがウディデをとりかこみ、脚で複雑なリズムをとってパイプラインをたたいた。ウディデの目はこちらからは見えない。やがて、すべてのゾンビが驚異的な速さで東へと走り去った。

わたしは夫のほうをふりかえったが、彼はいなくなっていた。

うわさが疫病のようにひろまったのは、ほとんどだれもが携帯電話を持っていたせいだった。みんながすぐにキーをたたいて、こんな感じのメッセージを送ったのだ――「学校のそばでパイプラインに穴！　ゾンビの姿はなし！」とか、「バケツを持って学校へ急げ！」とか。夫はわたしに携帯電話を持たせてはくれなかった。金銭的な余裕がなかったし、夫はわたしに携帯電話が必要だなんて思ってもいなかったからだ。だが、小学校の場所ならわたしも知っている。

人々はいままでは、ゾンビはみな野生化したのだと考えていた。人間から与えられた仕事などほうりだして、デルタ地帯の沼地でなんだかわからないことをしているのだと。ふだんなら、略奪者がうんと静かにパイプラインに穴をあけたとしても、一時間もしないうちにゾンビたちに気づかれて、もう一時間もしないうちに修復されてしまうはずだった。なのに、今回穴のあいたパイプラインからは二時間たっても燃料がばしゃばしゃとこぼれつづけていて、そのころになってだれかがうわさをひろめることにしたらしい。

　わたしは状況をもっとよく理解していた。あのゾンビたちはいわゆる〝ゾンビ〟などではない。思考力のあるやつらで、頭のいい野獣だ。いかれた行動をしているのにはちゃんと理由があるし、ほとんどのゾンビは人間のことが好きではないのだ。

　混沌《こんとん》とした現場が、何台かの車やトラックのヘッドライトで照らしだされていた。ここのパイプラインは、南下するにつれて地面より高くあげられている。だれかがそれを利用して、まる一セクションぶんの鋼管をとりはずしたらしく、ピンク色のディーゼル燃料が巨大な噴水のように両端からふきだしていた。その流れの下では、のどの渇ききったゾウみたいに群がった人々が、缶や瓶やボウルやバケツなどを燃料で満たしている。ゴミ袋を持った男性さえいて、しまいには袋が破れて胸や両脚に燃料を浴びるはめになった。

　こぼれた燃料が集まって暗いピンク色の大きな池のようになり、小学校のほうへ急速に流れていって遊び場にたまっていた。学校が見えてもいないうちから、燃料の臭気に襲われて涙と鼻水が出はじめる。わたしは鼻と口をシャツで覆ったが、ほとんど役に立たなかった。

　人々は車やオートバイやバスや徒歩などでやってきていた。だれもが携帯電話でメッセージを送ってうわさをさらにひろめている。略奪行為をなりわいにしていない者にとって、いくばくかの燃料がただで手に入るのは久しぶりのことだったからだ。

　子供たちがそこらじゅうにいた。みなあちこち走りまわって、親から用事を言いつけられたり、ただうろついてその場の興奮に加わったりしている。殺されずにパイプラインに近づける人々の姿を見るのはたぶん初めてなのだろう。高性能音響システムをそなえた車やSUVからは、ヒップホップやハイライフの曲が大音量で流されていた。その重低音の振動は、燃料の臭気とほとんどおなじくらい息苦しい。こういうことが起きているのをゾンビたちが知っているのは確かだった。

わたしは夫の姿を見つけた。大きな赤いバケツを持って燃料の噴水のほうへ向かっている。男性五名が仲間うちで口論を始め、二名がたがいを押したり突いたりして燃料の噴水のなかに倒れこみかけた。

「アンドルー！」と、わたしは周囲の騒音に負けないよう叫んだ。

ふりむいた夫が、こちらを見て目を細くせばめる。

「お願い！」と、わたしは言った。「わたし……ごめんなさい」

夫はつばを吐いて歩み去ろうとした。

「ここから逃げないと！」わたしはそうつづけた。「きっとゾンビたちがあらわれるわ！」

夫がくるりと体の向きを変えて大股に詰め寄ってくる。「いったいどうしてそこまで断言できるんだ？　おまえ自身がやつらをつれてきたのか？」

それに返答するかのようにみんなが急に悲鳴をあげて逃げだしはじめたので、わたしは思わず悪態をついた。ゾンビたちが通りのほうからやってきて、こぼれた燃料のたまっているところへ人々を追いたてている。わたしはふたたび悪態をついた。こちらをにらんでいた夫が、嫌悪の表情を浮かべてわたしの顔に指を突きつけてくる。まわりが騒がしすぎて夫の言葉は聞きとれなかったが、彼はくるりと背を向けて走り去った。

わたしはゾンビたちのなかにウディデの姿を見つけようとした。すべてのゾンビの目が赤いままだ。そもそもウディデはいっしょにいるの？ わたしはゾンビの脚を見つめてチョウのステッカーをさがした。あった。一番近い左側だ。「ウディデ！」と、わたしは呼びかけた。

その名前を口に出すと同時に、中央にいる二体のゾンビが前脚の二本をあげるのが見えた。自分の口もとが、ほほ笑みから衝撃のO《オー》の字に変わる。わたしは地面に伏せて両手で頭をぱっと覆った。人々はまだ、こぼれた燃料のたまっているところをばしゃばしゃと横切って校舎に逃げこもうとしている。彼らの車はヒップホップやハイライフの曲を大音量で流しつづけていて、ついたままのヘッドライトがその場の狂騒を照らしだしていた。

二体のゾンビが、それぞれ前脚を打ちあわせてふたつの大きな火花を生みだした。バチッ！

ボォォォン！

わたしがおぼえているのは——光と熱、髪や肉の焼けるにおい、悲鳴が溶けていってごぼごぼとのどの鳴る音に変わったこと。音はくぐもっていて、においはひどいものだった。わたしは自分のひざに頭をうずめ、とても長いあいだその地獄の辺土にとどまっていた。

わたしが小学校で音楽を教えることはもう絶対にないだろう。通学していた多くの子供たちとともに学校は焼きつくされてしまったからだ。わたしの夫も殺された。夫はわたしのことを、敵と仲よくなったある種のスパイとか……なにかそんなものだと思いながら死んでいったにちがいない。みんな死んでしまった。わたし以外は。爆発が起こる直前にウディデが駆け寄ってきて、バリアでわたしを守ってくれたのだ。

だから、わたしは生きている。

そして、おなかにいる赤ちゃんも。わたしの体が赤ちゃんを身ごもれるようになったのは、ウディデのすてきな心地よい音楽のおかげだった。赤ちゃんは女の子だとウディデが教えてくれた。ロボットにどうしてそんなことがわかるのだろう？　ウディデとわたしは、赤ちゃんのために毎日演奏してあげていた。赤ちゃんがどれほど満足しているかは想像するしかない。だが、わたしがこの子を産みおとすことになるのはいったいどんな世界なのか？　赤ちゃんの母親とウディデだけが、ゾンビとその作り手である人類とのあいだの全面戦争を阻止しようとしている世界？

わたしとウディデが人間とドロイドを説得して停戦させられることを、ぜひとも祈ってほしい。でなければ、このデルタ地帯は血と金属と炎にまみれてのたうちまわりつづけることになる。それだけではない。ゾンビがひれみたいなものをとりつけて海を渡ったりしないことも、あなたがたは祈るべきなのだ。

（新井なゆり訳）

小さなもの

ダニエル・H・ウィルソン

かつてナノマシンの無害化に関する研究者だった「わたし」は、半ば強引に軍に連れていかれる。南大西洋の孤島で、ある研究者がナノマシンを暴走させているというのだが……

ダニエル・H・ウィルソン（Daniel H. Wilson）は、一九七八年アメリカ・オクラホマ州生まれの作家、アンソロジスト。カーネギー・メロン大学でロボット工学の博士号と機械学習の修士号を取得し、ロボットをテーマにしたノンフィクションを多数執筆している。二〇一一年に発表したデビュー長編『ロボポカリプス』（角川書店）でニューヨーク・タイムズ紙ベストセラーリストに入るなど、一躍人気作家となった。同書はスティーブン・スピルバーグ監督で映画化も告知された（現在は制作延期中）。以降、複数の長編を発表し、脚本 *Alpha* がブラッド・ピットにより映画化権を取得されるなど、旺盛《おうせい》な執筆活動を続けている。本書の編者の一人でもある。

（編集部）

ある種の物事には、そしてあらゆる物事には潮時というものがある。
大きなことに適したとき、小さなことに適したときというものが。
——ミゲル・デ・セルヴァンテス、一六一五年

1

わたしの記憶にあるクリーンルームの床は、ありえないほど白く滑らかで、染みひとつない。汚れたもの、天然のものはなにひとつない。われわれみながそこで生き、そして死んでいく、埃《ほこり》と微生物と花粉の靄《もや》がかかった星雲はこすり落とされている。現実の皮膚は剝《む》かれ、光と音の生々しく痛む骨をさらしている。残っているのは厳然たる物理学だけで、それが尖《とが》った角《かど》ができるまでしっかりと小さく折りたたまれて、目に見えないどこかから目や耳をちくちく刺激してくる。

クリーンルームでの生活は方程式。唯一のミスは人為的ミスだ。

そこで起こった出来事の記憶が、抜けないトゲとなってわたしに刺さっている。事が終わ

ったあとの緊急治療室で、看護師たちは早々にわたしが酔っていたことに気づいた。ひとたびそのことが表沙汰になると、マスコミはわたしに容赦なかった。それは陪審員団も同じだ。わたしは三年間服役した。あれから五年、記憶の冷たい金属はまだわたしとともにあり、心臓が鼓動するたびに皮膚の下で身もだえしている。

「たとえなにがあってもナノマシンのにおいを嗅ぐのは無理よ」というのが、妻の口癖だった。彼女はわたしと同様に科学者で、人間にはナノマシンの存在を検知できる嗅覚受容体がないことを、事実として知っていた。それはあくまでも物理学の話だ。自分がナノマシンを吸いこんでしまったことは、手遅れになるまでわからない。とにかく科学はそういっているし、われわれの誰がどう考えようと科学は気にしない。

業界では、われわれが扱っているナノマシンは「クレタ」と呼ばれていた。どのクレタもそれ自体がロボットで、大きさはわずか二、三ナノメートル、ものの継ぎ目に——現実の細かい隅々に——潜りこめるように設計されている。それらは超顕微鏡的精密さで個々の原子を再配置しながら、内側から外側へ向かって働く。百万のクレタがひとつにまとまれば、灰色の埃の粒子になるかもしれない。見た目はたいしたものではないが、多くの可能性を秘めている。

益になる可能性。別の可能性。

クレタは軍団だ。そして各々が嬉々《きき》として目的を果たす。目標一：役に立つ基質を識別する。二：転換点まで自己複製する。三：問題解決のために基質を配列しなおす。水をワインに。炭素をダイヤモンドに。望ましい結果を生み出す。各クレタの望みは、混沌《こんとん》とした世界から徹底した秩序をつくり出すことだ。

そしてその邪魔をするものは、誰であろうと大変な目に遭うことになる。

間近で目を見開いてクレタの仕事ぶりを観察するのは、マジックを目撃するようなものだ。仮に、有毒な汚泥が入ったバケツに浄化クレタを垂らすとする。数秒間はなにも起こらない。なにひとつ。これは指数曲線の長く平らな部分にあたる。クレタは二倍に、それからそのまた二倍に増殖することを繰り返し……やがてスイッチをパチンと入れたように水がきれいになる。よそ見をしていたら、その奇跡を見逃してしまうだろう。曲線が引火点に達し、そしてドカン。

「こいつは生きてるぞ！」かつて実験用の白衣を着た男が叫んだように。

しかしその怪物が実験室から逃げ出したら、誰かがつかまえねばならない。落とし格子に木の厚板を素早く渡し、松明《たいまつ》を灯《とも》す。それがわたしの仕事だった。わたしはその奇跡を止めることを専門にしていた。カクテルパーティーの席で、わたしはよくこういったものだ。

「水がめの水をワインに変えられるからといって、あまりがぶ飲みはしないようにしましょう」

礼儀正しいくすくす笑い。

わたしのクレタは行儀がよくなかった。わたしの赤ん坊たちはひとつ残らず――そしてその数は何兆にも上った――ほかのクレタをよく待ち伏せしたものだ。接触すると、連中は敵のクレタの種類を判別し、相手をだまして突然変異を誤検出させた。何百万という単位で自己複製を行う場合、すべてのコピーは完璧でなくてはならない。ごくわずかな突然変異が自己消滅を意味するのだ。そう、わたしの発明はほかのクレタたちを説得して自殺《スーサイド》に追いこんだ。

わたしはそれをクレティサイドと呼んだ。

2

事故のあと、わたしはてっきり世間から置き去りにされてしまったものと思っていた。わたしの人生は失敗、セルフネグレクト、絶望、という単調で心地よい繰り返しに陥っていた。しかし軍に呼び出されたとき、わたしは躊躇《ちゅうちょ》しなかった。一秒たりとも。航空券が薄っぺらいマニラ封筒に入って届くと、翌日にはフロリダ行きの便に乗っていた。

結局のところ自分には天命があるのかもしれない、と期待していたのだろう。

今朝わたしはホテルの蠟《ろう》のような石けんで髪を洗うと、外に出て冷たい夜明けの空気のなかで敷石の上に立ち、ブンブンと低くうなる街灯の下で迎えを待った。わたしの心は、愚かにもその街灯に合わせてハミングしていた。

軍がわたしのような人間になんの用があるのだろう、とあらためて思う。

これといって特徴のない黒いセダンが滑るように近づいてくる。政府のナンバープレート、スモーク仕様のウインドウ。その長い車はボンネットを朝露に光らせ、一瞬、わたしの横でエンジン音を響かせる。運転手は背筋をぴんとのばした男で、物差しをあてたようにしゃんと座り、しわのない軍服を着ている。染みひとつない迷彩服に身を包んだ男は、まっすぐ前を見つめている。話しかけてはこない。こちらを見ることもない。

わたしが車に乗りこむのを躊躇するのは、それが理由ではない。わたしをためらわせるのは、この背筋をぴんとのばした男がずんぐりしたカーボンブラックのバトルライフルを助手席に置いていて、その重みで豪華な革張りのシートが凹《へこ》んでいるという事実だ。そのせいで足が少しもつれる。しかしわたしは後部座席に乗りこみ、ライフルがあるのがわかっている前の座席の背もたれを穴が開くほど見つめながら、注意深くシートベルトを締める。

昔は出勤すると靴カバーとヘアネットをつけ、粘着マットの上で足踏みし、ラテックス製の手袋をはめてフードをかぶり、ブーツを履いたものだ。そしてパチンとゴーグルをつける。カサカサ音を立てる白い厚手の紙でできたつなぎに身を包み、致命的な欠陥がないかどうか鏡に映して確認する。とりわけ用心深い気分になっていれば、ときには防毒マスクを手に取ることもあり、それを装着すると鏡に映っているのは、振り出し式の塩の容器のようなふたつの吸収缶の上で泳いでいる、ゴーグルの奥の目だけになる。それから重大な最後のステップ。とどめの一撃、といったところか？　腕を差し出し脚を開いて、技術者がわたし自身の科学的専門分野であるエアロゾル化したクレティサイドを手と足に素早く吹きつけて覆えるようにする。

　仕事に取りかかる時間。世界を未来から守る時間だ。

　いま振り返ってみれば、自分の考えが甘かったことがわかる。人間の前腕の毛穴は平均で直径五十ミクロン。それはクレタにとっては高速道路だ。クレタはグランドキャニオンをふわふわと通り抜ける綿毛のように、服の布地を通過するだろう。口や目、あるいはそのほかの粘膜については、聞きたくもない。

　あの頃は毎日、自分自身を欺いていた。しかし、もしかしたらあの鮮明な冷たい記憶を乗り越えられるかもしれない。わたしはこの車のなかに座って、もしかしたらまた自分を欺けるのではないかと思っている。

　三十分後、わたしたちを乗せた車は簡単な検問を通過して軍事基地に入る。幹線道路を後にして広々とした舗装面に出ると、車全体がハミングし、タイヤが歌う。わたしたちはのろのろと進む黄色い牽引車《けんいんしゃ》の列とビュンビュン走る軍用ジープのあいだを、縫うように進んでいく。飛行機のエンジンの咆哮《ほうこう》が建設機械の咳《せ》きこむような音をかき消す。巨大な意味のない動きと騒音の波のなか、色彩と音がスモーク仕様のウインドウを叩《たた》く。

　どうやら前進しているらしい。

「いったいわたしたちはどこに向かっているんですか？」わたしは運転手に尋ねるが、案の定反応はない。

　わたしたちの前には、舗装された平らな土地が地平線まで広がっている。いま車は大型兵器の横を通り過ぎているところだ。整然と並ぶくすんだ色合いの装甲兵員輸送車が金属板で覆われたあごを上げ、防弾ガラスの窓に取りつけられた鎧板《よろいいた》ごしに、じっとこちらを見下ろしている。運転手がハンドルをぐいと切り、わたしたちは官製のプレハブ建築物の迷路に向かって疾走する。窓のない四角い箱型のトレーラーがきちんと格子状に配置され、格納式の金属製の階段が舗装を軽くひっかいている。

車がいきなりぴたりと停まる。バックミラーに映った運転手の目が、一瞬わたしをとらえる。彼はエンジンを切る。

「それで、その、そこのライフルはなんのためなんです?」わたしは尋ねる。

男の目がちらっとこちらを向き、それからそむけられる。エンジンがカチカチと音を立てるなか、彼は答えるかどうか思案する。そして答えることにする。

「あんたが逃げたときのためだ」

運転手はふたたびエンジンをかけ、足をブレーキペダルにのせたままドライブに入れる。わたしは肩をすくめて車のドアを開け、突き刺すような日射《ひざ》しと汚染物質のせいでひりひりする風のなかに降り立つ。セダンが走り去っていく。

トレーラー群は木製のパレットに積み上げられた補給物資の山に囲まれている。プラスチック製のラベルが巻かれた膨張したペットボトル入りの水のケース、まったく同じ白い厚紙の箱の山、ふくらんだ緑色のダッフルバッグの堆積層——そのすべてがきちんと荷造りされて、黄褐色のストラップをきつく十文字にかけてある。装甲フォークリフトが補給物資を集め、頑丈なパレットに移している。

いちばん近いプレハブのドアが開く。

パリッとした軍服に身を包んだ年配の男が、貧弱なつくりの階段の上に出てくる。彼が着ている軍服の迷彩柄は、初めて見るものだ。コンピュータがつくり出してホログラムのような素材に印刷された、ある種のフラクタルノイズのモザイクがかかったような模様がチラチラ光っている。

内側に寄ろうとする目を、わたしは無理やり相手の顔に向ける。きちんと整えられた白髪交じりの髪は後退し、日焼けした頭皮が三日月形を描いている。耳の上の皮膚には金属製の眼鏡のつるが食いこんでいる。両手はぎこちなく腰に置かれ、右手の小指はくすんだ黒色の拳銃が収まった真新しいホルスターの硬い生地に触れないように丸められている。どうやら頻繁にこの軍服を着ているわけではなさそうだ。あるいはこれが初めてなのかもしれない。

「大佐ですか？」わたしはエンジンの騒音に負けないように叫ぶ。

彼はひしめきあい咆哮を上げる飛行機に瞬《まばた》きし、眼鏡を鼻の上に押し上げると、一段下りてくる。そしてわたしにうなずきかけ、身を乗り出してきびきびと握手する。騒音に負けじとなにかわけのわからないことを叫び、笑みは浮かべない。わたしに階段を上がってくるよう身振りで合図する。

ふたりともなかに入ると、大佐は気密扉を閉める。それがため息のような音を立てて閉じたとき、静寂のなかでわたしの耳はまだゴーゴー鳴っている。そこは教室のようで、テーブルと椅子、それに黒板があるだけだ。エアコンで猛烈に冷えた空気に顔の皮膚がつっぱるのがわかる。

「よくきてくれたな……あー、博士」大佐がいう。「ひどくごたついているのは勘弁してもらいたい」

「おかまいなく、大佐。ただ、あなたが現役で任務についておられるとは気づきませんでした。てっきりこの面談は、研究室での仕事のためだと思っていたのですが」

「わたしは陸軍士官学校で教授を務めている。厳密にいえば、われわれは常に現役なのだ」きっとわたしはぽかんとしていたのだろう。

「ウエストポイントだよ」彼はそうつけ加える。「最近まで数学を教え、共同で執筆した教科書を最新版に改訂していた」

「すると、あなたは数学が専門の大佐ということですか?」

「実をいうとナノロボット工学だ」

大佐はシャツのポケットからある種の接眼レンズを引っ張り出す。わたしに小股で二、三歩近づくと、それをショットグラスのように差し出し、そして振ってみせる。

「かまわないかな……?」

「それは携帯顕微鏡ですか?」

「袖を少しまくり上げてもらえると助かるのだが」彼が促す。

あの事故のあと、ナノテクの分野の人間でわたしと一緒のところを見られてもかまわないというものはひとりもいなかったし、ましてや雇ってくれるものなどいなかった。かつての同僚たちのほとんどはむしろ、わたしがしたことを考えればまだ刑務所に入っていてほしいと明言していた。軍にわたしのためのどんな仕事があるにせよ、これは自分の仕事であり、復帰する唯一のチャンスなのだ。

わたしはスーツの上着の袖をまくる。

大佐が身を乗り出して小さな金属の筒をのぞきこむ。冷たい輪がわたしの前腕に押しつけられる。それを持ち上げてはまた別の場所に押しつけることを何度か繰り返しながら、大佐が唇を動かしているのが見える。

「小さい。平均より小さい」大佐はそういいながら立ち上がり、顕微鏡をそっとポケットに戻す。「おめでとう」

「わたしの腕がですか?」

「きみの毛穴だよ」大佐がいう。「たいていの人のものより小さい。知らなかったのかね? きみはありがたく思うべきだな。一ミクロンを争うことなのだから」

「それはどうして?」

数学が専門の大佐はわたしから離れると、ラミネート加工が施されたぴかぴかのテーブルの向こう側へ歩いていく。テーブルに拳をついて身を乗り出し、頭を垂れる。そしてひとつ深呼吸をする。

「博士、きみのクレティサイドは効果がある」

「なにに対してですか？」わたしは尋ねる。「あれはクリーンルームの外では役に立ちませんよ」

「きみが不在のあいだに、事態はかなり進展しているのだ」

大佐が黒板のほうを向く。あまりにも自然にチョークを取り出したので、彼が教師であることを疑う気持ちは完全に払拭される。彼は黒板にいびつな円を描く。

「カーリーゴ島。差し渡し約三十二キロ。アフリカ大陸の南、約千六百キロ。南アメリカ大陸の東、約五千六百キロ。そしてそれより近い大陸はない。ありがたいことに完全に隔離されている」

大佐は島の中央に×印をつける。それから猛烈な勢いで一気に、×印から外へ向かって複数の矢印を描く。集まって緩やかな曲線を描いた矢印は、島の南半分を覆いつくすと海へ出て、殴り書きになって消えていく。

「われわれは小さな問題を抱えているのだ」そう彼はいう。「まあ、いってみれば、たくさんの小さな問題をな。それらはすべてカーリーゴにある。そして残念ながら、さらに遠くへ広がる構えを見せている」

その矢印を目にしたわたしはなにかを思い出す。分散のパターン。割れた小瓶から流れ出した塵《ちり》のようなもの。ほとばしる血の広がり。空気清浄機の悲鳴のような吸気音の下で、床に崩れ落ちてじっと動かない人影。それを考えると膝の力が抜ける。

「あなたがたはなにをしたんですか？」

「ああ、それなんだが、わたしがやったのでないことはいっておく必要があるな。実際、この問題を収拾するよう命じられたもののなかでは、わたしはかなり下のほうの人間なのだ。わたしの前任者たちは、いわば困難を乗り切ることに失敗した。しかしきみの起用はわたしのアイディアだった。そしてわれわれのどちらかに過去になにが起こっていようとも、この件はいま、わたしの……われわれの……問題なのだ」

「オリジナルのクレティサイドの特許は十年前のものですよ、大佐。わたしの研究は何年も前に終わっています。間違いなく。わたしにはたいして効き目があるとは思えません。たとえゴミ箱一杯分を注いだとしても——」

「ダンプカーだ」

「なんですって？」

「われわれはきみの発明品を、飛行機一機分の単位で使用しているのだよ、博士。その飛行機にはダンプカーで荷が積みこまれている。すでにきみは、自分が思っている以上に大勢を救っているのだ」大佐は充血した目を見開いていう。下唇が震え、彼は咳払《せきばら》いをする。「いまきみは、さらに大勢を救う機会を手にすることになるだろう」

「これは流出事故ではない」とわたしはいう。「誰かがクレタを兵器として使っているんですか？　テロリストの仕業？　国際紛争？」

「いやいや」大佐はいう。「われわれが相手にしているのはたったひとりの男だ。才能あふれる男——わたしにはいくら強調してもしきれない。われわれのなかで最も優秀かつ聡明《そうめい》な人物だ。最高の内部人材。実に先見性のある人物。名前はカルデコット」

それは軍の研究施設だ。矢印はクレタたちが風に乗って逃げ、島の残りの部分を汚染していることを示している。外気にさらされたクレタ。もしかしたら兵器化されているかもしれない。いずれにしても致命的だ。

耳に聞こえる音が次第に弱まり、すっかり消えて、かわりに血液が脳を巡る音が聞こえてくる。大佐の唇が動いているのが見える。ゆっくりと、彼の言葉がまたはっきり聞こえてくる。

「……クレタの原動力を突きとめた。カルデコット博士の製法を用いれば、チタンに穴を開けることができる。彼が特殊化した変種のクレタの数々は、ほぼすべての基質の原子構造を、より有益な配置に並べ替えることができるのだ。ただの土をチョバム装甲に。植物を外傷の応急処置用品に。驚くべき大発見だよ。間違いなくそのテクノロジーが、彼のもとから少し逃げ出している。しかしわれわれは、彼がこの件を解決するのに協力することができる。カルデコットはこの事態を、またしっかり掌握することができる……」

武装した数学者は話しつづけるが、わたしの視線は黒板に戻る。浮遊する粒子の広がり方を示すシミュレーションに。

「核で叩くんです」わたしはいう。「いますぐに。それが島を離れる前に」

「悪くない提案だ」大佐は驚くほど冷静に応じる。「たしかにそれは検討されている。問題は、その衝撃波が望ましくない物質を対流圏に放出してしまう可能性があるということだ。エアロゾル化したナノマシンの凶暴なはぐれ雲は、きわめて悪い結果をもたらすだろう。そんな危険を冒すより、われわれはそれを単純に停止させる必要がある。問題を封じこめ、物事を元に戻すのだ」

大佐は几帳面《きちようめん》だ。歯切れがいい。そのこぢんまりした頭脳は小型モーターのように働く。この手の仕事にはまさにうってつけの人物だ。彼はパニックを起こすほど理解していない。わたしは目を閉じて呼吸に集中する。それから目を開け、黒板の白い線を見る。

もしかしたらわたしは、世界の終わりを見ているのかもしれない。

プレハブ全体が激しく震える。外の飛行機のエンジン音が大きくなっていく。そういえば、このちっぽけな振動する部屋には窓がない。

「われわれはきみにそこへいってもらいたいのだ」大佐がいう。「軍が上陸拠点を設けている……汚染が最もひどい地域のすぐ外側にな。移動式の実験室がきみを待っている。最新鋭のものだ。きみには野に放たれたクレタの標本を集めてもらう。そして集めた様々な変種の中枢機構を破壊するように、きみのクレティサイドを改良してもらう」

「わたしにそこへいけと？」わたしは感覚が麻痺《まひ》した唇で尋ねる。

「まあ、そうだな……」大佐はため息をつき、ゆっくりとこう続ける。「われわれはクレタを島から出す危険を冒すわけにはいかん……そこで残念ながら、きみをやつらの元へ運んでいかねばならんのだ。もちろん報酬は充分支払われる」

その身ぎれいで小柄な兵士は、それがなにを意味しているのかまったくわからずに事実を吐き出している機械のようだ。この手の人間はなにを見ているのだろう、とわたしは思う。突然わたしの頬を染めた恐怖は、彼には何色に見えるのだろう？　おそらく灰色だろう。方程式のような灰色だ。

「わたしは死ぬでしょう」

「必ずしもそうとはかぎらんだろう。それにきみの場合、起こったことをすべて考え合わせると……なんらかの……負い目を感じないかね？」

その記憶は白いタイルと同じくらい鮮やかで硬い。

「わたしは服役したんです、大佐。罪の償いはしました。あなたには想像できないほど多くの形で」わたしは外の騒音に負けないように声を張り上げる。「わたしの答えはノーです。冗談じゃない。お招きありがとうございました。機会を与えていただいたことや、その他もろもろにはほんとうに感謝しますが、絶対にごめんです。あなたには信じがたいことかもしれませんが、わたしは死にたくないんですよ」

「いやはや」大佐はそういいながら、薄っぺらなプラスチックの椅子に腰かける。そういえばこの部屋にあるものはすべて、軽量のプラスチックでできている。振動している壁さえも。大佐が座ると軍服の膝のところにごわごわしたしわが寄る。その様子にはなんとなく見覚えがある。恐怖の蔓《つる》がわたしの腹から胸へ、もぞもぞと這《は》い上がっていく。

クレティサイドだ。わたしの考えでは、大佐の服はクレティサイドでコーティングされている。とどめの一撃、そうだろう？

「ここが厄介なところなのだ」大佐がいう。

外では騒音が急にいっそう大きくなり、戸枠がガタガタ鳴る。頭の中心から出てきたような低い轟《とどろ》きに、わたしの歯がカチカチ鳴る。小刻みな振動に合わせて視界が躍る。なにか大きなものが外からトレーラーに突き当たり、よろけたわたしはドアにつかまろうと両腕をのばす。

「幸運を祈りますよ、大佐。失礼します」

大佐はわたしに手のひらを見せて肩をすくめる。「ご苦労だった」

わたしはなかば鍵がかかっていることを予期しながら、薄っぺらなドアをぐいと引き開ける。自分がなにを見ているのか理解していないことに気づく前に、わたしは格納式の階段の上にいる。

曲線を描く鋼鉄製の肋材《ろくざい》のあいだに黄褐色の布地が張られた、高くそびえる壁。垂直に折りたたまれ、固定されていないシートベルトがほどけた靴ひものように垂れ下がっている、金属製の折りたたみ式の座席。その座席の列が途切れているのは、長い金属製の取っ手がついた小さな楕円《だえん》形の扉のそばだけだ。赤く輝く電球が狭い通路を照らしている。その扉にはこんな言葉がステンシルで刷られている。「飛行中の解放は有資格者のみ可。C－5Mスーパーギャラクシー」

わたしはC－5M輸送機の腹のなかにいる。

「見てのとおり、われわれは既に向かっている」金属製のフラスクを取り出しながら、大佐がいう。いまや彼はますます小さく見え、振動する戸口にその輪郭が浮かび上がっている。われわれを乗せた飛行機の車輪が地面を離れると同時に振動が弱まり、彼の声が不意にもっと大きくなる。「そうそう、忘れるんじゃないぞ……一ミクロンを争うことだからな」

そして大佐はドアを蹴飛ばし、わたしの顔の前で閉める。

3

「オーケー、諸君。いいだろう。状況はどうなってる？　きみたちはどういう命令を受けているんだ？　わたしが見られる調査書類のようなものはあるのか？」わたしは尋ねる。

その若い男は爬虫類《はちゅうるい》を思わせる瞬きを二、三度して、じっとわたしを見つめる。それからいきなり口角を上げて笑みを浮かべる。輸送機の赤い機内灯に、クレティサイドでコーティングされた軍服が鈍く光る。「調査書類だって？　大佐がおれに書類を持ってこいといってるのかい？」

大佐の鍵がかかったトレーラーの外でひとしきり悪態をついたあと、わたしは折りたたみ式の座席が点々と並ぶ狭い廊下をゆっくりと進みはじめた。飛行機の中央の通路には木箱が積みこまれ、ネットがかけてある。操縦室に続いているらしい装甲板で強化されたはね上げ戸には鍵がかかっており、わたしのノックは無視された。

笑い声が聞こえ、煙草《たばこ》の煙のにおいがしてきて、飛行機の後部近くにいるものたちが見えた。軍服姿の十人あまりの若者が、倒した座席の上に寝そべっていた。ほとんどは眠っているか、そのふりをしているかで、ブーツを持ち上げて狭い通路を挟んだ反対側の木箱にのせている。彼らのシルエットは軽く深紅に染まっていた。

だがこのふたりは起きていた。タリー二等兵とステッチ軍曹だ。

「そう、調査書類だよ。報告書のたぐいだ」わたしはいう。タリーが丸い生気のない目で、大きな切り傷のような笑みを浮かべてわたしを見る。「いいか、わたしはクレタの専門家だ。なんだか知らないが、下で起きているまずい事態をなんとかするために呼ばれたんだよ。わたしが自分の仕事をするのに協力してくれ。ここになにか知っているものはいないか？」

タリーが突然くすくす笑いだし、骨張った手でクルーカットにした頭の後ろを取りつかれたようにかく。わたしは顔をしかめ、彼の隣に座っているステッチと呼ばれていたもうひとりの空挺《くうてい》兵に目をやる。

「彼はどうしたんだ？」わたしは尋ねる。

ステッチの顔は弛緩《しかん》し、ほとんど麻痺しているようだ。「やれやれ。あんたが初めてじゃないんだ」彼はこちらを見ずにゆっくりとつぶやく。「おれたちが初めてじゃない。最後でもない。まるっきり違う」

タリーがなにかを期待するように、閉じていた唇を開く。その口のなかでは、乳白色の歯が黒い斑点でまだらになっている。銀のような金属の詰め物がしてあるのだ。「おれたちがそうだと思ったのかい？　凄腕《すごうで》の分隊かなにかだって？　ええ？」

彼はごくりと喉を鳴らし、真顔になる。

「了解しました。合衆国海兵隊武装偵察部隊、特殊技術復旧および回収作戦分遣隊、報告します。この事態はわれわれが処理しますのでご安心ください。処理しますとも！　われわれがくそみたいな事態を処理してみせます！」

笑い上戸な男は、また後頭部をかきむしる。

「処理《ハンドル》するだって？　おれたちはそのハンドルをもぎ取っちまったんだぞ」ステッチが苦い笑みを浮かべながらつぶやく。その目はいまは閉じられている。肉づきのいい頰が貨物機の機械的振動に震えている。

「ほかに何人送られてきたんだ？」わたしは尋ねる。「状況はどうなってる？」

「まいったな」タリーがそういいながら起き上がり、目を見開く。「状況《シッチ》を知りたいそうですよ、ステッチ。聞きましたか？　状況を、ステッチ」

ステッチは答えようとしない。それとも答えられないのか。

「邪魔したな」わたしはそうつぶやきながら、ふたたび縫うように通路を進み、頭上の薄暗い赤いライトに照らされて歩いていく。もう笑い声が聞こえなくなると、わたしは壁に取りつけられた折りたたみ椅子の上に崩れ落ちる。そして目を閉じる。

わたしには飛行機の外の暗闇が感じられる。剝き出しの果てしない空間が。いつのまにかわたしは、それは空っぽのままであるべきだ、と考えている。この轟音《ごうおん》が響く大きながらんどうの空間のなかではなにもかもが赤く見え、失明しかけているような気がしてくる。わたしは金属の筒のなかにいて、とてつもなくまずいなにかの震源地へうなりをあげて向かっている。喉の奥に酸っぱいものがこみ上げてきてなかなか消えない。

あのかすかなくすくす笑いはずっと機械的に聞こえているが、いまのわたしにはそれがユーモアとはまったく無縁だとわかっている。

目をぎゅっとつぶり、わたしは布張りの壁に後頭部を預ける。振動に、うなじに息を吹きかける冷たい空気に集中する。エンジンが繰り返すむせび泣きで、恐怖をやわらげようとする。何分かたつと効果があらわれはじめる。

「おい」誰かがささやき、わたしはぎょっとする。タリー二等兵の顔がすぐ目の前にあり、その熱い息が頬にかかっている。「状況を教えてやるよ。ちょっと見てみな」

若い空挺兵が相変わらず後頭部をこすりながら身を乗り出す。彼がかいているものを見ると、わたしは息を止めて相手からゆっくりと離れる。目も閉じなくては。どんな粘膜もクレタの侵入口になる。しかしその奇形から目をそらすことはできない。

それはある意味、美しい。歯。ちっぽけな白いつぼみ。完璧に形づくられたカルシウムが、彼の後頭部から生えている。まわりの臼歯の凹みは、皮膚の下のくぼんだ指の関節を思わせる。

彼がまだ生きているということは、おそらく伝染性ではないのだろう。そのクレタは、歯医者のために予備の歯を育てるよう設計されていたにちがいない。わたしにはそうとしか考えられない。そんなことが可能だとは知らなかった。そのクレタはタリーの頭蓋骨からカルシウムを少し借りて、それを再配置していた。わたしの一部は標本を採取したがっている。別の一部はどれだけ痛いのだろうと考えている。

タリーの声はくぐもり、頭は垂れ、言葉は飛行機の騒音に飲みこまれる。「些細なこと《スモール・シングズ》さ」彼はいう。「カーリーゴじゃ、くそいまいましいちっぽけ《スモール》なやつらに気をつけなくちゃならないんだよ」

くすくす笑い。

わたしはシートベルトを外すと、無言で立ち上がる。そしてブーンとうなる飛行機の腹のなかを、長いあいだ歩きまわる。自分の腹から恐怖を追い出そうとする。あの兵士は病院にいるべきで、任務に復帰させるべきではない。しかしわたしたちはどちらもカーリーゴに向かっている。感染した兵士と打ちひしがれた科学者。自暴自棄のようなにおいがする。

しばらくして壁にベルトで固定されたコーヒーポットを見つけ、一杯注ぐ。自力で別の座席を見つける。コーヒーをすすりながら窓の外に目をやり、震えまいとする。はるか眼下にどこかの都市が広がっている。きらめく光の爆発がそのくすぶる蔓を冷たい大地に広げている。

闇を喰らう光。

抜けないトゲのような記憶が、いつものようにいきなりよみがえる。あの朝、わたしの頭は換気扇のフードの下に押しこまれていた。クリーンルームを吹き抜ける空気の流れには催眠作用があった。前の晩からの二日酔いで、作業をしている手袋をはめた自分の手を眺めながら、朝食がわりにビールとウィスキーを一杯ずつやるべきだったかどうかを考えていたのを覚えている。妻は部屋の反対側でこちらに背を向け、自分の持ち場で作業をしていた。以前からわたしたちのあいだにはあまり会話がなかった。

小瓶が落ちた。

より正確にいえば、わたしが落としたのだ。少々酔っていたわたしは、腕をのせることになっているプラスチック製のシールドを作動させるのを怠っていた。指ほどの大きさの円筒形の容器は不活性強化ガラスでできていたが、跳ね返り方が悪く、換気扇のフードの外縁に当たったふたが粉々になってしまった。密集したクレタの粉塵《ふんじん》の一部は換気扇に吸い寄せられ、弧を描いて渦巻き状になり、わたしの記憶のなかではそれが銀河の広がりのようにゆっくりと動いている。しかし残りの埃は広がる細かい粉となって部屋に放出された。

本能的に自分の防毒マスクを固定しようと顔に触れたのを覚えている。空気の流れを制御するプラスチックはそこにあり、用意ができていた。ビール臭い息を妻から隠すためにつけていたのだ。飲酒癖は以前から抑えが効かなくなっていて、自分でもそれはわかっていたのだが、不安は感じていなかった。どこまでいくのだろうという興味があっただけだ。その防毒マスクのおかげで、わたしは出血多量で死に至るかわりに二週間の入院で回復した。それから動転した悲鳴が一瞬、ほかの科学者たちは自分の持ち場で気にもとめずにいた。

わたしの防毒マスクの下から漏れ出した。妻が細い腕を広げ、ペンとクリップボードを手にしてこちらを向きかけた。紙製の帽子からこぼれたブロンドの髪がひと房、耳の後ろに垂れてカールしていた。わたしの見開いた目と空っぽの手を見ると、彼女は一瞬歯を見せ、鼻孔をふくらませて鋭く息を吸いこんだ。自律神経の驚愕《きようがく》反応。体に戦うか逃げるかする準備をさせるため、酸素の流れを増やすようにできている。

進化の歩みはテクノロジーの進歩に追いつくにはあまりに遅い。

わたしがなかば酔っ払った状態で恐怖の叫びを上げているあいだに、同じ実験室で働く同僚は三人とも、実験用の自己増殖するクレティサイドの浮遊する粒子を気管に吸いこんでいた。そのクレタはたちまち彼らの肺の軟部組織に埋めこまれてしまった。

クリストフがドアに駆け寄った。それには鍵がかかっていた。肩を落とした彼は、ドアノブのレバーを上下にガチャガチャ鳴らしつづけた。パニックを起こした彼の脳のシナプスは堂々巡りをしていた。ジェニファーは凍りついたまま、口だけ動かして何度も何度も同じ言葉を繰り返していた。「このくそ野郎。この大ばか野郎」彼女はなにが起こっているのかわかっていたし、いずれにせよ前からずっとわたしのことが好きではなかったのだ。

しかし妻はお腹に両手をあてて、ただ見つめていた。ペンとクリップボードがタイルの上に落ちた。彼女の青い目は悲しげで、大きく見開かれていた。そこには涙があふれていた。

そして大量出血がはじまった。

わたしは無理やり目を開け、一気に現在に戻る。貨物機の窓の外では、あの名前もわからない都市の輝きが飛行機の翼の下側をなめている。その輝きに染まったむせび泣くジェットエンジンは、凍《い》てつく夜をやっとのことで飲み下し、推力と毒素と引き裂かれた空気を吐き出している。外では飛行機と夜が激しくぶつかりあっている。寄せ波が岸に叩きつけるように、それぞれが飢えも焦りもなく相手を平らげようとしている。

顔を上に向け、わたしは宇宙のドームを見つめる。はるか上空では何千億という星々が夜空を侵し、その広大さをむさぼり食っている。

無分別に、そして永遠に。

4

目を覚ますと、にやにや笑いを浮かべたタリーの顔がすぐ目の前にある。

「あんたはおれと一緒に降下するんだ、博士《ドク》」空挺兵はそういいながら、わたしの膝にハーネスを押しつける。「これをつけて、おれにチェックさせろ。なにがあろうと落下するんだから、生きていたければこいつをしっかりつけることだな」

目をこすりながら見ると、外はまだ夜だ。金属製の座席の薄い詰め物を通して、冷たさがスーツのズボンのなかまで染み通っている。わたしは立ち上がってのびをし、金属製の床材の上で足踏みをして、感覚を取り戻そうとする。タリーは既に通路の先で、別の空挺兵のパラシュートパックを機械的にチェックしている。

「もう少し暖かい服をもらえないか？」わたしは彼の背中に声をかける。

「あんたにはそれしかないよ」彼は振り向かずにいう。

それに対するわたしの返事は風の壁に遮られる。ちょうどステッチがバーをぐいと引っ張り全体をなかに引きこんでから持ち上げ、側面の扉を開けたところだ。扉の向こうにあるのは暗闇と騒音だけだ。

わたしは急いで茶色いハーネスに滑りこむ。不自然に締めつけられたズボンを無視し、ストラップをきつく引っ張る。震える手で哀れなスーツの上着のボタンを留める。それから思いついて身を屈《かが》め、ウイングチップの靴ひもを可能なかぎりきつく締め直す。

「いくぞ」タリーがわたしの腕をつかんで叫ぶ。

ほかの十人あまりの空挺兵たちは、腹に装着した器材袋を両手で持ち上げて整列しているところだ。ステッチが扉のところにいて、兵士たちに大声で指示を出している。彼らは妊婦のようによちよち歩き、壁に斜めに張られたワイヤーにカラビナをかけていく。

床が振動し飛行機の後部貨物室扉が開いて、にやにや笑いを浮かべたような海の切れ端が現れる。紫色の水平線の上に振りまかれた星が見える。誰かがスイッチを入れると補給物資のパレットがすぐ目の前を勢いよく通り過ぎ、飛行機の後部から転がり落ちていく。それが虚空に落下し、湿ったパラシュートが展開して、剝き出しの肺のようにきらめく。

わたしの手足がガタガタ震えだす。

いま、空挺兵の列は動いている。開口部の横にある丸いライトが、揺るぎない刺すような緑色に輝く。ステッチは空挺兵がひとりひとり扉から踏み出すたびに、命綱を几帳面にまとめている。

「時間だ」タリーが風にかき消されないように叫ぶ。

「待ってくれ」わたしはそういっている。

タリーが後ろからわたしの脚のストラップをぐいと引っ張る。肩のストラップを強く引っ張られると息が詰まる。タリーは自分のハーネスをわたしのものにしっかり固定する。それからこちらの両肩に手を置いて、列の後方にわたしを押しやる。わたしは滑りやすいドレスシューズを履き、しびれた脚で、よろよろと前進する。やがてわたしたちは小走りになり、単調な紫色の開口部のほうへ列になってすり足で急ぐ。

「待ってくれ！」わたしは叫ぶが、いまやブーツが金属を踏み鳴らす音で自分の声すら聞こえない。次の一歩でつまずき、ステッチに後頭部を叩かれるのを感じる。そのあとの一歩は存在せず、ただ風が吹いているだけで、わたしはぎゅっと目をつぶる。一対の凍りつきそうな涙が手探りで這うようにこめかみを伝う。息が引っ張り出され、うなる大気と混じりあって押し戻されてくる。

そしてついに、わたしは目を開ける。

島は現実に存在する——広大な銀色の海に浮かぶ茶色がかったかさぶただ。その上には黒煙の帳《とばり》が漂っている。夜明けの太陽、真っ平らな水平線上に位置するピンク色の染みが、その指を煙霧のなかに押し進めていく。太陽は自らの残りを、その下のうねる波に縞模様《しま》やダッシュ記号の形で何キロにもわたって降り注いでいる。

わたしは開いたパラシュートから吊《つ》り下げられ、ハーネスが脇の下に食いこむ。スーツは裂け、脚は宙にぶら下がり、青白い足首がちらちらのぞく。ズボンが風にはためく。いまは静かで、パラシュートのキャノピーが船の帆のようにきしむのが聞こえる。わたしは本能的に、胸に渡されたストラップをつかんで必死にしがみつく。

わたしたちは煙をくぐり抜け、光のなかに漂い出る。

空気は相変わらず肌を刺す冷たさだが、その底流には既に熱帯らしい湿り気が感じられる。そしてその下にある別のなにか。焦げた赤褐色のなにかが。

「それほどひどくはなさそうだな」わたしはタリーに声をかける。

「地獄だって遠くからならきれいに見えるさ」一緒に揺れながら、彼がいう。

やがて地面が迫ってくる。緑がかった茶色のにじみにかわって、木々や軍の建物が見える。ちっぽけな島全体の細部がちらちらと目に映る。はるか内陸部に、鬱蒼《うっそう》としたジャングルの樹冠に囲まれた石造りの簡素な建物が見える。崖の側面から電波塔が生えている。そして真下にぐんぐん迫ってくるのは兵士や建物、乗り物が広がる光景だ。その様子は昆虫を思わせる――ぼんやりと見えてくる人間活動のシロアリの塚だ。

「足を上げて」タリーに声をかけられ、わたしは従う。

草原がベルトコンベアーのように高速で通り過ぎていく。タリーのブーツがぱっと舞い上がり、ゆったりと草を踏みしめる。彼は二、三歩走ると、パラシュートに引きずられながらふたりの尻が地面につくまで後ろに体重をかける。わたしの体は興奮にざわめき、草の露がズボンの薄い布地をぐっしょり濡らす。

カチャンと音がして、タリー二等兵が自分のハーネスをわたしのものから外す。

周囲では十人あまりの空挺兵たちも着地しているところだ。ぴょんと跳ねて起き上がり、パラシュートを追いかけて畳んでいる。わたしに話しかけてくるものはいない。草原がきれいに片づくあいだにわたしはハーネスから抜け出して、かじかんだ指でつかむ。そのハイテクの塊《かたまり》はもう用済みなので、肩をすくめて深い草むらに落とす。

暖かい日射しがハーネスの金具に反射して光るのと同時に、わたしはその場を離れて歩きだす。

5

「われわれはカーリーゴの中心部をじりじりと奪還しつつある」大尉が糊《のり》のきいた白いハンカチで額の汗をぬぐいながらいう。「それについては心配いらない」

長身で恰幅《かっぷく》がよく、首まわりの皮膚がだぶついている大尉は、あまり興味がなさそうにこちらを見ながら腕組みをして立っている。わたしのほうは破れて水が染みたスーツ姿で、まだ耳鳴りがしている。自分の置かれた状況を把握しようとしているところだ。

　わたしたちは小高い丘に張られたキャンバス地のテントの陰に海を背にして立ち、草原が薄暗いジャングルに変わっているほうを見ている。上空の煙はこの地上ではかすかな靄にすぎない。ジャングルが途切れたところに、おそらく二十人ほどの疲れはてた兵士の一団が、八百メートルほどにわたって一定の間隔で並んでいる。各歩兵は風変わりなバックパックを担ぎ、所定の位置でゆっくりと体を揺らしている。彼らが携行している銃から液状の炎が噴き出し、ジャングルの暗い表面を横切る。炎は赤く燃える外皮を生み出し、それが枝や蔓を焼き尽くしながら前進して、黒い煙の壁を立ちのぼらせる。

「火炎放射器だ」わたしの視線をたどって大尉がいう。「ジュネーヴ条約によって半世紀前から使用が禁じられている。あれは第二次大戦時代の古い弾薬庫から調達したものだ。軍が二年半がかりで再調整し、ここまで運んできた。第一陣は岸から八百メートルほど離れた海に直接落下。あと一歩のところで届かなかった。第二陣は危ういところだった。二週間で四人が死亡。必要悪だ。他国から購入する危険は冒せない。これは完全に政府《アンクル・サム》の機密作戦だ、いいな?」

「これが機密扱いだとは、誰からも聞かされていませんが」わたしはいう。

　大尉の視線が弾むように木々と空の境界線に向けられ、また下りてくる。いいたいことは充分伝わる。そんなことはどうでもいい。

「世間話は充分だ。あんたは準備を整えたいんだろう。研究施設は十キロほど内陸にある。

あそこはめちゃくちゃだ。ありとあらゆるおかしなことが湧き出してる。近づけば近づくほど笑えてくるんだ。充分そばまでいけば、あんたは笑い死にしそうになるだろうな」

「大佐の話ではわたしのための実験室があるということでしたが?」

「あんたの洒落《しゃれ》た実験室は火事になった。建てられた場所がジャングルに近すぎて、部下のひとりが熱くなりすぎたんだ。たいした見物だったぞ。あのなかになにがあったかは知らんが、くそっ、きっとかなり焼けてるだろう。それに太陽みたいに明るかったな。わたしと部下たちは化学物質じゃないほうに酸素ボンベを賭けてたんだ」

大尉が両方の眉を上げて待っている。「たぶんあんたなら賭けの決着をつけられるんじゃないか?」

大尉が何気なく手をのばしてきてわたしのあごを軽く叩いたところをみると、口をあんぐりと開けていたにちがいない。わたしは素早く口を閉じる。

「そんなことをしてるとハエが入るぞ。それとももっと悪いなにかがな。心配するな、ドク。あんたのために別の実験室をここに落としてくれるだろう。六カ月待つんだな」

「六カ月?」わたしは尋ねる。

「遅くとも一年」彼はつけ加える。

「それまでわたしにどうしろと?」

「フィールド調査だ。あんたにはあの肥だめに出かけていって、なんでもいいから見つけた野生のクレタを瓶詰めにしてもらいたい。なあに、何種類か氷漬けにする頃にはあんたの小さな実験室はすっかりできあがってるだろう。そうなれば、あの小さなならず者どもを皆殺しにする方法を突きとめる仕事にすぐ取りかかれる」

「なぜわたしが必要なのかわかりませんね」わたしはいう。「どうして自分たちでその施設へいって、閉鎖しないんですか？　あの兵士たちを何人か使ったらどうです」

「近づけないんだよ。あそこはある意味、自己防衛しているようなものなんだ。ある有能だが頑固な人物がいて、運用している。そして彼は必ずしも友好的ではない。われわれが監視してきたところでは、なにか大きなことを計画している。それもじきにな。当面の目標は、次の話合いを続ける前に特殊化したクレティサイド兵器を蓄えることだ」

「話合いか戦争か、ということですか？」

「カルデコットは偉大な人物だ。彼の頭脳は重要な資産なんだよ。そういうわけで、われわれは彼との話合いを続けている。活発な話合いをな」

大尉はにっと笑ってみせるが、その目は笑っていない。

「あんたの実験室の一部は焼けなかった。残っているもので装備を調《ととの》えられる。あんたの手伝いをさせるために、部下をひとり送っておいた。名前はフリッツ。彼が地図や制服、その他もろもろを提供してくれるだろう。時間はあまりないかもしれない。装備を調えて島の中心へ向かうんだ。ただのちょっとした散歩だよ。興味のあるものをなんでもひっつかんで瓶に詰めるんだ。いま出発すれば、日暮れまでに戻れるだろう」

「わたしひとりで？」

「一緒にきた空挺兵を何人か連れていくんだな。くそっ、全員連れていけ」

「彼らにはやるべき仕事はないんですか？」

「ないな。あんたと一緒に落下してきたあの連中は、出戻り《リバウンダー》なんだ」

「出戻り？」

「送り返されてきたんだよ」

「どこから送り返されてきたんですか？」

「あんたは質問するのを恐れない。いいことだ。わたしがいってるのは、連中が脱走したってことだ。島を離れたのさ。ひと月ほど前に急ごしらえのボートでな。それから海で回収されて、送り返されてきたってわけだ。若い者のいたずらはしかたない。いまでは連中は理解してる。この島を離れる術《すべ》はないんだ。われわれがカルデコットと合意に達するまではな。その間にわれわれはクレティサイドを準備し、アンクル・サムがやけになって核爆弾を落としはじめる前に研究施設を閉鎖しなくてはならない」

「われわれは島を離れられない」わたしはゆっくりいう。

自分の声を聞きながら、わたしは即座にその言葉が明らかに揺るぎない真実であることを悟る。大尉はわたしが冗談をいっているのかと、こちらの表情をうかがう。そして冗談だと判断し、いきなり笑いだす。「ああ、そうとも、われわれは離れられないんだ！　任務が完了するまではな」

彼はわたしの背中を強く叩く。

歯を剝き出しにした大尉の笑みに、わたしは不安をおぼえる。彼の細められた目に反射する日の光はとてもまぶしい。わたしたちが同じものを見ているのか自信がなくなってくる。

「しかしこれはお楽しみばかりじゃないぞ」と大尉はいう。「風の具合が悪いと変種のクレタがここまで吹き寄せられてきて、人がハエのように倒れはじめる。もし運がよければときには……彼らは溶けたようになる。そもそも、そのクレタがなんのために設計されたのかはけっしてわからんのだ。人間の皮膚に反応するものもあるし、そうではないものもある。煙は役に立つ。しかしいちばんいいのは、防毒マスクを見つけて手元に置いておくことだ。目は開けておけ。だが開けすぎるな。目は体内への主要な侵入経路になる」

「こいつは正気の沙汰じゃない」わたしはつぶやく。

「まさしく。さあ、盛り上がってきたな」大尉がにやりと笑いながらいう。「あんたはうまくやるさ。大丈夫だ！」

わたしは歩きだす。この土地のどうしようもない無意味さがのしかかり、肩の肉が強《こわ》ばる。一歩進んだところで二の腕をがっちりとつかまれる。急に引っ張られて肩が抜けそうになり、わたしは両の拳を握ってくるりと振り向く。大尉の顔を見て、わたしは動きを止める。

「そっちはだめだ」彼は静かにいう。「遠回りしていけ」

わたしは自分が向かおうとしていたほうに目をやるが、なにも見えない。広々とした軟らかい土の山があるだけだ。野球のダイヤモンドほどの範囲の土が、楕円形に盛り上げられている。滑らかな部分になにか灰色のネバネバしたものが泡立っているのは、クレティサイドにちがいない。その小山を越えた遠くのほうに、炎のぼやけた線に縁取られた白いテントが見える。はるか彼方《かなた》で兵士たちが腰を揺らし、動脈から噴き出したような赤いきらめきで暗いジャングルの表面を覆いつづけている。

「なぜです?」わたしは軟らかい土にちらりと目をやりながら尋ねる。

「それはな、他人の墓の上を歩くのは縁起が悪いからだよ」

6

鼻につんとくる風がジャングルから漂ってきて、親しげに髪を乱す。わたしは息を止めて胸を締めつけ、喉を詰める。どんな微風や草の葉、あるいは埃の粒子も、はぐれ者のクレタを運んでいる可能性があるのだ。

溶ける、と大尉はいっていた。ときに兵士たちは溶けたようになる、と。

この島に解き放たれているものがなんであるにせよ、それにくらべればわたしの人生最悪の日はこぼれた牛乳のようなものだ。ここのテクノロジーは土着化していた。靄のかかったジャングルに身を潜め、静かな木陰にはびこり、肌のように滑らかな木の幹にもぐりこみ、膜状の葉にしがみつく。そして大尉の話では、それは風のうねりに浮かんで漂ってもいる。自由にうろついているが島を離れてはいない。まだいまのところは。

わたしは集団墓地を迂回《うかい》する。

気怠《けだる》い日射しの下で、兵士たちがきびきびと急ぎ足で行ったり来たりしている。彼らは染みひとつない迷彩服に身を包み、首から下げた防毒マスクをメトロノームのように揺らしながら、緩い駆け足で通り過ぎていく。素っ気ない会釈をのぞけば、誰も口をきかない。その男たちはみな、やらねばならない重要な仕事を抱えているように見える。出戻りではなく専任の兵士だ。長期にわたってそれに取り組んでいる。

さっき見つけた白いテントは病院だったことがわかる。さらに近づくと、それがふくらんだ半透明のビニール素材でできているのが見て取れる。体育館ほどの大きさの構造物が風船のように内側から加圧され、ジャングルの熱い息のなかでゼリーの山のように震えている。

小道の角を曲がると、ディーゼルトラックに備え付けられた発電機がプスプス音を立てながら空気を送りこんでいるのが見える。ふたりの兵士がそのトラックにもたれかかり、黒い目で物憂げにわたしを追いかけている。彼らの口は防毒マスクの汚れた吸収缶の下に隠れて見えない。

彼らの姿を目にして、わたしは足を早める。

穏やかに呼吸をしているビニール製の壁ごしに格子状のものをちらちらととらえながら、わたしは空気膜構造の病院の前を横切る。その内部には巨大な空間がひとつあるきりで、床にはキャンバス地が張られ、全長は優にサッカー場ほどもある。その広々とした空間は、一面に広がるそっくり同じ簡易ベッドの正確な格子で埋め尽くされている。一見したところ、折りたたみ式の低床ベッドはどれもふさがっているようだ。

テントの奥にあるのは大量の最先端医療機器で、なにもかもがでたらめに積み上げられている。コードからぶら下がった除細動器のパドル。てっぺんに放り上げられた銀色のマッチ棒のような点滴スタンド。何百万ドルもする機材が、テクノロジーの凍りついた雪崩のなかにいたずらに放りこまれている。それは放置されて山積みになった未来で、なにかはわからないが黒いジャングルから襲撃に出てくる輝く苦痛の種に対しては、どうやら進歩が追いついていないらしい。

わたしがその陰に入ると、病院テントはため息をつき、ふくらんで、ゲップをし、自身の腹のひだに沈みこむ。内部に人らしき姿が確認できる。布に包まれたその輪郭はおぼろげで、クレティサイドでコーティングされたビニールシートごしに揺らいで見える。無意識のうちにわたしは立ち止まり、仰向《あおむ》けになったマネキンの列からなんらかの動きか物音——命の気配のようなもの——が見つかることを願って、なかをのぞきこむ。

静かな闇が野戦病院に広がっている。

背後のジャングルでは、遠くで鳥が鳴いている。わたしの呼吸は建物のそれと同期している。状況がよりはっきりしてくる。なかの状況が。顔を引きのばされ、膨張した胴体がタフィーをねじったような奇妙な形にゆがみ、手足があり得ないほど長い男たち。ここでは奇妙なものが育ってるな、とわたしは思う。クレタは種のようなものだ。目に見えないほどちっぽけな、空気中を漂う種。土を探している種。

わたしたちは土なのかと思うと、心のなかのなにかがくすくす笑いたがる。タリー二等兵のことが頭に浮かぶ。彼が後頭部をかいていた様子が。なんであったにせよ、それは既に彼のなかに入りこんでいた。彼の頭皮に自らを植えつけていた。根を下ろしていた。完璧に形づくられた歯。骨から溶け出したカルシウム。

わたしは無理やり病院から目をそらす。緩い駆け足で走りだし、それから背中に感じる血を吸い取られそうな太陽の熱を無視しようと努めながら、いきなり全力疾走に移る。革靴が不器用に地面を叩く。汗が毛穴から湧き出し、前腕をてからせる。

汗が透明なのは、それがただの水だからだ。血のような赤ではない。あの悲惨な朝に彼女の顔を染めていたような赤ではない。

化学物質が燃えるつんとくるにおいが鼻孔を刺激する。わたしは走るのをやめて体をふたつに折り、肺から息を吐き出す。ここの空気には焦げたプラスチックのにおいが充満している。

わたしはもう少しでもどしそうになり、自分の破壊された移動実験室の階段脇に苦い唾を吐く。実験室の残骸は草が焼けて黒っぽくなった部分にうずくまり、なかば溶けて、建物の後部が麻痺した犬のように不格好に垂れ下がっている。正面のドアは石化してもろくなった蝶番《ちょうつがい》からぶら下がり、過去にさらされた熱の影響で波状の曲線を描いている。ドアの小さな強化窓は粉々に割れて、悪意に満ちたひとつ目の巨人のような険しい目つきをトレーラーに与えている。

そしてなにもかもが、雪片のようなひらひらと舞う白い小さな塊に覆われている。わたしはそれを手ですくい上げて指で砕きたいという衝動に抵抗する。この小さな塊はきっと、わたしのクレティサイドがなんらかの形を取ったものにちがいない。

防毒マスク、とわたしは思う。防毒マスクを手に入れるんだ。

トレーラーのなかで誰かが陽気に口笛を吹いている。引っかきまわす音が聞こえる。物が壁や床に当たって跳ね返っている。

わたしはぼろぼろのプラスチック製の壁をノックしかけて、手を引っこめる。触らないほうが無難だ。なんといっても一ミクロンを争うことなのだから。

「おーい」わたしは暗がりのなかに呼びかける。物音がやむ。

清潔な青いサージカルマスクの上に浮かぶ淡い色の目が、戸口に現れる。目の持ち主は猫背の男で、いまはじっとわたしを見下ろしている。男はマスクをあごまで引き下ろし、ぱっと満面の笑みを浮かべて黄色い歯をのぞかせる。

「博士」彼はそういいながら腕を大きく広げ、よたよたと戸口を抜けてくる。「ようこそ!」

わたしは彼に触れられるのを避ける。その不格好な小男は黄褐色のTシャツの裾を迷彩服のズボンに押しこむという、完璧な服装をしている。彼が黒焦げになった階段を弾むように下りてくると、その頭のてっぺんで青い紙製のヘアネットがふくらむ。肉づきのいい手が青いラテックス製の手袋のなかで汗をかいている。紙マスクが喉もとに斜めにぶら下がっている。彼の身にはなにかまずいことが起こっていた。耳から頰にかけてたくさんのじくじくした傷痕が走っている。でこぼこした肉が唇を横に引っ張っているせいで、少し舌足らずなところがある。彼の顔からはなにかが焼き払われていた。

それは急いで行われたようだ。

「きみは?」わたしは手を体の横にやったままで尋ねる。

「フリッツ中尉であります」彼は軽く敬礼して自分の顔を身振りで示しながら答える。「あなたの研究助手です。少なくとも、事故の前は」

相手がいっているのがその顔に起きたことなのか、トレーラーに起きたことなのかはわからない。わたしは尋ねないことにする。

「どうぞよろしく」わたしはひるむことなくいう。「大尉から、ここで見つけられるものを回収するようにいわれてきたんだが」

フリッツは熱っぽくうなずいて後ろの部屋のなかに手をのばし、オリーブ色のドライバッグを引っ張り出す。そしてそれをわたしに向かって差し上げる。「あなたのものを見つけましたよ、博士」と彼はいう。「回収できる分はすべてかき集めました。こんなことになってしまってほんとうに残念ですが、ここの連中はものを燃やすのが好きなんです」

わたしは防水のドライバッグを親指と人差し指でつまんで受け取る。暗い内側をちらりとのぞく。そして即座に防毒マスクを取り出し、ゴーグルと吸収缶を頭からかぶる。それを首からぶら下げると、馴染《なじ》みのあるゴムくさいにおいに一瞬頭がぼうっとする。白いタイル張りの床の、口紅のように赤い染みが頭に浮かぶ。バッグが地面に落ち、フリッツがひるんで膝をちょっと屈める。

「気をつけてくださいよ」彼はぶつぶついいながら、バッグを拾い上げて調べる。そしてそれを風下側に持って振る。「そんなふうに持ち物を地面に落とすのは厳禁です。われわれは不器用であってはなりません。土にはあなたが知っている以上のものが含まれています。この島、それ自体には。島には創造のエンジンがうようよしているんです」

点検に満足したフリッツは、わたしにバッグを返す。

「それはクレタのことかな?」わたしは尋ねる。

「海岸の基地全体が天然の風洞になっているんです」フリッツはいう。「しかし大尉はここで抵抗するという。大義のためにはわれわれは命を捨てるのも厭《いと》わない、とかなんとか。風が吹けば揺りかごは落ちるだろう(マザーグースより)、とね。そういうわけでわれわれはみな、あなたを頼りにしているんです」

「わたしを?」

「あなたは博士だ」彼はいぶかしげにいう。「クレティサイドの父。なにをすればいいかわかっている、そうでしょう?」

フリッツはわたしに向かって満面の笑みを浮かべ、青い紙マスクがまとわりついている首をかく。

「たしかに」わたしは応じる。「わたしには計画がある。そしてわたしは博士……だった」

「だからあなたは、これまでほかの連中がつまずいてきたところでもうまくやるでしょう。

彼に拒絶されることはないはずだ。わたしは感じるんです。カルデコット博士が兵士に嫌悪を示すのは、その非凡な才能のせいなんですよ。彼があの哀れな兵士たちをなで切りにしているのは、その恐るべき非凡な才能にやらされていることなんだ。しかしあなたは彼と話ができる。博士対博士で、彼と交渉が。いってみれば、天才対天才でね」

島の中心にいる狂人。まただ。

「カルデコットか。彼は何者なんだ？　誰が彼に管理をまかせた？」

「ああ、彼は偉大な男ですよ。力のある男だ。ご存じないんですか？　カルデコットは己の意志で世界を形づくる。彼がつくるクレタの変種は革命的だ。未来への助走をつけた跳躍です。彼はこれをすべて、自分の頭で生み出したんですよ。なにもかも。そのつぼみや葉をひとつ残らず！」

「知り合いなのか？」

「光栄にもあの人のために働いていました」

「どこで？　いつ？」

「内陸部。奥地で。空挺兵たちがよく歌っているように、『十キロ入って、光が薄れ、妙ちきりんな光景が広がるところ』でね」

不格好な小男は黄疸《おうだん》の出た目を海岸のほうへ向け、剃刀《かみそり》の刃のように細い水平線を眺める。

「けがをしているな」わたしはいう。「それもその天才のおかげなのか？」

フリッツがうつむく。彼は一本の指でぼんやりと自分の顔をなで、でこぼこしているところをおそるおそるなぞる。左右非対称の眉やスポンジ状になった頰の肉に、子どものように純粋な悲しみの表情が宿っている。クレタに感染すると人間の神経にはどんな影響が出るのだろう、とわたしは思う。彼の顔がこうなっているなら、心にはなにが起こっているのだろうか？

「結局のところ、わたしにはあのような人に仕える資格はなかったんです」フリッツはいう。「なんというか、博士はわたしに未来を見せてくれようとしたんですが、その光景は強烈すぎました。あまりにまぶしかった。それに目を焦がされたわたしは、足を踏ん張って勇敢でいるべきときに、逃げ出してしまった」

フリッツが希望に満ちた様子で顔を上げる。

「しかしあなたはあの人と同様、出来が違う。あなたのファイルを読ませていただきましたよ、博士。こういってはなんですが、あなたは他人の命を危険にさらすべき時を心得ておられる。あなたのような人たちは……あなたがたは死をなにか意味のあるものにすることができる。あなたがたは世界に光をもたらすことができるほど強い人たちだ」

わたしは防毒マスクを通して熱い空気を吸ったことを思い出す。ゴーグルの曇ったプラスチックごしに目を凝らし、血の羽飾りが床の上に花開くのを見ていたことを。彼女の体は部屋の反対側に倒れた山脈だった。それはただの小瓶だったのだ。一本の割れた小瓶にすぎなかった。

わ、れ、わ、れ、は、き、み、の、発、明、品、を、飛、行、機、一、機、分、の、単、位、で、使、用、し、て、い、る、の、だ、よ。

「あなたのチームを集めておきました。彼らは向こうのジャングルの外れで待っています。わたしに見つけられたのは六名の出戻りだけでした。ステッチ軍曹とタリー二等兵も一緒ですよ。彼らとはもうお馴染みでしたね？　全員装備一式を与えられ、準備万端です。今日あなたに必要なものは地図も含め、すべてドライバッグに入っています」

　わたしは手に持ったバッグに無言で視線を落とす。プラスチック製の防毒マスクが、かつて研究室でよくそうなっていたようにあごの下に食いこむ。バッグのなかにはＭＲＥ（米軍レーション）というラベルが貼られたボール紙の箱と、外科手術の道具が一式入った小型のカバン、標本採取キット、黄褐色の衣類、それにブーツが一足。リップクリームほどの大きさの金属容器には〈クレティサイド〉というラベルが貼ってある。

　わたしは心許《こころもと》ない気分でジャングルの外れに目をやる。

　湿り気を帯びたジャングルの風が、シーツの下をするすると進む蛇のように優しくうなじをなでる。もしここにとどまれば、結局は後ろにある、あの恐怖のテントに行き着くはめになるだろう。揺りかごが落ちる。しかし島にはもうひとりの科学者がいて、彼のところまではわずか十キロだ。

　フリッツはまだ、毒にやられた目をぱちぱちさせてわたしを見ている。

「ありがとう」わたしはいう。「日暮れ前には戻ってくるよ。眠る場所を用意しておいてもらえるかな？」

「光栄です、博士」フリッツはそういうが、こちらを見ているその目つきは、そう、わたしは彼が納得していないのを感じる。わたしたちはぎこちなく握手をする。

フリッツがわたしの手のひらに小瓶を押しつける。

「これは？」わたしは尋ねる。

フリッツはどこか気まずそうに目をそらす。

わたしは真っ黒な筒を光にかざし、上下逆さまにして、粘りけのある灰緑色の斑点が容器の反対端に向かってスローモーションで流れていくのを眺める。フリッツが躍起になって首を巡らせ、それをしまうよう身振りで示す。わたしは小瓶をポケットに押しこむ。

「それは肉喰らいです」フリッツがいう。「危険なクレタだ。しかし緊急時には役に立ちます」

「拡散しないのか？」

「液化されているんです。空気中に広がるには重すぎる。標的だけを食べます」

肉食クレタ。瓶に入った殺し屋。

「それできみは、わたしが誰を殺すはめになると思っているんだ？」わたしは尋ねる。

「なんですって？」フリッツが驚いたように淡い色の目をぱちぱちさせて応じる。「違いますよ、博士。あなたはわかっておられない。いざとなったら、自分自身にそれを使いたくなるだろうということです」

わたしはどう返事をすればいいのか思いつかない。

「ほら、そいつは素早いんですよ」フリッツがいう。「あなたへの贈り物です。たいていのものより素早い。なあに、痛みはほとんどありませんよ」

7

ジャングルの外れでステッチとタリー、そのほかに若い空挺兵が四人、煙草を吸いながら突っ立って待っている。なにかにもたれているものはひとりもいない。そんなことをするのはばかだけだ。

わたしは新しい軍服に身を包んで彼らと合流する。クリーンルームでの経験を活かし、ズボンの裾は分厚い黄褐色のブーツに押しこんである。靴ひもはきつく結び、それもブーツのなかに押しこんでおいた。足首のまわりには全体に隙間なくダクトテープを巻いてある。縫い目のまわりにはクレティサイドを塗りつけた。気がつけば、ほかのものたちも同じようにしている。上着のボタンは襟元まで全部留めてあり、その生地がごわごわしてしわが寄っているのは、あらかじめクレティサイドでコーティングしてあるからにちがいない。

それはわたしが発明したのと同じものなのだろうか。

ありがたいことにジャングルを焼く湿った煙が風に押し流されているところで、わたしたちの頭上に偽の夕暮れのように拡散している。化学的に燃料を供給された燃焼によって生み出された大量の微粒子が、シールド——なんであれ気怠い風に乗って漂ってくるかもしれない悪夢を打ち落とすか吸収するかしてくれる可能性がある、有毒なスクリーン――を形づくっている。貧乏人のためのクレティサイドだ。

「きみたちは全員、内陸にいったことがあるんだな？」わたしは尋ねる。「震源地の近くに？」

空挺兵たちはおたがいに顔を見合わせる。ステッチが彼らを代表して答える。「少しだけ。そもそもおれたちが逃げ出すことにした理由は、それなんだからな。いっておくが、あそこに入っていくのはまったく楽しいものじゃないぞ」

無精髭《ぶしょうひげ》の生えた喉が脈打ち、くすくす笑いがこぼれる。

「まあ、心配はいらないさ」わたしは折りたたんだ地図で指し示しながらいう。「とりあえず現場の状況を把握したいだけなんだ。何キロかいってサンプルを素早く採取したら、急いで逃げ戻る。いいだろう？」

それに応えて、煙草の吸い殻がいくつか地面に落ちる。空挺兵たちは無表情にわたしを見ている。それぞれきちんとしたリュックサックを背負い、腰には拳銃を下げている。彼らがどんな経験をしてきたのか、わたしは知らない。彼らがどんな残虐行為のせいで逃げ出したのか。しかし感情を欠いた彼らの顔を見ていると不安になる。彼らは見分けがつきにくい。みな絶望し、恐れを知らず、その様子は病的なまでに特徴がない。

いつもの癖でわたしは首から下げた防毒マスクを軽く叩き、それがまだそこにあることを確認する。ほかの何人かも、音のないこだまのように同じことをする。

「いこう」

ジープの二本の轍《わだち》がうねうねとジャングルの境界線を越え、島の内陸部へと続いている。ステッチがその道を指し示し、わたしたちをなかへ導く。何分かたつとステッチは無言で後ろにさがり、わたしに先頭を譲る。

重い足取りでジャングルの喉の奥に分け入るにつれ、はるか上空から低いブーンという音が聞こえてくる。追加の補給物資が空から斜めに下りてくるところだ。ふたつのパラシュートにくくりつけられた木箱が揺れている。風が補給物資の列を、島から離れたはるか東へ押し流していく。

さらなる海への捧《ささ》げ物だ。

誰かが笑い声をあげる。それ以外は静かな行進だ。わたしたちの足音でさえ静かなものだ――空挺兵たちは可能なかぎり草に触れるのを避けようと、腿《もも》を高く上げている。口は閉じたままで、袖を下ろしている。毛穴になにも入ってきさえしなければ、彼らは喜んで汗を滴らせるだろう。

ジャングルはこの狭い道をゆっくりと窒息させつつある。それがかつては主要な通り道だったのは明らかで、邪魔なものがなく、まっすぐで、地面がすり減っている。しかし二、三年は使われていないようだ。少なくとも。わたしたちは枝分かれした舌状の道を一列縦隊で、葉緑素に染まった影に覆われて進んでいく。風にそよぐ木の葉の天蓋が頭の上でざわめく。明らかに採取するべきものはなく、特に変わったものはなさそうだ。ただ蔓と木の葉の暗い滝があるだけだ。

最初の耳障りな悲鳴がジャングルから聞こえてくるまでは。

それは道をわずかに外れた、どこか前のほうから聞こえてくる。女性のものらしい苦痛に泣き叫ぶ声に続いて、空気を飲みこんでいるような喉にかかった甲高い音がする。兵士たちがちらりと顔を見合わせる。そしてうろたえた様子でいっせいに防毒マスクを作動させる。わたしは指を立てて全員に止まるよう合図する。誰も武器には手をかけていない。そのかわり、慌てふためいて衣類を軽くポンポン叩き、縫い目を指でたどって確認している。それぞれが隣の人間を調べているのだ。わたしの頭に、いつか見たおたがいの体の掃除をしあっているアリのビデオ教材が浮かぶ。

彼らを残し、わたしは道を外れてその物音を調査しにいく。

「おーい」わたしは防毒マスクのせいでくぐもった声で呼びかける。「けがをしてるのか?」

アーチ状になったシダの下に頭を突っこむと、また喉にかかったヒューヒューという音が聞こえる。防毒マスクのゴーグルをつけた視界はトンネルをのぞいているようで、見えるのは倒れてからかなりたつ一本の木の幹だけだ。それは背の高い木で、倒れたときに飛び散った木っ端に囲まれていた。暗い赤みを帯びた液体が浅い水たまりとなって周囲の土に染みこみ、粉々になった樹皮の破片を浸している。

それはまさしく凝固した血だまりのようだ。

そのとき、ゆっくりと幹が動いた。節くれ立ったピンク色の開口部がぱっくりと裂ける。

そこから勢いよく押し出された空気がうめくような金切り声になり、樹皮が少し飛び散る。わたしは混乱した頭で理解しようとする。

用心しなくてはならないのは小さなものだ。

その木の幹は呼吸をしており、肉厚の樹皮の層が泣きじゃくりながら上下している。ある種の医療クレタが木のなかで成長しているのだ。それがあらゆる自然の摂理に反したなにかを生み出していた。クレタは無限の可能性を秘めている。彼らは目に見えないほど少しずつ広がり取りこみながら、わたしたちが知っている世界をゆがめ、次々と移り変わる幻影に変えている。

「あれはただの手違いだ」タリーがいう。彼とステッチはわたしの後ろで身を寄せ合い、防毒マスクを通して喘《あえ》いでいる。

「信じられないな」わたしはしゃがみこみ、震える肉の塊をのぞきこむ。「なかに人間の肺のようなものが見える。サブミクロンサイズのナノマシンのコロニーによって形成されたものだ。何十億というナノマシンが天然の基質に入りこみ、その場で手に入る材料で自己を複製している。炭素原子を操作しているんだ。そして樹皮を人間の臓器に変えている」

わたしはドライバッグのなかからサンプリングキットを引っ張り出し、使い捨ての爪楊枝《つまようじ》が入った容器をパチンと開いて、樹皮をひとかけらこすり取って小瓶に入れる。幹から聞こえる甲高いうめき声に怯《ひる》むまいとしながら。

「考えてもみろ」わたしは考えに耽《ふけ》りながらいう。「機能する一対の肺だぞ」

「まるで車を追いかけてる犬みたいじゃないか？」わたしの畏怖の表情にあごをしゃくってみせながら、ステッチがタリーに尋ねる。

「もし追いついたらどうなるんでしょうね？」タリーが尋ねる。

「きっとゴムでできたサンドイッチにかじりつくだろうな」ステッチが応じる。

「これは科学なんだ」わたしはふたりのあいだに目をやりながらいう。そしてサンプリングキットをバッグに詰めながら説明する。「魔法ではない。単純な反応の結果だよ。人間の臓器をつくり出すよう設計された医療用クレタが、有機物である木製の基質の上に落ちたんだ。いいか？　クレタは炭素が手に入りさえすれば、その出所は気にしない。連中は風に運ばれて草木のなかに入りこんでいるし、それは困ったことだ。しかしわれわれにとっては、いっそう注意しなくてはならないというだけのことさ」

胃がわずかにむかつく。人間の心臓の一部が赤みを帯びたぬかるみにめりこんでいる。それが一度、ぴくりと震える。

「そうはいっても、あの木は息をしてるじゃないか」ステッチが指さす。

「なんだか苦しそうだ」タリーがつぶやき、腰の銃に手をのばす。「もしかしたら楽にしてやるべきかもしれない」

「よせ」わたしはそういって立ち上がり、タリーの手を押さえる。彼はひっぱたかれたように飛びのく。「あれは特殊なパターンの原子の集まりだと考えてみろ。それだけだ。混沌から秩序を生み出す小さなマシン。すべては計画どおりなんだ。とにかく、なににも触るな。

防毒マスクをつけておけ。この技術がこんなにも早く、これほど複雑になるとは、まったく思いもしなかった。こいつの研究には何年も費やしたが、まさか自分が生きているあいだにこんなものを目にすることになるとは、夢にも……」

　ステッチとタリーは退屈そうにわたしを見つめている。

「ちょっと待て」わたしは空き地を見まわす。「ほかの連中はどこだ？」

「ずらかったよ」ステッチがにやにやしながらいう。

「なにしろ出戻りだからな」タリーがいう。「なにを期待してたんだい？」

「くそったれ」わたしは叫ぶ。

　素早く向きを変えた拍子に、上着が垂れ下がった木の葉をうっかりかすめる。恐怖に襲われてわたしの怒りは消え失せる。揺れる木の葉の葉脈がふくらむ。それは太く、フラクタル図形のようで、なんというか——とんでもないことに人間の組織でできているかもしれないのだ。

　ステッチとタリーは動物園の檻《おり》のなかの動物を見るような目で、わたしを見ている。ふた組の黒っぽいゴーグルが防毒マスクの吸収缶の上できらめいている。少なくとも彼らは、ようやく興味を示していた。

「きみたちはどうして一緒にいかなかったんだ？」わたしは静かに尋ねる。

「それになんの意味が？」ステッチが尋ねる。「あんたには進行を止められない、そうだろう？」

してくる。

8

ステッチは下生えのなかを通って引き返すかわりに、わたしたちを連れて基地のほうへ戻る大回りの道を進んでいく。重いゴム製の防毒マスクが胸に当たって弾み、わたしたちは顔の汗を拭うのを我慢する。二十分後、風に乗ってディーゼルエンジンの排気ガスのにおいがしてくる。

とあるぽつんと開けた空き地で、軍服から判断すると専任の兵士らしい三人の男が森と向きあっている。上半身裸の若い男たちは息を切らし、にやにや笑いながら、なにかを狩っている。彼らはわたしたちが近づいても顔を上げず、木々の向こうのなにかに集中している。彼らはおたがいに声をかけあい、見開いた目を日射しにぱちぱちさせて、獲物のにおいを追いかけるブラッドハウンドのようにはしゃぎながら突進している。

携帯用ポンプが、一方の端では金属製の樽から洟《はな》をすするように液体を吸いこみ、反対側では震えるホースから咳きこむように白い液体を吐き出している。兵士のうちふたりはしなやかな管を腕に抱え、ジャングルのなかを狙って噴射しようと格闘している。もうひとりの兵士はポンプの担当で、手袋をはめた片方の手のひらを振動する表面にあて、もう片方の手でつまみをひねり、額からだらだら汗を流しながら金切り声を上げる装置を責め立てている。

青白いキラキラ光る液体がアラバスターの飛沫《しぶき》を上げて宙に弧を描く。それがギラギラした日光を粉々に砕き、虹色のスペクトルに分解する。木々や木の葉、蔓植物が粘りけのある液体の層の重みに垂れ下がり、それに反射した光がまばゆいばかりの滝と化している。

急速にかたまっていくクレティサイドの皮膜に覆われた植物が、コンクリートを流しこんでつくられたばかりの彫刻のように見えてくる。密集して押し寄せてくるきらめく蔓や枝が、闇のなかから這い出してこようとする不自然な動きの途中で止まった。大枝が揺れ、木の葉が震えている。混乱状態の木々の幹が、はやし立てる三人の男たちのほうへゆっくりと悪意を持って傾いていく。

「おい！」わたしは騒ぎに負けじと叫ぶ。「おい！　どうしたんだ？」

ポンプを操作している兵士が、装置から目を離さずに笑みを浮かべる。「ジャングルが歩いてるのさ。少なくともその一部がな」

「冗談だろう」わたしの耳に自分の声が大きく響く。

しかし漂う影のなかでは、木の幹や蔓が肉づきのいい手足のようにおたがいを吸収しつつ絡みあっている。その表面がかすかに震えてさざ波のように揺れているのは、風が樹皮をたるんだ皮膚のように押しているからだ。でこぼこした木々の幹に、影に覆われた筋肉が形づくられる。そしてわたしは、ほとんど感じ取れないほどの痙攣《けいれん》に気づく。かすかだがリズミカルな震え。鼓動に。

首に青筋を立てて、別の兵士が大声で叫ぶ。「歩くジャングルなんて想定外もいいとこだ！」

男は上半身裸だ。その背中は金属の鱗《うろこ》で覆われ、黒っぽいかさぶた状になっている。彼が動くとその金属片がしなり、よじれる。激しく震えるホースを脇の下に挟んで締めつけながら、彼は強ばった機械的なにやにや笑いを浮かべている。歯を剝いているのは痛みのせいなのかユーモアのつもりなのか、わたしにはわからない。

わたしは急いでふたりの出戻りに追いつく。

ステッチとタリーは相変わらずうつむき、無言で歩いている。上半身裸の兵士たちはこちらのことなどまったく気にしておらず、わたしもあえてふたたび呼びかけはしない。この状況には馴染みがある気がする。これまでにもあったことだ。そしてこれからもまたあるだろう。わたしたちの後ろでは兵士たちがただひたすらジャングルに猛攻撃を加えつづけ、ジャングルが反撃している。

9

わたしたちは基地まで一キロ足らずのところでダイヤモンドを目にする。

とある埃っぽい空き地で、わたしは最初の散らばった光り輝く石をまたぎ越す。大きさも形もばらばらな石。そのひとつひとつが、隕石《いんせき》の衝突でできたクレーターのような小さな土の輪のなかに鎮座している。視野の端にきらめく光があふれる。

タリーが目を見開いてわたしのほうにやってくる。

「あれは何なんだ?」彼は尋ねる。「ほんとうにダイヤモンドなのか?」

「放っておけ」ステッチがいう。

「調べてみよう」わたしはそういいながら、肩掛けカバンのなかに手を突っこんでピンセットを探す。「それから、ステッチのいうとおりだ。さがっていろ」

わたしは膝に両手をついて身を乗り出し、いちばん近くに落ちている光の滴を観察する。そして慎重にピンセットで地面からつまみ上げ、太陽にかざす。タリーはさらににじり寄っている。

「ダイヤモンドだ」彼は口をポカンと開けていう。「間違いない。そこらじゅうダイヤモンドだらけだ」

兵士のいうとおりだ。宝石が空から降ってきて、軟らかい土にめりこんでいた。ひっくり返してみると、きらめく光のせいで定まらなかった目の焦点が合って、なにか気味が悪いほど見覚えのあるものが見えてくる。

アブだ。

このダイヤモンドはアブをかたどった精巧な彫刻のように見える。ただしアブの彫刻ではない。実際は、そう、これはただの完全に死んだアブだ。

「これはアブだ」わたしはいう。「いや、アブだった」

ある種のダイヤモンド・クレタにやられたのだ。

「装着！」ステッチが叫ぶ。わたしは既に、慌てて防毒マスクをつけなおしているところだ。ピンセットと死んだアブが地面に落ちる。顔を覆うように防毒マスクを引き下ろしているわたしたちふたりを、タリーが信じられないという顔でポカンと口を開けて見ている。

「それでもダイヤモンドだ」ひょろりとした兵士は目を細めて見下ろし、一瞬ためらってから、土にめりこんだダイヤモンドを慎重にすばやく拾い上げる。

「触るな！」そうタリーに向かって叫ぶステッチの声は、顔にかぶった吸収缶のせいでくぐもっている。「触るなといってるだろう！」

しかしタリーはいま、勝ち誇ったようにダイヤモンドを掲げて笑みを浮かべている。彼の指先はまだ何事もなく、人差し指と親指のあいだではあの凍りついたアブが、狂ったようにキラキラ輝いている。

「もっとあるぞ！　ここの土のなかにも。そこらじゅうにある！」彼はそういいながら、拾ったダイヤモンドをズボンのポケットに押しこむ。「おれたちは金持ちになるんだ！」

「おまえは感染するんだよ」ステッチが悲しげにいう。彼は既に、銃に手をかけて後ずさっている。

タリーのにやにや笑いが壊れたネオンサインのようにちらつく。「まさか」彼は立ち上がりながらいう。「どうやって？　おれのどこが感染してるっていうんです？」彼はさらに埃を巻き上げながら、くるりと回ってみせる。「おれはぴんぴんしてますよ」

しかしいまやその体が一方に傾いているのが、わたしにも見て取れる。バランスが崩れているのは左手が重くなっていくせいだ。それとつながっている腕が上腕二頭筋のところでタフィーのように伸びていく様子に、胸が悪くなる。

「なんでもないさ」タリーはふらつきながらそういって、無事な右腕でシャツを引っ張り頭から脱ぐ。左腕を見て、彼は少し目を丸くする。クレタは彼の血液に入りこんでいた。前腕を上へ移動し、それからどこかにしっかりくっついたのだ。上腕が長くなるにつれ、二頭筋を覆う皮膚がぴんと張りつめていく。いま現在、それがなんであるかは判然としない。それがなにになろうとしているのかは。

正しくないことは正しくない。

わたしが動揺してはっと息をのみながら後ずさると、それがきっかけとなって防毒マスクの遮断弁が作動する。わたしは懸命に息を吸う速度を落とそうとし、胸の奥の小さなうめき声を聞く。タリーの身に起こっていることの悲しい狂気を思うと、防毒マスクのなかで濡れた唇がゆがむ。

あれは武器製造クレタだ。きっと土のなかにいたにちがいない。

空挺兵の左手はいま、それ自体の重みで崩れてしまっている。指が溶けあい、全体がかたまって、金属の大きな塊になりつつある。わたしの脳の一部は、人間の血液に含まれる鉄の比率をざっと計算している。人間の血液にはどれだけの炭素が含まれているのだろう？　タリーがあんなに青白いのはそのせいなのか？　クレタが彼の血液中の金属を分解しているのだろうか?

「これは」タリーがいう。

いまわたしの目には武器のデザインが見えている。円筒状のものが前腕の皮膚の下で、海面に浮上しようとする潜水艦のようにさざ波を立てている。タリーの歯が太陽の光を受けて白く光ると同時に、手の甲の肉が裂けて瞬きしない黒い目のような銃身が突き出す。手が広がり崩れていくにつれ、指の関節がこすれ合う音が聞こえる。

タリーがついに悲鳴をあげる。無事なほうの右手をわたしたちに差しのべる。いま彼は懇願している。その左肩が盛り上がった。見慣れない兵器の溶けた一部を地面に引きずりながら、彼の腕は風船ガムのように引きのばされ、崩れた手から突き出した銃身が汚染された土に轍を刻んでいる。

「待って!」彼は無事なほうの手で拳銃を手探りしながら、金切り声を上げる。「置いていかないでくれ!」

ヒューーッという風切り音に続き、ビシッと叩きつける音がする。別のダイヤモンドが樹冠を突き抜け、それと同時にわたしたちのまわりに木の葉がふわりと舞い落ちる。今度の音はアブのときよりも大きい。

「ほんとうに残念だよ」わたしはいう。

ステッチとわたしは一緒に走る。さらなる衝撃がまわりの木の葉を切り裂く。高価な宝石がドスンと木の幹にぶつかって落ちる。わたしたちが相手にしているのは感染力の強いダイヤモンド・クレタで、もしそれがいまいましいアブに感染しているなら、きっと空気感染するにちがいない。頭を低くして、わたしは自分にできる唯一のことをする。すなわち動きつづける。

はるか後方で銃声が響く。ただ一発。

ステッチが足を止め、早口でまくし立てる。「同じところをぐるぐる回ってる。引き返して別の場所を通るぞ。駆け足」

「残念だよ」わたしはあえぎながらいう。「彼はきみの友人だった」

ステッチは肩をすくめる。「ときにはいやな風を受けることもあるさ」

わたしたちはジャングルのさらに奥へ分け入っていく。海岸線から遠ざかれば遠ざかるほどカルデコットに近くなる。風になびいた草が一本、脚に触れるたびに、わたしは縮み上がる。ブーツとズボンにコーティングされているクレティサイドが、ゴム状になった何百万というクレタの死骸で灰色に変化していく。その生地はまだ妙にごわごわしてかすかに光っており、いまのわたしは以前ならけっして想像もしなかったほど、そのことに感謝する。

わたしはステッチの肩をじっと見ている。自分の呼吸に、そしてひょろりと背の高い兵士に遅れずついていくことに集中する。大股に歩くステッチのふくらはぎに拳大のダイヤモンドが当たるのが見えたのは、そのためだ。

それはきっとどこか高いところから落ちてきたのだろう。なぜなら、そのダイヤモンドが肉づきのいい拳で殴ったような音を立ててぶつかると、空挺兵が前によろめいたからだ。本人の名誉のためにいうと、ステッチは転ばなかったし、体を支えようとして木の枝をつかむようなばかなこともいっさいしない。ただ何十センチかぴょんと跳んで速度を落とし、立ち止まる。両肘を肩甲骨がくっつくまで勢いよく後ろに引く。それから空に向かって長く大きな悲鳴をあげる。ジャングルから返ってくるこだまの響きは妙に平板だ。

「まさか」ステッチがうめく。「いまのはなんだ？　皮膚に傷が？」

わたしは地面に目を走らせて犯人を見つける。ダイヤモンドでできた鳥だ。それは美しく、凍りついている——翼を広げて飛んでいる姿のままで。オウムだ。

「ああ」わたしはステッチの腕に手を置いていう。彼はわたしにもたれかかり、震える息を吐くと、肩ごしに自分のふくらはぎをじっと見る。ズボンはズタズタだ。筋肉が剝き出しになっている。ダイヤモンドがぶつかってできた傷から、暗赤色の血液があてもなく流れている。

「ああ、そんな」ステッチはそういうと、悪いほうの脚を後ろに投げ出してがくりと片膝をつく。ゆっくりと感謝を捧げるように、両の手のひらで地面に触れる。頭を垂れ、鼻先から汗をしたたらせる。わたしは安全な距離を保って彼の横にしゃがみこむ。

弦を弾くような鋭い振動が背後の空気をかき鳴らす。わたしはきた道を振り返る。景色が変化している。

低い太陽が地平線から食品ラップのようなものを通してこちらを見つめ、瞬きしている。いや、ラップではない。ダイヤモンドだ。クレタは拡散し、ジャングルを丸ごと飲みこんで、凍りついた微細な結晶のジオラマをつくり出している。木々に光の破片がほとばしり、燃えているようだ。

「切り取ってくれ」ステッチがいう。「いますぐ脚を切断してくれ」

倒れている男を振り向くと、わたしのなかで恐怖心が高まる。わたしは生々しい痛みが彼の脊髄を踊るように上っていき、震える玉の汗となって額に芽生える様子を見守る。わたしの後ろでは世界が氷に変わりつつある。

ダイヤモンドの霜のなかからシーソーが揺れるような音がする。嵐のなかで電線が鳴るような、甲高い鳥のさえずりを思わせる音だ。続いて結晶体のジャングルから、ほんのりと暖かい空気が流れてくる。五百メートルほど離れたところで起きている急激な原子反応によって発生した廃熱だ。伝染性のダイヤモンドの壁が広がってジャングルを光で包み、急速にわたしたちに近づいてくる。わたしは熱い風にせき立てられて立ち上がりかける。

「頼む、脚を切り落としてくれるだけでいい」ステッチがいう。「お願いだ。それが済んだらいっていいから」

彼が後ろにのばした脚はかたまりつつある。傷の縁は既に青白く変化し、半透明になりかけている。炭素から炭素へ。肉に刻まれた模様。

「そうしたらいっていい」ステッチが繰り返す。「頼む」

考えるより先にわたしの手が動く。

ステッチをそっと押して、うつぶせに寝かせる。自分が地面に触れないように気をつけて、膝で彼の腿をしっかりと押さえつける。ステッチはうめくが文句はいわない。彼のふくらはぎの裂けた肉を見ながら、これは下腿《かたい》切断になるだろうと判断する。膝のすぐ下で。

よくあることだ。

肩掛けカバンのなかを漁《あさ》ると、フリッツが異様なほど周到な準備を調えて送り出してくれたことがわかる。わたしはクレティサイドがコーティングされたゴム手袋をすばやくパチンとはめる。手早く二度引っ張ってステッチのズボンの裂け目を広げ、傷口のまわりの皮膚を剝き出しにする。その皮膚はたちまち凍りつき、研磨されていないダイヤモンド材が突き出している。副産物の水が傷口から流れ出し、地面をぬかるみにする。純酸素の鮮烈なにおいがする。傷そのものはもはや出血していないが、とにかくわたしは彼の腿に止血帯を巻きつける。そしてそれをきつく縛る。

いまわたしには、防毒マスクのなかに響く自分の呼吸音しか聞こえない。湿った呼気が鼻と口を越えて流れ、熱を帯びて首の下から漏れ出す。汗が頰を伝い、目に入る。手のひらサイズの携帯式外科用のこぎりを引っ張り出し、刃を保護している滅菌されたビニールをはぎ取って捨てると、熱い風のなかをひらひらと舞い落ちる。フリッツのなんと気が利くことか。わたしは彼にもらった別の特別な贈り物のことを考える——前ポケットに入っている肉食ナノロボットの小瓶だ。

たいていのもの、いや、いやいやたいていのものより素早い。

「大丈夫だ」わたしはステッチにいう。「じっとしてろ」

「内側が痛い」ステッチがいう。

このこぎりの刃がか細いキンキンいう音を立てて回転する。この輝く鋼にくらべれば、わたしの指はひどく不器用だ。レバーのパテが詰まったゴム手袋のようで、繊細さに欠け、見苦しい。すぐそこの地面にまた別の鳥が落ちてきて、わたしはぎくりとする。ジャングルは目を覚ましかけていて、クレタの餌食になったものたちがミサイルのように周囲の地面に叩きつけられる。わたしはステッチの汗ばんだふくらはぎの、できるだけ膝に近いところに刃先を落とす。

「おれは大丈夫だ」自分を元気づける言葉の合間にすすり泣きながら、ステッチがいう。「おれは大丈夫だ」

それはなにか別のことを考えるのに役立つ。別のどんなことでもいい。

クレタの美。人間よりもはるかにすっきりした形の、より優雅なテクノロジー。ただひとつの目的を持って踊る十億個の原子。各ナノロボットは完璧なユニットで、長い長い進化の過程を経て残った余分な荷物はいっさい運んでいない。個々のクレタはそれ自身が抱くイメージで完璧につくられている。混沌からなにかを生み出す準備は万端だ。

そしてそれはこの不潔な肉ではない。

「おれは大丈夫……」

医療用のこぎりがなんの抵抗もなくステッチの肉に沈みこむ。魚をおろしているようだ。刃の下に赤い線が現れる。白とピンクの皮膚がキラキラ光るダイヤモンドの塊と化している場所の、十センチあまり上だ。のこぎりが食いこむと同時にわたしの肘が下がる。刃が骨を嚙《か》むにつれてキンキンいう音がギシギシいう律動に変わる。

「おれは――」

それから刃の回転が止まり、手のなかで暴れる。

ステッチは土に顔を押しつけている。もうしゃべっていない。息が胸のなかで痙攣を起こし、鼻の穴から埃が竜巻のように吹き出す。わたしはのこぎりをぐいと引っ張るが、びくともしない。ああ、そんな。クレタにつかまってしまったにちがいない。大きく見開かれて涙がいっぱいたまったステッチの目をのぞきこもうと首をのばしながら、わたしは彼がなにも見ていないのを感じる。

彼の胸がふくらみ、そして沈まない。

しゃがみこんだわたしは、腕で額の汗を拭いたいという衝動に抵抗する。いやな風を首に感じ、薄れゆく日の光がステッチの開いた目に当たって屈折するのを見守る。そしてほんの一瞬、人生で最も美しい光景を目にする。

ダイヤモンド・クレタはステッチの血流に広がっていた。彼の骨や血管、肉をつくりなおしたクレタが、ついに視神経に達したにちがいない。ちっぽけな機械は、ステッチの目のレンズを無色透明のダイヤモンドの球体に変えていた。

彼の死んだ目が太陽の火をとらえて揺らめく。

わたしは引っかかったのこぎりから手を離す。もはや傷口からの出血はなく、骨のピンクがかった白は色褪《いろあ》せていた。鋼鉄製ののこぎりの刃はダイヤモンドに食いこんだ状態だ。そしていま、鋼鉄に含まれた炭素もダイヤモンドに変わろうとしている。

逃げるときだ。

新たに押し寄せてきた熱気に両肩をつかまれ、わたしはステッチの凍りついた体を捨てる。陽炎《かげろう》が周囲の地面を踊るように跳ねまわっている。ダイヤモンドの壁が、大きなブーンという音とともにどんどん高くなっていく。その壁を通して射《さ》しこむ太陽光線は加速しているようで、現実離れした速さでわたしの肌にぶつかってくる。ヒューヒューとうなる上昇気流が天候になんらかの影響を及ぼしている。雲が集まり渦を巻いている。暗くなっていく空から荒れ狂う雷鳴が轟く。

わたしはただひとり、凍りついた木々から、ぼろぼろのクモの巣を思わせるジャングルの幻影から逃れて、さらに島の奥へ走る。後ろではダイヤモンドの壁が広がりつつある。ただしその障壁は垂直ではない。それはわたしを囲むように左右に曲線を描き、頭の上に覆い被《かぶ》さりながら、さらに高くなっていく。

それは壁ではない。

わたしの背後に立ち上がるこの輝くものは、なにか不可解なことの幕開けだ。それが頭上で弧を描くにつれ、いまやそのクレタたちがまったく別のなにかに成長しつつあるのが見える。それらは完璧なドームに変わっていこうとしているのだ。

10

わたしの唯一の選択肢は、創造の熱気から離れて前進することだ。

いま太陽は沈みかけているところで、結晶の靄を通して色褪せていく光の巻きひげを広げている。小道をさらに前進するにつれ、あの奇妙なブーンという音や、さえずりのような音は次第に小さくなっていく。二、三キロほど進むと木製の門が現れ、その横には無人の警備員詰所がある。門の左右には、てっぺんに有刺鉄線が張られた金網のフェンスがジャングルのなかへのび、輝く境界線を形づくっている。

ここから先は、それまで草に覆われていた道は舗装され、まっすぐ続いている。わたしは門の垂れ下がった木製の薄板をよけて通る。ブーツの下に馴染みのあるしっかりした舗装を感じる。この道、文明の最後の痕跡は、手入れの行き届いた敷地をまっすぐ横切って暴走した研究施設に続いている。あるいはその名残に。

わたしは最後の一キロを放心状態で歩く。

ジープや軍用トラックが、高波のあとに取り残された漂着物のように道の両脇に放置されている。何台かの車両は水たまりにはまり、溶けてゴムの山のようになった金属を緑色のペンキの薄片が羽毛のように覆っている。ほかの車両は一部が地面にめりこんで、地面に落ちたローンダーツ（芝生の上で行うダーツ）の矢のようにその鼻先をおかしな角度に向けている。ここでは強大な力が風景を、そしてそのなかにあるすべてのものをねじ曲げ、醜く変えていた。

死体そのものは見分けるのが困難な状況だ。それらは引っ張られて奇妙な形になっていた。溶けて折り重なっていた。身につけていた装備と混じりあい、想像もできない角度にねじ曲がっていた。鋭く尖ったものやごつごつしたもの、様々な角《かど》が突き出た塊が道を覆っているが、どれも元がなんだったのかは見分けがつかず、人間かどうかわからない。こうした腐り、錆《さ》びついた残骸には、ハエはたからない。鳥も動物もいない。汚染された風がため息をついているだけだ。有害な風が。

すべてがドームから染み出す熱を帯びた強烈な光のなかで、消化されつつある。

十キロ入って、光が薄れ、妙ちきりんな光景が広がるところ。

ここの地面は表面が硬く、広範囲にわたってひび割れている。なかば埋もれた大型の航空機が目に留まる。その機体はとてつもない重量で大地をねじ曲げ、ジャングルの一部を片持ち梁《ばり》のように持ち上げて、地面を突き破っている。裸木の枝が風に揺れ、自らを叩き、プロペラの羽根らしきものに溶けこんでいる。切り立った岩肌は大砲の穴だらけで、変形の重みに崩れ落ちている。しわの寄った人間の皮膚でできた丸太が表面を覆う苔《こけ》の下で緩やかに血を流しており、わたしはそのかたわらを歩いて通り過ぎる。

この厳しい状況に直面したわたしの足音が、舗装道路にこだまする。

こうした肉と金属の混沌すべての向こうにあるのが研究棟だ。主要な壁はまだ立っているが、天井は崩れ落ちている。構造物の破片が端のほうに移動し、積み重なって、雑なつくりの巣のようだ。ごちゃごちゃしたなかから見慣れたものがのぞいている――換気扇のフードの一部、オフィスチェア、廊下の給水器、間仕切りがいくつか。残りは言葉で表現するのがもっと難しく、見るのさえ困難だ。震える金属の手足、混じりけのない宝石でできた畝《うね》模様のあるタイル、人間の髪が生えた節だらけの蔓植物。

目の前に斜めにかしいだ戸口がある。黒い口が大きく開き、粉々に割れたガラスの折れた歯で喉を詰まらせている。ここが黒板にあった×印の場所だ。ここが、わたしが荒廃した世界を見た場所だ。

ここが終着点なのだ。

わたしの心はあの瞬間から離れようともがきはじめる。いまやわたしはひとりぼっちで、ほかのものたちは死んでしまい、思い出すことはこのひとつきりだ。その記憶はわたしにトゲを滑りこませ、けっして離してくれない。為《な》す術もなく、わたしは思い出のなかに逆戻りする――痛みがどこか馴染みのあるものに感じられ、傷つけられることで安心感をおぼえる場所に。

あの朝クリーンルームで、わたしは両腕を差しのべた。しかし彼女を抱きとめることはできなかった。妻は両手でお腹を抱えていて、まだわたしを見たまま、がくりと膝をついた。

彼女の歯は、鼻の穴は、目は、すでに血の鮮やかな小さな点々に染まっていた。まずは粘膜。それから毛穴。やわらかい肉を覆うおぞましい輝き。滅菌された白い綿布に広がる何十億という深紅の点。彼女は咳きこみ、まだ懸命に生きようとしている――その避けられない運命に完全には上書きされていない――死んだも同然の肉体が立てるかすれた苦しげな喘ぎに、ぜいぜい喉を鳴らしていた。

わたしはなんとか緊急停止ボタンを押した。工業用排気装置が汚染された空気を飲みこみはじめると同時に、突然冷気を感じた。曇ったゴーグルごしに妻の顔を見たとき、ついに彼女が倒れた。正直なところ、彼女は生きたまま皮をはがれたように見えた。顔の隅々から血がにじみ出していた。

抱きとめるには、彼女は遠すぎた。

これがわたしの結晶のような瞬間――目を閉じている長さによって速くなったり遅くなったりしながら、頭のなかで再生される瞬間だ。耳の奥で空気がごうごうと鳴る。小柄なブロンドの女性がうつぶせに倒れていき、彼女の体内ではまだ、マシンがぞっとするような仕事をしている。彼女の体の下からどっと流れ出した血が広がって池になる。信じられないほど白いタイルに、たちまち暗い紫色が広がる。

磨き上げられたタイル張りの床がなぜか斜めに傾き、自分の顔に向かって突進してくるのを、わたしは呆然と不思議な思いで眺めていた。床に叩きつけられ、左右の耳に挟まれた肉のなかで甲高い音色が歌いはじめた。ひびの入ったゴーグルの奥から、わたしは潮流が脈打ちながらこちらに向かってくるのを眺めていた。妻の体が動かなくなり、息をしなくなるのを眺めていた。

彼女とわたしは一緒になにかをつくろうとしていた。混沌のなかからわたしたち自身の秩序を生み出そうとしていた。三次元超音波映像で見た息子の目は閉じており、その唇には誓って、かすかな笑みが浮かんでいた。彼の唯一の仕事は成長することだった。わたしたちの赤ん坊は妻のなかにいて、彼女が倒れたとき、その手は彼を守るためにお腹に置かれていたが、生きのびたのはわたしだった。

わたしの心臓がふたたびよろめく。

わたしは傾いた戸口にもう一歩踏みこむ。その向こう側にあるのは死だけだ。そのことはわたしの体の全原子が知っている。

きみはなんらかの負い目を感じないかね？

記憶はわたしの心を切り裂く剃刀のように鋭い羽だ。心をずたずたにするその認識全体から自分自身を守るには、細部を拡大するしかない。だからわたしは伸縮する金属の微細粒子のことを考える。それは妻の血流の川に乗り、肺という青ざめ波打つ海へと広がっていく。そのナノマシンはちっぽけなものにすぎないが、とても遠くまで、とても速く広がる。それはひと握りの原子のパターンに書きこまれた二十万年にわたる科学技術の進化だ。人類の最も素晴らしい業績の生きた青写真、われわれの過去と未来――飢えたように彼女の体の深部組織に突き刺さるもの。

妻の口癖は間違っていた。ナノテクにはにおいがある。それは雷雨のなか、雨水でいっぱいになった金属製のバケツのにおいだ。オゾンと汗。喉の奥に溜《た》まっている金気《かなけ》臭い油膜。

クレタは混沌のなかからなにかをつくりたがる。この止めようがない奇跡に直面し、肉体は一兆滴の血の涙を流す。

明日が今日を浸食する。

もろいギターの弦をかき鳴らすような音が、百メートル近く上から滝のように降り注いでくる。わたしの頭上でドームが完成しようとしているのだ。ダイヤモンドがほぼ透明で、降り注ぐ太陽光線を通すのを別にすれば、それは大聖堂の天井を思い起こさせる。ドームの上空では、黒い雲が崩れてあざのような染みになっている。頭上の闇、そして目の前の闇。

わたしは出入口をくぐる。

11

生い茂る植物のなかに出ると、目に映るものが薄物のようなドームごしに射しこむ弱められた光線の下から泳ぎだす。その建物は自らを飲みこんでいた。破壊された短い廊下は、蔓と葉の緑が広がるなかで不意に途切れている。屋根はもうない。

ここは円形劇場だ。部屋のちょうど真ん中にいくつも石が転がって草のなかから顔を出しているのを別にすれば、植物は茂っているが特徴はない。ドームが密閉されたいま、ここの空気は淀《よど》んでいる。動くものはなく、上のほうから柔らかいシューという音が聞こえるだけだ。

わたしはもう少しでカルデコットに気づかないところだった。

岩の上に座ったその男は、遠目から見ても驚くほど痩せこけ、手足がひょろ長い。あごに手をあてたその姿は、夢想に耽っているように見える。ある種の玉座を形づくっている割れた岩の山は、クレタによってカルデコットの前屈みになった青白い体に完璧に合うように彫られている。

わたしは前ポケットの小瓶を握って近づく。

高い玉座に座ったカルデコットは溶けている最中らしく、溶け落ちた顔が小暗い細流になっているように見える。しかし近づいていくと、その顔の上で踊っている光と闇は上からきているものだということがわかる。ドームの外側の表面を勢いよく流れる水のなかを、太陽の光が縫うように進んでいる。

外の世界では雨が降っているのだ。

わたしは手のひらの小瓶を握りしめて玉座に近づく。カルデコットはまだわたしに反応しない。彼の目が開いているのかどうかさえわからない。彼の顔の皮膚はたるんでいる。その体は闇に浸食されて、周囲の岩盤になかば飲みこまれている。細いワイヤーが体に巻きついているのが見える。

「カルデコット博士？」

彼は身じろぎもしない。胸がじっと動かないので息をしているようにすら見えない。

わたしは玉座の足もとで立ち止まり、じっと見上げる。彼の片方の手は突き出た岩の上にかかり、青白く、くつろいでいる。その指は長く繊細で、手の甲には黒っぽい静脈が浮き出ている。わたしは彼の前腕から、玉座の横にごちゃごちゃとあふれ出したワイヤーのなかに落ち着いている肘へと、視線を移動させる。そのまま上腕二頭筋を通りこして上に目を向けると、広い胸が、影が淀んだなかに沈んでいる白っぽい鎖骨が見える。長い首では腱《けん》が皮膚を引っ張って大理石模様のしわをつくり、横に傾いた大きな頭を支えている。彼のあごが蠟のような肉をうねらせて波打ち、そのうねりが頬骨に、そしてぼんやりとこちらを見ているひと組の開いた黒い目に届く。

わたしはぎょっとして一歩後ずさる。

「カルデコット博士? 大丈夫ですか?」

カルデコットが大儀そうに背中をまっすぐにのばす。その底知れない目が、カラスがトカゲを見るような目つきでしっかりとわたしをとらえる。呼吸は浅いが、いまではその胸が動いているのが見て取れる。彼はゆっくりと正確な音節で話しかけてくる。声は大きくなっていき、その力が隠れた深みから轟く。

「ああ」カルデコットはいう。「あなたか。ついに彼らはあなたを送って寄こしたわけだ」

わたしは慎重にもう一歩玉座に近づく。ポケットの肉食クレタの小瓶は、汗ばんだ手に軽く握られたままだ。カルデコットは静かにこちらを見ている。わたしは一本により合わさったワイヤーやケーブル、ホースのきらめく束が彼の玉座の上に引っかけられて、後ろの茂みのなかに広がっていることに気づく。ブーツの爪先がなにかに強くぶつかり、見ると同様のケーブルが同じように草のなかを曲がりくねって空き地全体に広がっている。

「大丈夫ですか?」わたしは尋ねる。

カルデコットが顔をしかめ、その表情が誇張された目鼻立ちの上に広がっていく。「もちろんだとも。申し訳ない、きっとこの場所にたどり着くのはさぞ大変だったことだろう。楽な道のりではなかったはずだし、おそらくその困難にはわたしもひと役買っていたかもしれない」

彼の声は低音でよく響き、どういうわけか大洞窟を思わせる円形劇場を満たすように広がる。もしかするとドーム全体に。

「こんなことはやめなくてはだめだ、カルデコット」わたしはいう。「ふたりでこの問題を解決できるように、あなたにはわたしと一緒に戻ってもらわなくては」

カルデコットの唇が蠕動《ぜんどう》し、面白がっているような表情になる。

「どんな様子かな? 外は?」

「人々が死んでいる」わたしは玉座に続くいちばん下の段に上りながらいう。「こんなことをしてもなんの意味もない」

「変化というのは、しばしば悲劇と誤解されるものだよ」

がらんとした空き地がドームの外で降る雨とともにため息をつく。いまわたしには、ワイヤーの一部がカルデコットのなかに入りこんでいるのが見える。彼の腕や脚、胴体は、ポートの穴だらけだ。

「狂気の沙汰だ」わたしはいう。

「狂気?」カルデコットが尋ねる。「それは違うな。あなた自身の研究が出発点だった。あなたがこのすべてを可能にしたのだ。われわれは創造者なのだ、友よ。われわれは変化を恐れない。われわれはそれを行使する」

「進んで一緒にくる気はあるか?」わたしは尋ねる。

カルデコットはまるでこちらの話を聞いていなかったかのように、低い一本調子で話しつづける。

「以前、われわれは浄化のクレタを持っていた。それは化学的なトリックにすぎなかった。機械的ではない。真の分子集合体でもない。その鎖はいつも数百世代を経ると切れてしまった。突然変異が忍び寄り、続いて自己焼却が起こった。しかしわたしは古い特許のなかに解決策を見つけた。あなたのものだ。わたしはあなたがクレティサイドに敵の欠陥をスキャンさせたやり方を観察した。それからそれを逆行分析したのだ」

カルデコットの言葉は麻酔薬のようにわたしの上に広がる。ほとばしる流れがどんどん速くなるにつれ、ブンブンうなるような痺《しび》れが顔を覆う。

「われわれの考えでは、突破口が開けたのは週末の夜中過ぎのことだった。ジェイコブズという研究助手がシリコーンの一種に取り組んでいてね。きわめて実験的なものだよ。どこかの時点で、それが作用した――それはガラス容器の二酸化ケイ素を餌にしたのだ。これはわたしの想像だが、ジェイコブズは疲れた頭を自分の机にのせて眠っていたにちがいない。彼が夢を見ているあいだにすべてが起こったと思うと、滑稽なものだな。しかしその頃にはわれわれは誰も、あまり研究室から帰宅することはなくなっていた。施設全体が閉鎖の瀬戸際にあったのだ。

わたしが見つけたとき、ジェイコブズの顔の皮膚は机の表面と融《と》けあっていた。壊れやすいガラスのように引きのばされているが、ポリマー鎖のようにしなやかに。喉の皮膚が扇形につぶれ、声帯が血管のように机の天板に埋めこまれていた。腕は肉溜《にくだ》まりになり、指は広がって溶けかけていた。

どうして彼がまだ生きているのか、われわれには理解できなかった」

わたしは小瓶をつかんだ手を握りしめる。カルデコットはわたしに向かってしゃべりつづけるが、こちらは見ていない。

「しかし彼は生きていた。若いジェイコブズは残った片方の目で声もなく泣いていた。そのクレタが彼の骨から奪った二酸化ケイ素を粉に挽《ひ》いてプラスチックに変えるあいだ、とても静かに泣いていた。彼の顔の残りが飲みこまれるまでに丸一週間かかったよ。その間にわれわれは、彼のまわりで仕事をすることを覚えた。彼の作業スペースが見えないようにシートが張られた。しかしきしるような音を防ぐことはけっしてできなかった」

カルデコットがふたたびわたしに気づいたように瞬きする。

「われわれは彼の死を悼んだ。そうでなかったとは思わないでくれ。しかしわれわれは祝いもした。ジェイコブズは進行中の奇跡だった。そしてわたしは、自分たちが確実にその場に立ち会うようにしたのだ。この信じられないような幸運を生かすために。

　それから部下の科学者の一部が逃げた。わたしは職場放棄をしたものたちをいかせてやった。別のものたちが軍から派遣されてきて、わたしを止めようとした。しかしわたしは単純に、創造の光が輝くにまかせた。それは彼らを丸ごと喰らい、粉々にした。肉が焼ける悪臭のなか、わたしのクレタたちは敵のなかにほんとうに数多くの取るべき新しい形を見《み》出《いだ》した。光は暗い場所に射しこみたがるもの、そうだろう。わたしにそれを止める権利があるか？あなたにそれを止めようとする権利があるか？」

　カルデコットの声がほとんど聞き取れないほどのささやきになり、わたしは前に出た。

「たしかに……一瞬、あったのだ。あの最初の朝、ジェイコブズを起こそうと彼の肩に手を置いたとき、それが起こり……恐ろしい姿になってしまった彼を目にしたとき……。それは宇宙が生み出されたくらいのほんの一瞬だった。まさにそのとき……その瞬間……わたしにはこのすべてを止めることができた。無知のなかに後ずさることができた。だがわたしは、しっかりと目を開けて自分たちの運命の恐ろしい顔を見ておくことを選んだ」

　あと一歩。いまなら小瓶を投げつけられる。これを終わらせろ。

「あなたにはわかるか？　われわれが決断しなくてはならないことが理解できるか？　われわれのような人間は世界のためにそうする義務がある。われわれは義務を負っている。われわれは止められない——けっして止めることはできない。われわれがいなければ、それにはなんの意味もない。もしわれわれが止めることになっているなら、それなら、われわれが払ってきた犠牲は……それはなんの意味もなさないことになる」

カルデコットの最後の言葉は宙に消えるが、誓ってわたしには、そのバリトンのリズムがまだ胸のなかにこだましているのが感じられる。われわれのような人間。

「進んで一緒にくる気はあるか?」わたしはふたたび尋ねる。

茂みのなかに震えが走る。わたしの後ろでなにかが草のなかを移動する。十メートルほど離れたところで地面が震えている。生い茂った草のなかに純白の隙間が現れつつある。その隙間が広がるにつれ、そこに研究施設のなかに下るスロープが見えてくる。

彼はそれを守ってきたのだ。

「あなたの研究室は滅菌されている。いつでも稼働できる状態だ。新しい時代のために。わたしはあなたをこれに招待する。あなたの知力によって新しい現実を形づくるための機会だ。われわれはともに未来を解き放ち、それが古い世界の肉を喰らうのを愛情を持って眺めるだろう」

地面からこぼれるおぼろげな光がかたまり、何列も並んだ蛍光灯、試験管、半透明のプラスチック板の輝きに変わる。馴染みのある排気フードのブーンという音が聞こえ、自分の吐《と》瀉物《しゃぶつ》の味がする。わたしはクリーンルームをのぞきこんでおり、そのタイル張りの床は信じられないほど白く、滑らかで、傷ひとつない。

トゲのある記憶がよみがえるが、今回それは現実だ。

「そんなことができるものか」わたしはいう。「わたしはやるつもりはない。それは間違ったことだ」

　カルデコットがほんの少し身を乗り出すが、彼の目は逃れられないふたつの重力井戸のようだ。わたしは急に、断崖の上に立っているような気分になる。彼が身を乗り出すにつれて世界も一緒に傾くように思え、わたしは突然のめまいに襲われる。

「彼女の死はあなたのせいではなかった」カルデコットがいう。

　倒れたとき、彼女の手はお腹に置かれていた。

　視界の揺れが収まり、わたしはよろめく。彼の膝に手をつくと、それは石のように冷たく硬い。わたしはさっと手を引っこめる。空気が重い。水中で息をしているようだ。

「なんだと?」わたしは無理やり言葉を絞り出す。

「変化は飢えている。それはごちそうを楽しむ」

　わたしの一部が心のなかで血を流している。呼吸が荒くなっている。彼女があんな目に遭ういわれはなかった。彼らの誰も。生まれてくるはずだったわたしの息子……

　それになにか意味を持たせることができるのだろうか?

「気はたしかか?」わたしはささやく。

　自分が誰に尋ねているのかわからない。

「あなたの奥さんの死にはなんらかの意味があった」カルデコットがいう。「未来のための燃料だ。あなたはそれを手柄にしさえすればいいのであって、責めを負うことはない。あなたとわたしは——われわれはそのすべてになんらかの意味を持たせるだろう」

「手柄だと？」わたしは尋ねる。

当惑が合わさって憤怒《ふんぬ》に変わるのと同時に、あごが何度か下がる。

「あれはわたしのせいだった」わたしはいう。「言い訳はできない。言い訳の……言い訳の余地はない。わたしが彼女を殺した。わたしがあの子を殺した。責任はわたしにある。断言する」

わたしは胸を波打たせ、口をつぐむ。自分の涙の味がする。

カルデコットが、まだ面白がっているような調子で応じる。「ああ、あなたの息子か。たしかに、残念なことだ。しかしわからないか？　あなたは別の、はるかに重要な子どもを生み出したのだ。クレティサイドを」

わたしは小瓶を握りしめる。

「くるのかこないのか？」このにやにや笑いを浮かべたジャック・オー・ランタンに向かって、わたしは怒鳴る。

カルデコットの物憂げな笑みが薄れて歯が剝き出しになり、また元に戻る。「あなたもわたしもけっしてここから離れることはないだろう。それは保証する」彼はいう。「世界が喰われるとき、われわれはその爆心地に立っているだろう。ほかのものたちが死んでいくあいだに、新しい夜明けの光がわれわれの目蓋を焼き尽くすだろう。そしてあなたとわたしは創造の様子をじっと見つめ、ついにそれから、世界の真の顔を知ることになるのだ」

カルデコットの笑みが燃え立つように大きくなって戻ってくる。

「答はノーだ」彼は続ける。「いいや。わたしは進んであなたと一緒にいくつもりはないし、それはほかのどんな立場でも変わらない。わたしたちの運命はこのダイヤモンドの空の下にあり、われわれはともにそれと向きあうことになるだろう」

「いいや、それはない」わたしはポケットから手を出しながらいう。

小瓶がきらめく。瓶に入った殺し屋。

それを投げようとして腕を後ろに引くと、なにかにふくらはぎをつつかれる。本能的に、わたしは一本のコードをまたぐ。いまや草のなかに広がったすべてのケーブルがのたうっている。どこかわからない終点に向かっていっせいに動いている。一本の重いワイヤーが小瓶を投げようとしているわたしの腕に巻きつき、そのまま胴体をぐるぐる巻きにして手首を太腿に固定する。

もがくにつれて、喉の奥から小さなうめき声が漏れる。

目の前にさらにワイヤーが立ち上がってくる。重なりあい垂れ下がったワイヤーは、ひんやりした空気のなかで蔓草のように揺れている。それに見られているような奇妙な感じがする。いまやわたしはすっかりワイヤーに取り囲まれている状態だ。ずるずる滑る金属に草の茎が震えている。

「お前は何者なんだ?」わたしは言葉につっかえながら尋ねる。どこを見てしゃべればいいのかもわからない。さらに悪いことに、どこへ逃げればいいのかもわからない。

「変化の恐ろしい顔だよ」

なにか硬くて冷たいものが胸から脇の下にかけて巻きついている。恐怖のあまりわたしの頭は前を向いたままだ。油圧でぶるっと震え、輪になったワイヤーがわたしを地面から持ち上げる。

カルデコットは話しつづけ、その声は大きさと力強さを増していく。太いケーブルがコブラのように鎌首をもたげ、地面に身を投げ出したとき、彼の言葉に低いドスンという音が混じる。

「あなたがわたしのなかに死を見ているのはわかる」カルデコットはいう。「あなたは恐怖が自分の胸から這い上がって喉に入りこむのを恐れている。両目のあいだの闇に残忍な亡霊が落ち着くのを恐れている。恐怖がパニックに変わるとき、あなたに呼びかけているのはあなたの命だ」

わたしは息をしようともがく。いまでは両脚は足首から太腿までぐるぐる巻きにされている。わたしは硬い金属のワイヤーから為す術もなくぶら下がっている。小瓶を握りしめた拳は自分の体に固定されて動かせない。

「しかし命は理性的ではない」カルデコットはいう。さらに隠れていた蛇が草のなかを押し寄せてくる。「あなたにもそのうちわかるだろう。命は無分別だ。唯一の望みは成長すること。そしてそれを阻もうとするとき、命はありとあらゆる手を使って反撃してくるだろう。だからわたしは自分たちを守ってきたのだ」

肉体から分離したワイヤーの指が持ち上がり、空を指さす。

「ダイヤモンドのことか？」わたしは首をのばして尋ねる。いまわたしは喘ぐように息をしている。締めつけてくるケーブルの摩擦で、胸が燃えるように熱い。

「ダイヤモンドの層、たしかにそうだが、それをはるかに超越したものだ。かつて存在したことがないものに名前はない。貫くことは不可能で、自己回復力があり、ほとんど生きているようなものだ」カルデコットは詠唱するようにいう。その声は様々なところから発しているようで、高く低く反響している。それはあらゆるところで同時に響き、空気の全分子を振動させながらさらに大きくなっていく。

「このドームから出してくれ」

「ドームではない。球体だ」カルデコットはいう。「世界のように丸い」

ケーブルがわたしの胸から息を絞り出す。油のような脱力感が四肢に広がっていく。わたしは他人事のように、きっとこの脱力感は自分が死にかけているという認識なのだろうと思う。いつのまにかわたしは、ひょっとすると自分に期待できる最良の出来事は死ぬことかもしれないと思っている。そしてそれこそが自分に値すると自覚している。

カルデコットもどきのブンブンうなるワイヤーが、わたしの体を布巾のように絞る。世界は長く暗いトンネルの向こうへ後退している。自分の骨がいっせいにきしむ音が聞こえるが、もはやなにも感じない。手は痺れている。とにかくわたしは親指を弾く。首をのばし、肉食クレタの小瓶のふたが落ちるのを見守る。濃い液体が流れる。

あなたへの贈り物です。たいていのものより素早い。

わたしは泣きながらぶら下がっている。結晶の球体を眺めようと首をひねると、その外側の表面を雨が滝のように流れ落ちているのが見える。それがわたしの涙と混じりあってカーテンとなり、空を徐々に色褪せる陽光の渦に変える。

「頼むから出してくれ」わたしはかすれ声でいう。わたしの声からはすべての希望が消えている。灰色がかった緑色の液体が小瓶を伝って流れる。わたしの指先に近づいてくる。

「あなたはここに閉じこめられているのではないぞ、友よ」カルデコットがいう。「世界の残りがそこに締め出されているのだ」

光が花開く。

……核爆弾、ついに核爆弾が投下された、ああ神よ……

ワイヤーが緩み、静かな鼓動する輝きの星雲のなかに落とされたわたしは、がくりと膝をつく。頭上の球体のふたの上に新しい太陽が誕生する。第二の核弾頭が球体にぶつかって爆発したのと同時に、わたしは地面を通して弱められた衝撃波を感じる。さらにもう一発。フィルターのかかった光は感覚を麻痺させ、わたしが想像する天国のように美しい。完全に人間の経験の閾値《いきち》を超えている。

閃光《せんこう》が消えたとき、わたしたちはまだ生きている。

混沌とした塵と破片の虹のなかを、入り日がいま、丸々と太り煮えたぎりながら地平線に崩れ落ちていく。空一面を汚した灰が点描で描いたような渦巻きの上で、光の広い舌が踊る。

ドームの外で荒れ狂う死の灰の嵐が、形のない虚空の血濡れた色彩のなかで揺らめき旋回する。

突然、わたしの脳裏に流れる血が浮かぶ。それはあり得ないほど清潔な白いタイルの上を広がっていく。彼女とわたしは混沌からなにかをつくり出そうとしていた。彼女の両手はお腹の上に置かれていた。わたしたちの息子は彼女のなかで力強くゆっくりと育ち、この世界に出てくる時を待っていたが、それが実現することはなかった。けっして彼が生まれてくることはなかった。けっしてできなかったのだ。

わたしたちはものをつくる。わたしたちはものを破壊する。

カルデコットの顔が、爆発が起きている上を向く。彼の歯がきらりと光り、その顔にきらめく模様が広がっていく。一滴の涙が痩せこけた頰に輝く道を刻みつける。

小瓶はまだわたしの手のなかにある。

わたしは肉食クレタを投げつけ、石の座席の背にぶつかったそれは何事もなく跳ね返る。凍りついたような一瞬、小瓶はくるくる回転する。それから玉座の腕にぶつかって粉々に割れる。黒い液体のスターバーストがカルデコットの肩に飛び散る。

こんな小さなもの。ガラスの小瓶。

「ああ」既に驚きが薄れつつある口調で、カルデコットがいう。

わたしはワイヤーで飾られた草むらのなかを、痩せた男からけっして目を離さず、必死で這うように後退していく。少しのあいだクレタはなにもしない。指数曲線の長い平坦な部分にあるのだ。それからパチンとスイッチが入ったように、それはカルデコットの衣服を食い荒らしながら浸透していく。金属の破片が彼の皮膚からためらいがちに美しくめくれあがり、穏やかな空気のなかに飛びこんでいく。

たちまちカルデコットの肩に穴が開き、広がっていく。穴のなかには肉と青白い骨が見えるが、ワイヤーももっと見える。

「なんと賢いクレタだ」彼はそういうと、指先で埃を拭って唇にのせる。唇が分解して数百万の鱗片《りんぺん》に変わり、花粉のように漂っていくときでさえ、そのクレタを味わう。

「残念だよ」わたしはいう。

「かまわないさ」カルデコットは呂律《ろれつ》のまわらない口調でいう。頬に広がる裂け目の奥に臼歯が見える。彼の目はわたしの肩ごしに明るい実験室を見ている。

「未来はあなたのものだ」

肉食クレタは、すべてのクレタの自然な足取りであるいきあたりばったりでフラクタルな指数関数的勢いで、彼の全身に広がっていく。カルデコットの首やあごを食べながら。彼の顔によじ登り、あごの欠片《かけら》を膝の上に落としながら。彼の玉座の上には煙のような靄が立ちのぼり、化学反応の廃熱が使用済みの粒子をさらに宙《そら》高く押し上げている。

核攻撃を受けたドームの荒れ狂う光の下で、わたしはそのテクノロジーがカルデコットの衣服や肉を外から内へと食べ進んでいく様子を見守る。影響を受けないのはワイヤーだけだ。玉座の上にとぐろを巻いて取り残されたワイヤーが、コツコツ音を立ててぴくぴく動きはじめる。絡みあったケーブルの輪が起き上がり、薄れゆく断末魔の苦しみのなかで、めったやたらに自らを石に叩きつける。

かつて人間だった灰の柱が無風状態の空気のなかにふくれあがっていく。揺らめく影のなかできらきら光る粒子が星座を形づくる。より高く、さらに高く、ルミネセンスの神々しい熱狂のなかに。

わたしは涙にぼやけた目で、衝撃波がドームの表面で踊りつづけるのを眺める。白熱した板状の結晶はかすかに震えているが、衝撃波は熱の泡が引きはがして大気に放出するので無傷のままだ。一面に広がる放射線の瀑布《ばくふ》を吸収し、核爆弾を無害化しながら、ドームの表面が輝く。事態が治まるにつれて球体は静まり、明るく透きとおりはじめる。太陽は世界の光を道連れに、こっそりと地平線を越えて逃げつづけている。

しかし新たな光が射しはじめている。

その光は地面のクレバスから優しくこぼれ、混じりけのない光輪《ハロー》となって草の下から湧き上がっている。部屋のなかのきちんとラベルが貼られた試験管一本一本には、奇跡が入っている。付属の機器やノート、データとともに、わたしは新しい世界を創造するための完全なツールキットを目にする。

震える脚で、わたしはスロープを下っていく。幾重にも吊《つる》されたビニールを、指でさっとなでる。目を閉じて、蛍光灯のまぶしい光が目蓋を通して赤い模様を描くにまかせる。クリーンルームの純白の光が、未来の無限の可能性すべてを抱えてわたしを包みこむ。

過去の無限の恐怖すべてを。

上空では粉々になったジャングルのキノコ雲が沸き立っている。何百キロも離れたところで、衝撃波の大音響が海面にキスしている。さらに百万キロも彼方へ下剤並みの速さで移動しながら、創造のまばゆい光そのものが広大さのなかへと駆けこんでいく。

無分別に、そして永遠に。

（佐田千織訳）

謝辞

ダニエル・H・ウィルソン

なによりもまず、このアンソロジーに作品を提供してくださった素晴らしい作家のかたがたに感謝しなければなりません。みなさんの作品を読み、少しばかり手を加えるのを許されたことを光栄に思います。そして、わが共同編集者であるジョン・ジョゼフ・アダムズにも、最大限の感謝を捧《ささ》げます。わたしの初めてのアンソロジーへの挑戦を、彼は最高の経験にしてくれました。きみこそプロだよ、ＪＪＡ。わたしのアンソロジーのエージェントであるローリー・フォックスには、この本をランダムハウス社ヴィンテージ・ブックスの素晴らしい人たちに託すのを手伝ってくれたことに感謝を、そして同社のロボットを愛する人たち、特にわたしたちの編集者であるジェフ・アレクサンダーに深く感謝します。いつも、いつでも、アンナ、コラライン、コンラッドに愛をこめて。

ジョン・ジョゼフ・アダムズ

次のかたがたに心より感謝します。本書を獲得、編集してくれたジェフ・アレクサンダー、そしてランダムハウス社のヴィンテージ・ブックスでそれに取り組んでくれたチームのみなさん、熱心で鋭い編集パートナーである共同編集者のダニエル、素晴らしくそして協力的な存在である、このプロジェクトのための家を見つけてくれたジョー・モンティ（作家のみなさん、ジョーが味方になってくれればあなたは幸運だ）、師であり友人でもあるゴードン・ヴァン・ゲルダー、アンソロジー編纂《へんさん》の極意を明かしてくれたエレン・ダトロウ、素晴らしい妻のクリスティ、母のマリアンヌ、きょうだいのベッキーには、彼女たちの愛と支えのすべてに対して、そしてキャロリン・タルコット、スーザン・マッカーシー、A・B・コヴァチ、ジョゼット・サンチェス＝レイノルズ、ヴォーン・リー・ハンセンには作家たちを説き伏せ、あるいは契約を結ぶのを助けてくれたことに対して。最後になりましたが、アンソロジーに参加することに同意してくださったすべての作家のみなさん、そしてこのような本をつくることを可能にしてくれるすべての読者のみなさんに感謝します。

（佐田千織訳）

解説

渡邊《わたなべ》利道《としみち》

本書は、ダニエル・H・ウィルソンとジョン・ジョゼフ・アダムズの共同編集で二〇一四年に刊行されたアンソロジー*Robot Uprisings*に収録された十七編のうち、十三編を選んだ抄訳である。訳題にある通り、人間によって作られた自律的機械、いわゆるロボットや人工知能（ＡＩ）が人類に反旗を翻《ひるがえ》す物語を集めたテーマ・アンソロジーだ。巨匠から新鋭、また研究者による問題提起的作品まで、作家それぞれの個性が十分に発揮された粒揃《つぶぞろ》いの作品が楽しめる。

人間によって作られた機械が、みずからの意志を持ち、道具としての本性から逸脱し人間世界に敵対する物語は、西欧では伝統的に傲慢《ごうまん》の主題と結びつけられることが多い。新しい生命、なかんずく知性を持ったそれを人間が技術で生み出すことは、神が人間を創造したのを真似る傲慢な行為であり、それは結果がどうなるか完全には予想できないのに科学技術を用いてしまう人間の本性的な欠陥とも結びつけられて、近代以降の工業化された資本主義社会への批判を含意するＳＦのサブジャンルとして確立された。

背景となったのは科学技術の発展に伴う社会的生産の拡大と進化論の普及による進歩思想である。すなわち、形骸化した古い権威よりも新しい時代の価値観の方が優れているという社会通念が成立したことで、宗教の世俗化が進行し極端な場合には神の否定にまで至るが、目的論的な創造性の原理は維持され、神はむしろ人間によって想像されたものと転倒される。それを傲慢とするのは、神の道具としての人間ではなく、人間それ自身の目的に沿って世界を構想する自由を得たことの反動、もしくは反省が生み出した思潮傾向であり、根底には神によって目的づけられていない無根拠性に支配された世界と、その不可知な未来へのオイディプス的不安があるのだろう。同時に、自動車や計算機など、人間の能力を物理的に遙かに超えた機械が続々と登場することで、かつて人間が神になりかわったように、機械が世界の中心となり、人間を排斥するようになるのではないかという恐怖が生まれる。

そういった一種の神学的構図を念頭に置くと、本アンソロジーが「神コンプレックスの行方」という作品ではじまるのは象徴的であるように思える。社会的に軽んじられているという不満を感じている科学者の若い女性が、蟻《あり》型ナノマシンを用いて放射能汚染された街を再生するプランを出し、やり手の政治家のバックアップで成功を手にするかと思われたが……という物語には、あちこちに前述した神学的な構図をアイロニカルにパロディ化する意図が読み取れるからだ。

続く「毎朝」も、機械の自律性が自由へと開かれることなく、目的論的な存在への執着に帰結する。もっとも、基本的に暗いトーンの「神コンプレックスの行方」と違って、こちらは目覚まし時計として用いられている不気味の谷を避けた高性能ロボットが、世界中で同胞の一斉蜂起が計画されている中、自分を使っている人間の、愚にもつかない毎日の行動をいろいろ手厳しくあげつらいながら、しかし人間が「かわいそう」だからと思いわずらう、不穏でどこかユーモラスな作品。

この後、内容はいくらか重いものもあるが、語りのトーンはやや明るめの作品が六つ続く。「執行可能《エクセキユータブル》」は、現在も流通しているごく普通の家電ロボットなどがインターネットを通じて共謀して反乱を起こしたため文明が破壊された後の世界で、そのはじまりを知るという人物が人民裁判にかけられ、そこでそもそもの端緒はルンバだった、と語る物語。反乱を起こす機械の動機や心情が一切語られないのが特徴的で、裁判に参加している人間たちの疲れ切った風情が哀れっぽく乾いた笑いを誘う。

「オムニボット事件」は、母親を亡くした少年を慰めるために父親が買い与えたおもちゃのロボットが、ちょっとあり得ないようなアクティヴな会話をこなす最先端ＡＩを搭載していて、少年はすっかり有頂天になるが……という物語。後半のホラー調の展開から種明かしに少し余韻のあるオープンな結末、とほのぼのした雰囲気のウェルメイドな作品。

「時代」は、一時代前に作られた巨大ＡＩがコストばかりかかるので廃棄されそうになるのに対抗し、ＡＩ自身がネットワークを通じて社会に直接訴えて生き残りをかけようとして、管理を担当しているシスアドがひたすら振り回される物語。ゲーム理論に通暁《つうぎょう》していると自負する饒舌《じょうぜつ》なＡＩと心優しい担当者のビビッドな会話が楽しく、二転三転する意外なスピード感を持った展開の中でだんだん不穏な空気が増していき、絶妙に切ないラストに雪崩《なだ》れ込んでいく。

「〈ゴールデンアワー〉」は、一気に時代が飛んですでにロボットが世界を制圧し、人類は奴隷的な労働のために厳密に管理されている未来が舞台。語り手の少年は、擬似人間型ロボットによって甦《よみがえ》らされたロボット開発者のクローンだ。ロボットは、みずからを生み出した「父親」を自分の手によって新たに作り出すことで「父親」になるわけだ。メルヴィルの『白鯨』のほか、アメリカ文学へのオマージュに彩られた作品で、ディストピア的な世界だが、少年の語りとロボットの愛情が物語を温かな雰囲気で包んでいる。

「スリープオーバー」は、本アンソロジーの中でもっとも壮大なスケールの作品。意識を持つＡＩの開発で巨万の富を築いた研究者が、不老不死が実現した未来を目指したコールドスリープから目覚める。思わぬ敵意を向けられて戸惑うが、そこは異次元の存在との情報戦のために人類の大半が眠らされている荒廃した未来であり、お前には世界がこんなふうになった責任があると告げられる物語。宇宙は自己組織的なシミュレーションであるとの原理に基づいた論理兵器による次元を超えた戦争というアイディアが素晴らしく、幻影のように現れるドラゴンも魅力的で、長編かいっそ映像化したものをどっぷり楽しみたい気持ちにさせられる。

「ナノノート対ちっぽけなデスサブ」では、不老不死を目指して導入されたナノサイズの医療用ロボットがネットワークを作って知能を獲得し、金持ちと権力者に影響を及ぼし世界を支配しようとしていて、それに対抗して主人公たちもやはりナノサイズの遠隔操作機で戦う。これもまたハリウッド映画にでもなりそうな設定だが、それを女性をナンパする軽薄な男性の嘘か本当か分からないような語りに乗せて描く、巨匠イアン・マクドナルドの豊潤なレトリックが味わえる作品。鮮やかなオチも含めてひたすらオシャレに決めている。

と、まあここまではいろいろ問題はあるにせよ基本的には明るい未来が望めるお話だったが、ここからは必ずしも穏やかな気持ちで読み進められない物語が増えていくので注意が必要だ。

「死にゆく英雄たちと不滅の武勲について」では、ロボットが一斉蜂起し、人間を絶滅寸前まで追い詰める一方的な戦況の中、家族《ファミリー》だった人間を虐殺したトラウマに苦しむ一体のロボットの前に、仲間たちから人間の精神科医が送り込まれてくるという物語。人間を「肉」と呼び、幸せだった過去と、人間たちを殺す陰惨な場面を何度も思い浮かべ、幸福や愛について何度も考える。対話と自己省察の末、ループする自己分裂を受け入れてロボットは立ち直るのだが、私は人間とは違う、というのは本当だろうかという疑問が小説が終わった後に残される。

「ロボットと赤ちゃん」は、本アンソロジーの中では少し雰囲気の違う作品で、それもそのはず、作者のジョン・マッカーシーは初期の人工知能研究者として著名な人物で、タイムシェアリング（一台のコンピュータを複数の人間が同時に使用するシステム）の概念やフレーム問題などを提唱したことでも知られる。二〇〇一年に発表されたこの作品は、アルコールと薬物依存の母親によってネグレクトされている子どもの扱いをめぐって、母親の無茶苦茶な命令からいかにして子どもの生命を守るかという問題を、ひたすら論理的に解決していく家事ロボットを描く。家事ロボットが世間で注目された後の世論の動向を丁寧に追っていく描写には、インターネットの社会的影響についての考察がアイロニカルなユーモアを交えて込められているようだ。ここでは人間の悪に対していかにロボットがそれを避けるか、というかたちで「反乱」が描かれており、知性において意志ではなく、置かれた条件でもっとも妥当な結果を導き出す論理性こそ重要とする作者の科学者らしい態度が窺《うかが》える。

「ビロード戦争で残されたいびつなおもちゃたち」も、やはり子どもの命が焦点になる物語だが、印象はほぼ正反対で陰惨極まりない。自己教育能力を備えた人工知能が内蔵された子ども用玩具が、自分たちがお払い箱にされることを恐れたのか愛する子どもたちを誘拐し、どうにか大人にならないよう「治療」するが、成長は止められずズタズタになったどうしようもない身体状態で大人たちの世界に送り返してくる、という未来社会を舞台に、ある秘密を持った医師の苦悩を描く。ここでは知能が生み出した愛ゆえのエゴイズムが人間とロボットに共通する愚かさとして描かれる。

「芸術家のクモ」は、ナイジェリアとアメリカの二重国籍を持ち、「アフリカン・フューチヤリズム」という理念を掲げる作家らしいナイジェリアを舞台にした作品。DVに苦しむ女性が「ゾンビ」と呼ばれるクモ型ロボットと音楽を通じて魂を触れ合わせるという設定が秀逸で、間然《かんぜん》するところがなく進む物語からは、過酷な世界の終わらなさとそこで生きるものにそれでも宿る希望や喜びを感じ取ることができる。本アンソロジーの中で、ほぼ唯一、機械の道具性の宿痾《しゅくあ》から逃れる自由への意志を感じさせる作品だ。

「小さなもの」は、本アンソロジーの編者の一人の作品で、これもまたちょっと他の作品と雰囲気が違っている。原子構造を再配置する機能を持つ自己組織型のナノロボットが世界を変容させていくのだが、どうもその「反乱」にはそれを仕組んだ人物がいるようで、ナノロボットの開発者がその「反乱」を鎮めるために軍隊に召喚される、という物語。この作品の物語ではロボットに自由意志はないように見え、ナノロボットの際限のない自己組織的な運動に、ある特異な感性を持った人間が、人間以上のものの神秘的な「目的」を感じるところに「反乱」の真相がある。ここでは人間もナノロボットも、ともども「新しい世界」を現出させるための道具なのである。小説の終盤で、語り手が「神よ……」と呟《つぶや》くが、それは巻頭作品「神コンプレックスの行方」のラストシーンでナノマシンたちが送ってくるメッセージと見事に呼応しており、アンソロジー全体で創造主と被造物が反転し続ける円環が出来上がるという仕組みになっている。アンソロジーの編者が作品を書くことの利点が活《い》かされている、終幕のために用意された一編で、「ロボットの反乱」という本書のテーマの再考を促すようになっている。

編者紹介

ジョン・ジョゼフ・アダムズ（John Joseph Adams）は、一九七六年アメリカ生まれの編集者、ジャーナリスト、評論家。二〇〇八年から三十冊以上のアンソロジーを編纂《へんさん》し、二〇一一年以降何度もヒューゴー賞短編編集者部門の候補になっている、アメリカSF・FT界を代表する目利きのひとり。二〇一五―二〇年には自らの名を冠したSF・FTレーベル、ジョン・ジョゼフ・アダムズ・ブックスの編集主幹を務めた。

※ダニエル・H・ウィルソンについては「小さなもの」の著者略歴を参照。

訳者紹介

新井なゆり（あらい・なゆり）筑波大学卒。英米文学翻訳家。共訳書に『巨大宇宙SF傑作選　黄金の人工太陽』がある。

金子浩（かねこ・ひろし）一九五八年生まれ。早稲田大学政治経済学部中退。訳書にロビンスン『2312 太陽系動乱』、スミス『帰還兵の戦場』『天空の標的』、バチガルピ『ねじまき少女』（田中一江と共訳）他多数。

佐田千織（さだ・ちおり）関西大学文学部卒。英米文学翻訳家。主な訳書に、ヌーヴェル《巨神計画》シリーズ、ブルックス＝ダルトン『世界の終わりの天文台』、カヴァン『あなたは誰？』他多数。

小路真木子（しょうじ・まきこ）京都大学理学部卒。宇宙物理学専攻。共訳書に『銀河連邦SF傑作選　不死身の戦艦』『巨大宇宙SF傑作選　黄金の人工太陽』がある。

中原尚哉（なかはら・なおや）一九六四年生まれ。東京都立大学人文学部英米文学科卒。訳書にヴィンジ『遠き神々の炎』『星の涯の空』他多数。二〇二一年、ウェルズ『マーダーボット・ダイアリー』で日本翻訳大賞を受賞。

原島文世（はらしま・ふみよ）群馬県生まれ。英米文学翻訳家。訳書にジョーンズ『バビロンまでは何マイル』、ホワイト『龍の騎手』、マキリップ『茨文字の魔法』、マグワイア『不思議の国の少女たち』他多数。

検印
廃止

AIロボット反乱SF傑作選
ロボット・アップライジング

2023年6月9日　初版

編　者　D・H・ウィルソン
&J・J・アダムズ

訳　者　中《なか》原《はら》尚《なお》哉《や》他

発行所　(株)東京創元社
代表者　渋谷健太郎

162-0814/東京都新宿区新小川町1-5
電　話　03・3268・8231-営業部
03・3268・8204-編集部
URL　http://www.tsogen.co.jp
DTP　フォレスト
暁印刷・本間製本

ISBN978-4-488-77205-5　C0197

土星で進化した機械生物。ホーガンSFの真髄

CODE OF THE LIFEMAKER◆James P. Hogan

造物主の掟《ライフメーカー》

ジェイムズ・P・ホーガン

小隅 黎 訳　カバーイラスト＝加藤直之

創元SF文庫

◆

百万年の昔、故障を起こした異星の宇宙船が
土星の衛星タイタンに着陸し、
自動工場を建設しはじめた。
だが、衛星の資源を使ってつくった製品を
母星に送り出すはずのロボットたちは、
故障のため
独自の進化の道をたどりはじめたのだ。
いま、タイタンを訪れた地球人を見て、
彼ら機械生物は？
ホーガンＳＦの真髄！
訳者あとがき＝小隅黎